作者近照

中国少数民族文学发展工程
出版扶持专项丛书

被风吹过的村庄

（毛南族）莫景春／著

作家出版社

莫景春　毛南族，原籍广西环江，曾就读于北京师范大学文学院，硕士，中国作家协会会员，广西河池市作家协会副主席，曾在《文艺报》《民族文学》《雨花》《延河》《四川文学》《鸭绿江》《青春》等全国文学刊物发表散文数十万字，多篇被《散文选刊》等刊物转载。作品收入《中国年度散文佳作2015》《2016年中国精短散文》，入选中国作协少数民族作品扶持项目。曾获广西“花山”文学奖。著有散文集《歌落满坡》《被风吹过的村庄》。现供职于广西河池高级中学。

目 录

爱花的母亲

天刚蒙蒙亮，母亲又提着她那精致的小篮子，兴冲冲地采花去了。

我很困惑，一生日出而作日落而息的她，大字不认识几个，整天摸弄着黏稠的泥土黑乎乎的肥料，伺候猪牛羊，伺候父亲我们几个大老爷们，哪来的这等闲情逸致，浪漫情怀?

母亲简陋的房间里，净挂着些破旧的东西：已褪色的衣服，漏了的斗笠，还有一面缺了半边的镜子；但醒目的是那桌上摆着各种各样的瓶子，插着各种各样的花：黄的是南瓜花，白的是稻花和李花，它们有的还在争奇斗艳，有的已经蔫乎乎，还有的已经干枯。可母亲还是舍不得丢弃，即使是那些枯黄了的，她也认认真真地收拾好，堆放到窗台上面。进入母亲的房间，你感到一种沁人的馨香在冲击着鼻子。

我感觉母亲养的花有些单调了：南瓜花、丝瓜花……瓜类花大多是黄色的；稻花星星点点，太零碎，又都是纯白色的；就算是果类的桃花李花，也能姹紫嫣红，让母亲单调的房间有些生动，但春天一过，那美好的时刻转眼就过去了。南瓜花、丝瓜花、豆荚花倒能开得长些，还有那田里稻花，不时能增添些色彩，但我觉得它们太老土了，没什么欣赏价值。即使是漂亮的李花、桃花，也是简简单单的几瓣，拿回来没两天就枯了。稻花根本不算花，一颗米粒大小，开起来，要把眼睛凑近了，才看清那一朵朵细细的花。真正养花的人，怎么会看上这些单调下贱的花呢！

我，不是养花能手，更不是植物学家，但对花的雅兴还是有几分的浓厚。因为是学文学的，常常沉浸在吟花弄草的诗词中，难免浮想联翩：大富大贵的牡丹，花色丰富，红白绿黄，五彩缤纷，摆在那儿，像一团团祥云；还有那傲骨铮铮的菊花，在万里霜天里不畏严寒，傲然开放。我闲下来的时候，也常常跑到花鸟市场，左看看右瞧瞧，有时对一棵亭亭玉立的水仙入迷，有时对一棵妖娆的兰花出神，甚至大盆小盆地搬回一些，摆到阳台上，像是把整个春天抱回了阳台，让春天时时刻刻住在我家。

我决定用我的这点雅兴让母亲的房间更为五彩斑斓些，提高提高她的审美情趣。我没有贬低母亲的意思，她一生与泥土为伴，与瓜豆稻禾相依，能养些花，这在整天为温饱发愁的农村来说，已经是难能可贵了，我常常为母亲的这点脱俗的雅兴而骄傲，她用她一生的汗水供养了我这个研究生——一个洗净腿上泥巴走进城里生活的人。现在生活好了，我想让母亲欣赏到更多更美的花，让她享受到更多的幸福，回报她的养育之恩。

母亲出去了，我想用我学到的关于花的知识，给母亲一些惊喜。于是我高高兴兴地在村庄附近找那些香气扑鼻的花儿，终于找到一朵紫色的牵牛花，放到乡下母亲那朴素简陋的房间，并且排放到那些蔫乎乎暗兮兮的豆花和稻花旁。回家时母亲是在野外了，便悄悄地摆进去。果然，这几朵花，使那幽暗的房间亮堂了不少。那开得正欢的牵牛花，高挑的个儿，很傲然地站着，沁出的馨香飘满了整个房间，而那豆花、稻花，只是羞涩地伏在瓶口，似乎不敢面对如此高贵的花，花也是如此富有灵性。如此的反差，我感到莫名其妙的感动。

母亲从野外回来了，满腿的露水，原先空空的篮里满是黄艳艳的南瓜花，还有那些紫然然的豆花，都带着露水，亮晶晶的。母亲在篮里挑挑拣拣，拣出一大把橙黄的南瓜花，说这是留中午煮汤喝的，这花刚从蔓上摘下，鲜嫩可口，是城里难以吃到的新鲜货。然后把剩下的几朵很虔诚很细致地插到瓶里，又绕着瓶子看了一圈，看看水少了没有，还凑近闻闻花香，若有所思的。

“好香哟！”最后才触到我找来的那几枝娇艳的牵牛花。我有些兴奋。

“这是牵牛花！乡下常见的花。”母亲慢慢欣赏完她那些土里土气的花，然后漫不轻心地瞟了瞟我的花。我便迫不及待地给她当起解说员来，说这花色是如何的艳丽，气味是如何的馨香，可以净化空气；又娓娓道来这花悠久的历史，还有那些深奥的文人典故，说得母亲张大了嘴巴，一副似懂非懂的样子。我觉得母亲当时很佩服自己儿子知识的渊博，心里有些得意洋洋，但又有些羞愧，不应该对一个乡下母亲卖弄这些臭知识。

听了我的滔滔不绝，母亲把鼻子凑近了牵牛花，啧啧地赞不绝口，说没想到常见的花儿竟然有那么多的知识。但没多久，她的目光又转到了那些豆花、稻花那儿了，她把一捧点缀着白色小花的禾苗捧在手里，放到鼻子下面，亲热地闻着，凑近眼睛细细地看着，一副陶醉的样子。她捧着稻花就像捧着自己亲爱的儿子，那动作那神情让我有些妒忌，我怀疑我先前小的时候，母亲有没有这样亲热地拥抱过我呢?

细细品完稻花后，母亲兴奋不已，又像是自言自语，又像是给我解说似的：你看看你看看，这稻花长得多喜人呀，瓣瓣都有精神，纯白没有一点斑点，又没有被虫子咬的洞洞，香气也特别浓。今年肯定是个好收成，一大片稻田呀，一到秋天，那肯定是黄澄澄的一大片，收回的米呀，肯定是堆满那几个粮仓，又可以养几头大肥猪，逢年过节的给你们城里的捎去几斤，自家的肉不添什么饲料，香甜可口着呢。

母亲有滋有味地说，简直不能自已，有些手舞足蹈了，一会儿是手割稻子的动作，一会儿又是挑着米袋的姿势，我没有见过赏花赏到如此境界的人。

是呀，说起稻田的事，母亲没有不兴奋的，老家藏在桂西北的深山里，四周是坑坑洼洼的石山，要整出几片薄地也很难，只靠着村里周围几代人用手整出的几块田。山泉潺潺地浇灌这田，一家老小全靠这几块薄田糊口。于是母亲有事没事往田里跑，不是锄锄草就是施施点肥，精心侍弄着，哪怕是转到田头，闻闻稻香她就心满意足了，看够了，还轻轻摘一两朵稻花，边回家边欣赏呢。

稻花不香的时候，全家人就苦了，那一年，全村疯行稻飞虱病，几亩田里到处是枯黄一片，原先青青的禾苗被虫子啃得七零八落。那正是夏天时节，稻花正开的时候，村里人大力打药杀虫，虫杀完了，禾苗渐渐回青，但已经过了花开时节，田里只是稀稀拉拉，一点生机都没有。母亲在田埂上看着，急得团团转，最后无可奈何地扯了一把稀疏的稻花，拿回家栽到瓶子里，然后坐在前面，看一点没精神的花，愁眉苦脸。秋天的时候全家只收了几担谷子，母亲便东奔西跑，走亲求友，借钱借粮，又挖点野菜，才撑过了那一年，如今再提起那阵子，让人还心有余悸。

眼前的母亲还陶醉在那一捧稻花香中，她的脸笑成了一朵花。我想到此时的稻田里，禾苗青青，茂盛，密密匝匝，却遮挡不住那一束束淳朴的稻花。它们正一节一节拔高，探出了小叶子。那叶子就像忠诚的卫士，坚定地守在身旁。微风过处，稻禾摇曳，像是在快乐地舞蹈。一阵清新的稻花香扑来，让人沉醉其中，还有那些寂寞的小虫子，“嘤嘤嗡嗡”地飞着，纠缠着这些多情的稻花。那一束束纯白的稻花慢慢地在秋风的抚摸下，变成一捧硕大的稻穗，很谦虚地低着头，随着风多情的拥抱，不由自主地左摆右动，整片稻田稻浪翻滚，动荡起伏，母亲手持镰刀，在稻浪中穿梭，像是稻浪中勇敢的弄潮儿。

“咋啦？”母亲的一声招呼，将我从无边的遐想中扯了回来。也许是我那点想象力在起作用吧，出神得让母亲奇怪，便情不自禁地呼唤我，我感觉有些失态，笑了笑。

“稻花香吧，那有锅里松软的米饭香吧。”母亲想到什么似的，像在启发我。看看这花也香也美，母亲指着刚从地里摘回的南瓜花。那娇艳的花，还带着露珠，晶莹闪烁，那是母亲早早就摘来的，太阳还没有出来呢，那些晚上在花里过夜的蜜蜂呀小虫呀，此时都纷纷醒来，蠢蠢地胡乱地爬着，慌慌张张，毫无目的。我看到它们的狼狈，与花相眠本是件很美好浪漫的事，可也要节制呀，如此懒觉怎行呢。

“这是雄花，待过夜，这些蜜蜂小昆虫授完粉就可以摘了。你看，黄艳艳的，很美呀。做成南瓜花汤，清甜清甜的，够味！”母亲的一番话，让我口内生津，恨不得马上煮开一锅汤，将这些娇艳的花儿放进锅里煮，然后美美地喝上一顿。

“雄花可以摘，但雌花绝不可以碰。我们到园里去看看吧，满满地爬了整个篱笆，像是一堵五颜六色的花墙，煞是好看。”

我跟母亲来到了她辛勤开垦的后园。远远地，姹紫嫣红的篱笆便映入眼帘。近看，各种各样的花争奇斗艳，南瓜花最大，像个大的喇叭一样，高高地扬起；那些娇小的丝瓜花也不甘示弱，从阔叶的南瓜花下顽强地探出头来，炫耀着自己那一份光彩；紫色的牵牛花也混杂其中。一时间，紫色与黄白色交相辉映。我从没见过那么多那么漂亮的花，即使在花园里，也是一盆一盆整整齐齐地放，有些呆板，哪有这儿的肆意和张扬，毫无保留地展现自己最灿烂最绚丽的一面！

母亲轻轻地扒开那浓密的叶子和花，一个个硕大的南瓜憨憨地趴在架子上，还小一些的，像一只绿绿的灯笼，从架上长长地伸下来。丝瓜则像一把把长刀，挂到架下，整座菜园就像一个琳琅满目的果品超市，应有尽有。

母亲还指着一朵胖乎乎的花，说这是雌花，花色并不很艳，但花骨枝下已隆起嘟嘟的一部分，那是瓜儿，这花是雌花很娇气，不能碰的，人的手指一碰，那果就不会长下去，花朵也自然凋零。雌花只能给那些勤劳的蜜蜂和蝴蝶亲吻。我佩服这些小精灵的高雅和纯洁，人不能碰，是不是因为人太俗气，俗气会伤害高雅和纯洁。

这满园的花，结出满园的瓜。我们家很少为没有菜而发愁，想吃瓜就摘瓜，想吃豆就摘豆，吃不完母亲还可以塞满箩筐去卖，换回几个油盐钱；到了秋天，母亲进城看望我们还带来红通通甜滋滋的大南瓜，做成香甜的南瓜绿色粥，左邻右舍地送去一些，大伙都称赞不已。

母亲指桌子上摆放的这些南瓜花、稻花，说她一看到它们，眼前自然而然浮现那稻浪翻滚的情景，闻到园中那果果挂着的瓜果飘香，睡觉就睡得香甜，踏实。

母亲的这些花，养大了我们，滋润着家人的日子，美丽，朴实。

突然我的脸感到有些烫，难受，心想快些把那些养眼的牵牛花悄悄地扔到垃圾堆里。

背 影

常常独自坐在窗前，看着一行整齐的大雁急急地往南飞，扔下一两声凄厉的鸣叫，然后在浩瀚的天空里，渐飞渐远，最终被一朵朵游来荡去的白云遮住了；或者是消失在渺远的天际，那越飞越小的黑点慢慢地消失了。可是自己仍被那黑点似的背影牵着，一颗敏感的心在天马行空，随着那背影一点一点地飘远。

心跟着鸟儿飞越那茫茫的天际，想象前方会不会是阳光明媚、花儿灿烂的春天？那缕缕春风阵阵馨香，游人如织，到处是欢声笑语的景象。哪像自己此地此时一个人独守窗儿，窗外是秋风萧瑟，落叶纷飞，满目枯黄。抑或那天边也会有很多贴心的好伙伴在翘首期待，望穿秋水。它们一见面，便上下翻飞，摩翅擦身，以示欢乐。我知道那点点远去的背影肯定是去寻找一个充满阳光的地方，但那远去的背影会在什么时候把那一缕缕春光牵回来，撒满着眼前萧索的一切，让这里也生机盎然？鸟的背影牵走的是自己内心种种的悸动。

于是背影常常融成了心灵中骚动的记忆。记忆翻翻身，整个沉寂的心就被唤醒，欣欣然，满怀信心地期待着一切。读中学时，离了家到几十里外的地方读书，才是十二三岁左右的年纪，在家还是常常牵着母亲的衣摆，屁颠屁颠地如影随形，像父母温暖翅膀下一只快乐的小鸟，衣来伸手饭来张口，那时真不懂什么叫思念和牵挂。来到了新学校，陌生的墙院，陌生的老师，陌生的同学，让我感到前所未有的孤独。母亲温暖的手没有了，父亲那宽大的胸怀没有了，有的只是冰硬的课桌，冷寂的床架，即便坐在课堂里，老师那抑扬顿挫的讲课声，也只是冷冷地从耳边悄悄擦过，荡不起心里的一丝涟漪。没有电话，写信，父母又不识字，一滴滴孤寂的眼泪只好洒在我那洁白的笔记本上，坐在窗前，慢慢地倾泻孤独：一个背影带来不可抵挡的孤独。

又是坐到窗前倾吐时，眼前忽然飘过一个熟悉的背影，心中不由一阵兴奋，定眼一看，原来是母亲那瘦削的身影。她絮絮叨叨地说今天是赶圩的日子，要赶着买些化肥和种子，顺便跑到这里看望看望。我满腔的思念抑制不住，只是任凭眼泪唰唰往下淌。母亲从她那厚厚的布包里掏出许多香喷喷的东西：什么热气腾腾的红薯啦，还有甜甜的玉米。那可口的东西似乎暂时填满了心灵的孤寂。待母亲要转身离去的时候，那种孤寂满满依旧。我痴痴地望着母亲，母亲用那温暖的手轻轻地抚着我的头说不久就过来看我。家里有很多活要赶呢，要安心读书。接着那慈祥的背影又一点一点地消失在那校门口，也一点一滴地牵走了我的心。我又坠入一种深深的期盼之中：什么时候母亲那亲切的背影又出现在那冷冷清清的窗口呢？课堂上老师滔滔不绝地讲解着朱自清先生的《背影》，自己心潮澎湃：想不到这么一个伟大的人物，竟对背影也有如此切切的牵肠挂肚，背影到底是潜藏着怎样巨大的魅力。

可背影很多时候往往只是未知数，就像那远去的大雁，谁也不知道它会不会找到一方明媚的春天，或者会跟它们那叽叽喳喳的兄弟姐妹融在一起吗？也许在那猎猎的秋风中迷失了方向，落入了一堆枯草或泥潭之中，永远无法见到美丽的春天。母亲也没有像她所说的那样常常来看我，家里的鸡鸭牛羊都靠她喂着，还有上山砍柴下田插秧，一天到晚不停地忙。她那忙碌的身影是很少有停下来的时候。那窗前的影子也常常让我望成一弯淡淡的月牙，又望成了一轮圆圆的思念。

越是未知越是想去探寻，未知的背影会激发人们更多的兴趣和好奇。我看见了一棵树的背影，远远的。树影绰绰，那是童年时候常常攀爬的果树。此时正是金秋时节，望望田野里那稻浪滚滚一派瓜果飘香的景象，我想那棵老树一定会不辜负季节，累累地挂上一树红红的果子。因为童年的秋天基本上是在那棵树下度过。它葱茏的背影让人一看，便有果实累累的感觉。我急匆匆赶去，结果大失所望：树虽庞大，但年纪已高，只是稀稀疏疏地挂了几个，算是对季节的感谢吧。原来我记的只是树先前的背影，它的未知揭开了，也打破了我的追寻。背影记录的可能只是过去的事情，或者是渐渐远去的往事。岁月的冲刷，也许会让它消瘦不堪，甚至面目全非，让人认不出它原来的模样了。

比如在熙熙攘攘的人群中，突然发现了一个熟悉的身影，欣喜万分，急急忙忙奔过去，这背影曾经给自己多少的温馨和依恋：或者在小溪泥水里跌打滚爬过的，或者在如水的月光下相依相偎过的。这一简单的背影勾起了心中丝丝缕缕的怀恋：那宽宽的肩，那窄窄的腰，那飘飞的头发，那一步一摇曳的身姿，都那样令自己梦牵魂绕，难以忘怀。但是生活的长河把背影冲刷到遥远的地方。也许是一种天意，我们能犹如两朵轻飘飘的蒲公英，在此邂逅，怎能不令人欣喜若狂呢！快步站到背影后，照着先前的习惯，往左肩那里用力一拍，正等着她那美丽地转身。突然“哎呀”一声，那美丽的转身竟吓了我一大跳。我看见扭过一张同样充满诧异的脸，很陌生，眉毛怎么那么粗，圆脸怎么变成了方形，却不是记忆中的那一张。

那张原先总是笑意盈盈的脸，此时也充满莫名其妙的恼怒。拍错人了！我心里极为尴尬，那个迷人的背影是个美丽的陷阱，我陷进了里面无地自容，恨不得找个地洞钻进去。没等那个美丽的背影张口说话，我赶紧落荒而逃，遁进茫茫人群之中，丢下那个背影直愣愣地站着，她可能在嘲笑我这鲁莽而急促的背影。

年轻的时候，正是情窦初开，常常去捕捉那美丽的背影：或站在街道旁边，或蹲在超市边。看穿红着绿的男女穿梭而过，几个年少轻狂的人便在那儿私下指指点点，品头论足，特别是那些身姿摇曳的女孩，也许是荷尔蒙的作用，更是欢呼雀跃，连连称赞养眼之物，更有甚之，纷纷跑去看个究竟。也知道只可远观而不可亵玩焉，只对着她的容颜看个够，只乐滋滋地回来心里琢磨：若能找到这么一个漂亮的女孩做朋友，那是多么令人高兴的事呀！于是这类摇曳生姿的背影就成了年轻时候心灵的营养，至今笑来有多可笑，但那时这种背影能有多让人销魂呀！但更多的时候背影也是很会捉弄人。远远望去，总是那么充满诱惑，让人欲罢不能，忍不住把这种诱惑捅破。现在经过很多人和事，才深深地明白：很多东西最好总让它处于背影这么一种朦胧的状态中，让心中永远停留在持久的眷恋，珍藏在记忆的深处，就像一串串亮晶晶的葡萄一样，一望便口齿生津，恨不得一口吞下。那迷人的背影也是如此：跟在背后，无限艳慕；总想一跑到跟前看个究竟，有时候却让人大跌眼镜：身材是如此曼妙，脸上却是长满麻点或者五官歪斜，有些大煞风景。如此几次，我对背影是有些怀疑了。

我也常常凝望自己的背影。我知道自己是一介整日埋在书堆里的书生，自称书虫，一有时间便捧着书本沉溺其中，忘乎所以，常常是伏在书桌上大半天，没有动静。我想我的背影就是这样了：背有些驼了，腰是有些弯了，没有年轻人那种玉树临风的背影了，也许是沉重的知识把自己压弯了。但这种驼着的背影，让我在讲台上能够矗起一个滔滔不绝挥洒自如的背影，突显在学生心中。还有是常常手里捧着一本书，在教室前转来转去，踩着铃声，匆匆走进教室，学生们则安安静静坐在座位上热切地期盼着我的背影的出现。面对一双双充满对知识的渴望的眼睛，尽情挥洒了知识后，便在黑板上认认真真地板书着要点。学生聚精会神地盯着我的背影，“沙沙”地抄着笔记。

有学生说，老师，你的背影像座桥。我微微一笑：是吗？桥是那么沉静稳重，默默无闻。即使两岸是桃红柳绿，莺歌燕舞，桥只是静静地横卧在两岸之间，任凭步履匆匆的行人迈着或沉重或轻松的脚步踩踏而过。一介教书匠，弯腰弓背，伸出双手，一边伸向无知的孩童世界，握住他们稚嫩无力的手，慢慢牵引；另一只手伸向遥远的知识彼岸：那里飘散着知识的果香，成长快乐的笑声。桥就这样横卧在两岸之间，伸出他那宽大而厚实的肩膀，让学生一个一个一群一群地踏过去。可能有些学生太重，给桥身的压力很大，但他却那样无怨无悔，挺直坚硬的身子骨，让学生一个个踩踏过去。学生过去了，带走满是自豪的欢声笑语，留下了老桥孤单的身影，躺在河面上。有时候桥需要这样安安静静地休息，彼岸的一批充满着勃勃想法的学生跃跃欲试，就要过河了。那过了河的学生，会深深弯下腰道一声谢谢；或是若干年后，从桥上走过的人欢欢喜喜聚到一块，为桥身修修补补，除草拔藤，添砖加瓦。两岸已是桃李满天下了，芬芳数百里。

桥的背影太崇高了，我担受不起。我那单薄的身子拥着一堆堆高高的作业本，作业里面凝聚着同学们多少辛勤的汗水，寄托着多少家长厚重的希望。如此沉重的东西，我知道自己的腰会弯一些。孩子们一个个从大山里爬出来，寻找着祖祖辈辈们想都不敢想的梦。

伏在矮矮的办公桌上，身体自然拱形，自己在擦亮眼睛，看着孩子们正在走着的深深浅浅的脚印。脚印歪了，赶紧修正过来；脚印浅了，鼓励孩子是否再用些力。看着孩子们能稳稳当当地走过去了，自己才长长地舒了口气。时间久了，背影就自然弯弯曲曲了。

我想我这样的背影会给学生带去多少让他们快乐成长的知识，留下多少对职业的忠诚以及送给学生们对人生对社会的多少信仰多少希望。我想我的背影会不会在他们心灵深处刻下一道深深的痕迹？若是给他们带来的是希望而不是怀疑和失望，我就心满意足了。

自己的背影，别人的背影；一个人的背影，很多人的背影。这些意味深长的背影都让人不断地思考：不断地追寻别人的背影，追寻内心深处种种诱惑，心灵会慢慢丰盈起来，如果不断追寻自己的背影，反思自己在别人眼里的背影，心灵会渐渐深刻起来。

背影，一个永远充满着诱惑的未知数，闪烁在人生道路上，让人不断希望着，也不断失望着。

窗前的牵牛花

收到侄儿信的时候，天已经把那张漆黑的大幕狠狠扯下，窗外正是华灯初上，昏黄的灯光四处飞舞，扫尽城市每个角落的黑暗。

一

侄儿说他很烦恼，因为好朋友盘侬和盘卡都决定不去学校了，把书、文具统统扔掉了，剩下孤零零的他。一个伴都没有，他有些怕。

我知道从村里到学校，要走一段穿越乱坟岗的山路。光滑的石板，一级一级，仄仄地伸延着。那些被岁月涂抹得灰黑的墓碑七歪八扭：有的断了半截，歪歪地斜插着；有的干脆倒下来，横在墓的一旁，背后露出一截黑黑的棺木。那里荒草疯长，黑压压的，有些怕人。有风经过时，那茂密的草丛里总是传来有些低沉的“呜呜”声，还有冷不防飞出一两只漆黑的乌鸦，扑打着翅膀，“哇哇”叫喊，撒满那凄凉的感觉。

侄儿是约他俩上学时得知的。很多时候他们仨都一个是一个的影子。那天找他们去学校，却见到他们俩吊得低低的头，很难过的样子，嘴里嘟嘟囔囔说不去学校了，让侄儿自个儿去。毕竟他们是村里最好的朋友，上山砍柴，下河捞鱼，野外放牧。他们影子一个黏着一个，见了的人都说他们是孪生兄弟。

盘侬和盘卡我心底是有些印象的。每每回到老家，总看他们跟着侄儿玩，黝黑的肤色，显得那样健康活泼；豆一样圆圆的眼睛透着一股灵气。他们在村里学校的学习成绩是顶呱呱的，也一个追着一个。放假时候，他们都抱着大大小小的奖状，还有花花绿绿的奖品，更多地收获了村里人羡慕的眼光。他们心里都有一个彼此知道的秘密，走出大山，走到外面精彩的世界，过着电视里书本说的那种生活。他们曾经跑到村头的那棵大树伸出手指拉了拉钩，不许谁改变许下的诺言。

侄儿说后来事情变得越来越糟糕，从不迟到的盘侬竟然迟到了。上课已经有十多分钟了，他气喘吁吁地跑过来，满头大汗地跟老师解释，说家里没大人，赶紧给老牛割草去。还有盘卡，竟然是整个下午都没见到人影，到底哪儿去了？找了大半天，才在放学的路上碰了，拉起他的手一问，才发觉他手里拎的是一袋沉沉的盐，还有溜溜的猪油。原来是家里没了油盐，他得背几十斤米到三四十里地远的圩场去卖。家里只有他和年迈的爷爷，爷爷老了，走不了那么远的路，只能是他去。来回赶一趟，就得花一个下午。

是呀，他们两个是家里的老大，妹妹还小，都得帮家里分担点家务了。更可怕的是家里太穷，大哥大嫂都跑到远远的广东打工去了，赚几个钱添补家用。剩下的只有老弱病残的了，田地里的活是荒着了，家里也养些牛羊猪，卖了换油盐。这些家畜的喂养，都靠他们这些小孩子割草捡野菜了。上学前，放学后，他们都得上上下下地忙，学习就顾不上了。

我回家的时候曾经看见过盘侬、盘卡忙的样子。他们瘦弱的身子背着比他们还粗大的柴火，或者是蓬松的玉米秆，甚至是书包里有时候都装着青黄的猪菜，额头满是汗滴。农村的小孩就是这样，要么在菜地里择菜，要么在山上放羊。听侄儿说盘依、盘卡迟到的次数也越来越多，落下的课越来越重，作业都交不上去，试卷上满是红红的叉叉，在颁奖的时候，他们俩两手空空，满脸羞愧，眼里饱含着泪水，很是懊悔，只是羡慕地看着侄儿。他们终于找个机会，把侄儿拉到一个偏僻的地方，拉住侄儿的手，满怀歉意地说出他们不想读书的想法。侄儿感到有些意料之中，也有些惊讶，只是这种想法来得太快了。

其实，村里不去读书的小孩不只是盘依和盘卡，先前就有很多小孩待在家里，不愿去学校了。去学校要跑那么远的山路，到了学校又整天被关在教室里读呀背呀，乏味得很，不如跑到河边捉捉鱼，烤熟了混着吃；也可以爬到山上采采野果，美滋滋地吃着，那些都是多么有趣的事呀！还有报纸上和很多从外面回来的人说，考上大学的人有很多都找不到工作呢！何况自己读个小学或者初中，更是沾不上边。在学校里磨着时间，不如待在家里好好玩。要不，干脆跟着大哥大嫂到外面打工，早早赚几个钱，那不是更有用的事？反正自己也长得差不多了，跟父母一样，如果不是仔细辨认，还真看不出真实的年纪呢。

如果父母在家时，村里的小孩是不能这样放肆的，父母是过来人，知道知识的重要，逼也要逼他们去的。可是父母现在跑外面去了，没人管了，爷爷奶奶也唠叨几句，但根本进不了他们的耳朵。他们只管尽情地玩。村里的小孩一个见着一个不去学校，也一个跟着一个不去读了，就整天在村里疯跑，捉迷藏、荡秋千，快快乐乐。爷爷奶奶只能干瞪眼，身体老了，没力气，追不上他们，拿他们没办法。有的父母实在看不下去了，与其让他们这样野着，不如干脆拉着跟自己，赚赚钱，准备娶媳妇。于是，上学路上就那么几个稀稀拉拉的人。

侄儿不敢那样随心所欲，看到同伴们不去了，心里只是闪过一个下不去的念头，很快就消失了，拖着沉重的脚步孤独地回了家，坐到窗前，眼前马上浮现出大哥大嫂那双充满期望的眼睛。远在广东的他们从没有忘记孩子的学习成绩，每次打电话回来，第一句话问的就是成绩，让侄儿时时有一种紧迫感；他不敢放松。

更重要的是我作为他的叔叔——村里羡慕的读书人，在城里工作多么令人骄傲！我就是靠读书跑到山外工作的，放假时候，侄儿跟着自己到城里好好过了几天，他实在没法忘记那琳琅满目的超市，没法忘记锣鼓喧天的游乐场；单是城里的动画片就比家乡的多。他老是做梦到城里游玩。他宁可现在苦一些，将来能像堂叔一样走出大山。于是，家里的活儿，比如捡猪菜、挑水，他总是抓紧时间在上学前放学后完成，好在奶奶也还硬朗，佝着腰帮帮忙；妹妹也跟着做一些轻松的活儿。每次我从城里回来，侄儿都像跟屁虫一样缠着我，闹着我讲些城里新鲜的事。听的时候，他眼睛里闪烁着向往的光。

二

侄儿说两个好朋友不去学校了，他们整天疯跑，连个影子都难见到。侄儿一回到家，放下书包，便一个人坐在窗前，做着作业；没个人说话，就一个人发呆，望着窗外的云朵飘来飘去。幸好，窗前爬过来几朵紫色的牵牛花，很通人情似的，张大嘴巴的喇叭，想跟自己说些什么。

家乡的牵牛花到处都是，因为那些老房子是石头砌的，又堆着土墙，潮湿肥沃。牵牛花便喜欢长在屋子旁边。它那样惹人爱怜的：那紫白相衬的花朵，淡雅清丽，不是很去抢别人的眼光，自个儿在默默地开放，待满园的幽香四处飘溢时，你才发现这可爱的花儿是一朵接着一朵地盛开了，也不是争着在生机盎然的春天开放。只是悄悄地在寂寞的夏天吐香。一个夏天是很孤寂的，只有那单调的蝉声，让人莫名其妙生起一种烦躁的情绪。只有这淡雅的花温馨了孤寂，才让人对夏天有一丝丝淡淡的记忆。

牵牛花喜欢爬，只要抓住窗棂，便死死抱住不放，很多纤纤的细藤便肆无忌惮地爬满整个窗子，红的紫的粉的花挨挨挤挤地挂着。原先单调的窗子如今变成一幅五彩缤纷的画面，喇叭一个比一个长，极像一个准备演奏雄壮交响曲的乐队。轻风拂来，一只只漂亮的喇叭高高扬起，仿佛一曲曲悠扬的歌随风飘扬，这牵牛花爬得越高，花开得就越多。花是一朵接着一朵挂上去的，开得纷繁，便像是天女散花，热闹着寂寞质朴的乡下日子，让那些在春天闹够了的蜜蜂蝴蝶还是忍不住来欣赏她的婀娜。

就这么漂亮的牵牛花，家乡就没别的什么东西了。家乡也实在太穷了，遍地都是石头。田地是从石缝里一点一点抠出泥土整成的，种些玉米黄豆，一年到头挣不了几个钱。村里的房子都是祖祖辈辈们留下来的石头屋子，灰不溜秋的，长满斑驳的苔藓。侄儿的那双雪白的鞋子是在城里的我给买的，成了他骄傲的资本，若是在家里，就是穿大嫂自己缝的布鞋。不知什么时候，村里一些有闯劲的年轻人实在待不下了，跑到山外打工。没几年，竟然盖起了大房子，这可是让村里人眼红了。村里的年轻人一个跟着一个，纷纷跑了出去；接着是中年人，连妻子都带了去，村里只剩下老人小孩。跑出去的年轻人只是寄回些钱当生活费，自己到春节才回来。有的家盖了新楼房，里面却空空荡荡的。

侄儿说他经常叹了又叹气，盯着那已经被苔藓爬得绿绿的石头墙。房子是我父亲省吃俭用盖的，狭狭的，阴暗潮湿。大哥身强体壮，聪明勤劳，早出晚归，但那几亩薄地，只能勉强糊糊口，哪来多余的钱盖房子？苔藓爬得很茂盛，有几枝牵牛花偷偷爬过来，将淡雅的紫色散满窗前，其中一枝还直直地伸到窗前，像是一只喇叭，告诉你一些什么秘密。孤独的侄儿也只能跟着牵牛花说说话了。

这低矮潮湿的石屋曾经充满欢乐的笑声，那是大哥大嫂没有出去打工的时候，大哥嘴上的笑话和故事是不断的，每每放学回来，只要是大哥闲着，侄儿和他妹妹总是爬到大哥那坚实的腿上，缠着他讲个笑话。那时候，即使喝点稀饭，加点酸菜，那日子也是挺快乐的。可是侄儿说现在爸爸妈妈都出去了，把快乐和笑声也带出去了。每天放学回来，只是看到奶奶那蹒跚的背影，一切都那样冷冷清清。一天一天看到小伙伴们不去读书，很想跟他爸爸妈妈说一声，得到他们暖暖的鼓励，但都不知道如何倾诉，只好将这些话悄悄地埋在心底，感到无比孤独寂寞。看到窗前的牵牛花，总想倾过耳朵，听听它有什么话要说，也许有他爸爸妈妈远方传来的叮咛吧。或者自己可以通过这个喇叭传传自己的心里话，让爸爸妈妈听到，让他们早点回来陪伴自己，毕竟自己和妹妹太小了，很多事情都令他们感到害怕。

三

侄儿说他碰到了一件很令他心惊胆战的事情。那是上学时候，太阳有些偏西了，影子斜斜地歪向东边。他不敢想得太多，该是上学的时间了，怕这磨磨蹭蹭会迟到，迟到了就会落下很多的课。反正嘛，人各有志，别人不去读书，那是别人的事情。自己总有爸爸妈妈盯着嘛。于是，将书包往背上一扔，急急忙忙往学校赶，“啪啪”，走路一摇一摆，书包拍打着背部，像是爸爸妈妈的手在催促。他突然间感到一股强大的力量在推动着自己，脚步加得更快了，连过那片乱坟岗时都没有多大的害怕。

模模糊糊地，前面晃动着一个鬼鬼祟祟的身影。侄儿心里不由“呼”地一下绷紧了，是谁？在那里干什么？那是小桂她爷爷种的几棵黑乎乎的柚子树。秋天来了，柚子圆嘟嘟地挂满树上，像是秋天里挂起的一个个黄灯笼。柚子熟了，幽幽地散发些清香。每每放学路过这里，这些香气都让自己口水不争气地在嘴里漾，这可是小桂爷爷摘了卖了换油盐的，不容别人乱摘的。如果结得多了，也分一两个给左邻右舍尝尝。侄儿也有幸吃过，那柚子水分充足，一咬，满口溢出清甜爽口，至今还有些隐隐约约的甜味呢。

近了，慢慢看清在树下晃悠的是村里的二赖巴栋。那巴栋我是有印象的，比我们小几岁，现在接近四十岁，游手好闲，娶不上媳妇，根本不像别人一样跑到外面打工。说那又脏又累，不如在家里睡大觉。平日，什么事情也不做，净是把家里的一些东西拿去卖，换几斤米酒，迷迷糊糊地过日子，少不了趁着天黑人少的时候乱窜乱逛，顺手牵羊拿些别人的什么东西。这下在柚子树下晃悠，肯定没啥好事可干的！侄儿说他很害怕。

巴栋看见了来人，慌乱地走开，眼里闪过一丝恨恨的光，让侄儿感到一阵寒冷。侄儿读懂那阴阴的目光：村里那些年轻力壮的人都到外面打工了，像巴栋这样几个好吃懒做的地痞就猖狂了。先前拿别人东西时还偷偷摸摸的，现在想拿就拿，甚至光天化日的。他年轻力壮，身体敏捷，料想待在家里的这些老年小孩是拿他没办法；即使是碰着了，追也追不上，打也打不过，只能跺着脚臭骂几句。

他们则得意洋洋地拎着这些东西回去享用。空荡荡的村子不时出现一些小问题：这家说丢了只鸡，那家说找不见那条狗。而巴栋这些二赖则满脸油光醉醺醺地晃着，挑牙剔齿，心满意足。看不惯的老人小孩在电话里告诉在外的亲人。大伙也趁着回家过年时，把他们教训一顿，但人一走，丢东西的事情依然发生。

侄儿看着巴栋远去的背影，怦怦跳的心慢慢静下来。巴栋那一拐一瘸的腿，那是今年初去爬阿三家的鸡圈不小心跌下害的。看着这可笑的背影，侄儿想到他手臂上的那块伤疤。那是五个深深的齿印的伤疤，是侄儿留给他的“纪念”。想来让人有些好笑，又有些可恨可怕。

那傍晚时分，侄儿刚刚放学回家，他心里一直盘算着今晚如何给那几头小猪配喂饲料。背上沉重的书包才放下，忽然听到隔壁的家里传来急切的呼喊：“快来人呀！抓小偷！抓小偷！”侄儿知道那邻居家有一个年过七十的老奶奶。那老奶奶走路都还拄着拐杖，颤巍巍的，很不稳；还有一个九岁的小女孩，瘦瘦弱弱的。那老奶奶常常坐在家门口，那乌黑光亮的拐杖就搁在一边，笑眯眯地跟侄儿打招呼。那小女孩则在屋里忙忙碌碌，剁猪菜，洗碗，挑水。小女孩空闲，便搀扶着奶奶在村里转转，很可爱孝顺的样子。

这可怜的祖孙俩，有谁在欺负呢，侄儿最看不惯的就是欺负弱小的，于是二话没说，直冲向呼喊声传来的邻居家，恨不得就把那可恶的家伙撕碎，一解心头恨。

天色已经微微暗了下来，眼前一片朦胧，只见邻家的院子一片凌乱。小女孩躲在门后，冲着鸡笼喊着；老奶奶则拿着拐杖“咚咚”地敲打着门沿，咧咧地骂着：“死冤头，造孽，偷别的什么家，偏看不起我们祖孙女俩！”

“哎哟，老不死的，小气鬼，不就一只鸡吗？以后我赔你，今晚老子没东西下酒了。”油腔滑调的，一听就知道是死皮赖脸的巴栋，像是在故意气人。只见巴栋手里拎着一只鸡，那鸡扑腾扑腾直拍打着翅膀，卷起一阵尘草飞扬。见到老奶奶远远地嚷嚷，巴栋故意站在院子里，伸伸头弯弯腰，谅那老奶奶小女孩也不敢追过来，还扭着屁股，一手拎着鸡，一手招摇，阴阳怪气地说：“来呀，追过来呀！”那样子真令人作呕！

侄儿实在无法容忍这种仗势欺人的丑态，但想到巴栋那强壮的身体会一下子把自己丢得老远，弄不好还被他踩几脚，那得自认倒霉！但巴栋那一扭一摆的丑态太令人恶心了。侄儿瞄准一个角度，趁着朦胧的夜色，冲到巴栋的背后，一抓住他那只抓着鸡的手，使劲一拉，嘴巴一张，狠狠地咬了一口。那巴栋“哎哟”一声，急忙扔下鸡，痛苦地弯下腰，不停地揉着那被咬的手臂，不断地跺着脚，嘴里不停地“哎呀哎呀”地尖叫着。

那被扔到地上的鸡，“咯咯”飞走，转眼没了踪影。侄儿趁巴栋还痛苦地蹲在地上那一刻，转身像小兔子一样钻出院门，消失在茫茫的夜色中。巴栋赶紧跟在后面直直追来。侄儿经常玩捉迷藏的游戏，地形熟悉，钻到一堆蓬乱的柴草堆里，让那丛丛草垛盖住了自己，屏着气，看着外面，紧张地躲着，心里“咚咚”地敲着，不停盘算着，如果被他抓住了，怎么办?

巴栋在草堆前转来转去，嘴里“哎哟哎哟”地叫疼，还不停地叫骂：“咬人的兔崽子，有胆量出来跟我斗斗，我非揪你出来不可，踩死你！”骂声一句比一句高，侄儿感到越来越害怕，怕他那狰狞的脸和那粗大的拳头，感觉全身在发抖。

骂声越大，引来的人越多，村里老人小孩纷纷围过来，你一言我一语，问问怎么回事。举着火把的，打着手电筒的，一时纷纷攘攘，问清了事情，大伙又纷纷数落那痛苦地晃着手的巴栋：“偷东西的，活该！”“呸，咬得再狠些就好。”“把那脏手咬断就好了。”看着人们张张嘲笑的脸，巴栋赶紧灰溜溜地走了。

后来不知怎的，侄儿走在村里，老人小孩都投来敬佩的目光，甚至有人当着他的面伸出大拇指连连夸奖他，侄儿只是笑，一句话也没说，心里却感到无比兴奋。侄儿说起这事来，手舞足蹈，骄傲的神情写满脸上。

四

侄儿说巴栋的目光从此就阴阴地对着自己，使自己时常感到有些害怕。侄儿生怕某个时候，巴栋突然从某个角落凶狠狠地钻出来，伸出那双有力的大手，紧紧揪住他的衣领，也像拎那只可怜的鸡一样，狠狠地抽他一阵。我想如果强壮的大哥在身边多好！大哥是个劳动好手，古铜色的脸透露着一股刚毅之气，身材魁梧，常常将二百斤的担子压在肩上，步伐迈得大大的，那架势巴栋见了，吭都不敢吭一声，缩缩地躲在一旁，一个屁都不敢放。大哥的正义和强壮也时常感染着侄儿，使他的勇猛和刚强在村里人的心目中是出名的。

碰见巴栋的下午，侄儿说全是被这些胡思乱想弄得乱糟糟的，只听得了老师嘟嘟哝哝的一些话。班里的学生是越来越少了，老师的目光越来越充满失望，看到侄儿也一副心不在焉的样子，就走过来拍拍他的肩膀，满心疼爱地问问他的情况，也鼓励他一定要坚持下去。侄儿微微笑，叫老师放心，他心中自然有自己的底，不会跟别人一样的。

侄儿说很担心奶奶，一放了学，便赶紧跑回家。奶奶，就是我母亲，已经八十多岁，跟我到城里住了几天，受不了清闲，放不下孙子，又跑回了乡下。侄儿说刚回到家里，奶奶就颤巍巍地走过来，抚摸着他的肩膀，心疼万分地说："读书累了吧，走那么远的路，现在去的人少了，注意安全哪！"侄儿乖巧地点点头，显得很坚定。他不想让奶奶替他担心，奶奶那么老了，头发雪白，却梳得整整齐齐的。如果在大哥大嫂面前，想起今天可怕的事情，他肯定放肆地大哭一场。可他不敢让奶奶伤心，怕奶奶担心。万一哪一天奶奶摔倒了或者是病倒了，躺在床上，不能在他放学的时候到门口去看他，那更加令他伤心失落，还有那可爱的妹妹，长着两个甜蜜蜜的酒窝，一笑就笑出清脆的声音。晚上，在昏黄的灯光下，祖孙三人围在一起快快乐乐地吃饭，还有些温馨。

侄儿说那天傍晚窗外传来一阵嘈杂的声音，他从窗口探出头去看个究竟，只见村的东头簇拥着一群人，七手八脚在忙乱着，好像在抬着什么人。侄儿好奇地问奶奶，奶奶从里屋远远地回答，大概是村东头的七奶奶摔伤了。都伤一天了，躺在床上，没人知道；只是疼得受不了，慢慢爬到门口，才被发现，当时已经昏了过去，现在村里的大人正赶忙把她送往医院。

七奶奶？侄儿头脑里马上闪现出一个比自己奶奶更老的奶奶，腰几乎驼得跟地面成了个直角，拄着拐杖敲着地面很响，像是老在探着路。八十多岁了，儿子孙子们都跑到广东打工了，家里只剩下一座房子和她。儿子儿媳隔几个月轮流回来看望她一次，见她没事了又赶紧回去打工。他们要这两年把新房子盖起来，他们这烂烂的石头房子恐怕是没人看得上的，不会被偷什么东西的。于是，全家人一股脑儿往广东赚钱去了，按时寄回些钱由邻居家代着去买东西给七奶奶。七奶奶便摸摸索索着一个人过日子。

七奶奶是很少一个人待在家的，天一亮便拄着拐杖东家串串西家走走。她说要找人说说话，心情好些。她也常常来大哥家串门，找母亲聊聊天，回家时候我看见过几次。她的口袋里总是藏着几颗甜滋滋的糖，不时掏出哄哄侄儿和他的妹妹。是呀，孤独的老人们聚在一块，可能消除些寂寞吧。长一句短一句地聊，两个老人脸上才露出舒心的笑容。

七奶奶家里没人，跌倒没人看见？侄儿说他突然感到一阵阵担心，一下子想到自己的奶奶，心里有些慌乱。“奶奶！”侄儿急急忙忙叫了起来，生怕奶奶有个什么闪失，放下作业本，伸出头来，看着奶奶到底在哪儿？父母不在家，他就是个堂堂正正的男子汉，就像巴栋那样的坏蛋，也没什么可怕的。

院子里，阳光朗朗的，满满地铺了一地。奶奶正佝着腰，簸着刚刚收回来的黄豆，吹走那些皮皮和尘土。颗颗跳起的黄豆在阳光的照耀下格外金黄，像是一粒粒透亮的珍珠。奶奶喜欢劳动，手脚动多了，就麻利多了，身子就硬朗起来。

侄儿说，他也喜欢跟奶奶到地里摘些瓜豆，特别是那些黄瓜，没有施一点化肥，全是猪圈牛栏里的粪便，更不用打药。瓜儿水灵灵，咬一口甜滋滋的。希望我有空回来，一起到地里摘摘瓜，尝个鲜……

信的字里行间散发着孤独而坚韧的气息，不停地冲击着我牵挂的心。透过窗外飞舞的灯光，我仿佛看到了院子里那棵牵牛藤开出紫红紫红的花朵。阵阵清风吹来，花儿不停摇曳，映衬着侄儿那张成熟的脸，像是在跟他逗笑；又像是叫我快快回去。我那颗敏感的心也跟着摇曳起来，飞向故乡。

游荡的光棍

“噼噼啪啪”，村里的鞭炮声又热热闹闹地响了，是一户人家盼星星盼月亮，努力多年才得到一男孩。亲朋好友们都从四面八方聚过来，欢天喜地地庆贺着。

村里的光棍越来越多了，村头村尾地聚着，无聊着，企盼着什么。

家乡人喜欢热热闹闹，待在一起的时候总是成群结队的，很少有人独自转悠。山里人很讲实用，读书是为了识几个字，会算点账，便回家侍弄田地，结婚生子。许多人都在二十岁出头，不管立不立业都要成家，如果有谁超过了二十五岁，还光棍一条，那可要遭人嘲笑了。如今往村里望一眼，三十出头还没找到对象，摞起来一大堆。看着别人成了家，他们心里也挺着急的，东转转西瞅瞅，提着东西找媒人，由三十岁找到三十五岁，又由三十五磨到四十……找来找去，结婚的念头都给找麻木了，便成了地地道道的光棍。

家乡深藏在桂西北的山窝窝里，偏僻落后，到附近的圩镇都要赶十几里的路，村里人大都是面朝黄土背朝天的，双手整天侍弄着田地，沾满浊黄的泥巴，穷得叮当响。村里少得可怜的女孩都穷怕了，能跑到山外转转过，就一去不复返，逃瘟疫一样地逃离穷山沟。能干相貌好些的男孩或许能在本屯或附近村屯勾住一两个女孩，和和美美地过着日子，这招来不少村里年轻人嫉妒的目光。

没到谈婚论嫁的女孩小鸟一样地纷纷往外飞，到城里打工去了，回来时都情意绵绵地牵着山外的情郎。看着她们穿着高跟鞋在村里泥泞的小路上踩高跷似的跳走，村里的光棍们气就没打一处来，于是，焦急万分的光棍们在村里四处游荡，看看谁家的女孩初长成了，做梦都想着牵着她们的手，美滋滋地在屯里穿行，可岁月的年轮一圈一圈地爬上他们的额头，一点一点地磨掉他们残存的那点美好的梦想。

露在村头，除了这些幽灵一样的光棍，还有的是结了婚的媳妇们，她们捧着大肚子，彼此抚摸着，在比较谁的肚子大谁的肚子小，在猜猜里面是男孩还是女孩。她们津津有味地比画着议论着，不时发出一阵爽朗的笑声，惹得路过的光棍急急吐上几泡口水，表现出一种不屑一顾的神情。弄得媳妇们便背后指指戳戳：这号人活该！没过多久，媳妇们的大肚子终于都瘪了下去，换来的是村里时隐时现的阵阵鞭炮声，便有小孩在村里奔走呼告：谁家的媳妇生了个带小鸡鸡的啰！那家的主人也喜笑颜开地杀鸡宰鸭，大摆几桌，宴请远远近近的亲朋好友，热热闹闹一番，像在隆重地宣布自己一件重大任务的完成。这家里里外外张灯结彩，喜气洋洋。可也有那些静悄悄的人家，没人声张。媳妇的肚子是瘪了，但没人敢问。看着主人一脸的愁容，心中便明白几分，媳妇抱着小孩是那样行色匆匆，仿佛做什么亏心事似的。一胎两胎……冒着被罚款的危险。她们也想人模人样的，一定努力生个带小鸡鸡的，只要生了个带小鸡鸡的，便高高兴兴地去完成生育任务。谁的心里都很清楚，不管怎样都要生个带小鸡鸡的，为家族争荣誉。

在一阵接一阵的鞭炮声中，村里的光棍就是越来越多了，原先没有实行计划生育的，一家可以养三四个，甚至有的家养了一窝七八个。媳妇们毫无顾忌地生着，生下什么就是什么，有三女一男的，有三女三男的，没什么限制，反正总能生出一个带小鸡鸡的，自然平衡嘛，村里生的男女基本一致。而现在不准养那么多了，生的时候便多留个心眼，甚至是刚怀孕那阵。家乡四面高山，只有一条泥泞的小路爬出山外，条件虽然不好，但原先有些女孩不愿意离开父母，嫁得太远，便选择留在村里；附近村屯的女孩也不时有一两个愿意嫁来，这样一来整个村子还像个村子，可如今生女的少了，剩下的女孩眼光放远了。村里便到处游荡着一些孤独的身影，木讷呆滞的表情，头发已白，却孤身一人。若是你热情地跟他们打招呼，他眼皮都懒得抬一下。知情的赶紧走过来说："这些光棍想媳妇想乱了头，一天什么事情都没有兴趣做，吃饱了，玩、睡，不像正常人一样操劳家务，养儿育女。即使他们的年纪大了，也没有一点责任感，将自己孤立在村里人之外了。"听着听着，心里不禁一阵阵莫名的惆怅。他们有事没事，便一群人坐在村头，两手插进裤袋，傻傻地看着从村头偶尔路过的女人，心里痒痒的，等到背影渐行渐远，才回过神来，重重地叹了一口气。相互望着的是一张比一张更皱的脸，充满着无可奈何的笑。

也有想入非非的，想在别人的媳妇身上占点便宜，以前这种绯闻还时有发生，但现在这种美好的想法几乎是不可能。村里能讨到媳妇的都是些能干能说的人，他们的魅力自然比那些无所事事的光棍要强得多。他们的媳妇自然没有偷汉的想法，若是丈夫出去打工了，他们也想方设法把媳妇弄到一起，免得后院起火到时远水救不了近火，光棍们要想产生一些绯闻是非常不容易的。光棍们想媳妇想得难受了，便三五个相邀切来几斤狗肉，打上几斤酒，聚到某个光棍家，猜码行拳，一个把一个灌得醉醺醺的，口中念念有词："婆娘婆娘"，瞪着一双猩红的眼边走边哼。腿软了，走不动了，便随处一歪，呼呼大睡，甚至躺到铺满稻草的猪栏里，也能酣然入睡，没人找没人呼，有时居然踏踏实实地睡到天亮。他们有时候也想爬回家，外面又冷又脏，但脚软了，更怕的是家里的床依然是那么冷清清的，跟在外面有什么两样，想到自己孤零零地躺在床上的情景，那更令人伤心。在外面过夜他们无牵无挂，没有小孩要抱，没有婆娘要牵，跟年老的父母住在一起，自己什么事情都不用去管，兴趣来了回家一趟。

清醒的时候，一个人拿一张凳子，摆在院子里，昏昏沉沉地坐着，对什么事情都没兴趣：猪是父母喂的，牛羊是父母放的。懒得看到成双结对的年轻人，只有一条忠实的狗伏在自己的脚边，乖乖地，不停地摇着尾巴。在狗的身上，他们似乎看到一点温情，阳光暖暖地晒在身上，使人有一种很慵懒的感觉。他们便眯缝着眼睛，半睡半醒地靠在椅子上。他们什么也不用去想，什么也懒得去想，什么油盐柴米，全一股脑儿抛开。心情好些，便到庄稼地帮上一把，父母兄弟也不敢对他怎样，也很理解他内心的痛苦，只是爱莫能助，任由他自己去消消积虑吧。

想得多了，有些光棍便不想待在这穷山沟里了，想离开这窒息的环境，到外面打点工，透透风，也清爽，也许能多看看些女孩。村里也不是有人到外面讨得婆娘回来的吗？尽管那些婆娘都是拖儿带女的，但总比没有暖炕头的要好得多。念头一闪，他们便急急忙忙收拾行李，悄悄地溜了。父母见了，也不敢多问，只是把几张皱巴巴的钱塞到他们的手里。心软的母亲眼睛湿润了，但没给他们看见，背过身去，悄悄擦掉。有些光棍出去了，也许是外面的世界很精彩，他们有的近十年都没回来一次，他们是遗忘了这个令他们感觉不是人的地方，管它是不是故乡。

“噼噼啪啪”，邻家的鞭炮声又热热闹闹地响了，烟火冲天。村里的亲戚一拨又一拨地赶往恭喜，村里剩下的光棍在刺耳的鞭炮声中沉沉地打盹。

村里的老师

山里的地不多，不能划出一大块，让学校在那里堂堂皇皇地建，只能在村子的一角，挤出一块地来，搬些砖来，弄些瓦来，花上个把月，给盖出了几间瓦房，再派上村里几个年轻力壮的小伙子在房子上把坑坑洼洼填平，算是有个活动的操场。于是，附近的村村寨寨的孩子犯不着跑很远的地方念书，走上几百米，甚至一走出家门，就是校门。那四合院的模样跟村里人家没有多大的区别，只是在清晨或黄昏响起的一阵琅琅的书声，才让人感觉那是一个实实在在的学校。

学校的房子是村里的，老师也是村里的。这千山万弄的深山里，是很少有什么师范毕业生分配到这里的，村里读书的人没几个，成才的更不说，山外的人对这里都望而生畏，那就只好找村里念过点书的人或读过私塾的。念过高小的，找来找去，就找出了三四个，上级派来一个校长，管着这里的一切，工资由村里每家每户地筹着或者由上级补贴，学校就这样“人口手上中下”地开学了。

村里的老师跟村里的人没什么两样，蓬乱着头发，惺忪着双眼，只是偶尔的时候，穿上笔挺的中山装，插上一支锃亮的钢笔，才让人感觉到有些派头，更多的时候，则是灰头土脸的。只有那外来的校长精神些，经常的中山装，让头发尽量地往后翻，背着手在校园里转悠，让调皮的我们有些收敛。

村里的老师是村里唯一能讲普通话的人，他们经常出差到山外去培训，学这些城里人说话。村里的人大多是讲“叽里呱啦”的壮话或毛南话，桂柳话都没有多少人会说，普通话是什么玩意儿，大伙心里就不清楚。只是让我们村里的小孩很敬佩的地方，那时村里还没有电视，一年到头就听着校长从山外带来的那个破旧的收音机，“沙沙”地播放些歌曲和新闻，很是新奇。我们常常跟着收音机里读，便觉得村里的老师的普通话说得怪怪的。上课时，他们手拿着课本，憋足了劲，一字一顿地吃力地范读着那课文，嘴唇不停地嚅动，有时盯着一个字，嘴巴张了大半天，还是吐不出来，弄得满头大汗，转而脸色有些微红，很尴尬地对我们笑笑，干脆就用壮话来解释，大家恍然大悟般地赶紧记住了那个字，脑勤口快的同学便一蹦就蹦出那个字，清脆响亮，弄得村里的老师翘起大拇指，连连夸奖。自己也赶紧拗着嘴唇学着，支支吾吾地弄了几声，还是不像，有些无可奈何的样子。在我们当地的壮话里送气和不送气是不分的，还有什么卷舌不卷舌的，更是让村里的老师伤透了脑筋。记得上《兔子和乌龟》这篇课文时，大伙都被那精彩的故事迷住了。突然，村里的老师问了一个问题，把大伙都愣住了，面面相觑，莫名其妙。既然兔子跑得那么厉害，那么它的肚子里装什么东西，肚子的肚子是？

“大家吃过肚肉吗？”什么？兔肉还是肚肉？肚肉的是猪肚的肉，那也是大家很喜欢吃的，这两种在当时是很难吃上，填饱肚子就不错了，这两种肉到底是哪一种？也许是大半天没人吭声，村里老师用壮话解释了一番并且在黑板上板书那个“兔”字，教室里又是一阵哄堂大笑。他们毕竟没有经过专业学校的培训，长期说方言也使他们的口型走型，说出的普通话很拗口。他们也最担心有领导和外面的老师来听课，所以一有时间便拿着课本在操场上“咿呀呀”地练着。

村里的老师大多是堂叔堂伯类的，感觉又是亲切又是有些害怕。丁零零的上课铃响了，背个小书包急急往学校赶，心里有些慌慌张的，生怕被老师逮住了，唠唠叨叨地训上个大半天。往教室门口一瞧，一见是堂叔，心情自然放松些，缩缩地钻到前面，很委屈的样子，低低地叫声“叔”，他那微微绷着的脸温和了下来，作了个手势，“哧溜”从他腋下钻了过去。上课时，大伙争先恐后地发言，“叔叔”“老师”“伯伯”各种称呼，此起彼伏，尽管父母在家时经常严厉地强调，在学校只能叫老师，不能叫叔或伯什么，那样是很不礼貌的。回了家可以随便叫，可在这种课堂之中，情急之下，谁还管那么多呢，甚至在做作业时，遇到不懂的地方，便赶紧扯扯老师的衣角亲热地“叔长”“叔短”地叫，弄得那老师狠狠地盯了两眼，便耐心地弯下腰讲解问题了。谁是谁的堂叔堂伯，同学们也最喜欢拿来炫在口头上，村里没什么外出工作的干部，大概能按时领到工资的就算干部了，村里的老师就是吃皇粮的干部了。于是，大伙儿就喜欢拿他们来说事，表明自己的得意。有个早上，大家坐在教室里大半天，也没见到老师的影子。阿豆便神神秘秘地跟大家讲，他的堂叔（村里老师）昨晚喝高了，估计今天早上难以起床，应该是向校长请假了的。这么一说，原先安安静静的教室一下子纷乱了，大伙趁着难得的自习课，各自做喜欢的事，吹牛聊天的，呼呼啦啦，追逐打闹的，叽叽喳喳，大伙尽情地欢乐，教室里像是炸开了锅。突然，门口晃动着一个身影，一动不动，直盯着教室里的大伙，一看是村里的老师来了，红着双眼，满脸严肃地看着纷乱的教室，大伙一下子慌了，赶紧逃回自己的座位，翻开书本，端端正正地坐好。一堂认认真真的课就在老师面前出这种丑可不好，回去肯定被父母训的。心里直埋怨着阿豆，大伙心里直忐忑地跳。

村里的老师一般不住在学校里，整个空荡荡的校园就留校长一个人守着，即使也分上了一两间房子，也是摆上桌子，放上作业、粉笔或是教本什么的。我们放了学，他们就回了家。他们正当中年，上有老下有小，家里的活忙着呢，家里的几亩田地全撂给瘦弱的师母们去干了，师母们便日出而作日落而息。在田间地头，风里来雨里去。但村里的老师被孩子们牵着呢，上课备课改作业，一点都马虎不得，都是亲朋好友乡亲的孩子，但家里的事情也牵着他们。于是学一放，他们便急匆匆往家里赶，喂猪喂牛，煮饭煮菜，经常是把他们忙得不可开交。

我们的作业本经常是沾着些斑斑的米浆，脏兮兮的。那是村里老师放了学，带上一摞摞的作业到家里，拎上箩筐往地里捡猪菜，洗净剁细，混上米浆，赶到脏兮兮的猪栏前，舀起一大瓢，放到槽里，饿得嗷嗷叫的猪，迫不及待地将大嘴拱过来，抢着瓢里的潲水，张开大嘴“扑扑”地吃。这时，村里的老师看着猪们在津津有味地吃，就坐在猪圈旁拿出几本刚刚从学校带回来的作业本，专心致志地改起来。猪的大嘴在槽里不停地拱着，飞溅起来的潲水喷到了作业本上，村里的老师忙不迭地用自己的衣袖小心翼翼地擦了擦，但还是拖下一条长长的米浆迹，跟鲜红的墨水排在一起，很是好玩。有时也沾染着些油迹，那是炒菜留下来的，乡村小学生的作业本就这样花花绿绿地被批改着。

村里老师的裤脚常常是往上挽着的，除非是寒冷的冬天，才齐刷刷放下，他们常常要下到田地里耙田插秧，到河边挑水，洗菜，都是一些跟水打交道的活计，而且都是放了学，急急忙忙赶过去，有时一到田里就一挽。整天就这样留着，省得下次再挽。但更多的时候是忘记了，你想想，中午是十点多钟就放学，回家赶紧扒两口饭，背个重重的耙，把裤脚一挽，匆匆往田里赶去，这些重活，师母们是干不来的，只有靠这些村里的男老师，这农活又很讲季节，错过了，一年全家可能就得喝西北风了，谁也不敢怠慢。农村小学在这大忙季节，常常有农忙假，村里老师就利用这一星期的假期赶紧把田里的秧插了，也埋下一颗定心丸，要是田地较多的，收了假，上了课，心里也老惦着，课前课后地赶。有次上了课，铃声响过不久，村里的老师急急赶来，满头大汗，踩着一双凉鞋，小腿白白的，像是刚被水冲洗过一阵，那裤脚仍高高地挽着，皱成一团，裹在膝盖上，后面还沾着点点黑沃的泥巴，紧紧地贴在裤脚上，还没干呢。但村里老师一踏上讲台，便摊开课本，忘情地讲了起来……

师母们是不怎么喜欢这些村里老师，当初嫁的时候想必是看中他们有点文化，是半个干部，得到别人的尊敬。现在可是没有后悔药，只好认命，很多时候，很多事情都是一个人担着，累了，满腔委屈，不顺心了忍不住便破口大骂："天天守着那破讲台，一个月没得几十块钱，添点油盐都不够。"满村地骂。有时候索性拎个背篓往教室门口一放，交代着拣菜收玉米什么的就走了，全不顾教室里一双双惶惑的眼睛，扔下还在那直愣愣听着的村里老师。碰到骂着的时候，村里老师便使着酸溜溜的那一套："压低点声音，学校里的孩子都是乡里乡亲的呢，我不教谁教？以后的活我尽可能多做些。"满脸堆笑，惹得师母们又咯咯地笑了。

稻子黄时我的生日

城里的孩子已燃起细细的蜡烛，所有的灯都熄了，留下一片黑漆漆。摇曳而明亮的烛光，映照着一张张天真的笑容，脸上荡漾着神秘的幸福，甜美清脆的生日快乐歌，随着蜡烛一摇一晃，欢乐的烛光洒满屋子的每个角落。生日，他们不可或缺的节日，一个尽情欢乐而隆重的节日，不仅仅意味着长大了一岁，更多的是意味着成熟，渴望，憧憬，尊重。

可我的生日呢，我在迷惘中胡乱地寻找生日的踪迹，我很郑重地问过母亲。之前我问过父亲问过爷爷问过所有的亲属，他们都默然地摇摇头。我只能问生我养我的母亲，那个让她阵痛不已的日子，是否在她的心底有个根？

我想清清楚楚地知道我那个确切的生日，如今不再是童真般的期望，为了满足成长一岁的荣耀，更不是在生日时可以尽情欢乐一番，只是为了应付填写各种各样的表，这些能够把你的人生密码一一记录的表格。谁都不想让自己糊里糊涂地生下来，成了一个没有生日的人。

然而母亲也很茫然，双手抱着脑袋，拼命地在回忆些什么，似乎害怕面对我真切的眼睛，最终只是淡然地说大概是稻子黄了的时候，接着便是她模模糊糊地讲述，仿佛是来自幽幽时光隧道里的，娓娓的话语把你牵入了稻浪翻滚的岁月。

当时家里劳动力少，就她和父亲两人，没日没夜地在田里跑，辛辛苦苦糊着家里五六人的口，很少有坐下来歇一口气的时候，特别是农忙时节，看着田里的稻子熟了，黄灿灿的沉甸甸的，丰收在望，一家人一年的肚子算没问题了，心里喜滋滋的。可南方的天总是在秋天来临时缠缠绵绵地飘起雨，像是要把整个大地淋个透，那黄得发亮的谷子被淋得霉黑霉黑的，在蔸上的也快要透出嫩绿的芽了。农人看在眼里急在心里，直跺脚。那刻母亲也感觉自己的肚子阵阵发痛，先前又生过哥哥姐姐，心想着没那么快，便匆匆往田里赶一趟谷子，谁知肚子越来越痛，母亲赶紧往自己的肩上撂了一担，咬紧牙关，终于挺着回到家里。一躺到床上，伯娘叔娘都赶过来，没几分钟，我便“哇哇”地出来了。母亲耐着性子躺了三天，再也坐不住了，心里老是惦着那黄澄澄的谷子，便撑着往晒谷坪去晒谷去了，那时满脑子是黄灿灿的谷子，很奇怪的。

母亲的语气是那么的平静，沉浸在一种幸福的回忆之中，不知是我出生带来的，还是那金灿灿的谷子给的，我不想去探清回忆中结果的真切。

这就是一个乡下小孩的生日，一个稻谷黄了带来的生日，一个黄灿灿的日子。于是在洁白的表格上，我郑重地写下了八月某个谷子灿烂的一天。

家乡是窝在一个远离都市的偏僻的小山村，四周是绵延不断的山呀坡呀，大大小小的农田被割成一块块水波粼粼的镜子。山里的田地是没有歇的时候，黄黄的是稻谷，青青的是玉米，白白的是棉花，家乡人就一整天扛着把锄头，这里锄草那里开垦，要么背个背篓，往山里捡猪食。大伙眼里就只是稻子玉米，还有圈里嗷嗷待喂的猪牛羊。这些都是大伙一年油盐的，马虎不得。没了这些，一年到头就喝西北风了。家里人不管谁都围着这些东西转，要是背着手满村闲逛，会被村里骂为饿死鬼。

小孩呢，则顾不上了。会走路的，让他们自己找小伙伴，满村跑，锅里总是留着吃的东西，饿了自己舀着吃。只在晚上从田间地头回来，放下锄头，收好背篓，把饭菜准备好了，才把这些小孩摞在一起，一一点数，发现少了，便满村粗声大气地喊，没准某个小小的黑影从某个角落钻出来，乖乖地溜回家。那还不会走路的，只要断了奶，便扔在家里，让自个儿爬。交代完大的看好小的，自己则抓一把镰刀或锄头，风一样地往田里地头赶去了，仿佛去看望他们最宝贝的女儿，一脸的兴奋欢喜。

农活如此繁忙，那生小孩的更舍不得花上十天半月地在医院里躺。那时也不兴在医院生小孩，家乡离卫生院也远，十几里小路，颠簸不起，还要交这交那那么多的费用。乡下人只管生娃，一家都那么三四个，生多了，也有经验：什么时候痛什么时候出来，母亲们是心知肚明的，没当回事。生的前些天，都尽管放心往地里田间赶，看看那些玉米呀，稻谷呀，长势怎样了，有没有虫呀，抽了穗没有？在她们眼里这些都比生孩子重要呀。家里的哪头老母牛要生产了，才刚刚有些迹象，那怀孕的母亲便围着怀孕的母牛转，腆着个大肚子，提着水割着草，忙得不亦乐乎。看着一天比一天大起来的母牛肚皮，感到多么幸福。

终于牛犊平平安安地生出来了，自己满心欢喜地抚摸着，突然感觉自己的肚子痛了，越来越厉害，双脚瘫了下来，赶紧叫来大妈伯娘。大家七手八脚抬回床上，小孩也出来了，事后母亲却真真切切地记得那牛犊，毛是黄的还是黑的。若过了些年有人问她家的娃娃是什么时候生的，她若记若忘地说应该是那牛犊出来的那阵子吧。这孩子的生日便是牛犊出生的日子，散发着淡淡的牛味。

乡下人不兴记阳历，更多是农历，比如今天初几初几，还有是一拨接一拨的农事。因为在乡下每个时候都有自己的农事，比如说今天霜下了，布谷鸟叫了，倒春寒了，稻花香了。乡下人记住这些日子，比那确切的几月几日要清楚得多牢固得多。家里的小孩又多，三四个，出生的年份可能倒会依稀记得，但具体是哪一天，就会犯模糊了，只能想起家里相关的某个农事。乡下的小孩于是就有很多诸如此类的小名：狗娃，那肯定是与小狗的出生有关；牛娃，没准跟牛犊同一天出来的，含糊的日子便是乡下小孩不兴过什么生日，但家里那些随之而来的农事却过着隆重而热烈的节日。

稻子黄了，收回家，要过一个新米节。一家人看着黄灿灿的稻田，堆到家，装满粮仓，父母亲笑得嘴咧到了耳根，急急忙忙把脱下来的糯米晒干，碾成白白的米粒，泡在清水里一天；淘干净，装进蒸笼里，加上几把火，没多大工夫，一股甜甜的清香自笼口溢出，飘满整个屋子。家里的叔姑婶都来了，大家有说有笑，兴高采烈地谈论今年的收成。房檐下挂满了红通通的辣椒，像是一副副抢眼的对联，玉米棒也满满地倒挂其中，金黄和火红相互映衬，十分好看。

开饭啰，一锅五色糯米饭，倒在盆中，香气四散。大家纷纷凑过去，抢来一团，捏在手里，不时掰下一两口，丢到嘴里，有滋有味地地品尝着今年新鲜的米，又软又香又甜，大家赞不绝口。那欢乐的情景不亚于现在的小孩过生日的气氛，每年这个时候我也非常的兴奋。

那生了牛犊的，也要过个牛犊节。全家人满心欢喜地围着牛犊转，摸摸它身上的毛，找找它身上的旋涡，想到家里又添了个牛犊，明年可以卖个好价格；或者把那田地耕耘得更好，也逢年过节般割了几斤肉视贺视贺。邀上几个亲朋好友，痛饮三五杯，尽情地视贺这美好的日子。当然大伙也忘不了怀中的小孩，个个都抱来亲了又亲。一家人其乐融融，多难忘的日子。

走在空旷而开阔的田野上，望着层层翻滚的稻浪，我感到格外亲切，那是一层层蓬勃的生命在涌动。跳跃在金色的阳光里，愉悦在阵阵的微风中，我想我就是其中那一棵调皮的稻子，被母亲那双温暖的手一遍又一遍地抚摸过；还有那亭亭玉立的玉米，硕大，挺拔，也许它的的某个生命勃发的时刻，就是我们乡下小孩茁壮成长的时候。母亲赶往田间地头的时候，要么拉个背带，把小孩往背上一拽，扎个结结实实，年幼的我们便跟着母亲穿行在玉米地里稻禾田间，玉米用它尖刺的手招呼着我们，有时还有母亲递过来的一两朵野花。

每个乡下的小孩的命运就这样都跟每个庄稼联系在一起的，跟每个动物联系在一起。稻子黄得发亮长得饱满，自己的生命也就更加丰满康乐。在庄稼“唰唰”地拔节生长中，在牛羊“哞哞咩咩”地呼唤中，我们也一节一节地拔高，一茬一茬的庄稼，一批一批的牛羊供养出我们雄健的身体。

孩子的生日就是这样混杂这些大大小小的农事中，孩子哪天出生并不很重要，重要的是那阵子是否风调雨顺。稻儿满仓，牛羊肥壮，孩子的日子就过得有滋有味。生孩子也是母亲们的农事之一，简单草率，孩子待在屋里，风吹不着雨打不着，没受冻挨饿，没什么好担心的。该搁在心里的是圈里的牛羊喂了吗？稻子抽穗了吗？没有人的操心，这些庄稼就会枯死，这些牛羊就会饿死，那全家人的日子也跟着难熬，孩子难以成活。孰重孰轻，乡下的父母们心里再明白不过了。

稻子黄时是我的生日，牛犊出生是你的生日，插着秧儿是他的生日：庄稼的生日是我们乡下小孩的生日。

门　账

哪天猪仔生下来，养多少天可以出栏；化肥买了多少袋，种玉米用去了多少，还有多少可以插秧；那天买肥料不够，借了村东何二他爹五十元钱。大门的门板背后密密麻麻写满了数据，那是父亲的账簿。

乡下事多，件件事情都需要往心里挂，马虎不得，误了农时，庄稼收成不好；有借有还，对得住人家。可是在乡下，除了有读书人的家庭，谁的家里又藏上半截铅笔，半张纸呢！那些洁净的东西离肥沃的泥土太遥远了。即使是读过三五年书的，手使惯了柴刀镰刀，扶惯了犁耙，一拿起笔就很生硬。那些大大小小的事件就只好往脑子里塞，塞得太挤了，又容易生乱。于是，精明的父亲想出了一个简单方便的方法，在门后的木板上记些重要的账。

光溜溜的门板确实是记账的好地方，父亲每天进进出出，必须经过。早上开门，一望见门后一行行粗黑的数字，心里默念一阵，掂掂事情的轻重，一时半会儿才把门打开；晚上收工回家，“吱”的一声把门关上，那行粗细有别的字又展现在自己的眼前，眼睛又不由得望了几眼，心里便很清楚明天该去干什么了。

家里养有一头母猪，不时生下一窝幼崽。猪崽养大了，左邻右舍纷纷过来买上一两头回去养。有的现金付清；有的钱带不够，答应再过些日子补够。父亲也不逼得紧，说什么时候有就什么时候给，只是随手在门板记下：某某年某某月某某日某某还欠猪仔钱数块。手头实在紧了，便到村里问问人借钱，一踏进家门，赶紧就把账记下：某某月某某日借某某三百块钱。门板确实是一块实用的黑板。笔也不是什么笔，而是灶旁烧剩的灰炭。有什么事情需要记一记，便随手握起一截木炭“沙沙”写上，省事方便。

日子慢慢地过着，门板背面便斑斑驳驳地画满了各种各样的数据：有牛犊产下的日期，有买化肥种子的款项和数量，有借了别家钱物的数量，还有一些我们看不懂的数据。父亲常常站在前面不断地琢磨着什么，掰手指数着，似乎在规划什么，久久不肯离去，家里的日子也被门板背后的账安排得井井有条。

春天走了，夏天来了，季节不断地变化，门后的账父亲是经常要换的，比如说春天时买下的多少斤玉米粮食种，成熟期是多少。日期一到，这个数据就被抹掉，换上了夏季买来的蚕蚁数量。每每变化，父亲总是笑眯眯地看上几分钟，再拍拍自己鼓胀胀的钱袋；或者望望堆在晒谷坪上小山似的稻谷。门板上的账都成了丰收的硕果的记录。

有些账是可记可不记的。父亲头脑灵活，能算会做，生活倒是过得不错，也常常引来亲戚乡亲们的登门拜访：在开春之时谁家少买了种子的钱啦；开学了，谁家的小孩学费一时半会儿都凑不够，都过来找父亲帮忙。父亲总是有求必应，或多或少都会表示些意思。借到钱的邻居乡亲感激不尽，临出门时特地指指门板说老哥，记上，下个月的这一天还上。父亲嘴里连忙答应，往后门一站，眼睛却望着远去的乡亲的背影，掂量着记还是不记。有时稍稍记上几个数据，有时只是拿去乌黑的木炭，迟疑两下，叹了口气，就忘了记账。待有一天借钱的那位乡亲拿着一沓钱过来还账时，父亲才恍然大悟，赶紧地走到门背后，仔细地看着那些账目，找来找去，竟没有找着。他摆摆手把那人劝走，说是还错对象了。可是那还钱的邻居口口声声说是哪天借的，扔下钱自己赶紧跑。谁也不会欺骗这么诚实善良的人。

但有些账是必须要记的，那就是借了别人的钱的。虽说家里的日子过得还可以，但每每到秋天的时候，姐弟数人同时都要去上学，一时凑够几个人的学费是相当困难的，就常常跟村里的乡亲朋友借；或者上街买化肥种子，钱一时带得不够，只好借乡亲们了。但父亲一进家门，即使是肩上扛着一袋沉重的米，也总是先气喘吁吁地叫我们送来木炭，很郑重地记下今天欠别人的钱的数量。他总觉得乡亲们都是乡下的，生活不怎么好，挣几个钱不容易，有借有还。借了别人的钱物不还，那是最对不起别人的。

有一次，清扫家里的时候，不小心把门背后的账弄模糊了。父亲真是心急如焚，歪着脑袋左看看右看看，认真地琢磨着那一行行的字。原来是上个星期借了村里某个朋友的钱买了一袋种子，说好了这两天还。偏偏这个时候弄模糊了，怎能不心急呢？父亲拿着那副珍藏多年的老花镜，仔仔细细地看着，不时唉声叹气，又不时发几句牢骚。看着他心急又无奈的样子，我也过去帮忙；母亲也在旁边干跺脚，赶紧把哥哥姐姐都唤过来，一起找。经过大家一个上午的认真查找辨认，最终确定那是欠谁的，父亲才长长地舒了一口气，赶紧数了钱，匆匆忙忙送过去。

望着父亲渐渐远去的背影，我感觉这门板背后的这些账慢慢地沉起来。

黑白生活

一样金色的秋天，一样和煦的阳光，我洗净了腿上那黄褐色的泥巴，穿上洁白干净的衣服，踏入城里洁净的街道，坐到宽敞明亮的教室，彻底地从泥巴里爬出来，成了一个不再与脏兮兮有关的城里人，带着众乡亲世世代代和你那无比羡慕的目光。我可以很白了：雪白的衬衣，白嫩的肌肤。

兄弟你却走进了多是黑夜的生活，从地上辛勤耙田种地转入了地下日夜挖掘。你说你的生活就像所挖掘的煤块一样漆黑，比在地上割麦收谷受太阳炙烤还要难受，叙说你的生活的时候，你的表情忧郁得像愁云惨淡的秋天，心里犹有猎猎秋风在吹拂，把一颗原先年轻饱满的心吹成了一颗干瘪皱裂的核桃。若不是年迈的母亲躺在床上痛苦的呻吟，日夜等待着那星星般的药；若不是那在山风中摇摆四处透光的老屋，屋里那妻儿颤抖抖地蜷缩，空荡荡的家里只剩下那几把歪歪斜斜断了脚的凳子，还有那一口漏了底的老锅，你绝不会钻入这种黑漆漆的生活。

这种黑漆漆的生活，不是一般人所能想象到的。荒无人烟的荒山野岭间冒出一两顶高耸的架钢井口。周围零乱的散落着些低矮的帐篷，那是用断砖缺石垒成的工棚。棚上盖上一层黑压压的油毛毡，那便是你吃饭睡觉的宿舍。四处堆放的煤块把原先有些白生生的石块都给染成了黑色。远远看那睡觉吃饭的宿舍，黑的油毡灰的墙壁，简直就是一个煤包子。大风一起，煤屑四处乱飞，尘土一片，连空气都被染成黑色，让人微微感到一丝丝的生动和活力。

你说你很少见到太阳，只是每天太阳还没有醒来，远处的天空才亮出鱼肚白，你便匆匆忙忙扒上几口工友们早煮好的早餐，换上煤一样漆黑的工作服，套上能透出几丝亮光的矿帽。那升上降下忙忙碌碌的下井车，“隆隆隆”把你送进了煤一样漆黑的生活。

狭长的煤道里，漆黑如墨，你无法想象你进入了有多深的地下，只感觉黑色从耳朵呼呼跑过。那挂在两壁的超大瓦数的白炽灯在强大的黑暗面前，也显得无可奈何，在层层尘雾中透着微黄的光，照亮了煤洞四壁或深或浅的锹印。只有那铺在底部的运煤的轨道的钢轨白白地亮着，有些刺眼。从下井车里出来，你便紧贴着那潮湿阴暗的洞壁，摸摸索索地爬着前进，不时提防着从身边呼啸而过的轨车。若是不小心碰上了，至少骨折身伤。头上拧开着最大瓦数的矿灯，和着洞壁那微黄的灯光，才依稀看见了弯弯曲曲坑坑洼洼的煤道。你就一定这样匍匐着摸到自己的工作面，抡起铁镐铁铲挥汗如雨地挖呀铲呀，把一口口长着大嘴的轨车塞满，让它心满意足咣当咣当拉走。又一个空空的冲到前面换来，张着口，虎视眈眈，让自己没有片刻休息，只是默不作声地卖着力。午饭是专门有人送来的，自己也不愿爬出那么远的煤道去吃一顿饭。饭菜都还是温热的，一张报纸往地上一摆，便是一张饭桌。借着微弱的光，几个工友便呼啦呼啦地狼吞虎咽地吃起来。酒是不能喝的，待会儿还要工作，昏头昏脑的，会误事，只能猛灌了几口凉凉的水，便倚靠在漆黑的煤壁上打个盹。沉重的煤块压得你疲惫不堪。一放下饭碗，刚一靠上，你便呼呼地进入了梦乡，梦见了母亲那瘦弱的身子，梦见了妻儿那渴望的目光。醒来时这些梦里的事物常常成为你拼命干活的动力，这里漆黑的生活也让你觉得仿佛是五彩缤纷的精彩世界，你不知你为什么有这种奇妙的幻觉。

在昏黄的光里铲煤装煤，挥汗如雨；外面稍稍响有尖锐的哨声，紧随其后便是亮了嗓门的声音："收工啰！"大伙低着头，松了口气，纷纷把自己的行装工具收拾起来，一条条鱼似的从煤洞里浮出去，暂时告别了这漆黑的地下生活，可以缓缓口气，松松身子。

其实地上和地下一样漆黑，钻出了井口，外面是漆黑一片，只有低矮的工棚里透出几束白白的光。太阳早早收工了，只剩下星星在寂寞的天空闪烁着，又是匆匆吃完了饭，抓起自己挖出的几块煤，扔进炉里，烧上几锅热乎乎的水，把白天在煤洞里染下的煤屑和黑色的心情冲洗干净然后钻进跟煤一样硬黑的被窝，寻找那温馨的家去了。

这种黑色的生活让你的血管里流淌的血也变了色，你觉得你的血绝不会是鲜红流动的，而是黑色凝重的，总是那么的紧张兮兮。呼啸而过的轨车常常让你感觉不小心就会被它撞得个骨折手断。你亲眼看见过一个工友沿着轨道爬出煤洞时，竟躲闪不及，一只脚来不及收回，咣当一声，轨车飞速而过，只剩工友拖着一只血淋淋的脚瘫在那里，还有他痛苦不已的声声惨叫。于是每每碰到急促的轨车，你都莫名其妙地紧张起来。更让你窒息和心跳加速的是煤洞里的空气越来越闷，从煤层散发出的气越来越热，凭你的文化知识和茶余饭后老工人的聊天，你知道洞里那种最黑色的气是什么，它让你全身的血都凝固。多少次的燥热都想让你立即夺路而逃，但四壁黑漆漆，你无路可逃，你感到莫名其妙的恐惧，黑色的心情在点点堆积着。

最终这种黑色还是爆炸了，轰的一声，地动山摇，吓得你和工友们乱成了一团。头晕目眩一阵后，你才发现是邻近的井口出事，你亲眼见到了这种黑的生活被炸开以后的悲惨情景，几个似曾相识的工友像一块块僵硬的煤一样从井里被扒出，摆放在那里。戴着口罩的救护人员在里里外外地忙碌。呼喊声、哭闹声混在一起，你也僵了似的呆呆地望着这一切。你知道这些闻讯赶来的工友的亲人们眼前是怎么的一片漆黑，不敢相信眼前的一切。看他们伤心欲绝的样子，你想他们以后的日子哪里来的光明和温暖。这些工友是给家里人带来光明和温暖的唯一一盏灯。亲人们就是靠着它来取暖，靠它来引导生活的方向，可现在灯没了，日子过得比一块煤还要黑。

也许会有更黑的时候，就是在工友们的亲人眼前一片漆黑的时候。那些把工友们的日子涂得漆黑的老板，趁黑暗逃得无影无踪了。那黑心老板方面大耳，头发一贯是油光锃亮的。在亲人们的呼天抢地中，他那肥胖的身影在附近转悠了两下，从地球上人间蒸发了似的消失不见。那办公室的大门只剩下一把冷冰冰的铁将军，窗户是打开的，室内却是空荡荡的，只有几张孤零零的纸胡乱地飘在地上。那洁亮的办公桌上曾经是摆满了一沓又一沓的钞票。你还依稀记得那时的老板笑容是那样的可掬，眼睛发出绿光，你真希望此时此刻那贪婪的绿光重新在这里扫描，扫过那乌黑的工友和凄惨的哭声，给他们几句人性的话，至少有些许安慰，可现在凄冷的风吹起，只有灰黑的煤屑在扬起愤怒无奈的尘土。

你继续生活在这种漆黑的日子里，日出而入，日落而息。每每艰难地爬出漆黑的洞口，你像是一块蠕动的煤，全身乌黑，只有那黑白分明的眼珠在一上一下地转动，还有那一口洁白的牙才让人感觉到你是个活物。你那张白皙的脸不见了，被煤涂得灰黑，尽管拼命用洗洁剂搓着脸搓脱了几层皮，脸被搓得通红，但那层黑已经渗进肌肤里，沉淀到你的血液中，无法洗搓掉了；那白嫩嫩的手颈也都如此。才是三十上下的你俨然像个五十多岁的老头，长期的煤窑钻洞让你背弯得像一张弓。手掌被煤皲裂开，条条煤痕清晰可见。你原先清脆爽朗的笑声也被煤涂了似的，沉闷压抑，甚至像挖煤块那样艰难地挤出一两丝笑意。

你就这样生活在黑的正面，我却悠然地住在黑的另一面，每天跟着太阳一起醒来，便用煤炉里的温水把昨晚剩余的美梦洗掉，从衣柜里拿出洁白的衬衣，拍打两下，在镜子前扭扭身子，感觉自己衣着光鲜，神采照人，便夹起公文包，沐浴着阳光悠悠地上班去了，追求一天在太阳光下闪光多彩的梦。

城市里的街道刚刚被清洁车洒过水，地面清洁舒适。行人来来往往，皮鞋擦得锃亮，头发也是一根根梳得整整齐齐，白生生的脸书写着高贵雍容。两边的橱窗被擦得一尘不染，那些鲜艳的展品在百般地诱惑着行人，连疾驰而过的汽车都不敢排出那种淡黑的尾气，整座城市在太阳的照耀下闪闪发光，天空明净湛蓝。

办公室里，窗户紧闭，已是初冬时节，窗外是寒风凛冽，明亮的室内暖意融融，洁白的窗帘长长地垂下来，每个办公桌都抹得油光发亮。大伙手拿着洁白的报纸，泡着一杯热气腾腾的茶，惬意地靠在柔软的沙发里，让馨香的茶气萦绕在办公室里，声音很清脆地聊着：都纷纷赞扬今年的暖气提前开放，让人感觉到没有冬天的寒意，还说路过暖气厂的时候，看到了几个黑得像煤块一样的工人在使劲地往炉里加煤，那煤黑得让人惊讶。

暖气阵阵散出，暖得心里都要化出春天的雨水。兄弟你黑的生活黑的肌肤让世界更加精彩，其实你黑的肌肤下藏着一颗纯白的心，还有许许多多像你一样黑的工友，是你们的黑色给我们这个世界以纯净。你们比我们更白，一种比没有任何东西更洁净的白。

邻家瓜果

父亲一向是老实巴交的，很少跟人红过脸，家和二娃的房子是一个挨一个，是多年的邻居，两家的关系更是鱼水一般。他常常挂在嘴边的一句话就是“远亲不如近邻”。二娃家一旦有个什么动静，他总是二话没说，立即放下手中的活儿，急忙赶过去。甚至有一次是二娃看见大老鼠而发出的尖叫，父亲却像是发生了什么重大事件似的，急匆匆地跑过去，到那儿只见一只硕大的老鼠在灰溜溜地钻进黑乎乎的洞里，使得父亲拍着自己的脑袋，傻笑着。

人帮着人，房子挨着房子，很亲密的，中间只是象征性地隔着一堵墙。两家人只要有一家人在，另一家的门总是敞开的。谁家要是突然缺了个什么柴米油盐，只管往邻家一钻，拿走就是。即使是刚从庄稼地里回来，满身泥，若是肚子饿得“咕咕”直叫，一翻自家锅里，空空如也，尽管拿个碗筷一头扎进邻家，又是揭锅盖，又是翻碗柜，非寻出吃的东西不可，抓起就走。不管是谁家来了客人，杀鸡杀鸭的，热热闹闹地摆上几桌，邀上两家所有的人，大家“弟妹大伯二叔”地叫，不知内情的人总以为我们是亲兄弟的一家，两家就这样其乐融融地相处着。

父亲的脾气有些犟，村里划分荒坡，承包了，原先我们家里耕种的一块地给划到了二娃家。按理说，二娃要种这块地，也得跟父亲商量商量，因为那是父亲用自己的双手砍荆棘划树根，填肥土，辛辛苦苦整出来的一块地，不知流了多少汗水；而且这块地特别能长东西，一年四季随便种点什么瓜呀豆呀，都会满园满园地挂着，很是让父亲高兴，但这块地是属于坡地，公家的，不能说谁开荒了就是谁的。二娃爸分到以后，没问个情由，就把里面的东西铲得一干二净，想来个先斩后奏，他家，总想生个男孩，便拼命地生，超生了几个。小孩多，生活是有些紧张，因此总想多分点田地，好糊弄那几张嗷嗷待哺的小嘴。看到二娃他爸这样不把他放在眼里，这回父亲的脾气发了，死不认这个理那个错，虽没有什么大吵大闹，但两家人都没好脸色，心知肚明地疏落了，西家的盐不上东家了，东家的米不到西家里，只剩下两家的狗有时在院里肆无忌惮地亲热。

既然闹了不愉快，两家挨得很近，抬头不见低头见，常常打个照面，心里都掖着个化不开的结，苦着脸扭着脸，很是尴尬。于是父亲在两家中间的地界用小砖块碎石垒了个线，各走各的一边，两不相碍，倒有不碰了，顺些心，但邻家总来些客人，主客相迎那种热闹的场面，常常凸显出一家的冷冷清清，尤其是那粗声大气的喝汤喝酒划拳声，更是使另一家无法安静。于是心细的父亲又在碎石砖块上用竹子编了一道道稀疏的篱笆墙，声音被隔开了一些，绰绰的人影是看不到，耳根终于落了个清静。虽然，有时有些声音还是不断飘来，但没见了来来去去晃动的人，两家各自都有些心安理得了，这篱笆虽然不很厚实，但终于把两家人隔得形同路人了。

一堵枯黄的篱笆墙就这样横在原先空旷的院子里，把原先平坦浑然一体的场地很生硬地截成两半，很醒目却有些单调。父亲便寻思着在篱笆边栽种些什么绿色的东西，把那篱笆打扮得更美些，让目光有个落脚的地方。在春风暖暖吹来的时候，父亲贴着篱笆脚，挖了几个浅浅的坑，随意扔下几粒黄瓜西瓜的种子，盖上厚厚的肥土，待从田间地头回家休息片刻，便随手打着水，一路浇过去。有了父亲的关怀，有了春天的疼爱，瓜苗很争气，随着人意，努力地长，活儿忙了，丢了几天没去看，它们竟然蹿得很高，绿油油地爬满篱笆，远远看去，是一堵郁郁葱葱的墙，也封得严严实实的，邻家那边的一点什么人影都看不到了，真有一种隔绝得很干净的意味。更妙的是，那爬满篱笆的瓜藤秧蔓，竟一朵接一朵地开满了黄黄白白的小花，那墙又成立一堵五彩缤纷的花墙，时不时招蜂引蝶，嘤嘤嗡嗡，上下翻飞，很是热闹。劳累的时候，站在墙前，让目光恣意地在美丽的墙上自由地游荡，那劳累不知不觉随着目光消失得无影无踪。再后来，那一朵朵小花长成了一个个圆嘟嘟的小瓜，展览似的挂在篱笆墙上，像灯笼像手腕。野外劳动回来，太急了，没个下饭的东西，只稍到篱笆墙前一转，摘个瓜豆什么的，往油星飘飞的锅里一丢，不一会儿，一锅香喷喷的菜就出来了。

但烦恼的事就接着来了，摘瓜摘豆豆的时候，却发现有些瓜蔓却不争气地跑到邻家的那边，还枝繁叶茂的，累累地挂了一大堆，怎么到那边去的呢？很是为难。于是很谨慎的父亲一旦发现瓜蔓要跑到那边的势头，便赶紧拉回来，死死地扣在这边，但没两天不争气的它又蹿到那边去了，有时把脾气的父亲惹火了，很恼火地掐断不争气的瓜蔓，但是你掐断这枝，那枝又攀过去，弄得父亲忙不过来，后来只好听之任之。蹿到那边的蔓藤昂扬自得，茂茂密密地长一大片，邻家也看也不看，任其自生自灭，扒开墙脚，见那瓜是烂了一大堆，有些可惜。

凑巧的是，也许是邻家也觉得这篱笆墙单调寂寞，也在自家那边栽种几棵桃树梨树，长得也快，多情的枝条不知不觉就在墙那边伸出手。我们自家的瓜蔓更是软骨头似的，阿谀逢迎，死死抱住邻家的果树不放，似乎比先前更是放肆。邻家的果树更是热情地伸出双臂，接住这可爱的蔓藤，就这样两家的瓜果不顾一切地卿卿我我。

春夏秋冬，整个篱笆墙都是那样热热闹闹的。曾几何时，邻家也狠狠地砍掉了伸过我们这一边的枝丫，但新的枝丫不服气似的，一枝接一枝地伸过来。于是那些瓜瓜果果，两边一样丰硕，但两家大人谁都不去碰对方的，只有不懂事的小孩挺不住那红红黄黄的诱惑悄悄地摘着吃。有时看着那样鲜亮的果瓜白白烂掉，心痛不已，但见了，只能装着没看见，实在看不下去，便叫上自家小孩把熟透的瓜果摘下偷偷送回邻家，做贼一样的。那年邻居的柿子挂得是满树通红，灯笼一样的一个一个挂到我们这边。秋风中，果子摇摇欲坠，不小心，“啪”的一声，落了一地，很可惜。父亲瞅着落下的一颗，像是打在自己的心上，小心翼翼地捡起来，装到篮子里，把我拉到了跟前，神秘兮兮叫我把这篮果送到邻家的门口，然后赶紧回来。我飞一样地跑去，看到他家大门紧锁着，一放，又飞一样地回来。不久，我也发现自家的门口也悄悄地放有我们家的瓜豆，我明白了些什么。有时候送去的时候碰上了对方的大人，便又热情地叫小孩送回来，说自家有多着呢，留着吃。听到对方在各自的院子跟自家小孩那种柔和关爱的叮嘱，心里顿时生一股暖流，一来二去，心中甚感过意不去，看着满墙的花儿瓜果，分不清哪是自家的哪是邻家的。

瓜果实在太多了，小孩们吃不了，那么多，有时又没人送，一颗接一颗“扑通扑通”地落地，又慢慢在地上烂掉，心里很是难受，便索性拉开嗓门：“二娃，你们家的果熟了，快落地了，过来捡捡吧！”声音有些生涩但却是一副真诚，篱笆那边悠长地回话：“我们这边多着呢，挂在那边你们就留着吃吧。”温馨亲切如昨，每每挂果季节，如此亲切的声音此起彼伏，别是一番景象，热闹如盛开的瓜果，温暖着寂寞的院子。

瓜果都如此亲热，不分彼此了，人干吗还那么耿耿于怀？隔墙隔心嘛。父亲一声“拆了”，待瓜果过后，把那严严实实的篱笆墙拆了，两家又如当初一样你来我往了。

秋地里的棉花

秋天的阳光静静地洒下来，沐浴着田野里那些孤零零的草木。

黄灿灿的稻谷早早回了粮仓，红通通的果儿被安稳地收进篮子里。热热闹闹了一春一夏的田野渐渐安静下来，一切显得那么安详。

母亲的地里那些老实的棉花在静静地等待着。叶子已经被烤得枯黄，被秋风抓得“沙沙”直响。胀鼓鼓的棉花苞被撑得爆裂，亮出一团团雪白的棉絮，接受多情的阳光的抚摸。

棉花在尽情地裂着，似乎在贪婪地呼吸着更多的阳光。它知道寒冷的冬天就要来临了，秋天吸的阳光多些，冬天就多些温暖。棉絮里藏的阳光越多，苞儿就胀得更加膨大。

等到棉絮挣脱苞皮的怀抱，完全展现自己的雪白身子时，母亲颤巍巍的身影就会出现在这片雪白的棉地里，瘦弱的背上挂着个大大的背篓，盖住了身子。母亲穿梭在长得比她还高的密密匝匝的棉花地里，努力地举着一只瘦小的手，一朵一朵地摘下那在高高枝头的棉花，然后轻轻地放进篓子里。篓子里渐渐堆满柔柔白白的棉花。

这块地肥沃松软，只是种棉花，母亲从来不让种别的东西。家乡藏在一个山坳间，冬天北风呼呼，特别冷，没几件厚一点的衣服，是很难熬过去的。家里又穷，买不起山外那些漂亮保暖的衣服。别的田地种上稻米栽上菜，勉勉强强填饱我们的肚子。母亲便横下心，留下这块好地。待春天一来，母亲只是急急忙忙挑上一担沉甸甸的农家肥，挂上个塞满棉花籽的袋子，往这块地赶来了，一把小铲子，起个坑，下几粒种子。一场春雨潇潇洒过，那棉花地竟油油地长出一片棉花苗。春天走了，夏天来了，棉花地刷刷地站满蓬勃的棉花树，秋天的时候，那团团棉絮缀满枝头，像是岁月奉献给母亲的一张张洁白的笑脸。

成熟了的棉花，在秋天的阳光里静静地站着，像是一位痴情的人儿，望穿秋水等待着母亲的身影。那些棉团可是我们一个个温馨的梦。一篓一篓的棉花被母亲小心地背了回来，铺到一张早已被洗得洁净的席子上。母亲换上干净的衣服，佝偻着那被岁月压弯了的身子，匍匐在团团棉花中，细细地挑出那些夹杂其中的碎叶杂草。母亲的脸几乎贴到棉花上，一朵一朵地抚摸，像是抚摸我们那样轻柔。棉花被母亲那温暖的手抚摸得越来越膨胀了，蓬蓬松松地张开在席子里，像是冬天里落下的一团团美丽的雪花。

收回来的棉花让母亲的秋天更加忙碌了。秋天本是一个休闲的日子，忙了一年，这时候也该歇一口气了，村头村尾总是聚着三三两两的人们，有的打打牌，有的聊聊天，没事的也眯缝着眼睛养养神。母亲却躲在幽暗的小阁楼里，手忙脚乱地搬出搁了一年的纺车，小心翼翼地擦掉沉积的灰尘，就把那一团团棉花牵上，“沙沙”地纺起来。纺车“吱吱”地摇着，棉花乖乖地抽成一根根细长的线，团在另一头的锭上。母亲默默地摇着，把太阳摇了下去。昏黄的灯光点上了，在墙上画出了一个清晰的剪影。母亲一下一下地解着那些纠缠的棉团，一根一根地抽着棉线，把丝丝的温暖织到棉线里。母亲知道要跑在秋天的前面，晚了，孩子们就要挨冻。多少次梦中醒来，那绵长的吱吱声缭绕在寂静的夜晚，格外清晰。

有事没事，我们也总是过来帮帮母亲的忙，学着摇摇两下。母亲欣慰地笑笑，兴趣更浓了，娓娓给我们讲些迷人的故事，让艰辛的劳动在不知不觉中完成。母亲唠叨最多的也就是冬天时怎样不让自己受冷，特别是在外读书的哥哥姐姐。比如天冷，要自己懂得添加衣物；晚上睡觉要记得裹着全身，不要脚一蹬，将被子蹬出去，会着凉。话语那样低低轻轻。嘴不停地絮絮叨叨，手在不停地摇来摇去，话语仿佛纺进了一团棉线中。尽管都是些陈年旧话，却丝丝进入耳里。弹起的棉絮轻轻扬扬，四处飘飞，飘到母亲的头上，蓬松一片。那棉絮在灯光下闪烁，真分不出哪里是白发哪里是棉絮。

棉花变成了线，母亲马不停蹄跟冬天赛跑。线又被母亲摆到奶奶留下的木制织布机上，咚咚地织开了，织成了布，染上自制的植物染料，染成了或靛蓝或深蓝的土布，又急急忙忙送到村头的老裁缝那里，赶制几件衣物。闲静的村子里不时晃动着母亲忙忙碌碌的身影。

刚刚取回厚暖的衣物，屋外便传来悠长的吆喝声："弹棉花啰——"声音传遍村落，母亲从窗户探出头来，看见背着长长弹棉弓的外乡郎。那外乡郎扯着嗓子，四处吆喝。母亲赶紧回到房间里，翻出春天收藏的棉胎。棉胎有些发霉，破旧，有些地方被虫子或者老鼠咬，露出一个个难看的洞；还有些我们去冬尿床留下的一圈圈泛黄的痕迹。母亲耐心地把棉胎拆下来，拣出破烂结块的棉絮，又拎起一袋刚刚收拾好的新棉花，朝那村头弹棉花的地方匆匆赶去，一直到晚饭时分，才见到她抱着新弹好的棉胎兴冲冲地回来，满脸是汗。

冬天便在母亲匆匆忙忙的脚步中来了，我们穿上厚厚的棉衣服，浑身暖融融的，感觉不到一丝寒意。虽然没有商店里衣服那样精致漂亮，但土布衣服厚实保暖，棉质的又透气，很是舒服。入夜，北风在窗外呼呼乱吼，寒气逼人，我们却躲到暖暖的被窝下，感受不到北风的凛冽。这些棉制的衣物，粗粗的布线依稀可见，靛蓝的漂染散发着青草的香气，盖在身上，感觉是穿越在母亲那块盎然的棉花地里。暖暖的，散发着秋天阳光的味道，又像是母亲温暖的手在轻轻地抚摸，强烈地感受母亲的体温，原来母亲在织布时把温暖一丝一丝地织进来了！耳边仿佛响起绵绵话语：要注意盖好哦，要把棉被捂好。这是母亲在织布的时候也把那些唠唠叨叨织了进来，即使我们远离母亲到外地读书，这些温暖的话语仍如影随形地响在身边。

躲在温暖的棉被里，一阵阵温暖包围过来，一句句温暖的话不断地叮咛着，我们慢慢进入温馨的梦乡，我们梦见了苍老而辛勤的母亲，梦见了她仍旧穿梭在庄稼地里的身影，身后还有那些亭亭的棉花，在深秋的季节里沐浴着温暖的阳光，闪闪发光。

乳　名

呱呱落地，一头拱在母亲温暖的怀里，吮着甜甜的乳汁。这白晶晶的乳汁渐渐凝结成了乳名，晶莹透亮，折射出母亲缕缕的慈爱。拥在怀里，深情款款地凝视着圆溜溜的脑瓜，轻拍着白嫩嫩的小屁股，不需任何绞尽脑汁的苦想，不需精美华丽的辞藻，乳名如长在土地里般朴实，在不经意的念念有词中，或是“泥伢子”或是“蛋皮儿”或是“豆豆”地叫开了，一字一顿，软软绵绵。孩子便在这轻唤着乳名的摇篮曲中甜蜜地睡着，温馨无数。梦儿随着母亲温柔的一摇一摆悠悠地飘远。世界里的风风雨雨被这声声的乳名呼唤挡住了，钻不进一丝的冷酷严峻。

走下了母亲的怀抱，乳名长得有些结实，便摇摇摆摆地走到了奶奶等老人的嘴上。母亲那温切的呼唤声只能在月亮爬上屋后的那座山时才姗姗来迟，伴着的是咸咸的汗味。母亲汗流浃背，挑着犁耙等农具什物疲惫不堪，没等放下，便迫不及待地张开双臂接住像小鸟一样飞来的孩子，乳名又声声唤起，这时的乳名好沉好重呀，载负着母亲无数艰辛的日子。然常常是偎依着母亲甜甜地入睡，但梦一消失屋里已撒满白亮亮的光，身边是空荡荡的，母亲哪儿去了？不停地追问自己，那甜甜的乳名呼唤声哪儿去了？心中蓦地涌起无数的思念，控制不住放声大哭。屋外，一个苍老的声音呼唤着乳名急急地传来，熟悉而陌生。接着“噔噔”的急促的脚步声也由远及近，奶奶颤巍巍的瘦小的身影出现在门口，像母亲一样，唤着乳名，轻轻抱起，伴着乳名，口里还哼着不知名的调子，哄着要着，渐渐地哭声便在乳名的呼唤下弱下来。奶奶年老了，不能下地干活，便在家里看着我们小孩几个。奶奶常常坐在门槛上，倚靠着门板，我们便在奶奶的目光里尽情地玩耍，打树上红通通的柿子，追“咯咯”叫的小鸡。有时，不小心或是趁着奶奶打瞌睡，想溜出院外，但没几步，院里追来了乳名的呼唤声，乳名便将我们乖乖地牵回院里。奶奶吃力的叫声和妈妈柔柔的呢喃声融成了童年最美好的回忆。

乳名散发着咸咸的炊烟味，院里乱窜的小鸡，梨树柿子树，再不能满足我们的欲望了，我们便村前村后满树跑，奶奶无法跟着我们，只能坐在院子里或蹒跚于村子中亮着嗓子大叫乳名。远远地听到我们的回音，她便放心了。尤其是当太阳无力地跌到山架上时，黑幕便悄悄地撒开，恬静的小山村，屋顶渐渐地升起一丝轻烟，缠缠绵绵，缭绕成一片，罩在小山村的上空呼唤着远行的一切，撒着蹄子在草地乱跑的小牛跟着老母牛乖乖地回栏了，扑打着翅膀的老母鸡带着一群小鸡“吱吱”地回窝了。消失在一斜余晖中，余晖恋恋不舍地望着人间的一切，投入大地母亲的怀抱。而一切却令人全不察觉，常常是还蹲在一条清澈的小溪旁，看着鱼儿在调皮地游来游去，抵不住诱惑，伸出小手，拼命地追逐。溪里溅起一朵朵晶莹的小浪花，费了好大的劲，也没捉到几条。然而，鱼儿仍摇着尾巴，百般挑逗。要么是伏在青青的草地上趴到一个蚂蚁窝旁，捉几只大蚂蚁，放到一张树叶上，挑唆它们打架。看着它们挥舞着大钳，拼命地跟对方厮杀，我感到一阵阵快乐。这一切都使人忘记了炊烟的召唤、余晖的辞别。四周显得格外寂静，偶尔有咸咸的炊烟飘过，或是谁的家炒的饭菜香味拂过。似乎是自古不变，此时此刻，奶奶苍老的乳名叫唤声在宁静的上空回旋。我想，这声音怕是奶奶坐在院里的老梨树下发的，怕是我出来太久，既而声音又出现在村东，奶奶肯定是坐不住了，佝着背，拄着杖子，四处张望，寻找她调皮的小孙子。她知道这种情况不止一次了，却仍费着心，撑着瘦弱的身子，在茫茫的夜色中寻找着小孙子。也许是鱼儿和蚂蚁太迷人了，只要还有一丝光亮，总舍不得走开，甚至不想浪费一丁点儿时间应一声。反正自己会知道回去就行。随着炊烟飘得越来越浓，乳名的叫声越来越多，声音越来越大，除了奶奶的颤颤的叫声，还有母亲急切的呼唤，有父亲浑厚的呼喊一声比一声密，结果是所有的呼唤声都飘到了草地上，小溪边。我看到奶奶和妈妈一脸的急切和慌张，但没看懂她们眼里噙着的泪水和湿透了背的汗，唤几声乳名竟费那么大的劲？

当沉沉的书包背到我身上的时候，离开乳名就越来越远了。此时它犹如一朵娇小的花朵，孤独地绽放在一个偏僻的角落。路过的人没有谁愿意为它撒下一缕目光，多情的蜂儿蝶儿也嫌它花香不浓，只有偶尔一只无聊的甲虫爬过它身边，太累，倚靠它歇一口气。蹦跳在教室里，拥有一个极为文雅的学名，琅琅的书声显得格外醒耳，令人为之骄傲，像一只深红的苹果，耀眼地放在桌子上。颁奖大会上它被荣耀地写在大红纸上受人瞩目。在课本上在练习本上在所有的书本上，都醒目地署上它，龙飞凤舞，以示潇洒。乳名渐渐地被冷落了。只有同村的几个小伙伴偶尔叫几声，却令我备感不舒服。比起学名，它太俗气太土气，它弥漫着青草的气味和泥土的气息。尽管它叫起来有些顺口有些亲切，但仍将它踢得远远的，生怕它玷污了我，使我被人嘲笑被人看成是土里土气的小山村人。

人长得越大，走出的地方越远，乳名就被抛得越远。有一天它彻底地留藏在小溪边，草地上，混入人海茫茫的陌生都市，再没有人提到乳名。除了学名，充耳的只是美妙的语词和充满敬意的称呼，冠冕堂皇，有一种登临高山面向大海的气势，什么长什么主任一天地被人叫个不停。看别人一脸的恭敬，自己便油然产生一种满足的快意。这些称呼犹如灿烂绚丽的玫瑰花，招惹着无数羡慕的目光，为我增光添彩，萦绕着一道耀眼的光环。我嗅着花香赏着花色，内心抑制不住一阵阵激动兴奋。

于是，耳朵每天在充满敬意的称呼中穿行，春风得意，意气风发。久而久之，微微感到充满敬意的表情里藏着一丝做作，令人羡慕的眼光中隐着一丝狡黠。我感到这朵玫瑰花渐渐凋褪为一朵艳丽的塑料花，美丽而呆板，灿烂而凝滞，没有蓬勃的生机，倒是添了无数的虚伪。与其说是一种荣耀，不如说是一种摆设，心里忽地涌起莫名的失落孤寂。

外面是流光溢彩的花花世界，屋内却是沉沉寂寂的，“丁零丁零”，电话铃急促地响了。话筒那头渺渺传来母亲熟悉亲切的呼唤乳名的声音，燕子般呢喃，却触动了生命里的每一根神经，让我疲于奔命的生活中的沉沉暮气，为之一振，久违了的称呼，仍是那样的温馨。乳名的两个字犹如美妙的音乐在房间荡漾开来，恢复了儿时的温馨和淳朴，一种早已远离了我灵魂的声音。

紧贴着话筒，感受着母亲呼唤乳名的呢喃声，泪水肆意淌满脸颊。原来，乳名一直都不曾离开我一步，每时每刻在跟随着我，紧紧地躲在我的骨子里。

山　魂

这是云贵高原的南麓，这里除了山，还是山，一座连着一座，缠缠绵绵，让人望不到头；一座更比一座高，耸入云端，云雾缭绕，仰起头，目光穿不过山顶。山民们只能像一只只细小的蚂蚁，踽踽爬行在崇山峻岭之间，日出而作日落而息。

山是这里的主宰，不可一世的气势压住一切，它的魂魄在四处张扬：莽莽群山挡住你的去路，只能在山谷之间左弯右拐地穿行，正要走出这幽深的山谷，一条汹涌的小河狠狠地挡住了去路，压住你跃跃欲试的心。山里人不禁仰天长叹：山呀山，你的魂魄是这样强大！无可奈何，只好把目光投向高高的山顶，看那一只只矫健的山鹰飞快掠过，摔下一声声长长的哀叹。

受到大山这么霸气的压迫，山里人便那样中规中矩，安分守己，只能埋怨自己落生在这么偏僻闭塞的大山里，只能羡慕那高高翱翔的山鹰。每天只在山谷间赶着牛羊，转来转去，刀耕火种，在大山的怀抱里老老实实地过日子。

巍峨的大山把人们吓怕了，期待着更大的力量把大山的趋势压倒，铸就山里更强大的魂魄。

一

有一天，寂静的山里被一阵阵热热闹闹的欢笑声惊醒了，是几个在外面读了书的年轻人勇敢地爬在崎岖的山路上。他们是最先跑到山外的人，知道外面的精彩，却时常望着村里跑上跑下的小孩发呆。

乡里找到年轻气盛的他们，让他们回村里办教学点，因为大山里太偏僻了，没人愿意辛辛苦苦爬到山里；但又考虑到山里的人要读点书，都要爬出几十里的山路，赶到乡里小学，很是辛苦。大山里就有很多人念了一两年就回山里帮父母干活。大山是山里人跨不过的障碍。

但这几个年轻人不一样，他们看不惯祖祖辈辈被大山压住的窝囊，凭着一颗颗充满活力的心，要跟大山比一比。

看到乡里领导恳切的要求，看到孩子们殷切的目光，想想当老师，也许又比面朝黄土背朝天的同辈们好些，他们同意了。在一位退休老教师的带领下，轰轰烈烈地干起来：他们搬出家里的箩筐，装上乡里分配给的课本，沉甸甸地走在那坑坑洼洼的山路，沿着祖祖辈辈劳动的线路，一步一步地走回山里，肩膀上勒出一道道深深的血印。

汗水湿透了他们的衣服，山路一级比一级陡，似乎大山要教训一下这些不知天高地厚的后生。狭小而陡峭的山路让他们不知摔了多少次，膝盖碰出了血，咬紧牙关，坚定心中的信念，把这满筐的希望挑进山里。

没有教室，跟村里老人商量，从山上砍来树木，搭建简易的木房。乡里补助了些火砖，他们又约着村里的年轻人，一块一块地从山坳挑回来，把那教室稳稳地建起来，让山里的孩子快快乐乐地坐进来。

于是，云雾缭绕的山腰上，高高挂起鲜艳的红旗，随着山岚“哗哗”飘扬，昭示着胜利的骄傲。这一面红旗像是一团热烈燃烧的火焰，燃烧着山里的寂寞。

渐渐地，密林深处，琅琅的书声飘荡在那幽静的山谷，赛过悦耳的鸟声，飞过高山，飞过白云，飞到外面的世界。山里的孩子不用跑很远的路到山外去上学了。

大山被年轻人勇敢的气势折服了，任凭书声歌声在各山谷间穿梭，散落在每一棵大树下，每一堆草丛旁。大山也老老实实地听着这美妙的声音。

山里的树上不再整日地爬着那些调皮的孩子，小溪里也没见到光着腚子摸鱼的小孩，他们都乖乖地回到教室认真地学习。他们知道大山如此使他们的祖祖辈辈那样规规矩矩，是因为他们只能屈从于大山，没办法战胜。他们不能再像前辈们那样了，要跟跑到山外的那几个哥哥姐姐一样，征服这些高大的山。

二

山青青，水潺潺，山里的小溪随处可见，穿过茂密的树林，流淌在条条山谷中；水浅的时候，能光着小脚丫恣肆地跳来跳去，溅起一朵朵洁白的水花。晶莹冰凉的水滑过脚面，十分惬意，还可以光着身子像一条鱼在水里游来游去，很是快乐。

山里多雨，一阵瓢泼大雨，小溪变得狂怒起来，浑浊的水狠狠地冲刷着两岸，把那些小树小草一股脑儿卷走。本来背着书包高高兴兴上学的山里孩子，望着这滚滚急流，不由得心惊胆战，呆呆地站在岸边，急得不断地跺着脚，无可奈何地望着对面山上飘飘的红旗。

滚滚向前的溪水不停地扭曲着身子，试着投进一根树枝，呼啦一声就无影无踪了。家里的大人都外出打工了，没有父亲叔叔那宽大结实的臂膀，自己这瘦弱的身子怎能过这凶猛的小溪？赶紧折回家吧，今天老师又讲那重要的内容，还有那有趣的数学题，听说今天还举行隆重的篮球比赛。孩子们的心乱如一团麻。

“哎——”一个熟悉的声音从对岸传来，孩子们一阵惊喜，既而欢呼雀跃，是亲爱的老师来接他们了。老师披着一件黑色的雨衣来了，使劲地向他们挥挥手。

“老师——”孩子们仿佛在茫茫的大海中捞到一根救命草，兴高采烈地叫着喊着。老师选了一段水流比较缓慢一点的地方，撑着一排竹子扎成的竹筏，慢慢向孩子们划来。

竹筏稳稳地靠岸了，孩子们手牵手，一个跟着一个，小心翼翼地上了竹筏。老师撑起竹篙，筏儿乖乖地托起孩子们，轻轻地向对岸划去。

船上，大伙有说有笑，叽叽喳喳，没了刚才那种紧张焦急的心情。大家又可以开开心心地跟学校里的其他同学学习，做游戏了。

老师站在竹筏的前头，双手不停地轮换着，忽左忽右，额头上的汗颗颗沁出。裤脚被不断溅上来的水打湿了。可他一点没察觉，全神贯注地看着前面，还不时问问大家在家里吃早餐吃得饱吗，还说上几个笑话，让大家轻松轻松。

几缕金色的阳光洒下来，洒到老师的脸上。那几颗晶莹的汗珠闪闪发光，是那样的动人，闪烁着智慧的光芒。老师划筏弯着的腰，像是一座坚实的桥梁，山里的孩子正踏着桥梁迈步走向自己美好的理想。

筏儿终于到了对岸，孩子们拿起自己的书包，甜甜地跟老师说再见，便蹦蹦跳跳地离开了竹筏，像一只只快乐的小鸟一样纷纷飞向学校。老师则转过身去，默默地撑开了筏，转回原来的地方，因为那里又站着零零星星要过河的孩子。

这只飘来荡去的竹筏已经在这小溪穿梭多年了。南方的山里雨水充沛，常常不经意间就来一次倾盆大雨，山谷间溪水肆意横流，又汇集到一起，将那浅浅的小溪暴涨。而学校是在一个山头上，四处赶过来的孩子就被这些小溪小河挡住了，又不可能架起那么多的桥，大人又没那么多时间护送。过河过溪便成了孩子们头痛的问题。

于是，暴雨过后，山里的老师早上的第一课便是到各个溪口河口看看，接送这些涉水的孩子，保证他们的安全。日复一日，年复一年，竹篙已经被磨掉了多少根，竹筏也不知换了多少只，没有换的是老师那颗慈爱之心。

有了老师这坚实的竹筏，山里的孩子就像快乐的小鹿，每天高高兴兴地穿梭在崇山峻岭之间，再不用担惊受怕。早上带着家人殷切的希望，快乐出发；晚上，装着老师教给的满满知识，心满意足地回家。这些小溪小河，都成了一个个优美的小插曲。

竹筏上，老师会给他们讲讲课本上没有的知识，比如说蜗牛为什么喜欢吃葡萄？孙悟空如何大战牛魔王。大伙听得津津有味，以至于把老师的知识用上，到自家的后园看葡萄，把那些可恶的蜗牛一一清除。秋天，园里的葡萄嘟嘟地结了一大串串。大人都佩服极了。

小小的竹筏，微驼的背影，山里的老师用自己坚实的肩膀垫平了上学之路，灌铸山一般博大坚韧的灵魂，终将成为一只展翅翱翔的雄鹰。

三

比天亮得更早的是教室旁边的瓦房里的灯，那昏黄的灯光在漆黑的山谷里显得格外耀眼，一个瘦弱的身影在上上下下地忙碌着。

白白的面粉铺在桌板上，用水不停搅拌，揉压。沾满面粉的双手拉着捏着，一个个圆鼓鼓的包子井然地摆着。一堆堆凌乱的青菜“哗哗”地被水冲洗，又“当当”地剁进了那还在灶上“啵啵”响的稀饭锅；干干净净的碗整整齐齐摆在桌面。那厨房里飘出香喷喷的味陶醉了整个山谷。

似乎是约好了的，当饭菜的香气四处飘逸时，天就渐渐亮了，安静的校园渐渐闹了起来，孩子们从梦乡里醒来了，打着哈欠，唱着歌，穿衣戴帽；又纷纷跑出来，舀着桶里的水，漱口，洗脸。一切忙得不亦乐乎。然后兴冲冲地跑进那昏黄的厨房，端起热气腾腾的稀饭包子，津津有味地吃起来，那样温馨那样快乐，像是在自己的家里一样。

这是一群留守儿童，父母都跑到山外打工去了，因为山里除了一些树木，便是满眼的石头了。祖祖辈辈就靠从石头缝里抠出一点点的泥土，种上几棵玉米，养上几头牛，一年到头，勉强糊糊口。房子是祖祖辈辈留下的石头垒的，坚硬无比，但苔痕斑驳，瓦片有些残缺不堪。山里已经有了学校，从课本上已经知道高楼大厦，也有人在老师的带领下走到了山外，觉得外面的世界很精彩，于是，原本老老实实的山里人开始有些不安了，一个约着一个，纷纷跑到山外打工挣钱，想改变祖祖辈辈一成不变的生活了。家里只留下衰老的老人和还在学校的孩子，每月按时寄些生活费。

没了父母的管教，爷爷奶奶又管不了，这些山里的孩子就像一只只野放的牛羊，自由自在，下河捉鱼，上山偷果，一天到晚，东游西逛，有时根本不到学校。没人能拴住这些狂野的幼小的心。

到学校的人一天少一个，不是请假，就是旷课。老师心里急了，一个山谷一个村落地找，如果不及时找回，放浪惯了，也许山里又多了一些蹿上蹿下的坏小孩。

于是，那间空闲的教室被改造成了宿舍和厨房，从山上砍来大圆木，搭成一座座结实的床架，分好男女间，把零散的孩子集中起来，包括那要爬过很多山头的孩子。

老师们又变成了爸爸妈妈。上课铃响了，他们拿着课本，急急忙忙朝教室走去，在讲台上认认真真地上课，带领同学们遨游知识的海洋。下课了，他们又匆匆忙忙淘米洗菜，生火做饭，等待放学时孩子们能吃上一口甜滋滋的饭菜。

山里的孩子很调皮，好动，要么爬上高高的树，摘下野果尽情地吃；要么滚在青青的草地上玩游戏，或者趴在沙地上细致地看着蚂蚁。衣服常常是脏兮兮的，刚刚换上，没过一个上午，不是粘上几根枯黄的草，就是被黄沙染成黄不溜秋的。白色的衣服看不出一点白，甚至在沙地上磨得久了，磨出大大小小的窟窿。

这些事情落到了女老师的身上，每每晚饭之后，大大小小的同学在老师的指点下，纷纷洗澡后，躲进那温暖的被窝里。有的打开课本，在心里默默背诵；有的则坐到床前，认认真真做作业。而那些脏兮兮的衣服则乱七八糟地扔在木桶里，辛勤的老师挑来桶桶清水，“唰唰”地洗这些发出臭气的衣物，“啪啪”又是摔打，又是拧水，老师是忙得不可开交。心细的女同学忍不住跑过去帮帮忙，老师脸上露出欣慰的笑容。

衣服干干净净地晒到了教室前面的竹竿上，“滴滴答答”地滴着水。干了的时候，如果有漏了洞的衣服，老师拿起针线慢慢地缝上。那密密的针脚就像自己母亲缝的一样。

夜渐渐深了，孩子发出均匀的呼噜声。老师打着手电筒，蹑手蹑脚在宿舍里转着，看看是谁的被子被蹬落下来，还有谁没有盖好。老师轻轻地掖上被子，回头又看了一眼，轻悄悄地出去了。

有了老师们父母般的关爱，山里的孩子远离了寂寞，远离了孤独。很多小伙伴在一起快快乐乐地学习玩耍。学校就像一个温暖的大家庭：老师是疼爱自己的爸爸妈妈，高兴了，跟老师说说；想爸爸妈妈了，跟老师说说话。在远方的爸爸妈妈放心了，更加安心地工作。

山里的孩子读懂了老师眼里的期盼。这浓浓的爱意渐渐沉入心底，化为努力学习的动力。大山是高耸的，老师是把大山踏在脚下的人，老师要把他们托出山外，寻找一方方美丽的梦想。自己有什么理由躲在大山深处，重复着老一辈的故事呢？

难忘这条条山路上洒下的汗水，难忘这溪水间遗落的欢声笑语，更难忘那点亮每天清晨的灯光。山里老师用他们的汗水智慧浇灌了我们愚拙的头脑，强硬了我们稚嫩的翅膀。我们终于像一只只雄健的山鹰勇敢地飞到山外，也把山外的精彩和梦想带回了山里。

狭窄的山路被拓宽了，铺上了层层平整的碎石。孩子们可以蹦蹦跳跳地上学了，大山再也阻拦不住山里人的脚步。茂密的丛林深处，一座座漂亮的小楼若隐若现，红墙绿瓦，互相映衬。嘹亮的歌声不时飞扬在山谷中。

荒芜的山头已经焕然一新，疯长的野草被清除了，种上密密匝匝的经济木，还有那姹紫嫣红的果树，春暖花开，芳香溢满山谷。蜂儿蝶儿，嘤嘤嗡嗡，热闹非凡。秋天来了，金黄的橘子，火红的柿子，颗颗挂满枝头。

大山已经被家乡人弄得服服帖帖了，任由山里人耕耘，播种。然而山腰的教室依然响着琅琅的书声，还有那头发渐渐发白的老师，那才是真正的山魂。大山有了他们，才变得如此生机勃勃。

——谨以此文献给曾经教过我和仍然在毛南大山里艰苦任教的老师们！

指甲花开

指甲花，犹如指甲一样，卑微不足道。清代李渔在他的《闲情偶寄》便说道："凤仙，极贱之花。"只在听了它的另外一个名字——凤仙花，心中才稍稍有些好感：这名字颇有女子的绰约风姿之感，然而它还是那样的卑微。不知是哪儿的风吹来的种子，在我们这么偏僻的一所小山村的小学校的墙角，孤零零地长起几株指甲花，寂寂的样子，年复一年地长着，跟野草们一起繁茂枯败。

花开到了三年级，我们这落寞的小山村小学突然热闹起来，极少见到山外人的山里人，从天而降地来了个城里年轻的女老师，白净秀气，有着凤仙花般美好的感觉，这里到处是沟壑峡谷，山里人老实巴交，面朝黄土背朝天，日出而作日落而息，学校的老师也是山里送到外面读初中回来的本土本地人。山里人送小孩上学无非是想认识几个字，出到山外买盐油时不被人欺负，就行了。小孩子最多读到小学毕业，就回家跟父母劳动养家糊口，甭说城里人，除了这山里的人，其他寨的人就很少接触了。这年轻女老师的到来，无疑给平静的死水潭里投入了一块石头，在寨里泛起一阵涟漪。

听说这女老师家庭成分不好，被发配到这深山老林里改造锻炼。刚来的几天，情绪非常低落，一双美丽的眼睛常常是潮红潮红的。大伙心里都觉得挺可怜的。出于山里人的质朴，也见到她孤身一人有些可怜，父母都叫我们上学的时候顺便给她捎些红薯青菜鸡蛋之类的。她紧绷的脸有些舒展了，连声说谢谢。她那柔柔地道的普通话，让我们的耳朵听得舒舒服服的。她慢慢地把城里的故事娓娓讲述给我们听，使我们耳目一新，都惊讶了，眼睛都发亮了：想不到山外还有这么精彩的世界！

于是我们喜欢上了这位风仙花般美好的老师，有事没事找她玩，要么做游戏，要么讲故事，也许是她的善良，也许是她的天真，她竟然也跟我们一起嘻嘻哈哈地疯跑。飘逸的长发，翻飞的裙子，简直就是我们心目中的天使。她的一举一动都成了女同学争相模仿的对象。握着她柔软修长的手，让人想到葱蒜般的白嫩。“老师的手开花了。”一天，正玩得起劲时，一位女同学惊叫起来，大伙都不由得望着老师的手，只见老师洁白修长的手指上并排衬着五个红红的指甲，那红白相衬，那手像是一朵花。我们不知道这么秀丽的老师还有这么漂亮的指甲，那指甲修得很整齐，涂得很均匀。

这漂亮的指甲让我们大伙都不由得偷偷看着自己的双手：一双双脏兮兮的小手，指甲还藏着黑黑的污垢，真丢脸呀！大家赶紧把手缩了回来，个个羞红了脸。其实，山里用水很困难，要跑到一里地外的地方挑，每天能洗个干净脸就不错了，哪里还有心思顾得上手呢；何况家务又特别多，放学后要么上山捡野猪菜煮了喂猪，要么下地挖红薯，准备晚饭。山里的孩子又没有什么游戏，常捏些泥巴做游戏，手不脏才怪呢。再说，家里的一切都是脏黑黑的，手脏自然没怎么在意，年纪又小，根本不懂得什么是美，很多同学还拖着长长的鼻涕呢！但年轻的女老师很有耐心地跟我们讲了指甲脏了会给我们带来的一些疾病。看看老师一双漂亮的手，想想老师说的道理，大家的手从此变得干净了许多，脸也白净许多。谁再脏兮兮的就没有人跟他玩。

爱美的女同学们更念念不忘老师那漂亮的指甲，下了课都争先恐后去拉她的手，情不自禁地摩挲着她粉红的指甲。老师似乎看出我们的心思，微微一笑，拉起我们走向我们一般都不会去玩的角落。大家都有些莫名其妙，老师兴致勃勃地指着几株孤零零的指甲花，说："那美丽的粉红就是用这花染的。"原来如此，大家一下子蒙了，这不是太普通了吗？乡下的墙角菜园的篱笆边到处都长着。经过老师这么一说，纷纷对指甲花增添了许多好感，转身望着整个空旷的校园。校园里除了几棵我们精心种植的榕树，就剩下墙角的这几株指甲花了。虽然寂寞，却很尽心，蝴蝶一样的花朵挂满上面，红艳艳地炫耀着它们顽强的生命力，在杂草丛中显得格外醒目。现存的野花很多，漫山遍野都是，谁还会去关注墙角这几株默默无闻的指甲花呢？想不到它竟渲染出这么令人刮目相看的手！

懂了指甲花的秘密后，课桌下的指甲花瓣渐渐多了起来，东一瓣西一瓣，大家都摘来指甲花，或放在自己的课桌的一角，或夹在书本里，似乎拥有一朵美丽的指甲花，大家就拥有美丽，衣服干净多了，头发整齐多了。几个女孩子还编了几根小辫子，摇着头甩来甩去。大家都觉得城里的女老师总是那样干净，雅气。当她的学生谁又愿意邋遢窝囊呢。甚至几个平时爱美的女同学也偷偷模仿着老师染起了指甲，但刚染完，一碰到其他东西又被擦掉，很沮丧的样子。这个秘密很快被老师发现了。老师把她们叫到房间去帮她们染。一个个出来时喜笑颜开，摆弄着那染红的小手，不停向其他人炫耀着，招来一阵嫉妒的眼光。回到家里，又被家长臭骂一顿说，臭美，要她们赶紧洗去。还说什么山里人，整天摆弄着黑黝黝的泥土，染这指甲不伦不类的，害得这些小女孩犟着说："以后我就不想待在这山沟沟里。"这口气着实让大人不敢吭声。怎样才能不像祖祖辈辈的样子，面朝黄土背朝天改变自己的命运？那只能都拼命地读书。老师给了我们很明确的答复，山外的世界很精彩。

只可惜，我们刚刚学会了染指甲，那美丽的女老师就调回城里去了，同学们都偷偷躲在被窝里大哭一场。想老师的时候就跑到墙角的那指甲花前自言自语一番，或者采来一把偷偷地拴到教室的窗台上，像是美丽的老师一双美丽的眼睛在静静地看着我们学习。

指甲花开后的秋天，我们几个带着美丽老师的美丽愿望考出了大山，到乡里读中学，读到了大学。像那位指甲花样的漂亮女老师，成了城里人，坐在明亮的办公室里，走在繁华热闹的街道上，只是那漂亮的指甲花没有跟到城里来，还躲在那遥远的小山村。

又是指甲花开时节，家乡的指甲花应该是红艳艳的一片了。那既教给我们知识又教给我们美丽的女老师，还那样光彩照人吧！

被风吹过的村庄

我常常独自一个人爬上故乡那高高的山冈，让掠过山头的山风肆意地抚摸脸庞，拨弄那发丝。自己则陶醉地眯上眼睛，剩下一鼓一鼓的鼻翼在贪婪地吸着远方来的风。风从哪里来，要到哪里去，没人问去向，无拘无束，自由自在。它给人的感觉只是无法说得清的远方。只让人尽情地感受着夹在风中的种种诱惑。

也许是故乡过于温和安分，甜甜地睡在一个深邃的山谷里。四面巍峨的山，拢起一个温暖的怀抱。故乡便年复一年，日复一日地躺在这温馨的怀抱，只是偶尔睁睁眼睛慵懒地瞟了一下那湛蓝的天空，又沉沉睡去。人们日出而作日落而息，如一群忙得团团转的蚂蚁；狗叫的声音也如飘过的一缕轻风般柔和。

我，重重群山里的一分子，天生不安分，眼睛整日睁得大大的，在不断地捕捉在巍巍山顶傲然掠过的东西，看见过一群南飞的大雁，整齐的队形，听到落下的一声声亲密的叫唤。大雁们有时在山头上作短暂的停栖。寂寞的山头便“啊啊”“呱呱”地充满着它们的欢声笑语。也许它们是在谈论路途上的所见所闻，也许在描绘自己那即将抵达的美好远方。它们高飞的姿态让我羡慕不已。即便是一只黑不溜秋的乌鸦，也让我心生无限的遐想，我的心似乎是被系到了哪一只勇敢的大雁身上，飘飘欲飞了。

然而，掠过天空的大鸟是不常常出现的，天空常常是寂寞的蓝。那些鸠雀却常常在树林里跳上跳下，吱喳不停，好像它们也被故乡的安静迷住了，整日地在故乡的周围唱着跳着，那也是安详的故乡唯一的生动。

飘忽的目光终于找到可以傍依的东西，即使不再有飞鸟掠过，山顶也会有激动的树拼命地向我招手。我看见了风了，一种比飞鸟更富有魅力的精灵。飞鸟高高地飞，让你可望不可即；多情的风却能跟你撞个满怀，尽情地跟你拥抱，并且风来自的地方比飞鸟要远得多，丝丝缕缕，散发着无穷无尽的诱惑，激发着内心绵绵的遐想。

风是甜丝丝的，一种自己没有体验过的甜。是苹果甜还是香瓜甜？内心充满着无限的好奇。故乡只有房前屋后种着的李树桃树，那清香的甜味跟桃李蜜腻的甜味是不同的。苹果粗犷，我们南方是养不活的。抑或是辛勤的风才能从遥远的北方一路赶来，把秋天的甜蜜撒满大江南北。而那红红大大的苹果，只是书上见过，嘴巴也狠狠地咬过，而这阵甜丝丝的风却在我的心里种下了一棵累累的苹果树——一棵满树张灯结彩的树；还有那青涩的麦味，北方那滚滚的麦浪涌进了我的心田。我、故乡、山头，只是行色匆匆的风的一个个驿站。它那不停的脚步又要把那些美好的东西送到哪里去呢？它要去的远方会是心中的一片华丽或荒凉？给那里的人们带去一阵阵欣喜若狂的希望和慰藉。

我看见风吹过了村庄，但风也许是不想惊醒怡然的村庄，只是悄悄地给树披上金黄色的秋衣。整个幽静的山谷变得热烈起来，把远方捎来的芬芳弥漫在村庄里。在风的温柔的抚摸下，村庄里果红了，瓜黄了，稻子熟了，我第一次真真切切地感受到村庄和风是如此的亲亲密密。风又不动声色地走了，继续一路播撒着它的热情，还在继续迈着脚步追寻它的梦想，也带走了我朦朦胧胧的憧憬。

于是村里的人们也常常谈论风，还有在春风把大地都吹绿了的时候，他们会拿出小板凳，沐浴着和煦的春风，吹走蛰伏了一冬的寒气；又看看春风把去年可爱的燕子吹到自家的屋檐下，再津津有味地看着春风如何把自己刚播下的种子吹得绿油油的一片。小孩子们则赶紧跑到村头的一眼泉水旁，看看春风把泉水吹涨了没有，看看有没有一尾尾快乐的小鱼在清澈的溪水里游来游去。在炎热的夏天，大伙围坐在村头绿茵茵的榕树下，摇着蒲扇，似乎把那清爽的凉风摇来，赶走这如蒸笼般的暑气，风很有人情味，轻轻拂过，拂得家乡人便欢呼雀跃。风吹过的时候，总给他们带来希望带来快乐。

然而风也不总是那样的慷慨，在给村庄披上一件五彩斑斓的秋衣后，接着便无情地掠走这件外衣，把树上红红的果吹落，把密密麻麻的树叶刮得一干二净，剩下孤零零的枝丫，在寒风中无助地摇晃。原先丰满的山坡也被吹得精瘦，看上去是硬硬的，凹凸嶙峋。那村庄是被吹得更加萧索了：清脆的鸟声被吹走了，“叮咚”的泉水声也被吹干了，村头的榕树下空荡荡的，冷冷清清的；人们像是怕被风吹走了似的，躲进密闭的屋子里，支起一个红红的火炉，驱赶着从窗外吹来的呼呼的风。整个偌大的村庄静悄悄的，只剩下风在得意地四处游荡，疯狂地扑打那些破旧的窗户，掀起那茅草盖的房子，似乎要把人们从那破旧简陋的土房子里赶走，风是想把人们赶到哪里去呢?

这样冷酷的风也会带走一些人。草枯了，树叶黄了，经不起风的拉拉扯扯，便随风而飞。一些上了年纪的老人也受不住这股冷风的打击，熬不过这冬，也悄悄地走了。村庄到处是低吟的呜呜声和风走过的呼呼声，使原先很冷清的山村更加显得悲凉。在春天夏天里都还很健朗的老人就在这一场场冬风中纷纷地走了。于是家里有老人的，常常仰望北边的山头，一旦看见那树影摇晃，便急急地告诉亲朋好友，赶紧给老人添衣加物，能熬过了这场北风，就能熬到明年了。一家人也不用那么担惊受怕了。

带走年老力衰的老人，也会带走一些年强力壮的年轻人。秋风吹过了，园子里的果收了，田里的稻子收了，剩下的收稻草晒谷子等一些轻活，全是女人和小孩子干的。男人们则是手头没活了，闲得无聊，眼看着邻村是漂亮的小楼房一座接着一座冒了出来，自己却还窝在这祖祖辈辈留下的已被烟熏火燎得乌黑的土坯房、茅草房，真是过意不去。自己又有一双有力能干的手，趁着这农闲时节，到外面去闯一闯，兴许能捞回一些钱，把破旧的房子整一整，单凭这山沟沟里的几分田地，何时才能住上砖瓦房呀！于是，赶紧跟父母媳妇商量。父母媳妇读懂了他们眼里那灼热的希望，望望这寒酸的家徒四壁，无奈地答应了。他们收拾衣服，打好行包，在亲人依依不舍的目光中被风呼呼地刮走了。村里便是一个接一个地跟风。这股风强劲有力，有的一吹就是几年，但泥坯房、茅草房也渐渐地被风吹走了。原来伏在僻静的小山谷里的低矮的草房和乌黑的土坯房不见了，取而代之的是一些红白相间的小楼。这些小楼挺立傲然，很神气，似乎要与周围的高山一比高低。

渐渐地，被风吹过的村庄有些骚动和不安，也开始生动起来。

我也是被风吹出很远很久的人，应该说是彻底地被吹出了那个温和山谷的人，已经不再是那个村庄的人了。也许是迷恋风的缘故，常常跑到山头去吹吹风，种种天真的幻想总是被风带走到遥远的地方。我敏感的鼻子常常无意识地辨析或强劲或温柔的风所包含的气息，仿佛这风来自一个遥远的梦乡，那里有一片如烟如雾的草山，抑或是一片蔚蓝的大海，这些变幻莫测的梦想常让年幼的我独自忧伤。更多的时候，孤独一人在高高的山上，把自己坐成一块寂寞孤独的石头，但我从来没有认为我是一块静止的石头，倒是一块时时刻刻都想像风一样四处自由飘飞的石头。飘逸的风是让我无法安静的。

也许是对风的虔诚，有一天风把我吹出了这个村庄。我考上了山外的一所中等师范学校，洗净了沾满泥浆的双腿，昂首挺胸地走进城里，然后像风吹落的一颗种子一样，落在城市里的某个角落，生根、发芽，在城市的猎猎风中，长成一棵孱弱的小树，不再是故乡里那一块欲飞的石头。这在宁静的村庄也刮起了一阵猛烈的风，居然将村里的后辈们搅得不安，后来有些人陆陆续续地像我一样被风吹出来了。被风吹过的村庄显得有些空空荡荡了：打工的人出去了，求学的人出去了。榕树下原先人声鼎沸的场景消失了，风把人们吹忙了，只剩下那些精致漂亮的楼房依然神气十足，几只辛勤的母鸡“咕咕”地唤着一群“吱吱”叫的小鸡，四处跑着。几只慵懒的狗则悠然地趴在房前，让冬日和煦的阳光暖暖地洒下来。老人们三三两两，搂着大衣，或吧嗒吧嗒地抽着烟或围着一团，呼啦啦地下棋，一切都那样安详。

被风吹出来的我也时常爬到楼顶，朝着故乡的方向，贪婪地呼吸着一阵迎面而来的风，嗅一嗅被风吹来的故乡的味道，直透入五脏六腑。

稻草叙述者

座座陡峭的山峰，团团围住那一张席子大小的平地；偶有山泉潺潺流过，便被辛勤的山民们用圆溜溜的竹筒接住，引到这片平地上。黄褐色的硬土渐渐泡软，山民们急急忙忙插上绿油油的禾苗。稻草便在毛南山乡这片喀斯特地貌的贫瘠土地顽强地开始自己的命运。

焦黄的土地让还没成为稻草的禾苗艰难地生长，眼巴巴等着上天飘零的雨水。突如其来的一场大雨滂沱而过，像是上天同情的泪水，滋润着早已干裂的大地。禾苗们如饥似渴地吮吸着那天上而来的甘甜的乳汁。炎炎的夏天太阳，热情地鼓励禾苗的成长，使它们抽出毛茸茸的稻穗；秋风大手一挥，染黄了原先绿油油的田地。沉甸甸的稻穗羞涩地低下头，默默等待山民们亮闪闪的镰刀。

山岚轻轻吹过，摇动那渐渐发黄的树枝。高耸的山头硬硬地切断缕缕柔和的阳光。一把把磨得明晃晃的镰刀伸进这片长势稀疏的稻田，一双双粗糙的手紧紧抓住稻秆，古铜色的脸难以抑制内心的兴奋：整天啃咬那硬邦邦玉米头的日子终于熬到头了，可以高高兴兴地敞开肚子，尽情享用这白花花的米饭了。发痒的喉咙忍不住放开了，一句句甜美而粗野的山歌喷薄而出，飘荡在寂静的山坳里。

毛南山乡的秋天终于来了。

“嘭嘭——嘭嘭”，打谷子啦！妇女们挥舞着明晃晃的镰刀，“唰唰——唰唰”，那些稻子乖乖地一片片倒下。汉子们则双手箍紧那沉甸甸的禾把，高举过头，狠狠地打向打米桶内壁，伴着一声声铿锵有力的“嗨哟”，打米桶被摔得“嘣嘣”直响。谷子纷纷扬起，又“哗哗”落进桶里。看着慢慢满起来的米桶，汉子们干得更卖力了。你扬我打，此起彼落，把手里的稻把舞得飞扬，像是春节时候舞动的飞龙。远远看去，坡头、谷底、湾里、坳上，处处都是乡亲们忙着收割稻谷的身影。整个小山村和风阵阵，稻香浓浓。

稻草们知道这种热闹是暂时的，自己被摔得头晕脑涨，也被摔得空空的。金灿灿的稻谷被小心翼翼地装进袋子或者背篓里，一一地回到家里，脱下谷粒干瘪的自己却被无情抛弃。稻草们乱七八糟地躺着，已经没有什么用处，丢在田里都觉得碍手碍脚。风来过，雨来过，稻草静静地泡在泥泞里，慢慢烂掉。因为盖房子这种稻草不结实，容易腐烂；想当柴草烧吧，又嫌烟火太浓，火不旺，没有人愿意用它；况且背上这些稻草爬那么长的山路，回到家，筋疲力尽，这是连白痴也不会做的事情。

稻草只能自惭形秽，眼睛发绿，无比羡慕看着那些神气十足的稻谷，被山民辛辛苦苦背回家，过着舒适的生活。想到自己被抛弃在冰冷的稻田里，任凭风吹雨蚀。只有那些从山顶飞过的鸟儿俯冲下来，叼上几根回去搭那个有些破烂的窝。最可恨的是那些贪婪龌龊的老鼠，稻谷还在枝头摇来摆去的时候，便在下面鬼鬼祟祟，不时咬上几口。现在稻谷收走了，孤零零的稻草便成了它们的最爱，呼朋引伴，窸窸窣窣，咬住稻草，吮吸那有些甘甜的汁液；还往窝里大摇大摆地咬上数根，铺垫着那又脏又臭的洞。老鼠们枕着蓬松的稻草做着甜蜜的梦，却是稻草们日日夜夜摆脱不掉的噩梦。

稻草的噩梦终于醒了。村庄的四周只有冰冷的石头，还有参天的树木。山民们睡的是坚硬的木头搭成的床，铺的是冷冷的木板。柔软的身子一躺上去，便被木板硌得生疼。要垫上几床软软的棉被，那简直是在做梦。家里仅有的几床棉被可能是上辈传下来的，已经破了几个洞，汗渍油污弄得油光发亮，里面的棉絮已经板结成团团块块的。一到冷天，一家人挤在一两床烂棉被下，冻得瑟瑟发抖。只能在床边生上一两盆旺旺的火，烧暖这个屋子。半夜睡不着，就爬将起来，坐到火塘边，烤暖身子，又钻进被窝。于是，聪明的山民想到了稻草，觉得被摔得松软的稻草比山间那些尖利的草木柔和多了，便一个接一个跑到田间地头，把零零散散的稻草收拾起来，把上面的泥巴小虫拍打干净，扎成一捆一捆的，背回了家。

靠着从山外学来的技术，大人们量好床铺的尺寸，交给心灵手巧的女人。勤劳的女人们就把柔软的稻草结成一把一把的，然后用这稻绳细细地编着。草绳在她们手中飞舞，像在织一件硕大的毛衣。一群人聚在一起，有说有笑。稻草们一把一把地被山民的手紧紧地抓着，又紧紧地扎在一起，相依相偎，感到非常高兴。一两天，一张棱角分明的橙色亮艳的草垫就编出来了。到了晚上，把这张柔软的稻草垫精心地铺到那硬邦邦的木床上，盖上床单，把身子往上面一扔。软绵绵的稻草托着身子，感到舒适无比。身子的背也不会被这生硬的木床硌得生疼。稻草们还带着土地和阳光的气息，传递着不尽的温暖，安抚着贫困劳动疲惫的身躯和心灵，托起一个贫瘠而又质朴的梦。

夜里，星光灿烂，山民们舒舒服服躺在上面，轻声细语，聊着悄悄话。稻草贴着山民们的耳根，感觉幸福无比，暗自庆幸自己能有这么快乐的一天，自己不用落单在空旷清冷的田野上了，不担心风雨鼠虫把自己践踏了。每个夜晚都能和山民们躲在温暖的被窝下做着温馨甜蜜的梦。

毛南山民们最初的梦就是这样用一把一把的稻草编织起来的。坚硬冰冷的床板渐渐温热起来，火塘里的火苗映亮了每张清瘦的脸，燃起每个人的生活激情。

稻草编成的床垫暂时温暖了山民们的夜晚。寒风凛冽，狂扫着山间的一切。那些由石头垒砌的房子，四处漏风；屋顶盖着几片从山外买来的瓦，几阵猛烈的山风就把薄薄的瓦片吹得哗啦作响，不时有几片摔落，摔得七零八落。几个年长的老人在漆黑的夜里摸摸索索，在寻找着这几片珍贵的瓦片。锅里的稀饭照出人影，几片青菜漂浮在上面。这贫瘠的山沟沟养不出什么好东西，只有直愣愣的石头在高昂着头，威武地统治着一切。田里的稻草被收拾得干干净净，碾出的白花花大米只是湿润秋后的日子，还有几个大大小小的节日。一条崎岖的山路艰难地穿梭在崇山峻岭之间，像是山里人伸出一只可怜的手，在乞讨些什么。

稻草编成的床垫很耐用，一代接一代地用。有些稻草们又被无情地抛弃在荒野之中了。但是那时春天的故事已经悄悄在山里传开，那散落在山间的田地分到了各家各户。山民们积极性更高了，早出晚归。田里的稻草更加茂密了，一担担颗粒饱满的谷粒挑回了家。那剩下的稻草被堆成一座座小山，肚子渐渐饱了，身子渐渐暖了，深山老林里的毛南人做起了更遥远的梦。

稻草们也感觉到了脚步越来越近的春天的浓郁气息。某个天高气爽的秋天，正在沉睡的稻草们被一阵阵急促的脚步声惊醒了，睁开眼睛一看，只见山民们挑着一只只箩筐，背着一个个背篓，像是寻找什么宝贝似的。他们一见到稻草纷纷涌过来争先恐后地抢着，先前有些失落的稻草顿然感到前所未有的兴奋，应该又有大的用场了。

收回来的稻草和一些草木混在一起，送到一台隆隆响起的机器前，一把一把地送进那张大的嘴巴，“嚓嚓”，稻草被粉碎成细末。在一个山外来的人手把手的指点下，山民们把这些木屑和一些肥料搅拌成一体，埋下一些菌种，喷上催化剂，装到一个软乎乎的袋子里，然后堆积到一个温暖湿润的房间里。稻草觉得自己躺在这么一个温暖舒适的地方，无忧无虑，便迷迷糊糊地进入快乐的梦乡。

不知什么时候，稻草被一阵热烈的交谈声弄醒了，看到一个西装革履衣着讲究的大腹便便的老板模样的人在跟山民们讨价还价什么的。稻草看到自己身上长出很多耳朵，白里透黑，圆乎乎的，很是可爱。那些山民手提着篮子，兴高采烈地东瞧瞧西转转，忙不迭地将这些漂亮的耳朵摘下来，欢声笑语。在欢快的话语中，稻草们才知道那些圆乎乎的耳朵就是山外人喜欢吃的食用菌。稻草们感觉这一次的笑容比上一次灿烂多了。

摘下的耳朵装满了一篮篮，棚外有一辆大卡车在静静地等着，大家一个个提着满满的筐儿在排着队，一杆大秤不停地称着。一篮一篮灰白的耳朵被轻轻地装进了车厢里。一把把红红的钞票塞到山民的手中，脸上更是笑成一朵花。

那低矮的瓦房被拆了下来。车声隆隆，从山外运进一堆堆褐红色的火砖，一排排坚挺的钢筋，一包包胀鼓的水泥。捞浆、砌砖、倒板，寂寞的山里热火朝天。一张张布满皱纹的脸在好奇地看着，一个个年轻力壮的身影在生龙活虎地忙碌着。太阳升上来，月亮落下去，终于在一阵噼噼啪啪的鞭炮声中，一座红白相衬的楼房在山脚出现了，那些灰暗潮湿的瓦房一个个地消失了，漂亮别致的小楼一座座地矗立在那里，像是在跟四周的绿山较劲。稻草做的床垫被换成弹性十足、柔软舒适的钢丝床了。

那峡谷坑坑洼洼的山路也被填平了，浇上坚硬的水泥，一辆辆崭新的摩托车在嘟嘟地跑着，鸡呀鸭呀，还有那些珍贵的山货都从这些平整的水泥路上源源不断地被送往山外，又把山外的梦源源不断地运进来。

“哞哞——”远处的山坡上传来牛儿声声呼唤。几头膘肥体壮的黄牛正从青翠的草丛中缓缓穿行，那金黄的皮毛在阳光的映照下格外发亮。几个辛勤的老农头顶帽子，怀抱一堆堆青黄的稻草，乐呵呵地跟在黄牛的后面。原先被遗弃的稻草们更加幸福了，这田间地头根本找不到丢弃的一根。稻草都被山民们百般珍惜，精心拾掇，整整齐齐堆放到牛栏边，等待黄牛甜蜜的一吻。

深秋时节，平日有些寂寂的小山村里绰绰地晃动些陌生的人影。乡亲们高兴地说那是山外寻找黄牛的老板。哦，正时毛南黄牛肉熟了，精明的老板们怎能错过这难得的肥肉呢。漂亮的小楼里，一盆粉红飘香的牛肉摆在桌面，锅里的水咕咕直响。那鲜嫩可口的肉质，肥瘦三层截然分层，肥而不腻，没有油脂。一锅热气腾腾的汤溢出，将牛肉轻轻放入，拌些生姜大蒜青菜，轻轻放入慢慢搅一圈，“牛肉三把火”，夹起蘸上盐水，送入口中，慢慢嚼动。那种鲜美的肉味慢慢在舌头上传开，妙不可言。

中央电视台的镜头正对准着这一切，把这鲜美可口的牛肉从山沟沟里亮出去！让很多目光惊奇地聚焦这里。

这香甜的味道又不能不归功于那些有时被冷落的稻草，还有一种只生长在这四季如春的毛南的纱树。生长于此地的稻草深吸纯净的露水、清甜的地下河，富含营养。聪明的毛南人平时让牛儿吃那满坡的青草，待夏收过后，把田间成堆的稻草抱回来，扔到牛圈里让牛们尽情咀嚼，好配上米糠和黄豆，精心喂养几个月。秋冬之际，便是毛南牛肉飘香时节。这牛肉的香味慢慢飘出山里，飘到大都市。在东南亚一带的大都市里，霓虹闪烁，灯红酒绿，大超市里，人头攒动，货架上，东西琳琅满目，细细一看，竟然发现毛南牛肉。那深红的包装格外引人注目，货架前几位顾客抓起几袋叽叽咕咕在谈些什么，每人各抓几包高高兴兴地走了。

村里的大叔默默地扛来粗大的木头，把原先那牛棚拆了，砌上一排排坚固的火砖。那狭小的牛栏没办法装下更多的牛了。牛肉香飘远了，村里忙忙碌碌，有的修整牛圈，有的在堆积稻草，那是乡亲们努力扩大养殖规模，这是县里对农特产的大力扶持。一堆堆高高的稻草垛像是一面面胜利的旗帜，宣示着甜蜜的密码。填饱肚子，温暖身子的梦已经实现了，可是一向勤劳的乡亲们正在酝酿着更大的梦，把那香甜可口的牛肉品牌打响，唱出毛南族人民甜蜜的歌。因为这个十万多一点人口的小小民族，长期生活在深山老林里，没有多少人知道。

寨子里，洁白的墙上挂着一条条醒目的横幅，“努力申遗，幸福毛南”“山美水美，大地恩惠”，一座座房子被装扮得漂漂亮亮，黑白相间，古朴典雅。干栏式的楼房挂上一顶精致的花竹帽，别有民族风味。乡亲们正在国家的帮助下努力申请世界自然遗产，把木论喀斯特国家自然保护区打造成旅游胜地，这样毛南族的名声越来越大了。稻草们相信往后的日子，自己喂养的牛的肉越来越香甜，香飘越来越远。“申遗”成功了，这毛南大地便涌动着波澜起伏的春潮，青山绿水迎来四面八方的游客，不同口音在这里交融，飘荡在幽深的山谷里。

稻草叙述者，静静地述说一个个走来的梦。

跳舞的稻草

暮色四合，炊烟袅袅，八月的乡村弥漫着淡淡的稻草香味。田间小路上晃动着绰绰约约的身影，稻子快收割完了，密密匝匝的稻田已经变得空空荡荡的了。

从田里风风火火赶回来的大嫂，头上还挂着几根枯黄的稻草，便急匆匆出门了。有什么比吃饭还重要的事情？在我脑海里，家乡的女人从来就是匆匆忙忙的样子。忙完了野外的活，回到家，还没歇一口气，就忙着家务，挑水，剁猪菜……等到忙完这些活，眼睛都累得眯缝起来了。

大嫂渐渐远去的背影拖来了一阵极富节奏感的音乐声，在宁静的小山村里格外响亮。

不逢年，不过节，哪里来的那么热闹的乐声？难道有乡里的表演队？这是童年最快乐的记忆。露天电影，乡里县里慰问演出，犹如一场潇潇的春雨浇灌着我们这些小孩干渴的心田。在那物质精神生活极为困乏的年代，盼这些事情真的是盼星星盼月亮。现在家家户户都有电视了，一拧，五彩缤纷的内容扑面而来。

温馨而遥远的记忆牵着我不由自主地朝着音乐响起的地方走，大概趋向快乐是人的本性，就像一些昆虫的趋光性。

村头的大水塘已经被填得平平整整了，想起平时它散发着恶臭的气味，心里便充满着厌恶，县里给了一事一议的项目，乡亲们搬泥土打石头，热火朝天地整出一个球场。上级再补来篮球架，弄成了一个标准篮球场，挂上一个牌子，美其名曰村文化活动中心。

夜色被闪亮的灯光赶出一大片，空出的光亮处人头攒动，强烈的音乐声使在场的每一个人都情不自禁地扭动起来。不远处乡亲们垒积的稻草堆被震得沙沙作响，有几根纤细的稻草飞出了草堆，在空中飞舞，像在展示它们优美的舞姿。空气里流转着一丝丝颤动，冲击着你的肤发，摇动着你的身子，让你无法冷静，奔涌着一股股难以抑制的冲动。

大嫂、二婶、小林嫂、村里大大小小的婆娘，还有上了年纪的大妈，排着不算整齐的队列，前后左右，随着节拍，不停地扭动着身体，那么投入那么卖力。

大嫂头上那几根稻草在灯光的照耀下格外醒目，随着大嫂摇动的头也不停地晃荡着。小林嫂的裤脚上还沾着黑色的泥块。泥块紧紧粘着，生怕不小心被甩了下来，随着裤脚一前一后摇摆。有的人腰间还别着小篮，估计还没回到家，看到这么热闹场面，跳上一两曲，过过瘾。

队伍越来越大，挑着担子路过的，把箩筐撂在一边，牵着牛的，把牛拴在路边。强劲的节奏像一根长长的绳子把村里的婆娘们紧紧地拴在了一起。球场顿时变成了一个舞蹈世界，尽情地释放乡村的现代气息。

球场的前方是一套硕大的音响，两个黑色的音箱摆放在两头，蓬蓬蓬蓬，有力的节拍在迸出来。那是耳熟能详的《自由飞翔》，音如其名，节奏是一根一根的，刚劲有力。凤凰传奇的歌曲几乎都成了广场舞的名曲。城里的大街小巷，大凡在跳广场舞的，一定是在播放凤凰传奇的。

这种场面太熟悉了，小区里的空地上，晚饭过后，大妈们闲着没事，三三两两，拎着个播放器，成行的或者不成行的，能集中起来的就可以跳。跳上两三个小时，尽兴就好。生活好了，谁不就图个乐。管它标准不标准，舞姿美不美，跳出个满头大汗，跳出个浑身松软。我想这是城里人享受的方式。

强劲的音乐让我感觉回到了城市一样，只是灯光有些暗淡。大嫂大妈们跳得正起劲，尽管她们的腰肢有些粗大，扭起来有些笨拙，甚至有时候几个人因为动作方向不对，撞到了一起。脚跟踩着脚跟，扭成一团，大家都是笑哈哈的，美不美并不是很重要，只要开心就好。整个村子都被这欢乐的音乐声吸引了，男女老少纷纷涌来，快乐地欣赏着一场免费的表演。

人越来越多，小孩玩起了捉迷藏的游戏，一个追着一个。男人们则拎来一两个球，三三两两地投篮。这里成了一个欢乐的海洋。山里那种冷冷清清的氛围消失得无影无踪。以前活儿忙，大家都被家里家外的活儿折腾得够呛，恨不得早早上床休息，积蓄好精力，准备迎接第二天繁重的劳动。

小山村很冷清，家里的男人基本上外出打工了，村里只剩下体弱的老人妇女小孩。只种着一两亩田地，很多都是机械化了，耙田有“金牛”突突地跑着，插秧有抛秧机，除草有除草剂，收谷有收割机，先前农村最重的体力活都交给了这些机器，男人们纷纷寄钱回来，家里的女人们就清闲多了。

手里的时间越来越多了，口袋里的钱越来越多了，女人们便有些不安分了。寂寞来了，男人又不在身边，照顾好老人小孩，费不了多大的心思，很多时候都在考虑如何打发这难熬的寂寞。偷偷跑城里看男人吧，那么远的路自己能找到吗？家里的老人小孩都需要照顾着呢！只能偷偷打几个电话，解解闷，更多的寂寞就靠自己打发了。以前回到老家，听到最多的只是哗啦啦的麻将声，媳妇们上瘾呀，小孩扔给了老人，或者扔在一边不管。田地也没心思去弄了，只是想如何把输掉的钱赢回来，或者赢得更多。村里一片混乱，家庭矛盾很多，打媳妇的，骂老人，闹离婚的，纷纷扰扰。

不知道村里的大嫂大妈们是什么时候如何学会广场舞的。我只记得四年前村里填那个臭水塘的时候，村里到了国家“农村一事一议”项目扶持。我回到了村里，乡亲们干劲十足，正是秋季枯水季节，七八亩的水塘只剩下乌黑的淤泥。镇里调来推土机，隆隆地推来附近土坡的土，在家的男人女人，就连那些老人小孩，带着箩筐，提着锄头铁铲。挑的挑土，铲的铲平。大伙都希望把这臭水塘填平，整出一个什么活动场所来，让大家有个玩的地方。家乡坐落在大山脚下，没有多少平整的地。村里的房子是一座挨着一座，少有空地。

篮球场整出来了，县里文体局送来了篮球架，镇里又补了些资金，弄了一个文化活动室，就这样，一个烂泥塘消失了，一个村里文化活动中心出现了，大嫂大妈们有事没事聚在这里聊天，唱唱山歌，寂寞被赶走了许多。

嘣嚓嚓，嘣嚓嚓，球场的节奏真让人热血沸腾。自己一大男人，是很少去关心广场舞的，但大嫂大妈们那种干劲很是感染了我。我看得有些发呆了。

想不到乡下也会跟城里一样热闹吧！大嫂发现了我，冲着笑着，头上粘着的那几根稻草仍然没有落下来，依然得意洋洋地跳着舞。那谁来教你们？城里每个广场舞队列的前面都有一个教练在喊着在指手划脚，而村民里的却是一堆人跟着节奏慢慢摇摆。心里很是疑惑。

教练在前面。大嫂指了指摆在前面的音响。我看了看，不就是音响设备而已吗？哪里来的人？我百思不得其解。是屏幕，教练在屏幕里。几个大妈忍不住笑起来。我转到了队伍的正面，才看清楚音响设备里还有个大大的彩电，她们正播放着广场舞的录像，每个人都专心致志地盯着屏幕，跟着里面的人一起一举手一扭腰，有模有样的。

哦，原来是这样。我看到有些动作已经很娴熟了，有滋有味地舞着，跟城里没有多大区别。我们也需要好身材，我们也需要快乐，那也不只是你们城里人的事情。一个边扭动身体边向我投来笑脸的大嫂很自豪地说，几个年轻媳妇也口齿伶俐地附和着。

我还听说她们要组织自己的文艺队，平时练练，把家乡原有的山歌彩调等传统文艺项目挖掘出来，到时候到镇里县里比赛，争取拿奖。我们村是有些文化传统的，比如以前春节时候舞龙拜年，还有唱彩调，跳毛南族的傩面舞，后来渐渐遗忘了，剩下的只是吃吃喝喝。

乡下的生活也丰富多彩了，已经不是只围着几根稻草转的时代。她们特别是年轻的媳妇们，可以把稻谷种好，把稻草收好，也会把自己的生活安排好。

我靠在球场边的稻草堆，感觉到每一根都在颤抖，似乎都在跃跃欲试。

稻草舞到了乡村的春晚。乡下的春节似乎来得更早些。小年到来后，乡亲们追赶春节的脚步是越来越快，急急忙忙赶圩买年货，等待在外的儿女们。更重要的是给自己一个欢乐的春节，那就有自己影子的乡村春晚。

乡村戏台早早建好，那是县里一事一议项目，统一拨款建的。戏台是水泥砖砌成，一个小孩那么高，用水泥铺得光滑铿亮，还配套建有一座白墙黑瓦的房子，挂上牌子，美其名曰村文化中心，还有老年人活动中心等很多牌子。

乡村春晚一般在腊月二十八晚上就开始了，而且是还没到晚上就开始了。那天晚上，太阳刚刚落山，戏台上便啰鼓喧天，歌升舞动了。其实晚会一大早就开始了的，搭幕布，拉横幅，摆音响设备，乡亲们就忙得不亦乐乎！演员们也胡乱往肚子填了些东西，便赶着化装，想在今晚大显身手。

七里八村的人都来了，尽管天气有些寒冷，尤其是傍晚时分，白天暖气渐渐消失夜里寒气悄悄袭来，乡亲们戴上帽子，围上脖巾，吐着长长的白气，却是那样兴致勃勃：男男女女，老老少少，拎着小凳子，带着小垫布。自己演的戏肯定好玩，大家都怀着无比激动的心情在等待着。演出的不光是本村，还有附近的村子，既能切磋演技，增进情感，又能丰掌节目内容，扩大影响。

最少不了的就是凤凰传奇《最炫民族风》伴的广场舞。这是村里中老年妇女最拿手的广场舞，饭前饭后，头披稻草练的。这些五六十岁的大妈大婶们，有跟小孩到城里人生活过一段日子的大妈回来说城里的中老年人都流行跳广场舞，自己也跟着去凑热闹，学了两招，还带回了几张碟子。村里的中老年妇女都纷纷跑到她家的院子，跟着她学，跟着碟子学。傍晚时分，村头的播放器准时响起，大婶大妈赶紧忙完手中的活，加入到这蹦蹦跳跳的队列中来。几个月下来，竟然扭得有模有样，跟城里没什么差别。大婶大妈们乐了，非得在春晚亮一手，让从外面回来的人感觉到如今的乡下也不比城里差。

最令人难忘的还是乡亲们爱唱的山歌。那些上了年纪的老人开口就唱山歌，什么刘三姐阿牛哥呀，要么是自己编的情歌，“什么妹像树来哥像藤，哪有树缠藤”。日子还艰难的时候，他们偷偷摸摸地唱，怕被别人嘲笑。现在不一祥了，农活没多少，耕田种地，都有机械在弄着。村头又有宽敞的球场，自己怎能不尽情地唱呢？一定要唱出今天的幸福。

一根稻草，跳出乡亲们幸福的心声。

赶　雨

雨来啰！雨来啰！一个精灵的牧童扬着手中的鞭子，四下挥舞，气喘吁吁地，边跑边喊。急促的喊声让一个人起身就跑，接着一个跟着一个跑起来，第三个跟着飞起来，顿时田野上原先安安静静地劳动着的人们慌乱起来，纷纷停下手中的活，抬起头来，迟疑地望望天。有人还在犹豫不决，只见一块乌黑的云正急急地滚来，泼墨似的，见势不妙，大伙儿撒腿就跑，呼啦啦的。

幸运些的，瞅见临近的一棵树，便箭一样地直冲，一股脑扑进树的怀里，上气不接下气，只有靠到了坚实的树干下，看到浓绿的树叶像是一把严实的大伞，牢牢地盖在自己的头上，才长长地舒了口气。没待脚跟刚刚站稳，雨点急急追来，一粒粒豆大的雨点直砸到树上“噼啪”作响，接着便是哗啦啦一大阵，打得树叶纷飞，有几粒穿过树叶直砸到身上，凉沁沁的。

没树挡的，只要看见草垛的，也没命地跑，不管三七二十一，弓背弯腰，直钻入草垛里，双手拼命地扒着，能扒出一个刚能穿进去的窟窿，便使劲往里钻，遮点头也好，就算大半身子还露在外面也顾不上了。哗啦啦一场雨洒过，硕大的雨点砸在屁股上，有些生疼，才有感觉，雨点一下就消失得无影无踪了。此时上半身干燥温热，下半身却淋了个透，半干半湿，看上去怪怪的，但心里暗暗地庆幸：淋上这一点，感冒是挨不了边的。

最苦的是那些既不靠树又不挨什么东西的人了，看着乌云滚滚而来，自己也慌慌张张地没头没脑地跑。人们四下逃散，一下没了踪影，而自己一看四周，空荡荡的，最近的树也是数百米远，跑是来不及了，只好愣愣地站着不动，眼睁睁地看着一场雨从远远的那边山头跑来，像一把大大的扫把由远而近地把大地扫得湿透；又从自己的身上呼呼地扫过，把自己扫了个透心凉，有些凶狠的雨点还把没遮挡的自己打得辣辣的，像一桶水自上而下倒下，从头浇到脚，全淌着溜溜的水，非常狼狈，不由直咒着这老天爷的狠心。

那些早带好雨具的，这时候就有很多好戏欣赏了，看看那些懒得带雨具自作聪明的人，没命跑，鞋子跑飞了，衣服跑落了，全然顾不上；甚至被绊跌倒的也顾不上拍一拍那泥土，连滚带爬地跑。而自己只需慢悠悠地从包里掏出雨衣雨帽，慢条斯理地穿好戴好，然后静静地站在原处，看一场雨如何从远处急急地赶来，又如何把那些粗心大意出门没看天色的人们一一浇湿。雨点打在自己的帽檐上，“滴答”作响，也扑打着雨衣，但乖乖地沿着雨衣往下淌。偶尔有些雨点调皮地溅进衣领，沁凉透人，很是惬意。正想慢慢地享受这炎热夏天中难得的片刻清凉，一束辣辣的阳光直扑到雨衣上，灼热烫人。定眼一看，天空中原先黑压压的乌云已经跑得无影无踪，天蓝得像一块透明的玉，雨已经跑得无影无踪了，热情的阳光已经把它赶跑了。

四周的田野被雨洗得清新发亮，都一闪一闪地晃着水珠，原先被太阳晒得蔫蔫的草呀树呀，此时都精神抖擞的，在太阳光中格外耀眼，躲雨的人们也纷纷从树下草堆里钻出来，四下打量自己被雨水打湿了多少，又互相指着对方嘲笑谁比谁更狼狈。

这就是乡下人家的赶雨，夏天最常碰到的情景，“夏天孩儿脸，一天变三变”，乡下人家的日子就在田间地头，很少能在屋里老老实实地待着。每每拿把农具像检阅部队一样地在庄稼地里走来走去，油然感到一种莫名其妙的幸福。看着一棵棵壮实的庄稼，心里就乐滋滋的，即使碰到风遇到雨也是满心欢喜的。因为有风有雨，庄稼才长得惹人茂盛，但自己也防着凉生病，有事没事戴个帽，穿个雨衣，浑身又不自在，劳动不利索，于是乡下人出门前，先望望天空。再说夏天的雨也是赶场一样的，急匆匆的一阵，转眼间就阳光灿烂，就算是淋透了，没多大工夫，全身就干燥燥的了，像没淋过一样。

人淋着了，凉一阵没事，可谷子挨淋了，那可是天大的事，你想想金灿灿饱满的谷子打回家，倒到晒谷场上，让热烈的阳光一晒，粒粒硬脆，然后欢欢喜喜收回仓里，就等着过个舒舒服服的一年半载，农家人的日子就没忧没愁了，夏天晒谷就格外得注意赶雨了。

夏收时节，是乡下人最忙活的时候，年轻力壮的都赶往田里抢收了，晒谷的活稍轻，晒谷的任务就交给家里的老人小孩，他们也是不敢马虎。

一大早，金色的阳光就满满地铺到村里，一家老少就欢欢喜喜把一袋袋刚从田里打回来的谷子，沉甸甸地抬到晒谷场上，用谷勺子铺匀。晒谷场顿时成了一张亮灿灿的金毯，阳光尽情地抚摸，水汽升腾，谷粒渐渐地变得更亮更脆。

铺匀了，晒谷人便老老实实地坐在场边的屋檐下，心里美滋滋地盘算着今年家里的收成，都抑制不住内心的激动，他们认真地守着，不时有一两只麻雀“扑哧扑哧”下来，趁看谷人不注意，啄走几粒稻谷，灵敏的看谷人手中的把子一扬，麻雀吓得赶紧“扑扑”飞走了。只要感觉阳光没有先前那么强烈了，又出来抬抬头，将手拿到额头上，望望天，看有没有乌云飘来，飘来的是北还是南；若天是橙蓝一片，便放心地回到阴凉的地方，心情有所放松，想着做些闲事了：或者翻翻一本精彩的小人书，或者找个人来陪着下一盘棋，或者眯眼打个盹。

风有些慢慢起了，警觉的看谷人马上站起来，小人书扔了，棋子撂到一边，半眯的眼睛马上亮起，都赶紧出来望望天，看到一片乌云慢慢移来便仔仔细细看看云朵的方向，是向南移来，还是北方飘来。如果南来的乌云重重，那得赶紧招呼大大小小的家里人收谷。都知道这夏天的雨说来就来，没有半点犹豫，初看时，那乌云还在那头，不一会儿，那山边也就蒙蒙一片，大伙知道那雨已急急赶来了，便七手八脚地收谷子，扫在一起，堆成一堆，急急忙忙用雨布盖上，才收拾停当，那雨便“哗啦”而到，线一样冲刷着一切，看着瓢泼大雨，那谷子在雨中安然无恙，暗暗庆幸自己动手早些。

而那些玩过头的，那些没注意看天的，或是手脚迟缓的，或是下棋看小人书入迷的，没赶过了雨，手忙脚乱，才刚刚收完一半，那雨便哗啦地冲刷着，把没来得及收的谷子一股脑儿冲到晒谷场外，狼藉一片。晒谷人站在一旁，看着辛辛苦苦打来的谷子被弄得这样，气得直跺脚，心疼地看着，那样无可奈何，那雨赶得太快了，自己硬着头皮，等着家里人的一顿臭骂。

雨过天晴，这雨才赶几分钟，像刚才闷热的大地清凉了一下，太阳又露出灿烂的笑容，等晒谷场晒干了，晒谷的人又把雨布掀开，铺匀谷子，继续晒着一年一家人温馨的梦，被冲出场外的人家则叫来家里的老少，小心翼翼地扫回来冲洗，又放到晒谷场上晒，这是汗水换来的马虎不得，这些谷子是可以用来喂鸡喂鸭的。

又铺匀了，又不断地出去望望天，又转回来，又出去望望，一直望到太阳落山，他们就安安心心地收起谷子。

夏天的日子就这样被雨赶着，紧张兮兮的。

半墙院落一个家

乡下人家地广物杂，房前屋后，空着很多地。家里的杂物多，犁耙柴刀，还有稻草箩筐等，因此凡事都喜欢修个院子，即使很窄，也是硬要挤个空地让给院子，修不了高高大大的高墙深院，也叫来自家兄弟，挖个土夯墙，高高矮矮地在屋前围一个四四方方的墙，这房子才算完整，踏进屋里，坐着，睡着，都觉得那个踏踏实实，若是没了个院子，空空荡荡的，心里总觉得少了些什么，慌慌的。

屋里是人住的地方，自然优先把与人亲亲密密的东西往屋里藏，人睡的床棉被，看的电视机电风扇，填饱肚子的锅碗瓢盆，玉米大豆稻谷等，一个往一个地方塞，稳稳妥妥，人便可在屋子里舒舒服服地过日子了。

但农家不能只靠这些东西就能过日子的，还有一些很重要的杂物，那是农家人的命根子。比如犁耙、镰刀、锄头，丢了这些东西，农家人也无法过安稳的日子，只是乡下人怕它们弄脏了屋里的东西，即便反复清洗，仍洗不掉那浑浊的泥味，屋子娇气，受不了这些沾泥带土的东西。于是把这些重要但不清气的东西通通推给院子。

院子雍容大度，凡是屋子嫌弃的，它都通通揽到自己的怀里来，那刚从田里回来的镰刀，还沾着枯黄的稻草，带着一股清香的稻草味，“咣当”一声，主人扔在了院子的一角；还有那刚从山上砍了一车的柴草的柴刀，那沾满糊糊的泥浆的锄头犁耙子。扔下后主人自顾进屋吃饭休息去了。它们便老老实实地待着，等待下一次主人那有力的大手紧紧地一握，它们又兴致勃勃地跟着出去，干劲冲天地帮着主人营造屋里那温暖的日子。

牛羊也是不能进屋的，满身的羊膻牛臊，身子脚上都沾满泥浆，尽管它们跟屋里的主人一样重要，在维持着一家人的生活，甚至是比屋里的某样东西更重要，但主人还是嫌弃，但又不敢怠慢，便在院子搭了个棚，盖上几层瓦片或铺上稻草，再插上几根坚实的木桩，找个栅栏套上，这便是牛羊猪的家。每每看见主人，挽着高高的裤脚，在院子里转了两圈，扛起犁头耙子，它们很机灵，便知道有重活要干了，乖乖地伸出鼻子，让主人套上绳子。栅栏一打开，它们便迫不及待地冲出来，老老实实地跟在主人后面，穿过院子，走向那广阔的田野。若是主人从屋里抬出个热气腾腾的潲食，它们便兴奋不已，在圈子里“哞哞咩咩”地喊着，在圈里直打转，仿佛很感激主人的养育之恩似的。欢悦的叫喊声回荡在院子里，充满着无限的生机。若是谁家的院子整日了无声息，路过的人便知道这家的日子是如何清冷了。

院子里最爱闲逛的是老母鸡了，乡下人养鸡不喜欢圈养，没时间喂食喂水什么的，就放在院子里，四周的高墙它们是过不去的，任由它们在院子里捉虫捡米吃，它们也很少出院子，不担心走丢。一大早，老母鸡便“咕咕”地起床了，身后紧追着一群棉花团一样的小鸡，老母鸡走走停停，尖利的脚不断地刨着，发现蚯蚓或米粒“咕咕”几声，孩子们便飞奔过来，吱吱喳喳地闹着。有只小鸡叼个小虫，一群忽地围过去，追逐打闹。天色渐渐发黄，主人回来了，抓上一把米，纷纷扬扬，撒了一地。小鸡们欢快地吃着，囊鼓鼓的，跟着母亲身后摇摇摆摆地回那温暖的窝里去，做个甜甜蜜蜜的梦。

狗是唯一能够在屋里和院子之间自由来往的动物了，也许是它的忠诚吧，很博得主人的欢心，它很少出去闲逛，很清楚主人走后，它的任务是什么，便趴在院门口，全神贯注地盯着外面的动静。若有陌生人在院门口久久地站着，好像有所企图，那狗就不客气地“汪汪”地大声叫喊，叫得那个人落荒而逃，院子又恢复了安全和平静。如果是远远地晃过一个熟悉的身影，它便很快地爬起来，伸伸懒腰，摇着尾巴，远远地在门口等着，待主人一脚踏进门里，便缠着脚跟，左转右转，又是扒着主人的裤脚，又是舔着主人的脚跟，亲亲热热，一直把主人送进屋里。没事时，它悠闲地趴在院子阴凉的地方，半眯着眼，尽情地享受生活，它们根本体会不到院子和屋里的不同。

屋里和院子就这样各忙各的事，重要和次要地共同承担着一家的完整，由外面进到院子，那就是自家的了，即使是一篓刚从山上割回来的青草，绿绿地放在院子里，外人是不敢动的。如果再由院子进入屋里，那东西就显得愈加重要了，我亲眼看到了一些从外面进入院子，又从院子进入屋子的事情发生。

村里的桃姐姐，我就感觉她是村北的人，我们家住村南，两家人不算是什么左邻右居，很少来往。朦朦胧胧中我感觉她长得挺俊俏，招来村里不少小伙子的目光。

那时大哥刚刚高中毕业，文绉绉的，说话也太漂亮，混了几年，竟连半个女朋友都没有，老母亲很是着急，到处托亲朋好友，四处说媒。可是一点动静都没有，却是一个不经意的晚上，那时月光朦胧，我满村地跟小朋友玩，玩打仗，捉迷藏，晚些回来，过院门口时，碰到呆呆站着的大哥，不远处，一个苗条的身影亭亭地站着。疲惫不堪的我没在意，匆匆进屋睡了，醒来时院门口还不时传来喁喁声，温和而又亲热，外面怎么啦，心里很是纳闷。

又是一个月光朦胧的晚上，一家人有说有笑地坐在月光下，其乐融融，难得一闲的母亲竟也抽空到院子里了，乐颠颠地倒出她积聚一年的南瓜子，满满的一盘。老母亲异常兴奋，手脚不停地忙上忙下，又是倒瓜子又是捧茶，一个劲地往大哥那边捧，我这才看清了哥哥身边那个村北女孩。她羞涩而又拘谨，母亲越是殷勤，她越是不自然，我竟莫名其妙地兴奋起来，预感到一些什么。

冬天来临的时候，那位村北的桃姐姐，红红地跨过了我家的院子，住进了屋子。那天锣鼓喧天闹了一阵，村里人开怀畅饮了一天，那位从院外进到院内，又进到屋子里的村北女孩成了我的大嫂，一位仅次于母亲，打理着家里柴米油盐的重要人物。

还有那黄灿灿的稻子，长在僻远的广阔的田野中，金风送爽，荡起一阵阵谷浪，家里人把镰刀磨得闪闪发光，抬上打谷机，装上几个麻袋，雄赳赳地往田里进发了。转眼间，黄灿灿的稻谷装成一袋袋沉甸甸的谷子，从野外运进来院子，倒在院子那平坦的晒谷坪，让灼热的阳光不停地抚摸。谷子脆硬亮黄，抓起一把，一撒，坚脆利索，往风谷机一倒，呼呼地吹走稗子和瘪谷，剩下饱满坚硬的谷子；又一袋袋地装起，从院子进到屋子了。谷子成了滋润我们家日子的东西了。

很多东西从野外进到屋内，也有从屋子出来放到院子再扛到野外，一步一步地远离了我们这温馨的家、祥和的院子，其中饱含着多少的辛酸和无奈。

家里的一口大锅，不知是祖上哪代传承下来的，乌黑的锅底，被磨得发亮的锅边，锅底圈圈点点地补了好几轮。父母几次想把它扔到院里，可是爷爷死活都不肯，都舍不得换。我感到它的珍贵，它不能煮饭给我们吃，但它还可以煮潲喂猪牛羊。

但有一天，它被爷爷自己伤心地从屋子搬出，放到院子的角落，它很孤独地被扔在那儿。锅底烂个大窟窿，像张开了个大口，像哭诉它的无助。它曾是屋子里最珍贵的东西，如今却被无情地扔到院子。爷爷黯然神伤，一脸无奈，不停地摇头叹息，蹲在那口破烂的大铁锅旁，不停地抚摸，仿佛想给它些许安慰。我见证了一个被热烈拥抱到冷漠遗弃的过程。那可是给了我们无数温暖的老锅，想想一家人在冬日的夜晚，围着滚烫的一锅粥，其乐融融。可如今，父亲路过也不瞧一眼，母亲路过头也不抬一下，最后这口老铁锅连院子也不能待了，卖到废旧收购站了。我感到被遗弃的酸楚，同时感到在院子和在屋子实实在在的不同。

终于爷爷也被从屋子请到院子来了。那时我已经在外地工作，接到电话，我匆匆赶回。爷爷是最疼爱我的人，每每我回家，他总是颤巍巍地站在院门口，拄着拐杖，蹒跚地从屋子里出来到院子来接，他常常抚摸着我的头，即使我长得比他高了许多，牵着我的手不停地摩挲着，满脸笑容地问我在外面的生活怎样呀。这一问一摸，常常让我热泪盈眶，是爷爷给了我很多很多的温暖，让我在外面受到的委屈一会儿烟消云散。可如今……

爷爷静静地躺在院子里，一张红红的毛毯盖住了他的全身，他不能再看这院子里蔚蓝的天空了，还有那身后他亲手垒起的房子。他曾经是房子里最尊贵和最重要的主人，可如今他只能像犁耙锄头一样被静静地放在院子里。亲人们围在四周，低声地抽泣着，头上是一顶临时搭建的帐篷，香火袅袅，在超度着爷爷的灵魂，一点点地飘荡在院子的上空，飘出院外。

最后，爷爷被抬起来，村里的青壮男子“哎哟”一声，爷爷的灵魂就被抬起来，我知道爷爷要出院门，抬送到野外去了。亲人们燃起一把火，在院门口摇晃，一刹那，爷爷走了，我追在后面，心里是无助的哭泣。爷爷连院子都不能待了，只剩下镰刀、锄头、犁耙、母鸡、老狗、牛羊，它们依旧在过着院子里的生活。

半墙院落一个家，进进出出着许许多多悲悲喜喜的故事。

进城的石头

也许那站满高楼的城市先前就是石头的故乡。是勤劳聪明的人们一块一块地搬走那挤挤挨挨的石头，建起一座座气派宏伟的高楼大厦，成了人类的聚居地，成了熙熙攘攘的繁华都市。

想想那时候，石头一堆堆，一坨坨，高高低低，嶙峋峭楞，占满地儿，相勾相连。只有一些倔强的草儿藤蔓穿过窄窄的石缝，贪婪地呼吸阳光，爬在那些硬秃的石头上，斑斑驳驳，像是一道道深深的梦痕；还有那些直愣愣的树儿，挺着干瘦的身子，在跟石头较劲。

也许几处低矮的房舍，静静地躲在石头深处，不敢吭声。一条弯弯曲曲的羊肠小道，悄悄地穿过石头，伸向远方。不知道它在努力探寻什么。

时间渐渐长出一个个的人，站满原来石头的位置，甚至要赶走石头。先是手挖肩挑，后来是轰隆隆的机械，无情地驱赶石头。石头那钻入泥土不深的躯体被连根拔起，拉到更远处丢弃，有的被无情地扔进张着血盆大口的机器，咔咔被碾得粉碎。那些死死抱住大地的被叮叮当当的凿子钎子狠狠敲击，轰隆几声，粉身碎骨。

于是，坑坑洼洼的石头地慢慢被铲平，房子就像雨后春笋般一座接一座地长了出来，人们挤挤挨挨，来来往往。人的声音渐渐盖过了鸟的叫声，热闹起来了。

石头被彻底地赶走，赶得远远的。石头的故乡成了楼房的故乡。

我的故乡还是石头的故乡，且不说那高耸入云，望一望都让你仰倒在地的山峰；就是屋前屋后，石头也忘不了长出几块，圆的方的，神气十足。连最低洼的河流，都藏着块块巨石。那些石头任由滚滚河水冲刷洗磨，经受岁月的考验。

乡下的生活就是跟石头相依相偎的日子。大人们一天都操着小铲子，穿插在石缝间，勾出一点点泥土，埋进一两粒种子；然后坐到大石头上，擦擦汗，掏出烟袋吧嗒吧嗒地抽起来。待春天一来，春雨一淋，春风一吹，这石头狭缝的地便冒出一株株孱弱的苗儿，在夏风中顽强地摇摆，在金色的秋天里就勉强挂出一棒棒干瘪的玉米和麦子。生活如石头一样充满着灰色。绿幽幽的河水落下去，露出那些光秃秃的圆滑的石头。我们可以尽情地坐到石头上面，把石头当成一匹马，“驾驾”乱喊，发出几声干巴巴的笑声。石头是童年一块斑斑驳驳的记忆。

长大的我们终于被石头激怒了：是低矮的石瓦房压住了我们的梦想，那崎岖的山路也伸不出任何希望。年轻的我们只能背起重重的行囊，回望满是石头的灰色故乡，步履沉重地向城市出发，寻找青春的梦想。

赶走了石头的城市永远是一个充满诱惑的地方：宽敞的街道铺着油亮的沥青；路面散发着暖暖的味道，在耀眼的阳光下，显得格外活泼，飘得四处都是，飘满城市的上空。那些穿梭不息的车儿，红的绿的蓝的紫的，五光十色，载着各种各样的欲望，昼夜不停地奔跑着，不想让路面有着一丝歇息的机会。车流人流汹涌，像是大江大河里奔腾不息的水流。有人说这是城市的大动脉，涌动着城市的繁华和生机。

背负着发黄的编织袋，袋里装着山村之梦，我们犹如一粒渺小的沙子，卷入了这欲望汹涌澎湃的河流，搁浅在城市一个偏僻的角落。那里机器声隆隆，一件件整齐规一的商品成包成包码得高高的，旋即被一辆辆等候多时的大卡车一一运走。满身汗水涔涔的乡下人来回穿梭，忙忙碌碌着，这一群跟我们一样怀揣着多彩的梦想的山里人。我们挥舞双手，都将成为机器的一部分。

厂房大门气派辉煌，令人生畏。仿古灰色的拱门高高飞起，像是向空旷的天空索取些什么。拱门下横着一排威严的电动门，每天来回自动拉着。闸门红灯闪烁，严肃警告每位闲人，死死地把住大门，连一丝空气都不敢随便放出。

在这庄严精致的大门后，我惊喜地发现了一块嶙峋的石头，那么眼熟。那石头足有一个人那么高，赫然地站在门后的中央，身上醒目地雕着几个大字：时间就是金钱。笔迹遒劲有力，深深地嵌进了石头的身体，让每个刚刚踏进厂房的人眼睛一亮。这几个大字会毫不留情深深地钻进了你的脑海，无法忘怀，然后会变成心头的一股风，急急忙地追赶你忙这忙那。

石头那凹凸的形状，让我脑海里萌发出一种在“他乡遇故知”的亲切感，那不是咱们村子河边那潜在水里的石头吗？什么时候它跑到城里来了，而且跑在我们的前面？难道它会飞？难道它也喜欢这五光十色的城市？

家住红水河畔。这条从贵州汹涌而来的河流，狠狠地从桂西北的千山万岭劈出了一条道，真有“天门中断楚江开”的气势。树被推倒，石头被淹埋，没有谁敢阻挡这条河流前进的脚步！被河水冲到河床底下的石头暗无天日，时间在上空飞快地流逝，自己只能默默承受河水千百次地抚摸。河流渐渐把一些岁月的秘密藏进石头里。河水一路奔腾，看到千奇百怪的花草树木，全刻到了河流里的石头皱纹里，抚去它们心头无限的寂寞。石头便在这无穷无尽的黑暗中默默修炼。

住在河畔的我们也常常受不了河水的诱惑。炎热的夏天，我们大多数小伙伴便光着腚子潜在不深的河滩，像一条鱼儿自由自在地游泳；胆大一些的，便潜到河床瞧瞧河底的神秘模样。他们浮上来的时候，神秘兮兮说河底的石头奇形怪状，大大小小，圆圆方方，各不一样；看上去，好像是石头们在集会，纷纷聚在一起。小伙伴们那慢慢叙述河底的故事，让我们对河底的石头充满着期盼。秋天时候，河水落下去，那些嶙峋的石头羞羞地露出水面。我们才恍然大悟，原先小伙伴们所说的河底神秘故事就是这般奇怪！我们哧溜溜地爬在这些圆溜溜的石头上，用小屁股不停地搓擦，表现出很得意的神情；或者手持一根长长的线，把贪婪的鱼儿钓上，烤得香香脆脆，一解口馋；然后把鱼刺骨头火灰全撒到石头上，把那些光滑好看的石头弄得斑斑驳驳。我们要尽情地和石头玩。因为春天来了，它们又悄悄地潜回河床，把那可爱的样子藏起来。我们就难以看到它们漂亮的外形。

这些从河底露出来的石头确实好看：像牛，像马，像弥勒佛；还有通身晶莹剔透，隐隐约约透着几枝树叶花朵，那是水冲刷下来的痕迹。我们兴高采烈地将一块捧在手里，左看右看，不停玩赏，感觉圆润可爱。出于好奇，我们这些小伢们赤着脚，踩着这些大大小小的石头，不时弯着腰，不停地翻看拣呀，看谁能翻出最漂亮的。整个秋冬，小伙伴们拣了许许多多奇形怪状的石头，摆到屋前，不小心被大人们碰见了，嫌着碍手碍脚，偷偷扔掉不少。没想到，那些石头竟然跑到城里来，而且很神气地站在厂门中央，虎视眈眈盯着我们。看模样，应该跟家乡最靠近河边的那一块差不多。水枯的时候，它便露出半个头，我们小孩经常坐到它的头顶，一双脚丫不停地在它身上踏来磨去。没想到它比我们先来到城市里，而且混得比我们有派头，活在城里人虔敬的目光里。

待在城市里的时间越长，看见的石头越多。富裕的城里人发疯般地迷上了石头。每个单位的门口或庭院都几乎无一例外竖着一块或扁或圆的石头。尽管城市被一座座雄伟高大的楼房挤得密密匝匝，寸土寸金，但还是忘不了留下一座所谓的公园，栽些花草树木，点缀那冰冷单调的水泥林。这些花草树木养尊处优，有专人看护，一年四季都红红绿绿地长着，跟村后那座小山差不多，只是少了清脆的鸟声。公园没有山里的那些沟沟坎坎，都是那样平平的。那些树木也能尽情地长，像宝贝一样的，每天都有工人们提着水桶，拿着铲子在精心呵护。城里的人很喜欢这样林木葱郁的地方，公园里满是熙熙攘攘的人：晨练的，晚上散步的。我们闲着没事，跟着城里人在这一棵棵草木都被安排得整整齐齐的地方闲逛。

在花木深处，我们又看见了家乡的石头：村头那块长得有些像猴子的石头，被截下来，堆在这里；还有一些灰色的峭崚石块被堆成一座小山，摆成各种各样的姿势，爬着一些花草，模仿着乡下的山坡。城里的人纷纷拿出相机，一个接一个，偎依到小山旁，“咔嚓咔嚓”地拍照留念。此情此景让我们心生忌恨，那是怎样的一块石头呀！那是我们打鸟时趴在上面瞄准，尿急了，还忍不住往它身上乱撒一通的石头。想不到在这儿，这块石头竟被大伙弄成宝贝一样的，个个急着往它身上拥靠。我们竟隐隐约约闻到一股尿的臊味。

成为这宝贝的石头还有很多。曾经跟着老板送货应酬，走进一大户人家。那绝对是家漂亮的别墅！庭院里长着各种各样奇花异草，争奇斗艳。小心翼翼穿过弯弯曲曲的游廊，来到他的二楼客厅，只见厅里摆着各种仿古家具，锃亮坚硬，古色古香。那榉木雕成的茶具上，精心供养着一尊椭圆形的石头。那方面大耳的主人就偎在石头旁边，笑容可掬，俨然一尊石刻弥勒。主人欠身示意，一只手漫不经心地斟茶；另一手搭在石头上不停地摩挲，像是在抚摸亲爱的儿女。那石头黑油滑亮，大福大贵的样子。主人笑眯眯地介绍说这块石头是从红水河某个急流滩险里捞上来的，它那微凸的身子寄寓着某种财富；还有石头里隐含着一条滔滔流动的河，暗喻财源滚滚来；那半圆形的图案就是从河里冉冉升起的太阳，说明事业蒸蒸日上。主人的解释让所有人都惊讶于石头构成的巧妙。大家不由得凑近细细看着，确实有一丝丝流动的条纹，上面钩着半圆形的图案。

说着说着，主人的骄傲溢于言表。他说刚从河里捞起的时候，许多老板慕名而去，结果他是以十多万的价格拍下来，放到他的客厅里，每每出门或者没事闲居都会宝贝一样轻轻地抚摸，听说每天做此举动，常有一种"石"来运转的好兆头。主人从来不给外人碰，生怕夺走了他的运气，于是供奉在名贵的茶几上，深深地靠在主人座位旁边，袅袅而升的茶气氤氲着屋里，芳香迷人。在一旁的石头不停地吐纳。主人那只肥大的手来回摩挲，听说一天要擦拭几次，还不时涂些保护油，精心呵护。那石头油光可鉴，犹如主人那发光的脸。

主人说的那险滩，小时候我们也经常去那儿玩。河里石头被冲刷得圆溜溜，正是我们小孩子玩耍的东西。我们经常捡些藏在河边的石头，到处乱砸：或者朝一只鸟抛去，或者朝一头牛扔去。听到它们滚落在河滩上发出叮当声音，看到它们飞到河里溅起一瓣瓣浪花，我们就高兴得拍手欢呼。真没想到这些躺在河滩上被我们玩弄了千百次的石头竟受到如此优厚的待遇，心里很是愤愤不平，继而感慨万千：真奇怪，有时候人的命运竟不如一块块石头，贱如一堆放在马路边散发着熏天臭气的垃圾。

没找到工作的时候，我们拖着一团脏兮兮的编织袋，漫无目的地走在城市繁华的街道上，望着堵堵装饰华丽的墙，感到阵阵反射过来的冷光很是刺目。袋里仅剩下几张皱巴巴的纸币。饿了，买了几个硬邦邦的馒头；渴了，凑到水龙头下哗哗地乱灌一气。看到广场上那些随意摆放的石头，有一种看见家乡亲人的亲切感油然而生，情不自禁地坐上去，像在乡下一样，眯缝着眼，沉浸在对故乡的甜蜜回忆之中。突然，一阵急促的吆喝当头一棒，“起来起来，别弄脏了石雕”。赶紧撑起眼皮一看：一双威严的眼睛正紧紧地盯着自己，显出一副不容置辩的神态。自己手忙脚乱地拉起那编织袋，灰溜溜地走。慢了，生怕会被那手中的棍儿敲上一下，那可受不了。

好不容易找到一份工作，也只窝在狭窄的工棚里。那里阴暗潮湿，尘土飞扬，谁叫我们只有一身的蛮力、简单头脑。望着城市里那些散布在各处的大大小小的石头，我们只能发出一声声沉重的叹息：认命了，下辈子变成一块石头也总强些。

我不知道这些庞大沉重的石头是如何混进城里。我只知道我们进城不容易，走了十多里山路，翻过一座座大山，走得脚腿酸软，才来到通往城里的车站。那里已经黑压压地排满了人。大伙都拎着大大小小的包，焦急地等待购票。手头紧，刚刚出来，不敢花钱买贵的快巴汽车票，就挤着去买比较便宜的火车票。火车汽笛一响，这涌动的人流往前汹涌，扭成团。不小心这脚被人踩了，包又被卡在后面。大伙个个挤得满头大汗，好不容易挤进车厢里。里面已经是人头攒动，想好好站稳双脚都很困难，只好靠在座椅边，支起一脚，金鸡独立。熬过漫长的十多个小时，到站下了车，整个人便瘫坐在车站那冰冷脏兮兮的水泥凳上，大半天才缓过神来，进一趟城里不容易呀！

听人们说，石头来得就气派多了。城里人去乡下取石头，那场面就像是去娶新娘。老板看中了哪一块，便亲自驾着豪华的车过去郑重其事地去请。那石头不能说是搬或者运，而是去请的。到了请石头的地方，请的人要毕恭毕敬，敬上几炷香，祭天地鬼神，虔诚地邀请石头，像是邀请一位尊贵的长者。心诚则灵，看中的石头就有自己的灵性。若是怠慢了它，或者有一丁点不恭之处，就会带来一些晦气，不要说让石头保佑招财进宝，就连自身也难保。所以去请石头的人先把手洗干净，衣服也换上清爽的正装。

拜完仪式，赶紧掏出一大把钞票，笑眯眯地捧给那藏石头的人；然后小心翼翼地装进一只早就铺好的软绵绵的海绵垫的箱子，撕下粘条里三层外三层地封好，又轻手轻脚摆放到车里最舒适的地方，然后一路向城里奔来。就是那些庞大得让人无法想象的石头也是这样隆重地请来。那数吨重的巨石，迎接的场面更加隆重了：浩浩荡荡的一大群人，带上庞大有力的吊车，像是迎接新娘那般隆重。车子打扮得漂漂亮亮，热热闹闹地往乡下赶。一路上歌声飞扬，想到就要把那么珍贵的石头接进城里，增添一道亮丽的风景，心潮怎能不澎湃起来呢?

在乡下，人们早已把那块即将进城的石头摆到了路边。大伙里三层外三层地围着看，指指点点，惊叹这石头的纹路造型。主人用光滑的油漆涂得更加滑亮，在阳光的照射下，闪闪发光。那石头花纹细腻，形似一头正在发飙的雄狮，威风凛凛。城里的人一来，大伙顿时欢呼雀跃，铺上精致的垫棉，给石头套上软软的绳子，让吊车的吊小心翼翼钩一钩，便缓缓地上了车。几个人不放心似的紧紧扶着石头，直到石头毫发无损地装进大卡车。大伙才长长地舒了口气，接着“嘟嘟”启动车子，神气十足往城里去了，丢下一帮还站在路边看得嘴巴张大了的人们。

石头就这样一块接着一块，得意洋洋地涌进城里，在很体面的地方优越地生活，大概它们是沉浸在夺回故乡的胜利喜悦之中，只是有些痛心脚下这块已经被人类啃得伤痕累累的土地。

面对着一起进城的风风光光的石头兄弟，我们自惭形秽。

老　屋

老屋其实不老。

真正的老屋应该是矗立在风风雨雨中上百年，墙面有些歪歪斜斜，有翠绿的小草在墙头招摇，不时有几只小鸟“扑棱棱”从黑幽幽的门洞里飞出。整座屋子散发着浓郁古老的气息。

自家的老屋不过三四十年的光景，是父母在生产队的时候一分一分地积攒才搭建起来的。青灰的瓦片有些黯淡了，黄土夯起的墙依然坚挺，杉木打成的门板依然咿呀有声。门前那棵夏绿冬红的柿树特别地精神抖擞，像是守护着老屋的忠实卫兵；春天来的时候，柿子花开点点，缀满枝丫，飘出的香气溢满了老屋。

那时候，姐姐没有出嫁，姐弟四人便常常在这三间低矮的瓦房里追逐打闹，笑声喊声此起彼伏，飘满狭小的老屋。特别是捉迷藏时候，小小个子的我钻到黑漆漆的床架下，屏气凝神，害得哥哥姐姐们在昏暗的老屋里转悠大半天都找不到。结果是我自己忍不住偷偷从床底钻出，惹得大伙一阵欢笑。有时候，村里的小朋友也进入我们玩乐的行列，玩起老鹰抓小鸡的游戏。年纪稍大的大姐自然当起母鸡的角色，调皮的二哥自然就是贪吃的老鹰。大伙呼啦啦地满院子跑，弄得鸡飞狗跳，无法安宁。从田地里劳作回来的父母只是静静地站在老屋的一角，满脸慈祥地看着活蹦乱跳的我们。几缕金色的阳光偷偷溜进门来，洒在父母微驼的背上，感觉无比温馨幸福！

冬日的老屋显得有些清冷，北风呼呼地刮进那有些破洞的窗子，但院子里那棵柿树却不甘寂寞，红红地燃烧起来，像是要燃烧那阵阵凛冽的寒风，也燃起人们的温暖和希望。那些嘴馋的小伙伴更是受不了那火红的诱惑，有事没事，纷纷跑到院子里找我们玩。一个个红通通的柿子像是高高挂着的红灯笼，一阵清甜的香味不时飘来，小伙伴们有忍不住抬了抬头，若是运气好的话，恰是一阵有力的冬风扑来，熟透的柿子没准噗噗地摔下几个，小伙伴们便欢呼雀跃，一拥而上，抱成一团。抢到的没抢到的，最终都能吃上一口。这些都被父母看在眼里，毫不犹豫地撑起一根长长的竹竿，叫人铺上一层厚厚的稻草，便往累累的树上一捅。柿子冰雹般纷纷落地，小伙伴们便每人分到一个，甜滋滋地吃起来。

不久，大姐出嫁了，嫁到一个离家不远的村庄。鞭炮啪啪响的那天，母亲无力地靠在柿子树下，红着眼，看着姐姐跟着一群来接亲的小伙子渐行渐远不知所措。我们小孩子们呢，只管低着头，穿梭在熙熙攘攘的人群中寻找没有烧完的鞭炮。在灰蒙蒙的烟火中，老屋静静地站立着，往后朗朗的笑声中又少了姐姐清脆的几声。

渐渐地，我们都像一只只羽翼丰满的小鸟，拍打着翅膀，一个接一个地飞离了老屋。

大哥二哥，中学毕业了，看到村里的年轻人跑到外面打工了，也卷起行装，豪情满怀地走了。我也到外地读书了，阵阵的笑声也被悄悄带走了，只剩下空落落的老屋，像一只空荡荡的巢窝，孤零零地挂在那里，随风飘荡。临走时候，正是秋冬之时，父母也是靠在柿子树下，泪眼婆娑。回头看时，发现父母的背竟然不能直直地靠了。母亲那花白的头发也是随意地拢着。老屋更是沉默不语，只有那高高的柿子树昂头挺着，光秃秃的枝丫盖过了老屋，举起满树开始燃烧的灯笼，似乎在为我照亮前进的道路。

出来了就不回去了，我远远地离开了老屋，成了村里羡慕的城里人。哥哥们也长年在外奔波劳碌，时不时回家一趟。每每回老家，感觉老屋总是那样静悄悄的，原先平整洁净的院子竟有些杂草丛生了，只留着几个深深的脚印直直通向门口，那是父母出门到外留下的。小草是很有野心的，大凡没有人去碰它，它便四处疯长。父母也渐渐老了，没心思没力气去管那些长劲正足的小草了，让秋冬那凛冽的寒风将它们吹枯吧。

回到家时，正是黄昏时分，院子里静悄悄的，只有一只母鸡拖着一群绒球一样的小鸡在叽叽咕咕觅食。老屋的门是敞开的，黑洞洞地张着大嘴。穿门而过，屋里更加昏暗，眼睛模糊，我凝神屏息，侧耳细听，拼命寻找父母的声音。

“咳，咳”，没等我的眼睛找到，几声微弱咳嗽声从屋角慢慢飘来，原来父母就挤在发着亮光的火塘边，天气渐渐变冷，他们就躲在屋里烤火，不再出去锄地犁田了。那炭火微微亮着，依稀能看见屋里的东西，也就不再开着什么灯了。

“三儿，回来啦！”母亲颤巍巍地起来，像是给我找张什么凳子。我赶紧走过去，挨着他们蹲了下来。父亲的身体越来越虚弱了，都是劝着他去医院。他总是推来推去，说人老了，都会生些什么病，服些中草药就可以了，去医院，又是检查又是打针，受不了那个折腾。有时姐姐也回来看看他们，帮做些活儿。

父亲最终没能熬过那个寒冷的冬天，留下依恋着他的母亲，留下他和母亲辛辛苦苦建起来的老屋。红通通的柿子也早已落了果，连一张叶子也没剩下。光秃秃的树枝在寒风中瑟瑟发抖，老屋只是静静地站着。我想接了母亲跟我到城里去，她一句话也没说，努了努嘴，恋恋不舍地说，老屋几十年了，没个人看着呢，老鼠钻洞，心疼着呢!

其实，母亲觉得自己还能做些活儿，怕进了城，影响我工作，再说姐姐也时不时过来照顾，一个人也比较自由；寂寞了，找找邻居的大妈们聊聊天，也还能过得去，想来城里了再叫我过来接。于是，老屋空荡荡的院子里常常静静地坐着一个孤零零地晒着太阳的瘦弱背影。

老屋更加寂静了，只有柿子树那瘦硬的枝丫被风吹过的呜呜声，还有夕阳西下时，那片浑黄的光把那瘦小弯驼的身子拖得长长的背影。

我想，老屋真的老了。

梦里故乡

一 金银花

阳春三月，草长莺飞，家乡的野地山坡上是格外热闹。

喝足了春水的花草树木，拼命地长着，原先空落落的野地一夜之间呼呼地长满了青油油的草叶，那些在冬天看起来枯死的藤蔓变成了绿蓬蓬的，争先恐后地到处爬着，谁都想抓住这明媚的春光高高兴兴地长上一大截。

满眼是绿葱葱的，也许会使你的眼睛感到有些疲倦，若是你再用心看着，那夹在树草丛中的一簇簇、一蓬蓬黄灿灿的花会使你有些困乏的眼睛为之一亮，让你有些落寞的心生动起来。

那就是家乡的金银花，在山道路旁，阡陌野地，沟壑河堤，甚至是秃败的篱笆墙上，这些可爱的花儿都在尽情地绽放着，趴在枯枝上，拥在草堆旁，只要有一点可以撑起的枝蔓下，便自豪地将一簇簇花高高地攀起，像是春天里吐出一串优美的词句，朗诵着大自然的美好，那样的灼灼其华，却是那样朴实，没有娇滴滴的感觉，又是那样的鲜艳，光彩夺目。但没有招人惹人的媚俗，只是在那草丛树间静静地绽放，散发出一阵阵淡淡的幽香，染香了这明媚的春天，也任由那些多情的蜂儿蝶儿没日没夜嘤嘤嗡嗡地纠缠着。

长得连片的，藤连蔓蔓接藤，蓬蓬勃勃地长成一片，整片的花儿就像瀑布一样自上而下倾泻着，铺天盖地的，是那样的热烈奔放，远远望去，就像是谁刚着了色的金黄地毯，又像是一幅妙手丹青刚涂浓墨重彩的浓烈油画，那淡淡的香气在很远的地方就能够攀扯你的目光，飘进了你的鼻子里，使你不由得连吸几次鼻翼，尽情地享受春天里大自然这般湿润而美好的气氛。

也有长得散的，繁星般，点点地散落在杂树草间，也不过那寂寞，眨巴着一双双橙黄的眼睛，期盼春天每位青睐自己的使者，即使是一只落单的蜜蜂花蝴蝶。若是草花树叶太茂盛了，它也会努力地挤出一些缝隙，在春天里跟阳光空气热烈地拥抱。金银花很随和，不娇气，随处可长，若是风或者小鸟把自己带到什么地方，只要有一片湿润的土地，落下了，便拼命地扎根努力地生长，即使是四周的草木有多么霸气，自己也会从树缝中、草叶间拾起漏下的一缕缕阳光，化作自己成长的血液，然后抓住小草小树，终有一天也会高高地站在它们的头上，惹人爱怜。

金银花长势最盛时要算谷雨时节，那时春雨蒙蒙，空气温润，家乡的山坡上星星点点地散着黄灿灿的金银花。乡亲们老老少少闲着没事，挎着个小篮子，兴冲冲地去采花，摘上满满的一篮，盛到箩筐里，放到灿烂的阳光下，让阳光的香味花和花的香气混合，晒干了拿到镇上的中药铺换上几个钱，金银花真的变成金银了。手里攥着几张或大或小的钞票，乡亲们的脸上都笑成了一朵朵绽放着的金银花，感谢大自然赏赐给他们这份美好的礼物。

爷爷这个时候也不会闲着，佝着身子满山满坡地钻，扒开草丛钻过树间，有时专钻偏僻无人之处，他说那儿的金银花才开得最茂盛最灿烂。每每回来，爷爷的篮子里总是盛得满满的，一瓣瓣硕大的花儿安安静静地躺在篮子里，阵阵的幽香扑鼻而来，使人不由得大吸一口。原先总是若有若无地闻了一些，现在总算是闻了个够，过了个瘾。还有几只痴情的蜜蜂，不知是从哪里来的，也不知是什么时候死死地追在爷爷身后，也许是追的时间太长了，在篮一放下，它们便扑进花簇里贴在上面，任凭人使劲地拍击篮子，也不肯飞动一下，只是待了一阵子，才有几只恋恋不舍地飞起，便在篮子里绕来绕去地飞，久久不肯离去。

爷爷的金银花不是拿去卖的，尽管家里很穷。他总是把满篮满篮的花晒干，再上山砍来几根大竹子，精心地修成竹筒，再把这些晒干的花小心翼翼地塞进去，放在灶台下面藏着。他知道谷雨过后，便是炎热夏季了，地生热气，人容易受热冲生病，这金银花性寒味甘，清热解毒，能够疏风通络，是这季节以后家中必备的。于是，爷爷每天早早起来，烧开一锅水，到进茶壶，便掏出他那宝贝的竹筒，轻轻地倒入几片花瓣，那开水热气腾腾，不几分钟的工夫，那温馨的花香便溢满整个屋子，让我们感觉好像是置身在阳春三月那时的绿草油油的野外了，其实，那时早已是酷暑灼热的七八月份了，屋外已是热辣辣的刺目的阳光了。

泡好以后，爷爷自己倒了一杯，坐到门口，悠悠地喝着，抿上一口，眼睛一眯，仿佛是陶醉在花香中一般。爷爷是地地道道的农民，茶叶是没钱买的，也没那份雅兴，酒也难得喝上几口，那金银花泡的开水便是他最好的酒茶了。他常常说，金银金银，喝了身体就会像金银般硬朗。爷爷一生劳碌奔波，八十多岁了还在山坡上跑，直到九十多岁才无疾而终。

一个炎热的夏季，一家人就在爷爷泡的金银花茶水中凉凉地度过了。家里人刚从田间地头回来的，满头大汗，用衣服擦擦，便径直冲到屋堂前，抓住杯子，倒上一杯茶，猛地灌上一气，才气喘吁吁地坐下来。汗出了一身，心却慢慢地凉了下来，才开始去做别的事情了。谁要是有个感冒发热什么的，用不上打针吃药，只需喝上一两口茶，便可慢慢消退，是很少跑到山外问医抓药的。左邻右舍有什么不舒服的，也常常上我们家讨上一两碗金银花茶回去，爷爷总是乐呵呵地送着。

金银花茶甜，自是甜在心里。小时候很少见到糖的影子，偶尔尝到一两颗，心里总是挂念着那难以消磨的甜味，甚至有时候因为一两颗糖而终日闷闷不乐，这时候爷爷总是冲上一两杯金银花茶，笑眯眯地说，已经把糖泡在开水里了，不信尝尝看。我将信将疑地抿上一口，那清爽的甜味便绕着舌尖荡漾开来，溢满了整个口腔，甜到了心底，真甜。便猛干了几口，把心里那份不快冲得一干二净。此后想糖的时候，我就跑回家喝上几口金银花茶。

其实，金银花的这番清甜，是经过长时间的积蓄艰苦酝酿的。金银花另一个名称叫忍冬，一个忍字道出金银花的多少艰辛。金银花很少长在低洼之处，总在高处向阳的地方，那儿却常常是土地坚硬水分稀少，金银花便紧紧地扎根在这儿，干燥的土壤常让金银花不断地往下吸取；或者是天空中飘落下的一阵阵雨，便贪婪地吮吸，自己的上面可能有更高大的草木遮住了，夺去了阳光，自己便抓住它们使劲地往上爬，一直到与阳光拥抱为止。一路上它不断地爬呀爬，边爬边长着，藤蔓紧紧地抓住可以抓住的一切。秋风萧瑟，金银花跟万物一样难逃秋风的蹂躏，翠绿的叶子被剥得干干净净的，剩下硬瘦嶙峋的枝蔓挺在严冬之中，冰雪压过，雹雨打过，它只能默默地忍。根在土地的深处暗暗地积蓄力量，一待春回大地，土地湿润，这花便喷薄而出，花儿灿烂无比，这种精神是何等让人振奋呀，当看到一簇簇怒放的金银花，心中不由肃然起敬。

眼下又是谷雨时节，细雨纷纷。想必这时候家乡的山坡上已经是人影绰绰，黄灿灿的花丛中映着一张张笑脸。空旷的田野里也一定回荡着清脆的笑声，只是唯独少了爷爷那佝偻的背影了吧。不过那一杯杯清甜的金银花在时时润在我独居城里的落寞的心，爷爷住到我心里了，金银花长在我心里了。

一地黄灿灿的金银花在我心里怒放。

二　蟋蟀

《诗经·豳风·七月》里云：八月在宇，九月在户，十月蟋蟀入我床下。窗外已是秋风萧萧，月色如银的晚上，这只蟋蟀不仅爬上我的床，还兴致勃勃地爬满我寂寞的梦里，把月光、草丛、笼子牵进来，把单调的梦装点得五彩斑斓。

这是多么熟悉的场景呀：月亮洒满一地的清辉，把整个田野染成一个如梦似幻的世界，就像神秘的童话意境，露水无声无息地飘，让人感到丝丝凉意。如此清凉舒爽的月夜，怎能让它白白浪费掉呢，急急忙忙把大人们安排的活儿做好，便约上三五个好朋友，有时甚至连晚饭都顾不上吃，精心带上手电筒和一个透明的小瓶子，兴冲冲地往村外的田野去了。

静谧的夜晚，白天喧嚣不停的各种动物都回家了，留下一丛丛的草沐浴着清冷，还有那隐隐约约的蟋蟀的叫声。这蟋蟀有点孤僻，大白天众人高歌，各种各样的东西在不断地炫耀自己，它却躲在阴暗的角落里一声不吭，待夜幕降临，便是它们最兴奋的时候，蟋蟀们便“叽叽”地唱开了。那声音由隐隐约约逐渐清亮悦耳，先是零零星星，逐渐地，此起彼伏。小伙伴们循声觅去，蹑手蹑脚地，但不管怎样小心翼翼，却无法让影子安静，待觅到声音响亮之处，歌声骤然停歇，剩下小伙伴们不知所措的身影。这蟋蟀是很敏感的，清冷的月光，清净的环境，它们才纵情歌唱，一旦有个什么风吹草动，它便停下唱歌，一动不动地趴在草丛或瓦砾下，即使有身影晃过，它们也是很警觉的。然而机灵的小伙伴也是很有心计的，一发现蟋蟀的歌声没了，便蹲下身子，把影子缩小，静静地等待，一分钟，两分钟，蟋蟀终于忍不住夜色的诱惑，不见有什么动静，又放开喉咙唱起来，这一下可让小伙伴们抓住了声音发出的准确位置。大伙儿便围成一团，或扒开草丛或翻开破碎的瓦砾，不消几秒钟，只见个头粗大的蟋蟀一跃而出，大伙手忙脚乱地追，蟋蟀或很快蹿入草丛里，或逃于瓦砾间。大伙儿还是很有耐心，小心翼翼地翻呀找呀。终于，有一个人欢呼雀跃，大喊大叫："捉到了。"大伙儿赶紧聚拢过来，只见他的手心里捧着一只四肢粗大、还不停摇头晃脑的大蟋蟀。大伙啧啧称赞不已，又分头四下里找，露水打湿了衣服，也全然不顾，还是那样兴致勃勃。

蟋蟀藏身的地方很多：树根旁、河岸边、草丛里、墙缝中、砖头瓦片下，这些地方都能看到蟋蟀的身影，小伙伴们穿梭这些地方，乐此不疲，时而奔跑，时而静观，听着蟋蟀的歌声就辨别其大小优劣。扒开草丛和翻开瓦砾时要特别小心，弄不好，手电筒一照，一条凶狠的蛇支起身子，吐着长长的舌头，"咝咝"地警告着，弄得小伙伴们四下逃散。这一喜一恐，让小伙伴们尽情地过着一个又一个美好而难忘的夜晚。

捉回的蟋蟀自然是蓄养在一个透明的小罐里，丢进几张菜叶。它便津津有味地吃，每个罐子只能养着一只，要不，不知什么时候两只身强力壮的蟋蟀，有一只总会是手断脚折，重则肢体散了一地。一瓶不能容二虫呀，给它们好吃好喝的，它们也忘不了回报，每每夕阳西沉，它们切切的歌声便悠悠而起，尤其是夜深人静的时候，那声音更是清晰入耳，一声切过一声。四周是万籁俱寂，只有这清脆的声音在夜空中飘荡，仿佛是一曲曲优美的催眠曲。多少个清秋的夜晚，甜甜的梦便在这切切的歌声中开始的。可大人们就有些不耐烦，说蟋蟀的声音叫得很悲，让人想起很多的物是人非，不让养在家里，要么丢去喂鸡。可天真无邪的我们小孩哪有什么物是人非的沧桑感呢？听着几个小罐里蟋蟀竞相歌唱，心中有说不出的愉悦感，碍着大人的面，把它放到窗台上或藏到床底，让它的歌声陪伴着悠悠的梦，温馨的落寞的童年。

养兵千日，用兵一时，养了几天之后，最激动人心的时刻来了，等村里的小伙子都养齐了蟋蟀。这段时间村头的大榕树下都少不了一圈圈的人群，一到放学时间，小伙伴就把各自养的蟋蟀拿出来斗，比高低，那场面，那情景，真让整个村子沸腾，有人在高呼："打！打！打！"有人在下意识地摩拳擦掌，连大人们也不想错过这么个大好机会，甚至是放下手中的农活，也赶紧过来凑热闹。小伙伴们每人捧着自己的小罐，装着自己最看好的蟋蟀，然后取出来放到一个大罐里。仇人相见，分外眼红，放到同一个罐里的蟋蟀怒目相视，这边张牙舞爪，那边高高昂头，双方都不甘示弱，随着双方主人一根稻草的挑拨，只见两只蟋蟀伸须张牙，顿身瞪眼，头顶脚掀，击掌霹雳的，各尽所能。罐外的人伸长脖子，头顶着头，凑到罐前，拍掌欢呼，情不自禁地。罐内的蟋蟀打成一团，罐外的人们挤成一推，互相推搡，终于蟋蟀们有断腿有须落，一只干脆落荒而逃，爬到罐壁，弄得在一旁的主人吹胡子瞪眼睛的，赶紧掏出，怏怏地走开了。身后依旧是欢腾一片，胜利者在那儿得意洋洋的，昂着头，不可一世的样子。如果打斗得不是很激烈，小伙伴们会很有心计地给蟋蟀的嘴涂上一层辣椒，让蟋蟀感到火辣难忍，被激怒了，打斗起来勇猛无比。

曾几何时，此情此景都那么真真切切，却都恍恍惚惚中过去了，那如水的月光了，那迷蒙的村庄没了，那荒草碎瓦不见了，那切切动人的蟋蟀的歌声消失了，剩下的是都市夜空里五彩缤纷的霓虹灯，剩下的是 KTV 里传来狼嗥般的歌声。整个城市在迷蒙的夜色中变得那么暧昧，没有月光如洗的田野，没有那么清晰的一草一木，没有一声接一声清脆的蟋蟀的叫声，璀璨的路灯把都市的夜变成了白天。楼下车水马龙，笛声凄厉，人们行色匆匆，夜里都无法安静，想听一听自己呼吸都很困难，都市是声音泛滥的地方，叫卖声不绝于耳，每个人都被声音浸泡得发胀，很多欲望在各种各样的声音的诱惑中渐渐发芽，人迷失在声音的泛滥中。

梦做完了，可以再做，也许是断断续续。都市混浊的空气里，月光都总是那样浑黄，梦在一点一点地褪色，也许有一天蟋蟀也会在这无声无息中悄然退去，留下一只空壳或者像打斗后丢弃一根根残缺的断须。作为生活的馈赠，让我这个漂浮于都市声音的洪水中的人细细地咀嚼，咀嚼出心灵深处仅存的一点泥土的芬芳气息和青草的清香。

晒谷岭的笑声

晒谷岭，一个让你产生丰富联想的名字：到处是稻浪滚滚，到处晒着金闪闪的谷子，到处飘着瓜果的香味，一派欣欣向荣的景象。

只一个简简单单的名字，就让你浮想联翩，如果你身临其境，进入这片美丽富饶的土地，你恍如踏入仙境，流连忘返。

这是怎样令人着迷的景象呀！

洁净的水泥路，穿梭在山岭之间；两旁高而直的树木，齐刷刷地站着，像是夹道欢迎的人们；道路蜿蜒而上，树木郁郁葱葱，清脆的鸟鸣声不时从树林深处幽幽传来，你感觉自己是徜徉在幽深的森林公园里。

峰回路转，眼前渐渐出现掩映在绿树丛中的红墙绿瓦。接着，一排排整整齐齐的房子跃入眼帘，那样的静谧安详。几只母鸡拖着一群小鸡在房子四周转悠，叽叽喳喳地啄食；母鸡“咕咕”不停地叫唤着。没事的老人坐在门前喁喁地聊着些什么。此情此景，闪过你头脑的是一个词语——世外桃源。

不远处，一座白墙耀眼的楼房依山而建，飘来的书声琅琅入耳，让幽静的山谷充满着知识的气氛。教学楼前是平坦的水泥操场，两头直立着稳固精致的篮球架，架下跑着一群生龙活虎的小孩，欢呼声、追逐声，都散发着快乐。

目光渐渐远移，村庄前面是层层错落有致的梯田，一层架着一层，像是谁小心翼翼地垒上去，那样匀整。金黄的稻谷长满田里，像是铺上一张柔软的地毯。灿烂的阳光下，稻田熠熠生辉，非常迷人。

这就是毛南族世世代代集居的地方，然而却飘出瑶族、壮族、苗族等各种民族朗朗的笑声。柔软的苗语、铿锵的瑶语交汇在一起，凝成一条缓缓而流的欢乐之歌。

但你压根儿就没想到，这片充满着生机的土地，先前只是一片灌木丛生杂草乱长的荒芜之地，是思恩镇人和村的领地。这里到处是肥沃的土地，村民们只选临近的平整的土地种种，稍微偏远一些的根本无暇顾及，只好让杂草们长着，至多胡乱栽上几棵树，自生自灭，这里的山坡就这样一直没人理睬，丢荒了。

而远在都安的人们有些身居大石山区深处，开门见山。眼前是连绵的崇山峻岭，重重叠叠，找不到一块平整宽大的土地，到处是高高低低的山，大大小小的石头。祖祖辈辈们只能是东钩一些，西挖一下，跟山石争夺，抢出瓢一块碗一块的土地，种下三五株玉米，撒些草木灰，便听之任之了。等到秋天时候，提上篮子，捡些谷物回来吃吃。

光秃秃的山头，沉甸甸的石头，找不到几汪清澈的泉水，只能盼望老天爷下雨，在石头窝窝里藏着些水，以备以后的日子用。无雨则旱，有雨则涝，日子根本没办法得到保障。刀耕火种，本是草木难生的山石上，再来一把火，然后撒下一些种子。山越烧越光，石头疯长，日子越来越难过，在巴掌大的地里，狗尾草穗大小的小米穗，常常昂首挺着几片干枯的叶子；细条条的玉米苗有气无力地垂下叶片；攀爬在石头上的猫豆藤、赤豆藤经常被炽热的石头烤干了水分，焦黄地散落在地上。山民们面黄肌瘦，愁眉苦脸。

一边是丢荒的肥沃土地，一边是寸土如金的山区，多么不和谐呀！

八桂人民向来有敢为人先的精神，就是敢于创新争先。扶贫，从人们的观念上来说，不就是送些钱物，帮助解决生活困难，提供创业基金；再高层次一些，就是技术上的扶贫，帮助他们创业，彻底解决贫困的根本问题。但是这里的扶贫绝不是送点什么就能解决的问题，环境那么恶劣，投入多少扶贫基金才能帮扶，让这些山民脱贫致富？

环江，作为广西第五大县，拥有广袤的土地，有很多亟待开发。都安人口众多，环江地大物博，两者各有优势，如果实现优势互补，那不更加是绝妙的办法？创新的思维在这里得到很好的发挥。在广东老大哥的帮助下，轰轰烈烈的移民项目开始了。

世世代代农耕，深知土地的重要性。民以食为天，食以地为生，历史的纷争都是土地引起的。要把自己祖祖辈辈留下来的土地让给别人，那就等于把自己的后代的生路给断了。善良的环江人民没有斤斤计较，深明大义，知道外来的老百姓生活不容易，自己拥有的土地已经够生活了，与人为善又如何？于是，当地人表现出开放的心态，让出土地满足移民同胞的需要。刚刚搬过来的移民群众永远忘记不了那激动人心的一幕幕：

有很多群众多次自愿申请政府派人来规划土地，征用部分给移民同胞；申请书是写了一份又一份，直到把领导感动了。

在村民的大路两旁，红红的大幅标语挂满，像是当地老百姓一颗颗火热的心。有人甚至跑到乡镇里参加欢迎大会，会后，手牵手把移民同胞领回来，像是迎接久违的亲人。

还有的群众，早早到移民新村的工地上，纷纷拿出自家的材料，热火朝天地帮移民同胞搭棚建屋，让他们安安心心地住了进去。

这是何等宽广的胸怀！这是何等崇高的包容！

安土重迁，历来是中华民族心里最沉重的部分。从大山里走出来的移民同胞来到晒谷岭这个地方，像是回到了离散多年的家乡，那么亲切！那么踏实！

晒谷岭，曾经是荒草岭，在移民同胞的辛勤劳动下，披荆斩棘，一丛丛灌木不见了，一堆堆杂草不见了，取而代之的是一梯梯平整的田地，溪水在旁边潺潺流过，一行行挺拔的小树青翠可人，水牛在田里哗啦啦地跑着，一切都焕然一新，到处流淌着甜蜜的笑声。

金风送爽，层层的梯田稻穗沉甸甸，挤挤挨挨，一派丰收景象。从小在山里长大的移民同胞没见过那么多的稻谷，乐开了怀，心里却是那样清清楚楚：这金灿灿的稻谷里饱含着当地同胞多少汗水。自己不懂得种植稻谷，是当地政府派来了技术人员精心指导，更有当地同胞手把手地教。第一次吃到那么香喷喷的米饭，把肚子撑胀了，那粗硬的玉米就拿去喂猪鸡鸭了，感觉日子过得甜滋滋的。

田里的移民乡亲们正在忙着收割谷子。他们的怀里抱着一捆捆稻谷，兴冲冲地往打谷机跑去。打谷机飞快地跑，谷粒纷飞，哗啦啦撒满地上的垫布。一些人在前面忙不迭地往袋子里装。胀鼓鼓的袋子码得很高，有的干脆在田头晒起来。晒谷岭，名副其实地成为晒谷岭。

家里的粮仓渐渐装满，肚子吃得饱饱的。移民乡亲开始感觉腰包有些瘪瘪的。看到当地村民建起一座座漂亮的小洋房，还有赶街时骑上摩托车，“嘟嘟”，一溜烟，都不见了影子，多潇洒呀！想着想着，心里痒痒的，掰着手指头，数着腰包鼓起来的时间。

移民乡亲跟当地村民已经融为一体，经常互相串串门。移民乡亲便趁机走走看看，利用机会看看当地人如何发家致富。特别是那些聪明灵活的人，更是喜欢跟当地年轻人来往。年轻人总是怀着一颗好奇心，问这问那，即使错了，也不会被当地人嘲笑。当地人总是很有耐心地解释指导。

听说有一位都安来的莫姑娘，也是喜欢串门。她来到了当地主人家的一间厢房，蹑手蹑脚地钻进去，突然尖叫一声，捂住双眼，慌慌张张地跑出来，吓了主人一大跳，赶紧问怎么回事。她支支吾吾说，那房子里怎么那么多的毛毛虫。主人看着她那奇异的表情，将信将疑地过去看看，结果哈哈大笑。原来莫姑娘是把蚕虫当毛毛虫了。

听了主人的介绍，莫姑娘脸烧得红红的，但好奇心占了上风，打破砂锅——问到底，问了养蚕的好处、养蚕的方法。于是自己偷偷回家学着养，当地的这位朋友也毫无保留地教她，她终于把这种“毛毛虫”养成了白花花的钱。现在，她家一年养两张，收入不下一万八千元。她逢人便高高兴兴地说：“我这些年来养蚕水平得到很大提高，全是跟当地人‘偷’来的。”晒谷岭的每家每户都养有蚕。

种桑养蚕，是当地人慷慨教移民同胞的其中一项技术。别的还有种植技术，比如种甘蔗啦，栽水果啦，只要移民乡亲需要的，当地人都毫无保留地传授。附近的荒山野坡上全是经济林，满坡甘蔗郁郁芊芊，果树葱葱茏茏。家里原先摆放的政府赠送的黑白电视机被当作文物收藏起来，换上漂亮清晰的液晶电视。屋前停着一辆辆崭新的摩托车，闲着没事，青年男女相约一起，蹬上那别致的摩托车，“嘟嘟”一溜烟，往城里逛街去了。

晒谷岭，虽说是一个岭，却居住着毛南、瑶、壮、苗、汉等十二个民族。每个民族都有自己独特的风俗习惯，但都能尊重对方的习俗，亲如一家。农忙时节，大家结对帮扶，一起收甘蔗，一起插田，一起收稻谷，其乐融融！每每逢年过节，大家互相走亲戚，拎点东西，带上祝福。平时，要是谁家有个鸡鸭鱼肉，总会邀上左邻右舍，痛痛快快地喝上几杯，趁着酒酣耳热之际，喊上几句本民族的山歌。男女青年则偷偷跑上山头，靠在一棵繁茂的大树下，窃窃私语。没过几天，他们便手牵手，走进了彼此的家。也许是毛南族小伙子走进了瑶族的家，也许是苗族姑娘走进了壮族小伙子的家，脸上漾着幸福的微笑。

朋友的一则采访日记里至今保留着这样一个情景描写：一个年轻的小伙子紧紧搂住一个年轻姑娘的臂膀，不停地唱着歌。身后张灯结彩，亲朋好友，济济一堂，欢声笑语，吉祥喜庆。这是都安移民来的韦青年和本地的莫姑娘喜结连理，举行了隆重的喜宴。各方的亲戚都来了，大家聚在一块，即使有些语言不通，但都能心领神会；甚至有的移民乡亲已经学会当地的话，说得相当顺溜，自称为“新环江人”。

没有“创新争先”，哪有移民新路的出现？没有“爱国奉献”，哪有当地老百姓无私让出的一亩亩土地？没有“开放宽容”，哪有当地人民手把手教会的一项项技术？没有“团结和谐”，哪来十二个民族的亲如一家？

晒谷岭，晒着闪闪发光的广西精神！

下乡的白菜

一

想起乡下，总会想起那些甘甜多汁的花花绿绿的菜。

母亲有一块地，特别肥沃，种什么东西都会呼呼往上蹿，这块地从来没闲过。春夏秋冬，稻谷玉米，青菜萝卜长角豆轮着长。每每回到家，母亲步履蹒跚地往菜园里转转，两手总是那样满满当当：要么拎个圆乎乎的南瓜，要么捋把青葱葱的菜花，把自己的嘴巴弄得舒舒服服的。口福来自这块土地勤长东西。

这些很少施过什么化肥，打过什么农药的菜，一放进滚烫的汤水里，涮两下，醮着盐水，清甜可口；更不用说那些半野生的菜：随意播种些不需要多少照料的菜，比如红薯藤、韭菜，等等。这些菜生命力强，不管播在哪里，只要有些水分有些泥土，便自个儿在那里蓬勃着。

于是，尽情享用这些鲜美绿色蔬菜成了我回到老家最大的愿望。可渐渐地，这些绿油油甘甜的菜不见影子了，随手拿出藏在地窖里的大白菜：那个一眼就看出的白菜。它们平时都在大街小巷晃着，在超市骄傲地摆着。

在乡下，也吃城里的菜？我心生疑问，心想着那个园子不是长得好好的吗？怎么回事？我急急忙忙往菜园里跑。

地已被草木折腾得不像样子了：茂盛的草丛让人看不到一丁点土地的肌肤，长势良好的草已经有齐人腰那么高了，这是小时候放牧牛羊时到了野外山坡上才看得到的野地。有的地方甚至长出了神气的小树。枝干已有筷子那么粗了。遗落的一些玉米种子蔬菜种子，稀稀落落地长在草木边缘，枯黄瘦小。玉米棒子挂在枯黄的秸秆上瘪瘪的，没有那么丰满。一掰开，全是玉米棒秆，玉米粒找不到几粒。蔬菜也胡乱地长，像是山里自生自灭的野菜，开着星星点点的小黄花，连几只可怜的蜂蝶都招不来。草木吸足了肥料，拼命地生长，大有一举把这块土地占有之势，看得出来，这块好地已经丢荒多年。

田地边坎被老鼠挖得洞痕累累：老鼠偷来的玉米棒丢弃在洞口，被咬得七零八落。沿着洞口，有几条光溜溜的爬痕直通向地里。看来地里仅存野生的玉米蔬菜，成了老鼠可口的粮食。这里也成为它们生活的乐园，任由它们在茂密柔软的草地里肆意地追逐，还不时发出吱吱的尖锐的叫声，好像在骄傲地宣布它们就是菜地的主人。前些年菜地玉米蔬菜都长满的时候，老鼠没有那么放肆，它们偷偷啃了几口，发现有人的动静，四处逃散拼命叫喊，赶紧跑出地里，躲到不远处的窝里。而现在，它们一个跟着一个，明目张胆，像是上街游行的队伍，鱼贯出入。如果发现有人来了，它们便停下来，直直盯着这不速之客，不慌不忙。眼睛充满着好奇，好像在猜测这个人到底是来干什么的。

一块地就这样被毁了，我垂头丧气地回来。母亲唠唠叨叨说，没有力气挖地了，菜都是吃小贩们从你们城市贩回来的菜，很便宜的。我端详着在城里熟面熟脸的白菜：那白菜雪白的梗，雪白的叶，真是白到极致，脆脆的，有些透明。一片一片的菜叶把菜心紧紧地包在怀里，很沉很沉，似乎是吸饱了水分，干干净净，没沾点泥。母亲稍微在清水里冲了冲，切成片，呼啦啦地炒起来，加上各种各样的配料，弄得厨房很呛人。

二

吃着如同嚼蜡的白菜，望着这些眼熟的老朋友。摆放在超市里蔬菜类的大白菜还经过热情的服务员简单地打扮：把那些烂了的叶子去掉，打上一圈紫色的包装带，像是挂了一个个耀眼的红头绳，整整齐齐地摆入干干净净的货柜里，等待来来往往的顾客们挑选。

这些大白菜的家在哪里，我心里非常清楚。出城两三里，就是那些成片成片的农场，那里是城市的一部分。在城乡接合部，那些田地都不用来种稻谷麦子什么的，全是隆起一个个蔬菜大棚，盖上薄膜，白白地亮，稍有弧度地弯着。

钻入这些拱起的大棚，里面的各种各样的菜争奇斗艳，青青欲滴，艳艳地开着花。矮墩墩的大白菜则一棵挨着一棵，只有几片长微绿的叶子包住身子，一些身着工作服的工人在背着一个沉甸甸的箱子，一手不停地摇着一些雾状的东西喷薄而出，喷到青青的叶子上，亮晶晶的。那是速长剂，那是催熟剂；还有一些工人手拿镰刀，在急急忙忙收割着已经成熟的菜，堆满了一篮又一篮地搬出。棚外，那里有几辆长长的卡车在静静地等待，等待着那些白胖胖的大白菜运到城里，摆到宽敞明亮的超市里。

这就是在城里长大的大白菜，一垄一垄地长，挤挤挨挨，像是城里的人，躲在大棚里，风吹不到，雨淋不着，也像躲在空调家里的城里人。它们养尊处优：渴了，自然有工人拧开不远处的龙头。这雨雾状的水喷到自己身上，其实真正的雨水只是落在大棚的薄膜上，砰砰地响。大白菜望尘莫及，只能呆呆地望着，特别是灿烂的阳光。阳光在棚外欢快地跳跃，自己想跟阳光热情拥抱，却被薄膜无情地挡住了。大白菜是多么失望啊！

缺少了阳光雨露，但在辛勤的工人精心培育下，有营养丰富的肥料供养着，大白菜迅速生长；有虫了，喷上药。不需要多长时间，它们便由一棵幼小的苗长成了粗粗壮壮的菜筒，兴高采烈地上市了，吃进一张张如饥似渴的嘴巴。

这就是我从城里回来平时见到的大白菜，一棵粗粗壮壮但味道都有些淡淡的大白菜，昂首挺胸地来到了本是生它养它的乡下。是乡下那广袤的土地容不下它吗？我想起了母亲那片曾经热热闹闹长着各种各样庄稼蔬菜的土地。

三

记忆中的这块土地是那么充满生机，春夏秋冬，都在不停地长东西。

春天的第一声雷声刚刚响过，母亲便迫不及待地往田里赶，因为自去年秋天把稻谷全部收回家里，再也没跟心爱的水稻见过面，怕是想得疯了，于是春天悄悄来临，便被敏感的母亲感觉到，便迫不及待扛着锄头，到田坎边，填填补补，好让“哗哗”而下的春水乖乖地落在自己的田里，浇湿了干裂了一冬的土地，给可爱的水稻准备了一个舒适的温床，然后早早地铺些肥料，和泥土混合一起，只等山上的黄花一开，大把大把的种子往下一撒，便能大口大口贪婪地吮吸着大地甜美的乳汁。

水稻果然没有辜负母亲的希望，没几天，便齐刷刷地长满了原先光秃秃的田垄，似乎它们也急于看见母亲那甜美的笑容。母亲看到了这绿油油的禾苗，心里乐滋滋的，整天有事没事地到水田边转转，看看水上深了还是浅了，看看有没有虫儿在那里践踏。眼睛闪烁着希望的光。禾苗们感到万分鼓舞，极力地生长，让母亲放心。

吸饱了金色的阳光，水稻把母亲殷切的希望结出了亮晶晶的一颗颗，骄傲地挂在枝头。见到母亲，都很礼貌地弯下腰，等待母亲响亮的镰刀的亲吻，被母亲有力的手紧握，乖乖地跟母亲回家。这样，母亲和水稻的梦被冬天的寒冷封冻了，母亲把思念深深地埋在心底。等待来年春天的勃发。

如果干旱了，母亲便种上耐旱的玉米。玉米像是母亲雄健的儿子，高高大大，壮壮实实的，没有水稻那般柔性，天天需要母亲的照料，只在母亲安顿好娇生惯养的水稻后，抽点时间来看看，她对这样的儿子很放心。

玉米很是理解母亲的心情，没有娇气，母亲大致把它犁了一遍，便用锄头一块一块地敲碎那坚硬的土块，挖出碗口粗的一个个坑，手抓起黑油油的农家肥，撒满坑内，随意丢下两三颗玉米种，再用锄头把细碎的泥土一铲回来，盖住玉米。这样玉米便躺在温暖的窝里，做着温馨的美梦，待春雨潇潇地洒过，玉米的梦便探头探脑地钻出土里，想看一看它那辛勤的母亲，母亲还用小锄头一窝一窝地整，细心地察看哪一窝没有长哪一窝没长齐，汗水一滴一滴地掉下坑里，催促着它们快快长大。

有了汗水有了阳光雨露，玉米们是最疼爱母亲的。日子是一天一天地过，有时母亲忙于水稻的事情，玉米们便偷偷地使劲地长着。母亲一到地里，便大为惊讶，玉米长得跟自己一样高了，前些天看起来还是矮墩墩的样子，没几天工夫便能长成这副模样。她是捉摸不透，到底是什么动力使玉米长得如此茂盛。其实，她也忘了自己对玉米也是很疼爱的，每次来的时候，她都忘不了带一两担肥料，一棵一棵地松土施肥，把四周的杂草除干净，绝不让这些杂草打扰玉米的生活。这一点一滴玉米是看在眼里记在心里的，它们只能以这种疯长来表示感激。再过些日子，玉米便长出棒棒了，手腕那么粗，挺挺地挂在秆上，让母亲见了，满心欢喜，望着满园玉米棒一个挨着一个，一天比一天饱满，母亲的日子也一天天地饱满起来了。

这块土地稻谷收了，玉米也收了，留着荒，怪可惜的，便种些白菜青菜萝卜。这些蔬菜不像种水稻或玉米那样，精心地耕耘一遍，往后的日子还要不停地照料，又是施肥又是除草，又是松根费了很多工夫，随意挖出几个坑，填些鸡鸭圈栏里的污泥，就能长出甘甜可口的大白菜，棵棵饱满，挤挤挨挨，令人满心欢喜。

若是别的田地种够稻子玉米，这块地便专门用来种菜，那地里更加热闹了：随意地丢几粒原先吃南瓜留下的瓜籽和长角豆子，铺上些松泥，也就不再把它放在心上了，任其自生自灭了，从来没有再挖开坑来看到底是怎么回事；如果不长出来，再丢几粒种子，反正种子都是自家留下的，不在乎什么成本。

然而瓜豆们并没有那么随意，它们很在意母亲的栽培，既然种下去了，自己就要长出个样子来，加上房前屋后的土质肥沃，平时烂菜等什么东西都埋在那里，很有营养。瓜豆们很容易满足。它们并不需要人们的照料。水呢，主人洗脚洗脸剩下的水，都随时都能淋下，吃饱喝足，应该是没问题的。就这样，瓜豆们一有机会，就拼命地长。在母亲估计它们长不出的时候，突然地冒出几点嫩芽，紧接着直直地沿着去年就有的木架，很自豪地出现在主人面前：粉红的花朵点点，招惹来那些蜂呀蝶呀，嘤嘤嗡嗡地热闹非凡，惹得有些遗忘了它们的母亲拿着饭碗边吃边兴致勃勃地观赏这些瓜豆秧子，一丛一丛地看。有时让她吃饭竟吃了半个小时，常常是母亲突然醒过来似的，赶紧跑回屋放下饭碗，扛起锄头急匆匆地向地头赶，嘴嘟嘟囔囔地抱怨这瓜豆长势这么喜人，耽误了她那么多宝贵的时间。

最让母亲高兴的是那些瓜豆将在她很需要时很善解人意地满足了她。春末，各种青菜萝卜都要销声匿迹了，这又是农活极忙的几天，房前屋后绿意盎然，使寂寞的屋子增添了几分热闹，碧绿满了房前屋后。这一段时间，吃饭没菜下，吃干饭，很不是滋味，饭吃得不好，干活没力气，母亲只好到绿葱葱的瓜藤架下瞄瞄，竟然突然想到屋前那片瓜棚，便随意走到下面去，发现大大小小的瓜儿挂满了架上，圆滚滚长条条的，想不到瓜豆回报那样快！摘下一两个瓜，切成长条，下锅油水一炒，香喷喷的一盆菜便有了，全家人吃得有滋有味，都在感谢这不起眼的瓜了。

瓜多了吃不完，留着烂掉；豆就懂事，慢着长，等七月一到，瓜就要枯萎，豆又气势汹汹地长了，一串串的豆长长地挂在支架上，餐桌上又换了另一种菜。这样瓜豆轮流接力似的给母亲补充餐肴，母亲和家人更感激这些瓜豆了。

这块土地就这样滋润着家人的日子。

四

大哥二哥侄儿们都在家时，人热闹，地也热闹。但时代在变，家乡也在变。家乡地处深山峡谷中，忍受不了家乡人一代又一代的日出而作日落而息的生活，偷偷跟他的同学跑到广东去，一两年才回来。一回来就把他家的茅屋给推了，盖起了砖瓦结构的新房，着实让在这里勤恳了大半辈的人大吃一惊。大伙有些怀疑起祖祖辈辈这种安定的生活，于是胆大些的人也受不了那红砖白墙的漂亮的小楼房的诱惑，跟着去了，看不上那一亩三分地了。

后来，不安分守己的后生们，看着邻居的同伴一个一个从外面回来，神采奕奕的，再也按捺不住内心的冲动，受不了外面的诱惑，一个跟着一个出去了。家中那几亩薄田由尚能劳动的父母去侍弄，就绰绰有余。自己待在家里，帮些手，还嫌碍事，真是无聊之极。老人们看着后生们没事可干，又游手好闲，生怕弄出一些什么不好的事情来，心想还是由他们出去闯一闯，免得整日地担心。这样，村里走的人就越来越多，到了外面有了安定的工作，又能找到一些零工，回来干脆把媳妇带走，省得一个人在外孤苦伶仃。后来媳妇又一个跟着一个出去。剩下的是一些走不动的老人和还在学校读书的孩子们。

于是每每回家，兴冲冲上来迎接的只有大伯大妈了，还有跟在他们后面拉着衣角的侄儿。没看到往昔那种后生们前呼后拥的阵势，心里有些空落落的，晚上过来搭话的也只是邻居的大伯大妈。三五个人稀稀落落地围成一桌，谈论着年成，都心事重重的，估计今年闹旱灾，收成不好，只能指望在外打工的儿子儿媳们寄来钱物，补贴家用，有时没有什么话，大家只是默默地低头夹着菜吃饭，没有了年轻人的兴高采烈的气氛。村头的大树下也孤零零地坐着几个老人，“吧嗒吧嗒”地抽着烟，也不知聊些什么。清澈的泉水边空无一人，原先这里是劳动归来大伙最喜欢到的地方，舒舒服服地泡一顿，边泡边聊，泡走白天的疲劳。如今冷清得有几尾鱼在里面游来游去，小鸟在泉旁的树上“叽叽喳喳”地叫，一切都那么寂寞。

年轻人走了，他们的儿媳也走了，笑声渐渐地少了，人影渐渐地稀了。人是村庄的灵魂，人都走了，村庄的生气就变了，村里空荡荡的，只有几丝风在肆意地拍打他们的家门，连风都觉得孤孤单单。

今年春节刚过，就接到大妈的电话，说在广东打工的堂兄堂嫂因上班太繁忙，逢年过节都不能回家，不能照顾小孩，要把他们转到那边去读书，以便有个照料，也让他在外面学点先进的东西。要不，以后也像山里人一样呆头呆脑的，恐怕要吃亏的。侄儿一走，大妈也要跟着去照顾，堂兄堂嫂都在上班，没时间操弄家务，保姆根本请不起。已是六十多岁的大妈从没出过远门，甚至县城也没去过几次，这次却要远走千里之外的广东。落叶归根呀，人老了都要从外面回家乡度晚年，自己却要去飘飞，大妈声音有些苍凉。但一转想到儿子儿媳妇长年在外辛辛苦苦地打工挣钱不容易。要不，村里自家的那两层小楼又如何盖得起来呢？自己身上穿的舒适衣服从何而来？过得有些温馨的日子又从哪里来？虽然人老了没能再做什么大事情了，但帮看看孩子还是可以的，减少些孩子们的负担。大妈就这样也随着打工潮流远走广东了。

五

年轻人走了，他们的媳妇也走了，他们的父母也走了一些，似乎整个村庄也走了，剩下那些紧闭大门的房子或时开时关的房子，剩下几只小鸡紧紧地跟在它们妈妈后面，回家的时候，只有大伯家那只寄养在邻居家的狗热情地迎上来吐着舌头。整个村庄都走了。

侍弄好这些土地是需要气力的，身强力壮的人都跑出去了，村里就只剩下老弱病残，怎能把村前村后的大片土地照顾好，房前屋后都顾不上了，丢些种子自生自灭。被丢荒的不仅仅是家里的这块地，村里好多肥沃的田地都丢荒了。

看着块块肥沃的土地渐渐丢荒，一辈子与这些土地相依为命的老人心里疼痛不已。他们从来没想到村里辛辛苦苦分来的土地养大了孩子们，竟被他们无情地抛弃。农民没有了土地，怎么生存下去？但只靠着这一亩三分地，瓦房依旧是瓦房，泥路依旧是泥路，多少年来都是如此，没有一丝改变的痕迹，这怎能怪孩子们呢？这些土地打出的粮食卖不了几个钱，养猪也赚不了多少。风吹雨打，旱灾水涝，哪一样不令人操心，老人们心里充满了矛盾。

城里打工的孩子们寄回了钱，托人从市集上买来几袋米就够用了几个月大半年了，再不用操心耕田耙地、插秧收割，也像个城里人一样坐在阴凉的屋子里，便可以吃到香喷喷的饭菜了。看着丢荒的土地，老人们虽然心疼，但也慢慢接受了，但他们还是担心，因为土地丢荒着，以后就难以变回原来的样子。毕竟打工的孩子不可能永远打工，他们还要回到村里来的。那时他们还要靠着这几亩田地呢！再说，供养了村里人世世代代的土地，怎么能说丢荒就丢荒呢，这么好的田地呀，别地方的人要找一两片平整的土地都难，更不用说这么肥沃养人的土地了，应该要珍惜，要让土地活下来。

老人们就是不忍心，但自己又扛不动锄头，握不稳犁耙了，村里连牛都没有几头了，只能眼睁睁地看着肥沃的田地渐渐干燥坚硬，慢慢地被草木占满。他们实在看不下去了，弓着腰，互相串门，互诉心中的苦闷，也到村干那里去聊聊心里的担忧：绝不让土地死掉，一定要让土地活着，这样子子孙孙后代才能兴旺。村干们碰了头，召开村民大会，决定将闲置的土地向外面的老板租让，流转盘活土地，不再让土地丢荒。

老人们高兴了，那些土地又恢复了生机：村头轰隆隆的声音，老板调来了机械耕耘机，正把那些得意的草木挖得一干二净，整片土地又露出黑油油的面孔；他们要种上甘蔗和柑橘，还要建无公害绿色蔬菜园，开发农家乐。

我想到明年开春的时候，这片土地又会是绿油油的一片，五彩斑斓的蔬菜又长满地里。这回城里的白菜就不用下乡了。

与一只乌鸦不期而遇

城里的精致，漂亮，在于有名有姓的兰花、月季花、玫瑰花，姹紫嫣红，或别具一格地摆成心形或颇费心机地浇成字形，每朵花都那么干干净净的，一根旁的杂草都没有，花儿们都尽情地开放，恐怕错过明媚的春天。

树，则是整整齐齐地列好队，似乎是在夹道欢迎远方来的客人，一样的装束，初春时枝头上那点点嫩绿。枝条也被修剪得像一棵树似的，一样的高度，一样向上的枝丫。

在这里人文和景物得到一个完美的体现，在盆旁边是一条条曲曲折折的小路，铺着高低不平的鹅卵石。树下是一张张光滑锃亮的石凳，无情的岁月把石凳磨成石经脉脉，凳上常常打坐着一些白发苍苍的老人，眯着眼，沉着气，似乎在把年轻的日子收回来。

从水泥林里逃出来，徜徉在这有花有树的葱绿世界，让人身心怡然。让疲惫的目光恣意地把一朵花蹂躏，眼睛便有一种松软温润的感觉，生硬的水泥墙、水泥路都把眼睛碰疼了。要么让没有游离过白色的目光沾着一棵挺拔的树慢慢往上爬，目光变得强劲有力，也给枯黄的内心世界注入一股浓稠的绿色血液。

目光在纵横交错的枝条间来回攀爬，满树的嫩绿在风中微微颤动，也许是激动于这大好春光吧。点点的嫩绿后一团黑乎乎的东西，像是在树上挂了个黑色的塑料袋，但那袋子是定定的，在风中没有漂浮的感觉，定眼一看，是一只披着黑漆漆大衣的乌鸦，两只亮晶晶的眼睛也目不转睛地盯着我，这在花树间悠闲游逛的客人。

一只不期而遇的乌鸦，早已占据了这城市里唯一的一个春色。它并没有喜形于色。它看到五颜六色的花，看到了青青挺拔的树，只是一味默默地站着，注视着这林间花丛中发生的一切；看到这喧嚣的人群，它没有惊慌失措，更不会像其他鸟一样“扑棱棱”全逃散了，它很镇定很自然，仿佛它是园中的主人，铁铸一般地守候着这片城中的森林。

我很惊讶于它的镇定，它应该是春天醒来时一只落单的乌鸦，慈祥的爸爸妈妈早在春天来临的时候弃它而去。让它独自面对这还很寒冷的世界，抑或是它的子女们羽翼已丰纷纷跑出去寻找自己的欢乐，留下一份孤独和寂寞，让它独自品味。它有些无助，但并不惊慌。即使是树下的人对它张牙舞爪，喝三吆四，洪亮的声音似乎把剩余的落叶震飞，它无动于衷。它可以料想到这些虚张声势的人们无法抵达它的高度、能够伤着它。

倒是勇敢的人们慌乱了，原先尽情地赏花看树的人们大呼着乌鸦，作鸟兽散。乌鸦是一种不祥之物，没有人去亲近它，没有人去喜欢它，看见了它就像逃避瘟疫一样。在乡下的老家，拙朴的人们更是忌乌鸦几分，大凡是乌漆漆的乌鸦落到村头的那棵枝繁叶茂的大榕树上，村里总会有不吉利的事情发生，要么是谁家的老牛跌崖而死了，或者是谁家发生了猪瘟。更可怕的是在这么寒冷的冬天，一些熬不过去的老人便纷纷在乌鸦到来后的几天去世了。

冬天，野草枯了，水面瘦了，树枝光秃秃，连一片枯黄的树叶都难得剩下来。田野一切空荡荡的，没有了生机，满目萧条，连剩下的沟里的水都结了冰，只有凛冽的北风在莽撞地东奔西跑。鸟儿更是没有了踪影，平时最喜欢吵闹的麻雀也极少见影子，那些可爱的喜鹊斑鸠也不知道躲到哪里去了，在这空旷的天空中传来“哇哇”的乌鸦不屈的声音，这尖厉的声音在寂静的天空中渐渐传远，使得躲在村里的人们人心惶惶。

这时，大人们就会叫上几个胆大的男孩，手持着一根长长的竹竿，在那仍是墨绿的榕树下等着，一旦看见白沉沉的天空里远远地飘来几个黑点时，便让这几个年轻人使劲地摇晃着竹竿，扑扫着大榕树。竹竿划着大榕树的叶，哗哗作响，几个渐行渐近的黑点在上空盘旋了一阵，终于失望地飞走了。大伙儿都高声欢呼起来，像是为村里人干了一件什么大事。至少是赶走了邪恶和霉气。村里可以平平安安地过一段日子了。

有时候赶也赶不过乌鸦，它们在榕树上“哇哇”唱歌之时，凄凉的声音已经穿透了村里人的心，大家拿着竹竿跑过来急急地赶着，那乌鸦却在树枝上跳上跳下，一副冷静的样子。终于被赶得没法，也只好“扑棱棱”地飞走了。望着它扑打着翅膀越飞越远，大家放下竹篙，急急忙忙跑回家，看看自家的老人，安然无恙了，才放了心。那时候，如奶奶躺在病床上，抬着一双没精神的眼睛，有气无力地说：“乌鸦是很懂事的，它有一种预见的灵性，赶走了也没多大用处，关键在人哪，人都知道自己的病。病了那么多年，乌鸦来叫我了。”没想到奶奶竟然这样豁达，在乌鸦飞来之后的那个冬天，奶奶也跟着乌鸦飞走了。

其实，乌鸦的嗅觉是很灵敏的，可以在数十里闻到臭肉的气味，嗅出死亡的气息，在冰天雪地的冬天，在万物销声匿迹的旷野，乌鸦只好凭着自己先进的嗅觉器官追寻猎物来了，那一切已经气息奄奄，已经腐臭气味的东西。在空旷的原野上各种各样的鸟随处可见，唯独乌鸦还能独自在苍穹中傲然雄飞，一展生命在劣境中的雄姿。

家乡还是很忌乌鸦，不小心碰见了倒霉的乌鸦，便想出种种办法辟邪了。比如说对着乌鸦诅咒上几句，消消邪气。要么对着乌鸦狠狠地吐上三口口水，表示对邪气的轻蔑和鄙视。也同时以为这一吐便把所有的霉气都吐了出去，自己和家乡大可消灾平安了。

而对着这只落单的乌鸦，我是不是要狠狠地吐上三口口水呢，它来到这片城中的森林里，已经飞跃了很多高楼大厦，穿越过很多闪烁的霓虹灯，它经历了人类辉煌的文明却没想到在这高雅先端的文明之地会遭上几口愚昧的口水。于是，它静静地看着我。似乎在热烈地期盼着那一口口水的喷薄，久久地盯着。

我欲吐又止，这是来召唤奶奶之乌鸦，是来自远方故乡的乌鸦，一双水灵灵的眼睛，一身乌黑深沉的衣服，跟童年时驱赶的那只是多么相像，也许它会带来故乡的一些什么信息。即使是不祥的信息，家里的亲人、左邻右居又有谁经不住那寒冷的冬天，追随那乌鸦远远地飞走了。我热切地期盼着从它身上获取。但它只是静静地站着，抑或它只是一只落单的乌鸦，跟家人飞跃千山万水，却被这人类的花花绿绿的文明迷惑了，忘了跟家人一起飞走了。它是一只很有预知能力的聪明鸟，为什么偏偏在这关键时刻却没有准确地预知出自己与家人离散的命运呢？这样一只可怜但又能镇定地思考问题的鸟儿，我有什么理由吐口水去诅咒它。我这个抱着高尚文明之衣的人类碰见一只平常的乌鸦却如此烦乱，真有些自惭形秽，俗气，功利，狭隘，一时涌上自感成熟的灵魂，想不到在这只来自乡村的乌鸦面前，会使一个躲在幽暗之处的灵魂昭然若揭。

一只清醒的乌鸦，肯定有先知先觉的功能，与一只如此清醒的乌鸦不期而遇，并且能够使它长时间地关注，这肯定在散发着难以藏掩的陈腐之气。乌鸦是不用眼睛去观察表面的东西，用它那敏锐的嗅觉辨识那复杂的灵魂。是我哪些部位陈腐了呢？踢踢脚弯弯腰，伸伸臂，似乎都很康健有力。但我内心在隐隐作痛，今早开盘，股票大跌，投进去的基本血本无归。前些天还为有些小收获而欢天喜地，工作之余，两眼紧盯着屏幕，心情随着那波浪线起伏不定，常常回乡下的脚步没了，问候亲友的电话少了。我被无情的股浪卷走了。房子车子都需要大把大把的钞票，假若是树上的树叶，就可以爬上去摘回来，那该有多好呀！还有为了一套房子，弄得焦头烂额，又是面积，又是选址，又是设计装修。我感觉自己像只可怜的甲虫一样攀爬在城市的尘埃之中，沾满油垢仍义无反顾地往前冲。我很清楚我在城市里一定要收获什么却渐渐遗忘了远在崇山峻岭间的乡亲父老，那低矮的瓦房，那泥泞的乡路，机灵的乌鸦一定嗅觉出了我灵魂深处的陈腐的气味，要不怎么如此迷恋我？

乌鸦应该是穿梭于青山绿水间，它落到这城中的森林，站在树上静静地等待着什么，它穿过林立的高楼大厦，这些如峻峭的小山岭一样的高楼光秃秃的，看不到一根草，闻不到一丝花香，这令乌鸦不寒而栗。晃过的风在楼间扫荡，生硬冰冷。夜晚，没有夕阳沐浴却红红绿绿地亮起闪闪烁烁的灯，眼花缭乱，很多人在摇动着城市的夜色，醉生梦死，人涌如海，车流成河，尾气酒气精气四处弥漫。乌鸦肯定被呛得无法透气，这也许是它有生以来碰到最浓重的陈腐气。穿梭在这些污浊之气里，乌鸦好不容易找到这片洁净之地。它兴奋地停留下来，没有一丝犹豫，喘着粗气，在静静地等待着什么，但愿这只精灵只是一只不小心落单的乌鸦，它现在在苦苦地思索着如何寻找它那失散的亲人或者它会“哇哇”大喊，使亲人对它有所记忆。要不，一颗灵魂真的陈腐了，能像乡下的习俗一样举起高高的竹竿就能赶走虎视眈眈的乌鸦吗？

玉米地

夕阳西下，拖着一个长长的影子，蓬乱的头发随着山岚四处飘飞，像是一棵长得硬朗的玉米，但这棵玉米时不时弯下去拾弄拾弄，或是一两把野菜，或是细心地扶起那被风吹倒的玉米；布满皱纹的脸上细汗密密渗出，沾满泥巴的手不时擦擦，或是挡住前额，望望太阳已经走到哪里了。这是母亲一辈子留在我心灵深处的影子，一提到母亲，脑海里便不自觉闪出这么一副样子。有时玉米长势良好，远远望去，简直分不清哪是母亲，哪是玉米，浑然地融在了一起。

家乡山多地少，到处是坑坑洼洼，沟沟坎坎。土是浮在石缝间的，根本藏不了水。一阵急促的大雨哗哗而过，四处水沟在哗哗地流。雨过天晴，那被冲刷过的山土渐黄渐硬。那满山爬的藤藤蔓蔓，只能把根深深地扎入石缝中，吸取藏在深处的水。如此坚硬贫瘠的旱地，只有顽强的玉米才能活下来。家乡的玉米地就由这些石缝间的土连片而成的，家乡人硬是从在贫瘠的地里养活绿油油的玉米，挤出甜甜的养分，生生不息地养着一代又一代。

记得还在读书时，周末都要回家讨生活费，都要急急找到母亲。特别是快要考试的五六月，这时玉米已长得硕大肥壮，齐刷刷地站着，一棵挨着一棵，亲亲密密的，而且很有精神，没有萎靡的感觉，把偌大的一块玉米地挤得黑压压的。远远望去，像是一块巨大的翡翠，团团地窝在那里，一切都静悄悄的，玉米地是那样幽深，又像是一片幽深的绿海，看不到晃动的人影，只有一棵棵安静的玉米在静默着，仿佛在思考着什么。

站在这黑黝黝的玉米地前，不见母亲的影子，只见整理得干干净净的地头。荒草被铲得一根不留，似乎被长势喜人的玉米吓怕了，只是畏畏缩缩地透在田埂上，不小心又被辛勤的母亲给扯掉了或铲除了。母亲是容不得这种无用的野草肆无忌惮地来霸占那点有些养料的地的。猖狂的草和不甘示弱的玉米在打着一场你死我活的仗，母亲在精心地呵护着她那可爱的玉米，犹如她几个娇嫩的小孩。

此时地头堆放着一堆乱蓬蓬的草，新割的；有些还在倔强地挺着绿油油的头，但有的已受不起这辣辣的阳光，无可奈何地蔫着。母亲那熟悉的粗布衣服就胡乱地卷在草堆上，旁边还挂放着一个墨绿的水壶。显然，母亲是藏在深深的玉米地里，长得这么厚实的玉米地，我孱弱的目光无法穿透，也许洪大的声音穿透力更强，而且回荡在玉米地的四周，于是我扯开嗓门就大声呼喊母亲。

夏天的阳光特别干燥，似乎把声音晒得清脆响亮，硬硬地在玉米地里穿梭，一直荡到那边山谷。山谷那边也知趣地甜甜地将喊声弹回，很有人情味的。

这声音一钻进玉米里，像是被磁铁吸收了似的，一点动静都没有；只得连连喊了几声。过了一会儿，茂密的玉米地里便传来“哗啦哗啦”的声响，只见玉米地的深处，玉米叶不断摇晃，一棵一棵地被掰开，冒出个黑黑的人影来。定睛一看是母亲，头上挂满了细碎的玉米枯黄的叶片。硬硬的叶子已经把她的头发搅得乱蓬蓬的，脸是汗涔涔的，一双沾满黄泥的手不断地擦拭着，原先就蜡黄的脸被手上的黄泥擦得更黄了；浑身湿透了，粗布衣服还透出一层层清晰可见的盐印，一圈一圈的，但脸却知足而幸福地笑着，接着便是一声柔柔的问候："回来啦，没生活费啦。"便直直走向那堆乱草堆，拎起那皱巴巴的衣服，抖了抖，摸出几张同样皱巴巴的钱，递过来。嘴里不断嘟哝："省着点用，你看玉米今年长势没往年好，尽管努力读书，妈会有办法的"。几句，话就没有了，便拿起那墨绿色的水壶"咕咚咕咚"地灌了一气；又用那外衣擦了擦汗，扔下一句："外面太阳太毒了，我到玉米地里乘凉去了，你也赶快回家，帮我弄点饭菜。"边说边提着把被磨得滑亮的锄头，钻进黑深深的玉米地，不一会儿就没了影子。

到玉米地里乘凉？也许是吧，玉米地外是洒了一地辣辣的阳光，玉米那密密匝匝的叶子倒是把刺眼的阳光严严地挡住了，留下一片森森的浓荫，看上去很凉爽的。可我还是心生疑虑：既然是阴凉，那每次找到母亲的时候，她为什么总是汗涔涔的？我曾经尝试着钻进玉米地，但都被母亲狠狠地赶了出来，说年纪小，肉还细嫩，玉米叶子很硬很利，怕是伤到了身子。玉米的叶子确实很锐硬，这点我们小孩是很清楚的。看看母亲的手和脸，自己的心便会隐隐作痛。母亲脸上布满了一道道深深的皱纹，还裂着一道道或长或短的疤痕，那都是锋利的玉米叶不断地在脸上划来划去留下的；手也是，瘦小枯硬的剩着一层薄薄的皮在包着，还被狠心的玉米叶割着。有时候伤疤没有消失新疤又添上了，甚至有的伤口还在化脓呢。玉米叶的厉害我们是惧怕几分的，但幼稚的心灵还是很困惑：母亲怎么那么迷恋玉米地，整天在里面泡？于是有一次趁着母亲叫我们给她送开水喝的机会，偷偷溜进了玉米地，体验了那说不出的滋味。

那时外面的阳光灿烂无比，我们像是炎热的夏天里碰到一潭清水似的一条小鱼，纷纷溜进玉米地。先前那躲在玉米地边缘时的感觉真的不错：风是习习地吹过，毒辣的阳光只能无奈地从旁边滑过。但人越往里钻，风的感觉越来越小，而一棵棵挺拔的玉米伸出那硬利的叶子，凶凶地拦住我们。我们小心翼翼地拨开，谁知拨开了一叶，另一叶又从背后反弹过来，狠狠地在脖子背上划了一刀，辣辣的。前面的玉米叶更是纵横交错，面对这些凶煞恶神般的叶子我们根本无法招架，不时地被它们划着，而且是一丝风也没有了，像闷气罐似的，让人有点窒息，原来是密密层层的玉米已经把风死死地挡在了外面，透不进一丝风。没走几步，我们已是满头大汗，迷蒙中我们看见了玉米深处的母亲：瘦小的身子在玉米地里急切地穿梭，弓着腰，像是一棵瘦小的玉米，挥舞着锄头，给每棵玉米松土施肥，扬起的锄头把玉米叶碰得哗啦哗啦直响。原先母亲的乘凉就是这么回事！母亲为什么要骗我们？正纳闷着，只听母亲大喝一声："谁叫你们进来的？"那有力的声音像是在骂我们做错什么事情似的，我们赶紧说送水。她像是有什么不满，叫我们放在玉米地边就行，赶快出去，叶子会伤了脸面，再说蚊虫很多，左叮右咬。我们做贼似的逃出了玉米地。

就这样，从小喝着玉米粥长大的我，很少进过玉米地。母亲只是在家里安排一些轻便的活儿，比如说煮饭捡菜喂猪，最多也是到野外放放牛。干完这些轻松的活儿的同时，她唠叨最多的就是认真看书。我能读懂她每每望着邻家孩子高高兴兴上大学时的那种羡慕的眼光，家里很少有人读上初中。

我们轻松的时候，母亲却一时一刻也没放过玉米地，一有空就往地里钻，那么用心，一整天待在地里，家也不回，饭还得用我们送到地头。我们无法理解母亲是如此迷恋玉米地。我们仅知道山里的地浅土硬，藏不住水，尽管玉米耐旱，但若是十天半月没去浇水，再茁壮的玉米也会被活活干死。到了收获的秋季，自家的玉米地就只结上个几个瘦瘦小小的玉米棒，那样人就会饿着，猪就会饿死。所以，母亲是从来不敢怠慢的，除了通常的松土锄草施肥，她还时不时挑上她那两只特制的大桶，摇摇晃晃地从村头的池塘里挑上几桶清洌的水，让那在烈烈的阳光下干渴的玉米喝上几口，然后清清爽爽地长着。

其实，何止母亲这样迷恋玉米地，整个村子的乡亲们都穿梭在这山脚下，穿梭在茂密的玉米地里。辛勤的他们与玉米叶相碰发出的“哗啦啦”声此起彼伏。

秋高了，气爽了。玉米棒长丰满了，几个拳头大小牢牢地长在棵上；有的还将苞皮撑裂了，露出一排排洁白的牙齿。家乡的父母们心满意足地望着这片片丰硕的玉米地。秋风吹来，“沙沙”作响，像是他们欢乐的笑声。但父母们也不敢掉以轻心：秋天草枯了，树衰了，整个田野一片空荡，那些野果早被馋嘴的家伙们吃完了。那一片金黄黄的玉米地令它们垂涎三尺，觊觎已久。山上的松鼠啦，地里的老鼠，沟边的野兔，天空飞过的燕雀，无不在打着鬼主意。这些小东西或者趁月黑天高之夜，或趁秋雨绵绵之时，溜进玉米地，把那胖嘟嘟的玉米棒啃得稀巴烂的。于是，大人们往玉米地里走得更勤了。夜里挑个灯在那里摇晃，吓一吓那些贪婪的小动物。同时也没日没夜地把熟了的玉米给摘了一堆堆在地边，像是一座座白色的小山。这才叫我们小孩子过来帮忙，高高兴兴地挑回来；又匆匆忙忙放到晒谷坪上脱粒，晒干，装进一袋袋蛇皮袋中；打成玉米粉，熬成一锅香喷喷的玉米粥，甜滋滋地喝着。靠着玉米，一家人的生活便过得有滋有味。

但更多的是把这些玉米拉出去卖，换回一沓或厚或薄的钱。也有用来喂着栏里几头肥大的猪。玉米的营养是汗水换来的，猪容易长膘，没几个月就可以出栏，又是一沓钱。家里的小孩睁着眼睛等着交学费，父母们笑眯眯地把这些钱转给我们，那钱还带着父母烫烫的体温呀。握紧手中的钱我们想到玉米地里的闷热，还有那尖利的叶子，眼眶潮潮的，读书更加狠了。

玉米收完了，秋天走了。父母们并没有歇下来，他们又在那有些空荡荡的玉米地转悠转悠，又在寻思着种些什么，猛地转回家，扛来锄头，叮叮当当地干起来。山土是很硬的，又养了一夏的玉米，土质有些结，但父母们硬是把它们给松成整整齐齐的一厢一厢，喷上些在地上刮扫起的灰草烧的灰，撒上些种子。没几天，这空荡荡的玉米地又绿油油地长出了些青菜呀萝卜呀，生机盎然。大概是父母们不愿让玉米地歇着，或者玉米地很不愿让这些辛勤的人歇着。玉米地是父母们白天的家，有事没事，就到玉米地转悠转悠。

家乡的父母们把春天播到了玉米地里，又把秋天从玉米地里搬了回来，父母们没让春夏秋冬们歇着，让它们跟着自己在玉米地里劳碌奔波，用汗水和玉米把一个个幼稚的小孩送出玉米地，送到精彩的山外，送出他们的希望。

家乡的玉米地，是劳碌的父母们灵魂的栖息地。

抓　土

母亲背起那被磨得泛黄的背篓，跨过门槛时，顺手从门后抄起一把小铲子，扔进背篓里，颤巍巍地往山野里去了。尽管是秋冬农闲时节，她还是无法停下那匆匆忙忙的脚步，要去寻找那珍贵的土地。

家乡窝在大山深处，那里七分石头三分土。一踏出家门，便走上石块铺成的弯弯曲曲的石板路。青青的石板被岁月磨光了棱角，颜色有些泛白，是艰苦的乡亲们的汗水染白的。多少个脚步在石板路上踩来踏去，踏出去就是通往山谷里那片山地，踩回来就会到窝在山脚的家。日子就在石板路上悄悄溜走。

满眼是陡峭嶙峋的石头，高高低低，只有那些顽强的金刚木树藤蔓从石缝中长出来，四处蔓延，爬满那灰白的石头。到处是白晃晃一片，土是很少见到的，只是在石缝间有稍为平整的地方，堆积些落叶枯草，久而久之融化成泥土。有的泥土是树根在地下长着挤出来的，稀疏地贴在石块中间。

山里很少有一整块宽阔的地，只能在石缝间整出一两块巴掌大的地，敲敲打打，把石头弄碎，一块一块地赶走；四处寻找泥土，辛辛苦苦整出一块地。但山势陡峭，山里多雨，哗啦啦一阵子，便将刚刚堆积起来的泥土冲下山，剩下一片白生生的石头，让人欲哭无泪。

于是堆好了土，便赶紧在四周垒上石块，挡着泥土。这样防止雨水冲刷下来，把这点可怜的土给冲走。于是，一块块狭小的地便一层层地垒起来，形成层层的梯地。种上玉米、黄豆，那便是一家人糊口的粮食了。谁家的地多，谁家的肚子就能填得饱些，寸土如金哪！

手头没活的时候，山里人有事无事便拿着一只小铲子，漫山遍地寻找土壤。家里地除了祖祖辈辈留下的那几块，那只能勉强糊口，但要多养些牲口，弄几个钱就显得应付不过来。不养鸡鸭猪，连扯件新衣服都不能，更不用说那些学费了，这是勤劳的母亲心里很清楚的。多一块巴掌大的地方，种下几棵玉米，播下几粒黄豆，多收几袋玉米黄豆，家里的笑声自然多起来。

那些巴掌大的平地也都长满石头，泥土少。听母亲说，那些窄窄的山地都是从石头的手里抓回来的。这些顽固的石头不知经过祖祖辈辈多少艰辛和努力才被抓走的，我们这一代才能安安心心地过些稳定的日子，所以村里的人有事没事就往田地里跑，除了照料些庄稼之外，更重要的就是把那些石头缝间的泥土抓出来。

挎着篮子，拿把小铲子，摸摸索索往山地里抓土，已是母亲多年的习惯。母亲十多岁懂事开始，便颠着小屁股整日跟着大人后面，抓石头缝的土壤，把那些扔得远远的，修整成小小的地，种上几兜南瓜也可以。

现在母亲老了，地里的重活全是大哥大嫂揽去了，留着母亲在家里做些喂猪什么的家务。母亲便闲得慌，常常是天刚蒙蒙亮，便窸窸窣窣起来，把猪潲煮好，把鸭子喂饱，便提个小篮子，一脚高一脚低地往地里赶来了。一是要捡点猪菜，更重要的是看看有哪些可恶的石头还在地里顽固地待着，准备把它们扔走，再抓出些泥土，让山地稍稍增大，能多种些农作物。

到了地里，母亲便像一位将军检阅士兵似的，背着手，在地的四角转转，看看昨天埋下的种子出头了没有，瓜架上的瓜苗是不是爬上去了。正是春夏时节，菜地满是瓜豆，葳蕤丛生，花开缤纷，蜂蝶乱舞，生机盎然。母亲很满意地看着这一片瓜豆，慢慢地又低下头，在茂盛的瓜豆叶下摸摸索索，摸出一块发白的石头。嘴里喋喋不休地说着，似乎是在骂着什么，然后把石头狠狠地扔到地外的荒地上，或者小心翼翼地垒到地角边，作为边界线隔拦起来；又从石头下面抓出湿润的泥土来，填在瓜豆的根部。

找了一块又一块，母亲是那么认真，弯着的腰就像一把弓，随时都要把一块石头弹出来。母亲老了，眼睛不怎么好使，常常是盯了大半天才盯出躲在叶子深处的石头。扔掉了石头，露出泥土，母亲的小铲子不停地挥舞。泥土一点一点冒出来，地也渐渐扩大了，能种庄稼的越来越多。

这块地原来不是地，只是乱石丛生的荒滩。天下大雨，水从山顶冲刷而下，刮来了一些泥土。这片平缓的地方便渐渐积聚了一些泥土，把原先那嶙峋的怪石掩埋了一些。有些小草便急急忙忙地长了出来。母亲放羊时看到了，便匆匆忙忙拿来小铲子，抓出松软的泥土，挖了几个坑，撒下几粒种子，没想到竟然齐刷刷地长出来。待到秋黄时节，这点小地方竟然收了两大袋玉米，足足够我们家几个星期的玉米粥，饥饿的感觉减轻了不少。母亲更是欢天喜地，往这地跑得更勤了，慢慢地把夹杂地里的石头一一拣出来，放到地边上。大块粗硬的石头就叫来父亲叔父他们帮忙。父亲他们带来了凿子铁锹等什物，敲敲打打，将那顽固的石头一一赶出，抓出一片或黄或黑的土地。这块长满瓜果的地就是母亲一点一点地给抓出来，也慢慢抓出生活的滋味。

家乡很多田地都是父母辈双手辛辛苦苦抓出来的。这窝在山脚下的小村庄，村前村后遍地是山石荒芜。谁能把石头赶出，抓出泥土，地就是谁的。村里的人也就山上山下，村前村后到处看，稍有些上眼的平地，便清理丛生的杂草，露出那些狰狞的石头，一手一手地把这些石头赶走，抓出泥土，种上玉米大豆，撒上杂草烧成的地皮灰。过几天，谁也看不出它原来荒芜的样子。

赶石头抓泥土成了除种植庄稼之外最重要的活儿了。在村里，挂着门后的除了锄头、镰刀等农具，多是赶石头抓泥土的什物：什么凿石头的凿子啦，还有挖石头抓泥土的铁锹。从山上滚下来的石头坚硬硕大，光靠那小锤子敲敲打打，只是伤了它的一点皮毛。它无动于衷，仍然高傲地站在田里。如果拿来刚硬的钢钎，打个孔，装入一些炸药，“嘭”的一声，高傲的石头被炸得四处乱飞，剩下的是蓬松的泥土。母亲的小铲子便“叮叮当当”地抓，那样认真细致。那神情像是寒冬时节三更半夜给我们小心翼翼盖被子才会有的。

这些抓泥土的家什，可不是一般的铁铸的，是特地选上好的纯钢锻的，而且专门找好的铁匠铺，找高明的师傅。自己则待在旁边看着这红红的铁杆怎样锻出来，心里才踏实。打这东西乡亲们都舍得花钱，即使是卖掉一头小猪，也要换几个钱打上这些家什。锻好的家什会更加硬实，碰到坚硬的泥土也不会被碰弯，“当当”几下，即使敲硬邦邦的石头，都是那样掷地有声，碎石乱飞，很是过瘾。一把钢铸的铁锹圆嘟嘟，握在手里，紧乎乎的，钻入石头，结实有力。“扑”的一声，那尖利的铁铲深深地铲进土层，一起，那黄黄的泥土抓出一大块，让人满心欢喜，像是捧着一捧黄金啊！

于是，这些纯钢铸成的家什，都被村里人看作传家宝，不用的时候，小心翼翼把它们珍藏到屋架上，地气潮不上，干净清爽。

有了这些坚实的家什，乡亲们就可以在远远近近的山间山脚驱赶石头抓泥土了。只要看到一点泥土，便将尖利的钢钎往石头身下一探，垫上一块小石头，发挥杠杆作用，不需要费很大的力气，便稳稳地将那块石头撬起来，几个人七手八脚地将它抬出，运到远远的山脚下，堆成一堆乱石，任凭雨水尽情地侵蚀，苔藓斑驳；然后让地里的泥土露出笑脸，准备迎接瓜豆种子的陪伴。

母亲长年累月地用那只锃亮的铲子抓土的。若是刚发现的山地土层不厚，只是薄薄地散布。母亲在原地认认真真把石头弄走，抓出一层一层的泥土，但感觉养不了庄稼。母亲便四处串山，跑到那低矮潮湿的地方，看有没有些土壤；一看到了，如获至宝，喜出望外，赶紧便把野藤乱蔓割得干干净净，蹲下来，虔诚地看着挤在夹缝中的泥土。夹在石缝中的泥土有些坚硬，母亲便用小铲子小心翼翼地抓着，松出的土壤便被母亲用双手一捧一捧地捧进篓里，翻过一块又一块的大石头，将背篓里的土倒到那块刚刚平整的山地，有时候看到松动的石头压着黑黝黝的土层，母亲便使出浑身力气，将石块搬走，用小铲子一铲一铲地钩着，钩得母亲汗涔涔的。遇到浮在石块上的泥土，不便用铲子，母亲便直接用双手慢慢地抓着，抓一捧装一捧，把双手抓得渗出鲜血。指甲脱落了，黑黝黝的泥土斑斑血迹。装得沉甸甸的满篓满筐，泥土沉沉地压在她瘦弱的肩膀上。背着满筐泥土的母亲要爬过那些光滑的石堆，才能回到所开垦的荒地。那些石头又尖又滑，很难行走，更何况还背那么重东西。瘦小的母亲还是不小心地摔了些跤。跟着后面的我大叫起来，但母亲很快爬起来，赶紧死死抱住那只竹篓，生怕那些珍贵的泥土泼撒下来。等到把这些泥土安安全全地搬到了刚刚开垦的地里，母亲才长长地舒了一口气，感觉完成了一件惊天动地的大事，筋疲力尽地瘫坐在石头上。

长年累月地抓泥土，母亲的双手又黄又瘦，活生生的一把竹枝。

手掌灰黄，似乎总是沾着洗不掉的泥巴。那些尖锐的石头把母亲的手割得伤痕累累，皮是被磨破了一层层，连掌心的纹路都被磨得模糊不清了。手掌很大，便于抓泥土。手指又粗又短，指甲光秃秃。手指满是厚厚的茧，有很多斑斑的划痕，那是在抓土时被尖利的石头划伤的。

为了开成一块地，母亲在附近的山窝里都找遍了泥土。母亲像蚂蚁搬家一样，从别的地方抓出泥土，赶回倒到刚开垦的荒地，硬是给整出几块地来，很让人家羡慕。搬来的泥土被母亲均匀地撒到了地里，露出石头的地方就多堆些泥土，一整，原先石头四处冒出的地方竟然看上去都是整齐黑沃地，即使只有两分的地，也足以让她如获至宝。若是路途太遥远，或者石块太大，她便叫来全家老老少少，提着篮子，挑着箩筐去抓土，让那块地尽快能铺些泥土，好种些玉米黄豆，卖出换些钱，给我们交学费。

有时候，全家出动，浩浩荡荡去抓土。那时我才是小学五年级，个子矮小，就用篮子来提。母亲是在村后的山凹里发现一小块平地，只有三四平方米那么大，爬着各种各样的藤蔓。母亲放羊时看到了，像哥伦布发现新大陆一样，赶紧跑回家告诉全家。全家人也兴冲冲地跑去看，都大失所望：那算什么地！地是有些平整，还长有些长长短短的草树木。让人从表面上感觉那可能是一块地，但一把这些掩盖真相的草木割除干净，露出它的真面目：凌乱的石头遍地都是，听说先前是村里人开山炸石头来做房子留下的。原先是高耸的石头，被炸平，取走了石头，留下来石根，还有些散乱的石头，只有一些炸石头时被震起来的泥土，表面看似很平整，稍稍往下挖，就露出嶙峋的石头。

此情此景，我们都劝母亲别白花力气，弄这么块贫瘠的地。可她非坚持不可，把里面的碎石一一捡走，又爬到一里外的地方找到可以取土的地方。于是全家人全都出力了。我的小篮子也装着满满的泥土。很沉很沉，还要爬过一段崎岖的小路……我咬紧牙关，两只手不断轮流地提着，遇到大石块，只能将小篮子放到那边吃力地爬过去后，再提起小篮子，继续走，一来二去。那天弄得腰酸背痛，全身发软。母亲腿脚灵活，风风火火地跑，竟然比我多出几趟，但也看到了她摔跤的情景：筐里的泥土泼了她一身。衣服头发全沾着泥土，她全然不顾，只顾埋头将那些散落的泥土一捧一捧地捧回篓里。

实在抓不出更多泥土的石缝，母亲也小心翼翼抓出一个坑，放入一两颗南瓜或者别的什么种子，然后填些从家里带来鸡鸭圈栏里的粪便。这些石缝间插下一两枝葡萄或者核桃树，还有些瓜类的。没过几天，这些植物竟然水灵灵地长着，葡萄藤瓜蔓将那些白生生的石头掩住了，满眼是绿油油的一片，充满无限的生机，竟然看不出原来这里曾是荒凉的石滩。

春末，各种青菜萝卜都要销声匿迹了，这又是农活极忙的几天。这些石头地绿意盎然，使寂寞的山谷增添了几分热闹，碧绿满了整个山谷。这一段时间，吃饭没菜下，吃干饭，很不是滋味，饭吃得不好，干活没力气，母亲只好到绿葱葱的瓜藤架下瞄瞄，竟然突然想到山前的那片瓜棚，便随意走到下面去，发现大大小小的瓜儿挂满了架上，圆滚滚长条条的，想不到瓜豆回报那样快，摘下一两个瓜，切成长条，下锅油水一炒，香喷喷的一盆菜便有了，全家人吃得有滋有味，都在感谢这山前的那片泥土了，更感谢母亲的辛勤。

这些抓出来的土堆成了一块又一块的地，父母们种上玉米或黄豆，又把这些玉米黄豆拉出去卖，换回一沓或厚或薄的钱：也有用来喂着栏里几头肥大的猪。玉米的营养是汗水换来的，猪容易长膘，没几个月就可以出栏，又是一沓钱。家里的小孩睁着眼睛等着交学费，父母们笑眯眯地把这些钱转给我们。那钱还带着父母烫烫的体温呀。握紧手中的钱我们想到抓土是那种辛苦，眼眶潮潮的，读书更加发狠了，争取不再辛辛苦苦抓那些泥土了。

玉米收完了，秋天走了。父母们并没有歇下来，他们又在那有些空荡荡的山地转悠转悠，又在寻思着种些什么，猛地转回家，扛来锄头，叮叮当当地干起来。山土是很硬的，又养了一夏的玉米，土质有些结，但父母们硬是把它们给松成整整齐齐的一厢一厢，喷上些在地上刮扫起的灰草烧的灰，撒上些种子。没几天，这空荡荡的玉米地又绿油油地长出了些青菜呀萝卜呀，生机盎然。大概是父母们不愿让玉米地歇着，或者玉米地很不愿让这些辛勤的人歇着。这些用手抓出来的玉米地是父母们白天的家。他们有事没事，就到玉米地转悠转悠，看看他们亲手抓出来的土地，是如何使家人能够填饱肚子，还有支撑他们跑到山外去奋斗。

抓出来的土地，抓出家乡人对土地的渴望和珍惜，也抓出我们日渐美好的生活。忘不了母亲抓土的那一双黄瘦的手掌。

喊 魂

有时候面对横流的欲望，魂就很容易走失，渐渐走远，留下一副空空的躯壳在痴痴等待，不知所措。

一

听说德兴的魂丢了，一天到晚疯疯癫癫的。要拉回去叫魂，不能让他这么丢人现眼的。二堂叔满脸的气愤，又是满脸的无奈，德兴是他唯一的儿子，曾经那么聪明能干，是二叔闪闪发光的掌上明珠。

“丢魂”这两个字便让我倒吸了几口气，在偏远的小山村里，在朴实的乡亲们的眼里丢个百千元钱都无所谓，那都可以慢慢找回来，但千万不能丢魂。丢魂了，剩下一副躯壳，人变得傻呆呆的，静不下来，四处疯跑。如果不及时找回来，这副躯壳慢慢随着灵魂走远，人就慢慢生病了，严重的话可能要死人。一家人的日子就没法过了，得赶紧叫魂。

等我赶到二堂叔家的时候，德兴已经被村里几个五大三粗的年轻人七手八脚地按压在堂屋前的床上，昏昏沉沉的样子。实际上也是他自己跑累了，动弹不了，被大家抬着回来放到床上。等待他心神有所安宁，缓一口气过来，家里人再慢慢帮他叫回魂，使他恢复正常。

德兴躺在床上，嘴唇紧闭，脸色发青，盖耳盖脸的长发被湿漉漉的汗水结成一摞一摞，紧紧地贴在额头上。他两眼圆睁，目光时而呆滞，时而狠狠地盯着人，一副深仇大恨的样子。我看不出他先前清秀的样子，也不禁被那瞅着的目光逼退几步。

这怎么会是德兴，从头发上看已经无法辨认，但那道灵闪的目光，我是忘不掉的。即使现在变得浑浊呆滞，我仍然准确判断出那熟悉的目光。是谁夺走了目光里的清纯？

我们是同一个家族，家与家相挨着，又喜欢一起看书，读书时我们都是如影随形的：放学了，谁先出来，总是在校门口等着；休息的时候，一起下河捞鱼，上树掏鸟蛋。他总是那么精灵，动作灵活得像一只猴子。学习时他那么斯斯文文，默默地在那里抄写课文，工工整整，一丝不苟，常常被老师当作范文贴在学习园地里，让同学们参考模仿。他是二堂叔逢人便夸的乖巧的孩子。

可惜后来参加中考，他那几天恰好感冒发烧，结果以一两分之差落榜了，他毫不气馁，背起包袱，毅然投入打工洪流。在猎猎西风中，他一副雄赳赳气昂昂的样子。我们迈步走上各自的路，之后彼此还互相通信，诉说自己的奋斗。

毕业了，我如愿以偿地分在城里，洗干了腿上的泥巴，坐到了洁净的办公室里，成了乡亲们羡慕的“吃皇粮”的人。德兴也积攒了一些钱，办起自己的小加工厂，生意还红红火火的。有几次他从广东回来路过我所在的小城，每次都硬拉我上饭馆去大快朵颐，叙叙旧。那派头，真是见过大世面的人：西装革履，扎着领带，油亮的头发一律往后翻，显出聪慧的额头。相比之下，我只是一件简单灰黑的马夹，自惭形秽，也暗暗祝福德兴有更好的发展前景。

现在这光洁的额头已经被凌乱的头发随意地涂着，汗渍斑斑，还沾着一些灰尘污垢。道道深深的皱纹仿佛在叙说着他的种种不幸，在无声地交织着，犹如一段复杂的人生。

哎呀，我的小梅呀，你在哪里？安静了一阵的德兴突然大叫起来，并且挣扎着要爬起来，伸出的双手四处乱抓，不停地抽搐着，口水不停地往下滴。我吓了一大跳，赶紧过去扶他。在旁的家人七手八脚把他摁住。他便使劲地拳脚乱舞，口里喃喃自语，像是在乞求什么，又像是在诅咒什么，摇头晃脑的。

赶快找村头的桂安来叫魂，快快！二堂婶也发疯般地狂喊，看着德兴被摁在床上的痛苦表情，她实在看不下去。其实在旁的人感觉心酸，都想到德兴的灵魂游离得太久了，怕找不到原来的肉体了，那是多么令人可怕的事情。想着想着，自己突然感觉到在漆黑的夜空中有多少孤魂野鬼在游荡，如果被邪恶的魂魄盯上了，纠缠不清，就永远回不来了。想到这些，我不寒而栗，连续打了几个寒战。

被德兴弄得昏头转向的二堂叔被二堂婶吆喝了几声，猛然醒悟过来，急急忙忙冲进房间寻找德兴的衣服，因为喊魂是需要本人的衣服。衣服长期穿在身上，被灵魂附着；一旦拿去叫魂，灵魂熟悉了，就赶紧回来。二堂婶则拎着家里的大公鸡，怀里夹着一个鼓鼓大红包，急冲冲地往村头去，找叫魂高手桂婆，救回儿子一条命，让他重新振作起来，也找回家族的希望。

二堂叔找来了德兴的几件花衣服，摆到堂前，准备喊魂用。听说有一种病叫做花痴病，就是男女之间的情病。德兴也是叫花痴拐走了魂，所以得找花花绿绿的衣服，这魂才能找到回来的方向。人很快就恢复体力，充满活力了。

看到那几件花哨的衣服，我总想起德兴先前穿起的帅气样子。

德兴开朗阳光，追求时尚。他穿花衣服，是村子里第一个。穿上花衣服的他很有东南亚老板的风度，正因为他风度翩翩，很讨得女孩子的喜欢；但一听说他是穷山沟里的，女孩子又纷纷离他而去，一直熬到三十多岁才有一个打工女孩小梅真正喜欢上他，还跟他回过家，过上一段甜蜜的生活。

那小梅我见过，是贵州山区的一个女孩子，长得很清甜。也许是两地相距不远，一衣带水，语言又可以沟通。小梅也是山里长大，也就不嫌弃这里偏僻的生活，脸上总是挂着笑眯眯的表情；刚来到老家，小媳妇一样的，又是洗碗又是扫地，把里里外外打理得干干净净。弄得整个村里的人都夸说二堂叔哪代修来的福气，娶到这么贤惠能干的媳妇，尤其在这么一个连年轻女孩都难看到影子的穷山沟里。

在这山沟里，谁家的男孩多，谁家的力量就大，脸上的光就发得亮，家里跑着两三个男孩是正常的。如果一连生几个女孩的，就非要生出一个男孩不可。穿衣吃饭上学就先顾着男孩，女孩就自顾自地生长吧。生了女孩的父母总是唉声叹气，有时干脆送别人养。于是村里的女孩少之又少，只有那些家庭条件比较好的才养。女孩大了也纷纷到外面打工，一打工就不回来了，愿意待在村里的女孩没几个了，外面的女孩更不愿意嫁进来了。

小梅就显得非常宝贵，犹如国家一级保护动物一样地被二堂叔一家人珍爱着。但世事难以预料，他们俩回广东后，小梅竟跟着别人跑了，听说是跟一个有钱的老板跑了，扔下孤零零的德兴。德兴再没有心思做工了，整日东南西北地找小梅。茫茫的珠三角，怎么找到一个叫小梅的人？德兴干脆把工作辞了，流浪汉一样的四处寻找，没找到，却把魂弄丢了。丢了魂的德兴便整日流落街头，披头散发，口中不停地念着小梅的名字；饿了胡乱在垃圾桶里翻寻酸腐剩饭剩菜，蓬头垢面。幸亏及时被老乡发现，老乡将他带回老家，安心养病。一个聪明能干的年轻人就这样把魂弄丢了，丢成了一个狼狈不堪的人。

既然是在广东丢的魂，不能亲自到广东那地方烧香蒸衣服，但必须面向广东，魂魄才找到回家的路。披着一身黑衣的桂婆风风火火地来了，她粗眉大眼，足以喝退那些凶神恶煞。这附近十里八村的叫魂的事，都是她来完成的。身材微胖，走路步伐急促，总像在赶什么，脚步一踏进二堂叔家的门，便亮开嗓子吩咐办事。粗大的声音让屋里的人都吓了一跳，也许是声音粗大，就能吓退那些喜欢偷魂的妖魂邪气。

二堂婶急急忙忙找来德兴的衣服，架上熊熊的火，用衣服裹住一个鸡蛋，依着桂婆的吩咐，将衣服和鸡蛋放进蒸锅里蒸。火烧得旺旺的，锅里的水咕咕地响，大约过了半个时辰，没了动静。二堂婶揭开锅盖，一股白雾升腾飘飞。她赶紧取出鸡蛋和衣服。德兴的床前摆放一张古旧的八仙桌，泛着些古铜色的桌上摆上一碗清水，还有一碗白米，一切准备就绪。

德兴仍昏昏沉沉地睡在床上，嘴里仍喃喃地说着胡话。床头燃起几炷香，香火袅袅而升，弥漫在狭窄的房间里，像在雾里云里。桂婆挥动着肥胖的手，在空气里舞动着，使香火熏着衣服，突然抓起一把米向着广东的方向撒去，口中呼喊着："东方米粮，西方米粮，南方米粮，北方米粮，四大五方米粮，七月十六，德兴来归，请到九天会女，接魂同郎，果返德兴肚胆来归。"米不停地撒，咒语不停地唱，跟烟火混在一起，袅袅远去。

魂似乎飞回来了，桂婆手中的衣服似乎有些动起来了。在一旁的人们不由自主地将身子侧一侧，好像给魂魄让出一条路。桂婆的咒语声越来越大了，越唱越兴奋，最终手中的木棍狠狠敲在德兴的床头。"嘭"的一声，巨大的响声把昏睡中的德兴惊得睁开了眼，惊恐地打量着围在床前的人们。

魂回来了，桂婆气喘吁吁，大汗淋漓，长长地舒了一口气。大伙提到胸口的心也慢慢放了下来，静静地等待德兴的恢复。

也许是休息了一段时间，德兴终于能坐到门口了，两眼依然发呆，目不转睛地朝向广东方向。我们家族的几个德高望重的长者轮流陪伴他，不停地鼓励他，分解心中郁结很重的愁。

后来听说德兴之魂真的给叫了回来，是口齿伶俐的桂婆劝说了邻村的一位女子嫁过来，稳住了德兴；再有长者的劝慰，德兴终于肯说话，扛着耙犁下田干活了，那种傻呆呆的样子消失了，只是依然有些沉默。

但村里的年轻人依然像年轻的德兴一样纷纷往外打工，仅有的女孩子也纷纷往外跑，村头的榕树下聚集着越来越多的光棍……

二

村里丢魂最多的要算小孩子。小孩年纪小，身体弱，灵魂也不够强大，容易被那些大鬼小鬼勾走。这样弄得小孩提心吊胆，大人们也时时刻刻提防着。有时一阵风吹来，小孩慌得四处逃散，不小心被绊倒，倒在地上蹬着双腿，胡乱哭闹，不小心就丢了魂。因为大人们说鬼就躲在风里，看到别的小伙伴已逃得无影无踪，自己倒在地上跑不了，眼睁睁地就被鬼捉住了，自己便慌了神，躺在地上，大声哭闹，希望有人过来帮忙壮胆。谁知没人，自己把自己哭成傻呆呆，魂就丢了。还有黑夜里喜欢出来玩捉迷藏游戏的小孩子，伸手不见五指，黑乎乎一片，结伴的人倒是胆子壮大，而那些落单的人就有些惊慌失措了，摸黑四下里寻找小伙伴，结果被夜归的蝙蝠撞对了脸，以为碰上了鬼，便伸开双臂，大声哭喊，疯狂地跑回家，第二天家人便传出话来，魂丢了。

似乎乡村的每个角落都隐藏着一些妖鬼。于是大人们总是千叮咛万叮咛，不要自己孤单一人走路，做什么事要结伴，这样才能吓跑鬼；要么有大人跟着，让大人来吓退鬼，大人的胆子大鬼怕。所以在村里很少见到孤零零的一个小孩子，总是成群结队，大声说笑，热闹不已。

村子四面环山，又有些暗流深沟，都是容易丢魂的地方。村后山高林深，阴森森的树林里常常传来些凄厉的声音。特别是三更半夜时分，不要说小孩，就是大人们听到了，头皮也麻了三分。如盖的大树下，阴风习习，让人感到皮肤起疙瘩。尤其是那些尚有余温的故事，说过去的某年某月，曾经有个被打成坏分子，不堪凌辱的女子在后山的树下上吊自杀。老人绘声绘色的述说让人毛骨悚然，暗暗庆幸自己没有生活在那动荡不安的年代，但每每路过这里，总是想起鬼片里所描写的那样：伸出长长的舌头，披散着长长的头发。脚步不由得加快许多，生怕慢了一步，就被这狡猾的鬼精抓住，魂儿就被勾走了。

距离村头几里处的地方还有一处乱坟堆，那里荒草萋萋，长得比人都还高。夏天时候根本看不到荒草深处藏着什么，一个人走着走着，突然有一只不知名的鸟“扑棱扑棱”飞起来，把人吓得尖叫起来。秋天草枯黄稀疏了，那大大小小的坟头露出来，怪异嶙峋。这些都是一些夭折或生了麻风等不见得人的病死的人丢埋在这里。他们不能进入祖坟，也不能竖立墓碑，坟头不能堆得高高的。清明节人们根本不来祭祀，于是这些孤魂野鬼闷得慌，常常出来骚扰人们，尤其勾那些贪玩的小孩。这片乱坟堆平时很少人走，但出村放牛砍柴都得从这里经过。小孩们便三五成群地走，倒是没什么事。

若是有小孩落单了，那十有八九有丢魂的事发生，大人们对这一带荒地特别小心。

村里还有几洼幽深的池塘，清悠悠的水总是诱惑着那些贪玩的小孩，他们总是忍不住偷偷跑到水边，跳进塘里痛痛快快地游上几圈，或者坐在水边上伸出小脚丫，在水里尽情地洗一下，也是很过瘾。凉凉的感觉，总是让小孩难以抵挡诱惑，在清凉的水里泡一下或者尽情游一番，但总有些小孩不小心滑向水的深处，拼命挣扎，及时被人救上来；也有的永远地爬不上来，成了勾人魂的水鬼，这些事总是每隔几年都会发生的。

大人们很担心小孩们的魂丢了，于是总是临出门时都忘不了千叮咛万叮咛：不要去村后山林玩，不要去水潭游水。这些细细的叮咛倒是像一张张密细的网，将孩子们那颗疯野的心罩住一阵子。大家都对这些地方畏而远之，不敢有一点点接近。但农村的大人们实在太忙了：不要说农忙时节，扛着犁耙在田里犁田插秧，忙得没有时间回家吃饭，叫着家人将饭送到田间地头，胡乱扒上几口，就往田里忙去了；就是秋收以后，田野里早是空荡荡的，父母忙于冬藏去了，或者往田里栽些过冬的大白菜、小青菜以便在萧索的冬日有个下饭菜，以至于整日都吃着夏秋时候腌的萝卜酸菜，让人生厌。

在村里，有时候，庄稼似乎比小孩还珍贵，忙起来的父母自然没有心思去打理小孩了，只是简单扔下几句似乎关切又无关痛痒的担心话。没多久，这些话就被活泼好动充满好奇心的孩子们抛到九霄云外去了。他们趁着大人不在家，三三两两相约到那些神秘的地方去：那一汪幽幽的清泉啊，那蚂蚱四处飞的野草丛啦……这些地方平时有家长拦着，很少来，处处感觉新鲜。那一汪清泉啊，清凉诱人，小孩子难以抵挡，脱掉衣服，像一条光溜溜的泥鳅扑通扑通跳进去，尽情地玩水。那烫人的暑气不知跑到哪里去了，只感觉浑身一阵阵凉，非常惬意。还有那片长得跟人一样的蒿草地，各种各样的小昆虫飞来飞去，绿色的蚂蚱呀，红色的蜻蜓，忽闪忽闪地飞着。大伙穿梭在草丛中不停地捕捉，捉呀跑呀，哪有大人们说得那样阴森恐怖？尽管头上有明晃晃的太阳照着。

也许是受凉或者受惊了，有些小孩恍恍惚惚地回来。大人们才发现事情有些不妙了。忧心忡忡的表情告诉人们：谁家的小孩魂丢了，正在找白天和他一起去玩的小朋友，打听看看魂是在哪儿丢的，好尽快把它找回来，要不这小孩没命或者发傻了，那可是不得了的事情了。孩子们这个时候才惊慌失措起来，不由自主倒吸了几口气，感到一阵阵后怕，低着头用颤抖的声音，心有余悸地讲着白天去玩的事情，目光里充满着乞求的神情，希望大人们原谅他们。

丢了魂的小孩自然是呆滞着目光。人僵了，目光也僵了，呆呆地坐着，像一根直挺挺的木桩，睡着像一块沉重的石头。心急如焚的父母不停地用手抚摸着额头，抚摸那惨白的脸。心细的父母还不断地把弄那冰凉的小手，还像医生一样把把脉，还不时把耳朵凑近，似乎要听出心脏的跳动和脉搏跳动的频率。整个屋里笼罩着一层阴沉沉的气氛。

僵了一阵的小孩突然醒过来，伸出双手乱抓，好像在空气里发现了什么，拼命抓着，嘴里大喊大叫：看见了看见了。这一突然的尖叫让屋里的吓了一跳，纷纷往空气里看去，但不管怎么看都没看出一些什么东西来，可那小孩却越来越激动，不仅张牙舞爪，而且掀开被子，跳下床来，满屋子里追，又唱又跳，弄得大伙四处逃散，感觉屋里有无形的东西在捉弄着自己。

完了完了，魂丢得太远了，父母心里暗暗叫苦。原先想着如果魂丢得不远躺下来好好睡一觉，降降温，安慰一下，休息一阵，自然好起来，魂也自己回来了，但折腾了大半天，不但没有好转，反而让魂跑得越来越远，再远了就追不回来了，孩子的命就没了。父母手忙脚乱起来：赶紧找桂婆，赶紧找桂婆。母亲急急忙忙盛了几斤米装上一些鸡蛋，打了红包，急匆匆找桂婆去了。

"嘭嘭嘭"，等到桂婆那坚实响亮的脚步声在门口响起时，大伙感觉有一道光闪现在自己的眼前，黑暗忽而消失了。于是大家莫名其妙地兴奋，纷纷站起来，像是迎接大救星似的涌到门口，等待带来希望的桂婆。孩子的魂就攥在她手里了。

桂婆的身影塞满了那狭小的门。我不知道桂婆年轻时是否像别的女人一样娇小可爱过。我看到她的时候已是中年了，略微臃肿。那庞大的身躯似乎装着很多小孩的魂，一叫喊就能喊回来。眼睛依旧圆睁，目光如火炬，绝没有一般女子那样温柔羞怯，也许这样的目光才足以吓退那些经常偷小孩灵魂的凶神恶煞。声音洪亮，像是戏台上唱着花脸的角色，一腔一调，毫不含糊。若是跟人骂起街来，足以骂退三五个人，连鬼神都绕着走。我没有亲耳听过桂婆骂街，只是有所听闻。

看到疯疯癫癫的小孩，桂婆两手一叉腰，摆着一副架势，紧盯着小孩大喝一声：娃儿你在干吗？震得满屋的人都不敢出大气。我突然想起我们小孩见到桂婆都绕着走，也许是她长得不像自己的母亲奶奶那样和善，心里总有一种隐隐的怕；虽然没听说过桂婆乱骂过谁，乱伤过谁。大概小孩对人的感觉总是流于表面。初听到桂婆雷声般大吼，那小孩吓蒙了，呆呆地站着，不敢乱跑了。父母赶紧把他扶回床上轻轻地安抚着。

桂婆走到床边压低声音跟小孩父母聊了几句，便支开其他人，在床头点上一支香，在门口摆了一碗白米，插上几只袅袅飘烟的香炷；接着盛了一碗亮清清的水，猛喝一口，大口喷出，也喷出铿锵有力的喊声："什么鬼争什么鬼，快快把它交回来，莫怪祖宗收拾你！”声音随着清水往门外，四处飘散，在明朗的阳光看到一阵阵雾水。桂婆喝一口，吐一口，骂一句。目光里盛满愤怒的表情，似乎把这些专门偷小孩灵魂的小鬼赶尽杀绝。

骂完了这些恶鬼，桂婆的声调变得柔和起来，因为要喊魂了，声调尽可能悠长柔绵。这样才能把孱弱的小孩灵魂喊回来，声音太大了太厉了，灵魂都被吓着，哪敢回来。喊魂语要一唱一和，桂婆在门外喊，小孩父母在里屋应，反反复复几次。在一喊一和的声音中，小孩又渐渐沉沉睡去，说明灵魂慢慢附回体内，人就安静下来了。

喊完了魂，等到天渐渐黑了，桂婆便带着小孩的父母，拿着香火，拿着酒肉，还有剪成红红绿绿的小三角纸旗，匆匆忙忙赶往小孩丢魂的清潭地了。她们绕着潭前的小空地，把那些小纸旗插成一个圈；中间点上些蜡烛香火，摆上酒肉。桂婆双面紧闭，双手合十，喃喃地颂着什么，大概是说请亡灵放过小孩，多做善事，不要伤着小孩。这种喊魂一般是不让外人发现的，否则就不灵了，所以就选在晚上；因而一大早起来，看到有些地方插有这些红红绿绿的小纸旗，那都是喊魂的。看到的人不由得想起夜里鬼魂乱飞的情景，头皮又一次发麻。

过了些时日，那丢魂的小孩渐渐恢复了，又能活蹦乱跳起来。我们很好奇地问，丢魂是怎么回事。他笑笑说，那天游泳的时候突然被水草缠了一只脚，马上想到这里曾经淹死人，心里很害怕；后来用力一甩，那水草挣脱了，但自己心里老想着那个事情，一直回到家都没法忘记；加上那天水冷，自己感冒发烧了，神志就不清了。好在父母那两天一直陪着，又到医院抓了些药，服了两天药，自己就慢慢恢复了。这段自己是过得迷迷糊糊的，不知怎么回事。

于是大家都忌讳着那些插着小旗的地方，好好地保护自己的灵魂，不让别人偷走，自己摸着胸口。

三

没想到桂婆也竟然丢了魂，而且非常严重。那真是让村里人没了辙。

最先发现如此重大事件的是村东头的阿敏叔。阿敏叔常常把家里那头老牛赶到村头的山坡上放牧。那头牛也应该是村里的最后的一头牛了。坡上的草儿嫩绿多汁，牛喜欢吃。他从孩童起便一直到那儿放牧，到现在足足有三四十年。现在村里的牛少了，那儿的草更加茂盛，那牛更是喜欢得不得了。

村里的几亩田地都用“金牛”“嘟嘟”地给耙了。“金牛”速度快，田地犁耙均匀。一亩偌大的田不消一小时就耙得水波荡漾，踩上去软乎乎的，几乎碰不到一块硬的土旮旯。乡亲们就渐渐疏远了那吃草的水牛。水牛“哞哞”慢慢地耙着，人跟在后面腿都软了，田土还不软。秋收时候，乡亲们也不用赶着牛车去拉稻子了。那宽宽的一片稻田，收割机一进去，“嘟嘟”地冒出几把烟。稻谷就像人被剃了发一样，一一割得整整齐齐。金灿灿的稻谷哗哗地从后面管道滚出，自动装进早已准备好的袋子，只消几个人抬出来就可以运到晒谷坪上一晒，就稳稳妥妥地装进粮仓里，多么简捷方便！不用整天晒着太阳，满头大汗，又割又打，忙乎十来天都没有收完。现在当农民真是跟干部一样舒服，先前作为主要劳动力的牛就渐渐减少了。上面准备搞一条二级路，从村东头穿越而过往县城。上级征了村里的几块田地，正在热火朝天地干。把牛赶到了山坡上的阿敏叔叔闲得无聊，就跑到工地来跟工人们侃大山。

阿敏叔就在侃大山时发现桂婆丢魂的，他听工人们说桂婆有事没事跑到村东头的工地上呆呆地坐着，望着那一片被平整的田地独自抹着眼泪。他们就很奇怪：公路开进来了，高兴都来不及，就桂婆伤心。乡亲们是欢喜得不得了，到工地上去看热闹，从来没见过大钩机举着一把粗大的手臂，钩着那些坑坑洼洼的田地，还有来来往往的运土车。田地被征用了，年轻人也都像德兴哥一样跑到外面打工去了，丢下一些老人和小孩在家侍弄着那几亩田地，至少可以到外界开开眼界，说不好可以弄个媳妇回来。待在村里，望着满村的男人，想到什么时候才能娶上媳妇；跑出去娶不上也能看上几眼。

让村里人翘首以盼的二级公路竟然令桂婆举动反常，桂婆自己也丢魂了！这是村里有些经验的人一眼就能看出来的。桂婆选上其中一段路，呆呆地坐上一阵，忽而披头散发的。那炯炯有神的目光此刻也变得呆滞无神。看到挖掘机，她突然冲上去，朝着正在轰隆隆铲土的钩机挥挥手，好像在阻挡；继而又抱着一块新鲜的泥土，用小锄头默默地敲着；一敲就是大半天，弄得工人们害怕极了，拉着阿敏叔看看究竟。阿敏叔也很奇怪：一向能干风风火火的桂婆怎么变得这样疯疯傻傻的？他赶紧上前又拉又劝，好歹才把桂婆拉走。阿敏叔想是桂婆想什么，想过头才能偶尔出现的反常，劝回去休息休息就应该没事。人老脑筋总有些糊涂，刚开始阿敏叔并没有很认真地把桂婆的举动跟丢魂的事很紧密地联系起来，只是留在眼里留在心里，慢慢观察。

事情却是发展得越来越奇怪：平整好的路面第二天醒来看见被人挖成一小窝一小窝的，而且就有那么特别的一截；别的路面又没有被挖。看到的工人和村里人都莫名其妙：挖上这些窝窝有什么用？蓄意破坏也不是这样呀，到底是谁干的，什么时候干的，是不是闹鬼了。半夜发生的事情闹得工地上村里人都人心惶惶的。终于有几个大胆的，决定晚上守一守，看个究竟，结果逮住的是桂婆。她正拿着小锄头借着微弱的手电筒光，一窝一窝地挖着。被抓的时候她竟咧着嘴对满脸愕然的村里人工地人笑笑，自顾自地走了。

桂婆的魂真的丢了，丢得很远，接近疯的状态了。村里人一下子紧张起来，桂婆一向勤劳，一天到晚总在田地里侍弄那些庄稼，连县城都没去过，八成是被工地上那些推土机铲车等怪物吓坏了，一时半会儿回不来。该找个人给她把魂喊回来吧，可是平时都是她给别人喊的魂呀。怎么办，先把她儿子从广东叫回来，商量办法。

辛辛苦苦的体力劳动使她长得五大三粗，浑身有力。家里田地少，她硬是凭着一双粗大的手，把几分薄田种好，拉大几个孩子。现在全跑广东去打工了，留下桂婆孤零零的一个，喊魂得有亲人在旁作应才灵验呀！

桂婆并没有像其他丢魂的人那样老老实实待在床上。儿子们几个七手八脚硬将她摁在床上，托着村里德高望重的松爷照着喊魂的样子喊着，又张罗着到工地上那几辆钩机上插上几杆小旗，弄得那些工人连连摆手。尾随而来的桂婆也一杆一杆地扔掉那些小旗，嘴里嘟嘟囔囔。也许桂婆的魂太不一般了，一般人喊不回来。喊魂的事情对桂婆似乎没有太多的小效果。扔完那些小旗子，桂婆就一屁股坐在那段地上，谁也拉不走，又哭又喊，拼命地蹬着双腿，摆出一副誓死保卫土的气势。

怎么就单单坐在那一段，并且挖那一段？中邪了的？桂婆的儿子一拍大脑，细细看了一圈，马上想到现在钩机平整的正是以前自家的田地，那是桂婆用来拉扯大几个孩子的田地。

在我的印象中，桂婆似乎就是长在这块田里的一棵庄稼，春夏时是一棵棵绿油油的禾苗，冬天时是一棵棵粗壮的大白菜。除了帮村里人做点事，桂婆的日子就留在这上面了：风里来雨里去。春天时水田里绿油油的，桂婆正在施肥除草；秋天时，桂婆舞动着银闪闪的镰刀，收割稻谷；冬天时种下一些菜。这块田地简直是桂婆的另外一个儿子，被桂婆用一生伺候着。

二级路征地时，恰好征到她这块生死相依的田地，听说县里乡里村里很多干部去做她的思想工作，她才勉强同意征收给政府。田地没有了，她的魂也没了，操劳了一辈子的手突然停下，如何受得了？日子越长桂婆越无法忍受，总是忍不住偷偷跑到那块田地去看，看着自己精心服侍了一辈子的一块好田地，竟然被挖得坑坑洼洼，她怎么不心疼？心里老想着给它种上几棵玉米，趁着工地人员没有铺上坚硬的石子之前，到秋天来，也能收获上几箩筐玉米，打了粉喂喂猪，怎么能这样浪费土地呢？

桂婆的魂找到了，望着那些被打落地上的招魂旗，所有人都难以轻松起来。劳累了大半辈子的桂婆对土地有着难以割舍的情感，勤劳了大半辈子的手无法停止下来。也许过一阵子，一辆辆车从平整坚实的二级公路上飞驰过，又有多少人知道脚下还深深地埋藏着一颗对土地深深眷恋的魂。没有土地，一切生命都是缥缈虚无的。

桂婆的儿子在村里的一处荒坡开辟了另一块田地，让桂婆自由耕作，还帮她买来一些玉米黄豆种子。桂婆不再到工地上去了，只是带着她的小锄头，抱着一张小凳子，坐在新开垦的田地上慢慢地捡些石头，翻着泥土挖出一个个小窝，种下玉米。那块荒芜的土地被她细细翻过，泥土散发着新鲜的气息。桂婆用双手小心翼翼地捏着每块土，即使是汗水流满额头，桂婆脸上总是荡着幸福的微笑；尽管脚下新开垦的土地坚硬贫瘠，目光仍那么有神。

当我再次见到桂婆时，她正站在长得茂盛的地里除草。一株株绿油油的玉米茁壮成长，紫色的谷穗抽出来，飘散着清香的气息。脸上淌着汗水的桂婆也和这些玉米一样生机勃勃，犹如她喊魂时那样有力。

蛙 祭

三月，美丽南方，蛙声阵阵，如潮水般涌动，在稻花飘香的日子里，蛙声飞扬，飘荡在这片神奇美丽的土地上，散发着生生不息的生命气息。

一

蛙，在南方八桂的先人眼里，就是雨神。

青蛙只是一个传说跳跃在先人浓稠而奔涌的血液里，诠释着民族生生不息的密码，包括每一片土地，每一条河流，每一座山脉。蛙比一切事物都要神圣，都要伟大，五颜六色，漂亮，被人高高抬起，那是一种崇拜，那是一种征服。尤其是被接进一个五彩的花轿，那是多么荣耀的事情，众人前呼后拥，摇旗呐喊，喊出震天动地的力量，山野里回荡着高亢的声音，穿越冷冷的山岚，让草木颤抖。

花轿里坐的是一只安静的青蛙，即使春雷已经把春天唤醒，但没有完全消退的寒气，依然使青蛙昏昏欲睡，沉浸在冬天的故事里，完全忽视外面是如何锣鼓喧天，人们是如何载歌载舞？也许青蛙的梦里，只有那绿油油的稻田，还有水波粼粼的水田，那是梦的色彩，虽然不斑斓，却也耐人寻味。

这是在桂西北看到的蚂拐节，热烈而隆重，附近村屯的人都涌来了，穿着节日的盛装，围着小花轿唱唱跳跳，手牵着手，那么热烈奔放，又那么神秘莫测。他们在与天地，在与蛙神做心灵的沟通交流。

这样隆重的节日就定在国人最重视的春节期间。亲朋好友都回来了，人们放弃了亲朋欢聚的欢乐时光，却围着一只冬眠未醒的青蛙，尽情欢乐，祭祀。从正月初一到月底，诵念经词，祭祀蛙神，一系列的活动绵绵延延二十多天的时间，二十多项祭祀内容丰富而多彩，青蛙被这里的人们捧到神仙的地位。

大年初一，成年人，特别是年轻人，想到的第一件事情就是如何找到一只可爱的青蛙。桂西北的大山里，寒冬时节，天寒地冻，万物销声匿迹，要找到一只躲在土层里或深洞里的青蛙，是很不容易的事情。可是，村里的人谁都不会因此而退缩，相反的，一大早，天蒙蒙亮，村里的人手拿小铁锹，身背一只背篓，便兴冲冲地往田野里赶来了，翻翻那沉重冰硬的石头，挖挖那深幽的洞，看到的只是空空的石头。手翻得通红，腰弯得酸痛，望着身后被翻得狼藉的土地，不禁感慨万分，这蛙就是神，躲得如此的隐蔽。

突然有人兴奋大叫一声，找到啦，整个山野都欢呼起来，纷纷赶过来，他小心翼翼地装进，拥抱着她，表示热烈的祝贺。她将荣幸地成为今年的青蛙王。很多的人，双膝虔诚地跪在地上，双手捧着蜷缩的青蛙，不停地前前后后左左右右端详着，像是找到一块沉睡数千年的宝物，生怕飞了似的。好的福气、运气，都会降临到他头上，他，就会成为青蛙王的女婿，成为包钢宁蚂拐的首领，主持当年蚂拐节的峒主。

找到的青蛙，被村里几个德高望重的老人，恭恭敬敬地放进了装饰得十分精美的小花楼里，用一只小小的、很精致的小木棺装着，然后选出四个精壮男子抬着小花轿，走村串寨，给每家每户送福气，送吉祥。浩浩荡荡的蚂拐队，个个喜气洋洋，吹着唢呐，敲锣打鼓热热闹闹。村民们则守在家里，耐心等待，准备好一串串烟花爆竹，还有封包和祭品，谁都祈盼蛙神带来风调雨顺，五谷丰登。

入夜了，这样热烈的气氛仍无法安静下来，全村男女老少，聚到停放花楼的凉亭，燃起旺旺的篝火，年长的师公有板有眼地诵读经书，歌颂青蛙之功德。火光映照着师公那红通通的脸，一念一摇头。四周静寂，只有篝火噼噼啪啪在燃烧，大家都在侧耳倾听那似懂非懂的经文，屏气凝神，连大气都不敢出，生怕冒犯了蛙神。师公们的诵读刚结束，那些男男女女便扯开嗓子，对唱起山歌，没有情意绵绵的歌曲，只有关于自然人生思考的问答歌、猜谜歌，歌声把沉静的夜晚唱翻了，蛙就这样使整个山村彻底地臣服了。

在美丽的南方，到处是水波涟漪，水草丰茂，稻花飘香，先人们在水田里犁耙，在稻香里穿梭。水使先人们生活滋润，使子民们生生不息。天干大旱，田地破裂，无法种植，草木枯萎，禾苗何以堪，人们便饥寒交迫。

龙是中华民族的图腾，凌空飞舞，气势磅礴，让人折服，让人敬仰。但在遥远而偏僻的南方，蛙才是最实际的图腾物，有蛙必有水，有水必有蛙。水是静的不动声色的，蛙是动的，遇到欢乐的水，它就会欢唱不停，蛙就是水的主人。在先人的眼里，在遥远的蛮荒年代，人们在自然面前是那么无能为力，水更是决定命运的重要之物。洪水滔滔淹没农田，淹没村庄，淹没房屋，人们四处逃散躲藏，甚至有不少的生命淹没在这滚滚的洪流中。洪水过后，惨象目不忍睹，病疫扑来，顿时，哀鸿遍野，横尸遍地。若是青蛙有眼，吸干这汹涌的洪流，使这满地的谷物依然茁壮生长，老百姓安居乐业。

但蛙神吝啬，久不降雨，大地干裂，庄稼被晒焦了，谷粒无收，人人面黄肌瘦，可怕的是连汩汩而流的泉也干了，那涓涓而流的溪水干了，那滚滚而流的河水干了，人们找不到拯救生命的水，纷纷干渴而死。一听到呱呱的青蛙叫声，他们喜出望外，跪拜天地，跪拜蛙神，因为蛙一叫，天可能就会降下大雨，滋润万物。

南方的先人就这么敏感地感受着青蛙，蛙是维系他们命运之神。这也许在蚂拐节，蛙骨的变色预测中，就可能看出先人们是如何地敬仰青蛙，崇拜青蛙，一直把它作为民族的图腾在膜拜祈求。青蛙也使美丽的南方，万木葱茏，万物繁荣。

二

几只青蛙跳到了石崖上，嵌进了坚硬的石头，成了一堵赭红色记忆。

仰望花山壁画，惊叹美丽南方的先人富有如此巨大的艺术创造力，单是如此高耸的崖壁就让人生畏，如何攀爬上去？还有如此栩栩如生的画面，竟使千百年风雨都无法洗刷，依然艳丽夺目，颜料的神奇让人不可思议，还有众多繁杂的人物，五彩纷呈，动作各异，演绎着这片美丽的南方千百年来的神奇故事，丝丝入扣让人沉思。

是庆贺一场反抗侵略战斗的聚会，还是一场浩大隆重的祭祀仪式，岁月的脚步匆匆我们无法寻觅到最确切的痕迹。花山前的明江滔滔而流，像是一条巨大的动脉，源源不断地输送着营养，使这片美丽的土地富饶，充满生机。这也是古代这里走出大山领略外面风光的通道，是一条脐带。河神的溢顺，使先民感恩戴德；河神暴怒，淹没农田，掀翻船只，伤害生灵，先民们便恐慌不已。祭祀会是一种必然的选择，如此隆重而热烈的仪式，薄薄的画纸承受不了，这里的墨水描绘不了，那只有巍巍耸立的花山，只有它那平坦的石面，可以永久地铭记这些神圣的仪式。

太阳，牛，马，羊，双手竖起不停舞蹈的人们，没有一样不让人刻骨铭心。那举着双手踏歌而舞的人们，让人情不自禁地想起蚂拐舞，那是祭祀蚂拐的节日当中最重要的动作，安葬青蛙之时，活泼的少年身披绿色的布条，头戴绿色的青蛙形帽，双手并举双脚叉开，模仿着青蛙的扑腾跳跃，不停地跳着舞着，让人们看到了青蛙的灵魂。一群青蛙涌起绿色的希望，点燃人们对美好生活的无限憧憬。

抛开人那些僵硬的动作，不妨想想先人创作画面时，就把这令人敬仰的图腾虔诚地雕画进去，以表示永久的纪念，提醒后人勿忘青蛙之恩德。

青蛙是先人们眼中的水神，大自然的兴衰荣枯，都任由这法力无边的神掌管着。人是那么弱小，且不说水灾旱灾，就是一场纷纷扬扬的虫灾，就足以让人类遭受灭顶之灾。青翠的禾苗抽花扬穗，水波粼粼，以稻为生的人们看到了稻浪滚滚的景象，堆成小山的谷物，让人们欢欣鼓舞，牛羊满圈，稻谷满仓，生活该是多么富足。

如此甘甜多汁的禾苗，不仅仅是人类美好幸福的希望，更是一些青蛾飞虫们眼中的美餐。那嫩绿的叶子，那甘甜的稻穗，招惹多少昆虫的贪婪的嘴巴，吃掉嫩叶，吸干汁液，让稻谷变得如此干瘪瘪的毫无营养，以至于无法收割，成为一片荒芜、无用的稻草。颗粒无收，黎民仰天长叹，食不果腹，只能满山遍野寻找野菜野果充饥，于是，饥荒疾病接踵而至，生存衍息极其困难。若是四处青蛙呱鸣，潜伏稻田里，那些飞蛾昆虫飞来，落于禾苗之上，正想饱餐一顿，青蛙一跃而起，狠狠抓住害虫，大嘴一张有滋有味地吞咽下去。青蛙就这样忠诚地伏在庄稼下面，转动着那双锐利的眼睛，警惕着四周的动静，静静地等待那些害虫，见一只吞掉一只，不让庄稼受到半点伤害。

飞蛾们害怕了，远远地飞走了，庄稼们可以健康茁壮地成长了。绿油油的禾苗长满一块块水田，像是一块块柔软的绿毯，稻花飘香，在秋风多情的抚摸下，翠绿的草田终于被染成沉甸甸金黄色的金块。这里的老百姓欢天喜地，稻田里歌声飞扬，热火朝天，打谷声、山歌声，声声高昂，像是在高歌一曲感谢青蛙的幸福感恩之歌。

青蛙让先民们感到实实在在的恩德，这么丰收的果实，这么幸福的生活，哪里又少得了青蛙这位忠诚的卫士，它守卫着人们的幸福，这么高尚的小生灵应该被敬奉，更应该被敬奉为神，神保佑着人们的幸福，为人们祈福。

花山壁画上的那么多蛙形动作，是先民们祭祀蛙神而作的神圣动作，那么粗犷优美又那么意味深长，既是向蛙表达崇高的敬意，又是举手向天祈求更多的福祉，让更多的神像蛙神一样，处处在守护着脆弱的人们来之不易的幸福。

洪荒时代，饥荒灾难、瘟疫疾病就像一双恶狠狠的眼睛在紧盯着孱弱的人类，居住山洞，茂密的山林里，虫兽出没，条件那么恶劣，人的生命那么脆弱。在空旷的山谷里，人们踽踽独行，艰难地生存，多么希望到处是欢声笑语，人影绰绰，人多力量大才能战胜那些凶猛的野兽，强大的繁衍欲望成了先民们最强烈、最深刻的期望。在这莽莽的群山里，在这水草丰茂之处，芸芸众生，纷纷万物，谁成图腾。

目光依旧转向水波荡漾的稻田，清澈的水里，成群的蝌蚪，在欢快地游弋，慈爱的大青蛙在一旁心满意足地看着。这些小蝌蚪尽情地游着，绕着这棵禾苗，缠着那棵禾苗，不时吸吸清水，在这温暖的春风里，它们快乐成长。夏天的时候，长成一只只绿色的小青蛙，在稻田里跳来跳去，穿梭在禾苗之间，那么机灵可爱，让寂静的稻田里充满了无限的生机。特别是在夜深人静的时候，那阵阵的蛙声，此起彼伏，热热闹闹，奏响一曲美妙动听的田园曲。

如果人类能像青蛙那样成群成群地繁殖，那满地的儿女漫山遍野地跑，合围起来打猎，一人一棍便收拾了凶恶的老虎，一人一锄便把那肆意疯长的荒草除掉，种上绿油油的稻田，哪用得上一个人在荒山野岭孤独劳作。

图腾总是代表一种欲望，也许是上天赋予蛙一种神奇的能力吧！如果人类将蛙奉为一种生殖图腾，也许有朝一日人们也会像蛙类那样繁衍生息，使山山野野里里外外都跑着人，人类主宰了这自然的一切，再不怕什么恶兽猛禽。

花山下，一群满腹经纶的学者在指指点点，认真分析每一幅画的含义。这数千年的风风雨雨，竟然没能使它苍白褪色，仍然艳丽如初，一如先民们繁荣强大的信念。

三

当我看到一只青蛙时，它已经横尸于餐桌上，支离破碎，浑身被各种佐料涂得红红黑黑，面目全非。那些嘴馋的年轻人正在大快朵颐，冒着泡沫的啤酒沾满了桌面，蛙肉在啤酒的浸泡中格外刺眼，在一张张嘴巴里被咀嚼得吱吱作响。油水慢慢从嘴角溢出。

不知什么时候起，有人把贪婪的手伸向这可爱的小神灵。他们趁着月黑风高的夜晚，在春夏之交，在一场滂沱大雨来临之前，这些机灵的小生灵闻出空气中暧昧刺激的味道，便情不自禁放开喉咙，歌唱这福惠百姓的风调雨顺。它们清脆的歌声此起彼伏，呼朋引伴，歌唱美好的爱情。在它们美妙的歌声中我看见了黄灿灿的秋天，看见了沉浸在丰收喜悦之中的张张笑脸。可怜的青蛙来不及逃跑，只是拼命地挣扎。它们压根儿就没想到自己辛辛苦苦守护着每一朵稻花每一串稻穗，忠心耿耿为人类服务，却被人类狠狠抓住，然后剖膛开肚，倒进滚烫的锅里，炒出香浓的蛙肉，塞进满口酒气的嘴巴。

青蛙不再相信人类，警惕那些貌似文质彬彬的人类。它们躲在茂密的草丛里或者稻禾丛中小心翼翼地唱着歌。一旦有个风吹草动，它们立刻安静下来，纷纷跳进稻海深处让这些贪婪的手无法抓捕。它们一次又一次逃脱厄运，每一次都那么心惊肉跳。

乡亲们沉不住气了，虽然撒着药，虫蛾也越来越耐药了。那些在这片沃土上与蛙儿同风共雨一辈子的老人更是怒不可遏，挨家挨户叫来那些嘴馋的年轻人，揪着他们的耳朵到一块一块焦黄的稻田边看，叫他们背诵在蚂拐节上的祭蛙文并说说蛙肉对身体的危害，比如寄生虫多，肉素伤肝伤眼。说得这些年轻人目瞪口呆，连连咋舌，羞愧不已，说什么以后再不敢吃青蛙肉了不再伤害这些护佑祖祖辈辈的神灵。他们面对着祭祀青蛙的神台，不停地跪拜，祈求神灵的宽恕。村里围观的人越来越多，都竖起耳朵倾听着，接受心灵的洗礼。

这些野生的小动物，本是大自然的一部分。乡亲们世世代代与它们和谐相处，包括每一棵树每一处水，乡亲们都悉心保护。村庄四周绿树成荫，流水潺潺。乡亲们很满足大自然的恩赐，特别是青蛙这一类佑护着人类生活的有益动物。但填饱了肚子的人们欲望越来越多，不断向大自然索取，连青蛙这可爱的小生灵也无法幸免。

幸亏根植于南方这民族内心深处的敬畏之心在一点一滴地清洗着那些充满肮脏的灵魂，让飞禽走兽自由自在在森林里奔跑，让鱼儿在清澈的河里游弋。看到满目葱茏的树木，我忽而想到大山深处的故乡，荣获“世界自然遗产”称号的——木论世界自然遗产保护区。这是镶嵌在地球上一颗璀璨的明珠。

青蛙，自然的象征，生生不息的标志，始终是我们生存在南方八桂沃土上繁茂的信念。

那飘忽的童年

日子就像一条欢快的小溪，“哗哗哗”地往前跑着。童年就像溪里一条游弋的小鱼，随着亮晶晶的水渐漂渐远……

一　虫儿飞飞

夜狠狠地把那重重的帷幕拉下，挡住了白天缤纷的光彩，让世界坠入无边的黑暗之中。白天的那种喧嚣和热闹都被无边的夜色淹没了，一切活蹦乱跳的动物都遁迹了：钻进洞的钻进洞，躲到树上的躲到树上。谁也不敢跟这滚滚而来的夜色对抗。夜是至高无上的统治者，只有那只孤独的猫头鹰在“呜呜”哀鸣，倾诉着心中的哀怨，增添了夜的几分苍凉。

夜色的凝重，漫漫，浸透了每一棵树，每一块石头。一股股浓重的忧郁和压抑弥漫开来，没有人感到一丝的轻松。举目望去，目光找不到歇息的地方，灵魂无力地反抗着这铺天盖地的夜色。只有切断自己骚动的神经，让它麻木，进入静止的休眠，一睡方休。

黑漆漆中，隐隐约约的，一点一闪的微光在流动着，让人孤寂的心为之一振。尽管那光在重重的夜色中是那么微弱，明明灭灭，或者说根本不能照亮什么，但它毕竟是一点光，一点刺破了沉沉的夜色，让夜感到一丝的战栗。它会点亮了一颗颗在沉沉黑夜中即将麻木沉睡的心，让他们醒着想着，品味着这珍贵的韶光。

那是一只小小的萤火虫，振动着细小的翅膀，无声地飞着，远远望去，像是天上一颗慢慢滑动的流星。那微弱的光在努力地闪着，也许是夜色太浓重了，萤火虫在细细地寻找着，或许是一丝令人牵肠挂肚的情愫：那位心意绵绵的心上人，此刻的她究竟躲在哪里呢（科学研究表明，萤火虫的光亮是为了寻找配偶）？心上人是否匍匐在一朵美丽的花上，抑或在一片翠绿的叶子中间，不动声色地观察自己，那是如何痴情！那种纯洁的感情不是那么轻易摘得到的。

萤火虫似乎漫无目的地寻呀寻，那点微弱的光四处游荡，左冲右突，挣扎在这无边的夜色中，勇敢而顽强。它不甘心失败，它相信自己的心上人的那份痴情。也许自己的努力还不够，它要将自己最美丽的一面展现给她看，既而乖乖投入自己的怀抱，双双起舞。

萤火虫的心是纯洁无瑕的，极少沾染那些污垢。这些曾经躺在那潮湿的草堆或灌木丛中以蜗牛等为食的可爱小精灵，渐渐长大，似乎醒悟到生活的真谛，从此不食人间烟火，整天四处寻找那一片片芬芳，拥抱着那甜蜜蜜的花蕊，尽情地享受着上苍赐给自己的美食；待浑身沾满香气四溢的花粉，又寻找另外一片芬芳。口渴了，绝不往阴沟暗河中胡乱地灌上一口，就是清澈的泉水它也不屑一顾，一定要在漫漫的长夜里痴痴地等待上苍喷洒在叶子和花上的甘露，在太阳亲热拥抱的那一刻之前，大口地吮吸着这天外来物，养育着那一份清雅脱俗的气。

这就是一夜都在提着灯笼寻找自己一生美好的梦的萤火虫，执着坚韧。只是少不更事的我们却常常无情地掐断它美好的梦，装进玻璃瓶中。

那是在炎炎夏夜，暑气把屋子烤得像蒸笼一样，吃完晚饭，众人像躲炸弹一样逃到屋外，大人们是围在院子里，男的脱光上衣，露出肉墩墩的上身，“吧嗒”地抽着烟，或闲聊或下棋；女的则摇着宽大的蒲扇，似乎想把这烦人的热气赶走，却把自家的很多事情不知不觉地摇了出来。一群人在那里“嘤嘤嗡嗡”地聊，不时爆发出一阵阵爽朗的笑声，盘旋在院子的上空久久不散。

我们小孩呢，若是月光朗朗的晚上，可玩的东西就非常多了，什么玩打仗啦，捉迷藏啦。大伙都能快快乐乐地把这难耐的暑夜打发走。但一到天高月黑的晚上，大伙就有些犯愁了：黑灯瞎火的，能玩什么把戏呢。此时大家就呆呆坐在院子门口听大人们讲讲笑话，但都是半懂不懂的，没什么兴趣。正当大家愁眉苦脸的时候，有人惊叫了起来：“看，远处有人在提着灯笼找我们呢！”果然，不远处一点微光在慢慢地滑动，在这神秘的夜色中，那该是多么诱人的一个亮点呀！

想想在这无边的夜色中，有数点飘飘悠悠的萤火虫在飞来飞去，忽明忽暗，不甘寂寞，奋然飞行。遥望着这些小精灵，想象着夜色中的萤火虫，心里充满着种种神秘感和憧憬感。田野里，河边芦苇中，乡间小路上一定有着许许多多的萤火虫。它们记住了夏夜的黑暗和漫长，多情地给人间奉献自己的那一点光。

大伙欢呼地跑过去，打着电筒，但那点灯捉迷藏一样地渐渐远去，仿佛是害怕这亮堂堂的光，赶紧把电筒黑了。大伙静静地站在漆黑里，又有一亮点轻轻地飞来，越飞越近，飞到了跟前，小伙伴循着亮点轻轻用双手一捧。那亮点落在了手心，一握住，赶紧用电筒一照，原来是一只小小的萤火虫。屁股还在一闪一闪呢，突然暴露在强烈的电筒光下，那亮点熄了，萤火虫静静地趴在掌心里一动不动。又熄了电筒；那光亮又闪了，一扑，飞走了，游荡在夜色中。

或者用小手往草丛中那么轻轻一扣，合拢的手掌指缝间有一闪一闪的暗光。它们在我小小的手心里闪烁，一明一暗。好像在不断地积聚着力量，才能发出那点点微弱的光。那荧荧的光透过手指的缝隙泄露出来，把我的小手也映得仿佛透明，这常常让我陷入无限的遐想，感觉手握着一个魔王的宝石，幻想着会瞬间给我带来我想要的一切。

接着越来越多的亮点出现了，它们互相追逐着，上下舞动，我们找来洁净的玻璃瓶，追着这些亮点，一扑一捉，捉到一只，就把它扔到瓶子里，比赛谁捉得最多。大伙捉得欢呢，纷纷跑着追逐那闪闪烁烁的点光。

瓶子里的萤火虫越来越多，渐渐积到了半瓶，忽然发现瓶子的周围亮堂了许多，虽然比不上电筒那么明亮，也能依稀照出路的坑坑洼洼。大家可高兴啦，毕竟那个时候手电筒是非常少的，那电池也是很难有的奢侈品。家里有电筒的多是大人半夜干活路照明用，都轮不到小孩拿着出来玩耍。

有了瓶子里的萤火虫，用绳子细细地穿起，挑到一根坚硬的木枝上，摇摇晃晃的，像煞一个朦胧的灯笼；虽然不能很明亮地照着，但毕竟能照着回家的路，而且这光是免费的。于是这炎热的夏夜，漆黑的夜晚，捉萤火虫又成了我们乡下小孩的一大乐趣，我们也提着这些清亮的灯笼寻找我们夏夜的梦。

在外面玩够了，可以拎回家，不用再点灯，高高地挂在窗台上。这灯光便整夜整夜地发着幽幽的光。让我们脱衣服，出去方便。照着我们一夜甜甜的美梦，梦中我们也成了一只轻盈的萤火虫，在夏夜里四处游荡，寻找着自己的梦。这幽幽的萤火灯笼，不知温馨了多少个乡下孩子孤寂单调的梦。

其实这温馨的萤火灯笼也温暖着古代人的梦，一千多年前，“囊萤夜读”故事便幽幽发光，浸染着多少读书人清寒的美梦。年少的车胤家境贫寒，无力买灯买油供他晚上读书，但喜好读书，无奈之下，只能找来一只透明的袋子，入夜就跑到屋外捉萤火虫，放到袋子里，积聚到一定的数量，那袋子便荧荧发光，挂到书桌前，车胤便刻苦攻读，努力地追寻着心中那一份遥远的梦想。车胤终成一代著名的大学者，这不断追寻自己的梦想的萤火虫成就了车胤一生的学业，为他的前途送去了一片光明。

萤火灯笼能有多亮，足以能把那本书的字照见，这些都是不得而知的事，但是车胤那种对理想的追求对知识的渴求的精神，便是他心中最大的萤火虫。出身贫贱低微，犹如夏夜中的漫漫长夜，有时感到绝望和无助，食不果腹衣不遮背，岂能容下一颗坦然读书心？若是一般人，早就放弃那冰冷的书本，寻求那份实实在在的温饱。可车胤把自己当成了漫漫长夜中的萤火虫，以自己微弱的光，穿透沉沉的漆黑，寻找自己心中那一份坚定的梦，功夫不负有心人，最后他能像一只萤火虫一样拥抱到属于自己的那个温馨的梦。

夜色又汹涌地浸过来，窗外是璀璨的华灯，夜已经不敢那样恣肆了，一片灿烂的光芒，狠狠地刺痛了我的眼睛，触碰心灵深处最柔软的地方，一只灯笼又在心底幽幽燃起。没有星辰的灿烂，没有月亮的银白，没有太阳的耀眼，茫茫夜色中，萤火虫提着一只微弱的灯笼，愈是黑暗，愈是奋然前行，愈是不甘寂寞，愈要显示自己的存在，生命不息，发光不止。只要人们需要，它就欣然燃烧自己，举着那盏朦朦胧胧，明明暗暗的小灯笼，为人们送去一缕光明，也为自己寻到那一份心仪的梦。

“萤火虫，萤火虫，慢慢飞。黑夜里，黑夜里，风儿吹。怕黑的孩子你快睡吧！让萤火虫给你一点光亮。”

悦耳甜脆的歌声在耳边袅袅响起，温暖着夜里孤寂的灵魂。

二　长不大的童谣

童谣到底有多老的？谁也说不清，爷爷的爷爷的童年到来之前就长出来了，但它总长不大，到孙子的孙子，它还是那副模样：鲜嫩，水灵。它只是老老实实地待在母亲的嘴边，等待着一个又一个的童年——怕童年的孤单，怕童年的寂寞。童谣如一朵孱弱的小花，悄然开放，发着淡淡的幽香，温馨着草样的童年。

也许刚刚来到这个世界，有刺鼻的气味有浑浊的空气，有寒冷有潮湿，小孩总是哭闹不停，特别是要睡觉的时候，总觉得这里冷了那里又热了，浑身不舒服，害得家人抱着东游西晃，总难以安静下来。此时母亲的嘴里轻轻地哼着“小燕子，回来了”，声音拖得软绵绵的，温柔无比，却像是一服镇定剂，让哭闹的小孩竟乖乖地安静下来。那小孩睁着眼睛，望着母亲一张一弛的嘴唇，襁褓里的小手不自觉地摇着晃着，似懂非懂，慢慢地，最后迷迷糊糊地进入了梦乡，似乎是到童谣里找可爱的小燕子去了。

孩童像小燕子一样慢慢地长大了，童谣也跟着长大了，他们不再乖乖地躲在母亲那温暖的嘴里了，挣开母亲温暖的怀抱跌跌撞撞读走出来，“小白兔，白又白，两只耳朵竖起来”。蹦蹦跳跳的小白兔给蹒跚学步的小孩带来了很大诱惑。姐姐在前面拍着手，时而竖起两手，像是小白兔的两只耳朵，唱着歌，呼叫着让小孩迈着一步又一步。有了童谣作钙质，童年终于能稳稳地走路了，像一只可爱的小白兔一样，满屋里跑，惹得大人们不禁呵呵地笑。童谣渐渐地在心里哼成了一曲优美的旋律，久久盘旋在幼小的心灵。

在童谣的陪伴下，小孩是越发调皮了，在家里是待不下了，或是跑到溪边河岸，或是滚到软绵绵的草地上。炎炎夏日，趁着大人们都外出劳动，或待在家里午休，便约上三五个伙伴顺着河堤柳岸，扒开茂密的草丛，一路哼着“又出太阳又下雨，又讨老婆又嫁女”的童谣，一路跑到了一条亮晶晶的溪边，丢开身上的衣物，赤溜溜的像一条条泥鳅。迫不及待地跳进了小溪，溅起一朵朵浪花。小伙伴们尽情地嬉戏，玩水，哼着刚从姐姐或母亲嘴里学到的童谣，让干巴巴的童谣被溪水打湿了，变得湿润而灵动，将毒辣辣的阳光消溶在清澈溪水里，冲走一夏的热气。互相泼水，打水仗，像一条滑动的鱼在水里钻来钻去。玩累了，便在小溪的一角，用石块和泥土围起一个小池塘，双手作勺，你一手我一手地把池塘里的水舀干。那一角是水滞留处，也竟然蹦出些小鱼小虾螃蟹来。小伙伴们高兴极了，哼着《捉泥鳅》的童谣，手忙脚乱地捉，塞到自己的小裤兜里。等着回家煮晚饭的时候，顺便把这些小东西丢到火堆里烤。没过两分钟，鱼香虾香飘满了整个屋子，惹得那些狗儿猫儿都围过来，自己则津津有味地嚼着那些烤熟的鱼虾，真过够了一顿嘴馋，跟童谣混在一起嚼，有滋有味的。

慢慢地，童谣便跟游戏游呀游在一起。炎炎夏夜，朗朗的月光下，冬日农闲的院子里，总少不了孩子们的欢声笑语。孩子尽情地唱呀跳呀，像一个大的磁场，吸引来了那些老大不小的大人们。他们聚到一块，你追我赶地做游戏，甜脆脆的童谣此起彼伏，真是热闹极了。要玩赶场老鹰捉小鸡的游戏了，小伙伴们便围成一个圆圈，先由其中的一个小伙伴独唱一支童谣，唱一字顿一下，依次点一个人；唱着唱着，童谣快唱完了，最后的字落到谁的身上，谁就被拉出来扮演老鹰。把规则讲清楚后，这童谣便一字一顿地唱开了：“一根竹子十二节 / 谁人打屁我晓得 / 不是老板就是客。”唱着歌的人像个幽灵一样在大伙的背后转悠着，每唱一个字，手就拍到一个人的背。大伙闭着眼睛，听着身后的脚步声在不断移动着，不禁在心里默念着：千万别最后拍到自己哦！每被拍一次，心里就紧张一阵。终于，“客”声很响亮地拍到了一个人的身上，唱“客”字的时候，唱的人故意把声音拖得长长的，有人被拉出来了。大伙的心像落了一块石头，长长地舒了口气。被拉出来的人便很难为情地出来扮演老鹰；那领唱的人便当老母鸡，张开双臂；其余的人扮演小鸡，一个牵着一个的衣角，躲到老母鸡的后面。“老鹰”拼命地抓着“小鸡”，直到抓住了，这只“小鸡”就变成“老鹰”，凶巴巴地去抓别的“小鸡”去了。欢呼声唱歌声搅在一起，童年就是这样无忧无虑。

“池塘边的榕树上，知了在声声地叫着夏天。”声声童谣叫走了一个又一个快乐的夏天，也渐渐唱大了穿着开裆裤的我们。我们开始看不起那单纯而又短促的儿歌了，我们渐渐地看不起童谣那种稚气了，总是唱什么狗呀猫呀，太阳公公啦，这些小动物令人不屑一顾。我们要想什么大汽车，长火车嘀嘀呜呜跑，很少哼童谣了，最后把它装进书包里，昂首挺胸，高高兴兴地像个大人一样，大模大样地上学堂了，又把书包里的童谣留给还在童年的弟妹们，自己则高声地朗读起“离离原上草，一岁一枯荣”的古诗了。

我们是一天一天地长大了，可童谣总是长不大的，总是留在开裆裤里几颗乳牙缝里，当这些开裆裤换成了笔挺的西裤时，童谣又怯怯地回到穿开裆裤的人群中等待着自己的主人，当曾经甜蜜蜜唱过它的主人变得白发苍苍时，它依然是“小白兔，白又白，两只耳朵竖起来”的纯真。没有风风雨雨的沧桑，依然是太阳光下一只自由自在飞着的小蜜蜂，一条清澈小溪里的小鱼，无忧无虑。

唱过童谣的爷爷奶奶走了；童谣留给白发苍苍的爸爸妈妈，他们也唱不起了；躲在青春的门槛的我们，声音已有些沙哑；童谣依然稚气，没有烦恼没有忧愁，有的只是大人们无尽的关怀和疼爱。

童谣长不出一丝皱纹，那样的光洁滑亮。

三　从心头碾过的火车

在我幼小的心灵中，二哥是最了不起的人物。他是全村里唯一坐过火车和到过最远的地方的人。只要他一坐下来，一开口提火车，村里男女老少，纷纷聚拢来，看他唾沫横飞地吹。

“那个火车长着呢，这头望不到那头，比村前那条河还长呢。”

“轰轰的声音比天上打的雷声还要大。”

“火车上的人可多啦。长长的车厢就像一条拥挤的街道一样，还有卖糖果的，还有免费的开水呢。”“才一元钱呢，我们就坐到城里了。”

二哥初中毕业时，为了长见识，他们的班主任要带他们到城里看学校，坐火车转了一圈，谁知这一转竟让他成了村里最骄傲的人。

长长的，还有卖糖果的，还有开水？那时连汽车都很少见的我们，听着哥哥在绘声绘色地描述，还有那本画着单调图形的简笔画，我们丰富的想象里留下最好的画面，连做梦都有火车“轰隆”地在我们心头碾过。我们村是一个毛南族和壮族家居的小村，只有一条泥泞的山路静静地伸出山外，到十几里外的集市赶街，要么是走路，要么是赶着马车。村里有几台公社送给的拖拉机跑起来，“嘟嘟”响，比马快些，那时大多是运粮食用的，平时是不轻易开的，这是我们小时候心里最羡慕的，能坐去赶一趟，可以成为你吹牛聊天的本钱。

那时火车已经从我们附近乡镇经过，可那时对我来说，还是很遥远的事情，从我们这小山村到火车站要走几十里的山路。我们这些毛头小孩怎敢走，大人们整天在田间地头劳作，风里来雨里去，火车想都不敢想。村里一直是除了初中的二哥乘坐过外，其他的人心里只有火车碾过的隆隆声，都在那儿一个劲地想象，也是一脸的兴奋。

读了初中，学校离火车站也还有十多里的路，火车那“呜呜”声已经依稀听见，那可把我们充满好奇的心撩拨得痒痒的。但要想看到火车也不容易，要走十几里路，每天还要上课，学校规定不能乱跑，怕我们这些山里来的小孩走丢了。

但火车的隆隆声一直在我们心头碾着，终于有一天火车从眼睛里碾过。那是一个星期天的早上，阳光灿烂，我们没有回家，而是抄着弯弯曲曲的小路，心里念叨着那隆隆的火车声，赶往几里之外的火车站。

远远地看见火车站了，大伙欢呼雀跃。一排排红砖灰瓦的平房，依傍在一个小山脚下，一条直直的钢轨从房前穿过，铿亮刚硬。房前铺上一层层厚厚的水泥，砌得比铁轨高出一米多，听人说那是站台。几条钢轨错综交叉着，没见什么火车，只见几个锈迹斑斑的车厢停在那儿，铁轨上三三两两地走些人。我们有些失望，这就是在心底埋藏许久的火车？我们稚嫩的脸上写满疑惑。

突然，走在铁轨上的人有些慌乱，急急走开。一个戴着大盖帽的人，手挥旗子在拼命地赶着人，嘴里不停地吆喝着。接着“呜呜”的火车声从远处飘飘而来，渐渐而近。大伙兴奋起来，纷纷涌上站台，伸着头，好奇地等着那传说中的火车。

一股浓浓的烟在远处飘着，越来越近，在铁轨的那一头，一个黑点出现了，那黑点越来越大，渐渐地拉成了一列，那车头上的黑烟越冒越浓，铁轨微微颤动。那灰黑灰黑的车身“咣当咣当”疾驰而来。待我们看清楚，“呼”的一声，那火车便从我们身边呼啸而过。刮过的风让我们有些踉跄，风也使劲往脸上扑。脸感觉有些灰蒙蒙的，一摸竟是一层层黑黑的屑末。人们说这是运煤的火车。那黑不溜秋的身子，让我们感觉有些失望，那还有洁净漂亮的客车呢。它要等到煤车过来才来，耐心地等吧。

我们继续坐在站台上，这时聚的人越来越多，拖着大大小小的，仿佛出远门似的。人们三五成群地站在站台上，有说有笑地等着，脸上都洋溢着幸福的笑。在这儿能坐上火车，一溜便溜出我们这山旮旯，到外面广阔而精彩的世界，别的车没能跑那么远，怎么不感到幸福？

又是“呜呜”的鸣声，原先散乱在站台上的人们骚动起来，自觉地排成队，在一个穿着制服戴着大盖帽的人的指挥下，静静地望着那缓缓而来的车。

“嚓”的一声，火车长长地吐了一口气，停靠在了站台边。我们能真真切切地看到火车了。站在这头，我们望不到那头，前面几节是墨绿色的。开着窗子，车内人头攒动，匆匆走动着。有人还把头伸出窗外，左顾右盼地看着，一脸的幸福。我们很是羡慕，不知这长长的火车要把他们带到哪儿去。每个车厢都开着一扇门。人们摩肩接踵，背上扛着包拼命地在挤着，上上下下，过道里还站满了人，挤上去的人都背着一个个遥远的梦想，让火车带着他们抵达。

这还是一辆人货混装的列车，这是广西重点的一个矿区，直通贵州的茂兰，是全国难有的无烟煤区。火车从我们深山老林穿过，搬进了一大群广西各地的工人，又把一厢满载煤矿的乌黑的运出去，还有这里的一些特产，源源不断地运出去，比如木材等。铁路穿过的地方灰黑的土坯房不见了，渐渐建起的是平整稳固的小泥房。那些很少出到山外去的人，也纷纷踏上火车，到外面寻找自己的梦。

那时的公路都坑坑洼洼，一下雨车子没法走。客车也少，坐个汽车，颠颠簸簸一天还没到县城，车票是几十块，够家里几天的油盐，心疼呢！而火车，刮风下雨照样“呜呜”地跑，速度也快。呼呼地使劲跑，没半天时间走出县里跑出地区。出去的人做梦都想到火车，带点零散东西去买门也背上车厢，放到货架上就行了，轻捷方便。

火车就这样无时无刻不在我们这些山里的毛南小孩心里碾过。那长长的车身就像我们一个个遥远的梦，也在各自暗暗下定决心：好好读书，只有到外面读书才有机会坐那长长快速的火车。火车在拉着我们长长的梦想。

初中终于毕业了，我考上外地的一所中专，那是离家乡数百公里外的地方。我能坐火车了，拿着通知书，我狂奔在校园里，似乎坐火车比那学校更有吸引力，坐到干净柔软的座位上。我兴奋不已，窗外的树呼呼地一棵跟着一棵往后跑，远处的山坡也一座跟着一座往后退……

后来，我到北京读研究生，坐到了城市，还跨越长江跨过黄河。列车像一条巨龙载着我在祖国大地奔跑，把儿时的梦想一一运来，实现了山里一个毛南小孩的梦想，成了村里令人羡慕的人。

四　早起的花

西风紧，一切归于寂寞。清脆的鸟声走了，五彩缤纷的花儿不见了，晨光熹微，我再怎么早起也早不过一朵花。

秋天的太阳也不如夏天那样急急忙忙，只在不远的田野慢慢地透出半张脸。校园里冷冷清清的，疲惫的学生仍在甜蜜的梦乡之中。微微起的风是一天比一天凉，夏天那种因热暑膨胀了的喧闹也渐渐冷了下来。晶莹的露水落在枯黄的草叶上，在微微的晨风中一闪一闪的，更让人感到一丝丝的凉意。

趁着没人的时候，想赶紧到学校食堂的热水房打上几壶热水，洗洗脸刷刷东西，待人多的时候熙熙攘攘，排上个半个时辰都没轮到。早起好些，我更清闲。

学校的食堂旁边有一块闲地，太狭小又偏僻，估计派不上什么用场，只好任由它随意地长些什么东西，平时那儿倒是葱葱茏茏的一大片，而自己备课上课改作业一件接一件，根本没闲心去看那儿会长些什么东西。

今天又是步履匆匆，人迹稀少，有些许清闲，心没有那么紧皱皱的，便随意东张西望。不意间，一股淡淡的香气飘进了鼻翼，轻轻一吸，倒是清香几分，是什么花起得那么早？平时，花儿只是等到暖乎乎的阳光热情地拥抱一阵后，才羞答答地开，而现在是什么花竟然不把太阳放在眼里？反正还早，也不急着回家，我索性放下水壶，循着花香寻来。

又是那片荒地，秋天已经把这里梳理得萧索，那些在夏天争先恐后长着的各种花草，如今已是大半零落，疏疏朗朗。但只有一丛丛一簇簇的绿意爬在校园的围墙上，让人感觉到夏天都跑到它身上去了，一副对秋天凛然的样子。

更引人注目的是，那簇簇绿色举着一个个小喇叭，高高地举起，有些是“一”字排开，像是学校里的仪仗队。那大开的喇叭，似乎要发出嘹亮的号角，唤醒这仍在沉睡中的大地。

哦，是牵牛花！很亲切，很令人爱怜的花，仿佛是映衬清秋似的，那花浅蓝浅蓝地开着，最多是夹杂些洁白的花，让人感到了秋天很雅气很清淡。那花缀在墙上，又像是秋天一双双深邃的明眸，先吹着喇叭把大地唤醒，又睁着双眼，看着坦阔的大地如何在晨光中一一展开。

这可爱的蓝色精灵，似乎比人更敏感，更殷勤，每每清秋到来，鸟儿花儿都销声匿迹了，只有它在辛勤地勾画着秋天美丽的色彩，从夏天一路画来，涂满寂寞的秋天。以前没什么玩的时候，我们便想到这平日不怎么喜欢张扬自己的花，便爬上自家的篱笆墙，摘下三五朵，模仿着大人夹烟的姿势，左右耳边各夹上一朵；另有一朵便拿着手里，支到嘴边"呜呜哇哇"地喊，像是吹着心爱的小号角。一股馨香自嘴唇边款款吸进鼻子，惬意极了。但我们遗憾的是没见过花开时的情形。

母亲常常说，谁也没有这喇叭花勤快，天没放亮，它便早早地开放，吸纳第一缕阳光，向人们释放一口口新鲜的空气，这个世界就弥漫在这花的馨香之中了。

小时候的自己，那么争强好胜，听着母亲如此津津乐道地夸奖一朵花，心里很不舒服，便暗暗下定决心，要跟花儿比一比，谁起得更早。

因为一心都想赛过花，头天晚上睡觉时便和衣而睡。母亲好生奇怪，我也只是对她诡秘地笑笑，天机不可泄露，待比牵牛花起得更早了，再骄傲地向她宣布，让她惊喜万分，把对花的那一番赞赏转给我，看那花有什么了不起的。

谁知眼睛一眯就进入了甜蜜的梦乡，被母亲劈柴做早饭的沉沉的声音惊醒了，我赶紧一骨碌爬起来，一句话也不说，直直往菜园的篱笆墙冲去。我知道母亲是村里起得最早的，家里的很多事情都需要她去做：挑水，煮猪潲，做早饭热水，喂猪喂牛……一件接一件。待把家里的活儿都做完了，让我们吃饱早餐，背着书包高高兴兴上学去了，她才扛起锄头兴冲冲地赶往田间地头。母亲劈柴的时候，应该是她已经把水缸挑满了，准备煮东西了。平时被惊醒的时候，我知道天还没亮，还能睡上个回笼觉，等待母亲使劲地摇醒自己，我才慢悠悠地起来，吃了早饭上学去。而这一回，天应该还很早，我应该能看上牵牛花的开放了。

出了门，天边才是蒙蒙的鱼肚白，够早的了，村里只有零零星星地起来一些干活的老人，挑水的，砍柴的。他们见到我都很惊讶：一个伢儿起那么早干吗？我心里很是高兴，感觉早上的空气真清新。

没到篱笆边，一阵熟悉的馨香已经渺渺地飘来。花已开了！我不由得有些泄气了，赌着气冲到那儿，只见一朵朵淡蓝色的小花，精神抖擞地挺在那儿，仿佛在嘲笑我的迟到。

回到家，我没好气地跟母亲说，明天你起的时候顺便叫上我。母亲很奇怪，起那么早干吗？我只是笑笑，还是不想告诉母亲。

第二天，母亲早早地叫上了我，我很艰难地睁开眼睛，似乎还是三更半夜：一切都那样静悄悄的。村里只有几条狗在幽幽地吠着。我实在无法爬出那温暖的被窝，但一想到那牵牛花的神气样，还是咬紧牙关，爬了起来，匆匆往菜园赶。

我迫不及待地冲过去，一路没有飘来馨香。肯定还没开，我兴奋了，脚步更快了。但待到那疏疏的篱笆时，我也傻了眼，那花已经挺挺地开了。我又输了，真想痛哭一番。一转身，母亲已站到了身后，天已有些微微亮，她一看到站在篱笆前手掐着几朵牵牛花而有些灰心丧气的我，一把抱住我，喃喃地说，傻孩子，那花大多是在鸡叫头遍的时候就已经开放了，那时我们才刚刚睡一会儿，怎能起得来呢，连妈也起不过它呢。

哦，原来如此，我服了，但记住了：花儿起得那么早，自己也不能睡懒觉。

想到童年的那些事，我不由得对在晨风中微微飘摇的花儿笑了笑，投去了充满敬意的目光。

唱歌的老水车

亮晶晶的小溪急急地跑来，却被多情的水车拦腰抱住。“咿咿呀呀”地哼着小曲，似乎是一种抢得美人归的得意之情。

小溪从哪里来，要到哪里去，村里人谁也说不清楚，也没有谁刻意去探个究竟，只是觉得它从村后莽莽的群山的怀抱里挣扎出来，而那莽莽群山又连绵着云贵高原，山是一座接着一座长满了原始森林，繁茂丰富，参天古树遮头蔽日，老藤古蔓缠缠绕绕，没人能走尽这绵绵的群山。当然这清澈的小溪是从哪一棵树根旁或是哪一块石头边或是哪一堆草丛中冒出，就没谁知道了，只知道它一年四季不停地跑着，水都那样纯净，清澈见底，即使是狂风暴雨的夏天，小溪的身子微微丰满一些，不见浑浊，宛如一位温婉的小姑娘，文文静静的。

至于小溪要跑到哪里去，村里人就更不关心了，只是觉得那么干净的溪水整日整夜地从村前叮咚而过，从自己的眼皮底下悄悄流走，很是可惜。村前一片旷阔的田野，一块连着一块，像是连片的大蛋糕，滋养着在这里生生不息的村里人，那春长秋收，夏荣冬枯的庄稼植物，张着大嘴等着甜滋滋的泉水。

早有了“突突”直响的抽水机，但村里人不怎么喜欢那噗噗地冒着烟，大口大口地吸油，让村里人心烦眼躁。一天这样不停地抽水，那是要花很多的钱的。最让人闹心的是那“突突”的机器声格外震耳，把一个宁谧的小山村搅得焦躁不安。你想想，一个傍在大山脚下的小山村，安静祥和，阳光静静地倾斜，四周的野花悄然开放，时不时村里传来一两声鸡打鸣的声音，悠悠地回荡在山脚下，让人格外惬意，心有一个惬意栖息的地方。

于是村里人想到了“咿咿呀呀”地悠悠转着的水车，尽管这些水静静地站在村头已有谁也说不清楚的年头了。无情的岁月已经把它们涂抹成了暗褐色，犹如一位饱经沧桑的老人，有些部位还悄悄地撑出了“小雨伞”，腐烂霉透，但水车仍精神抖擞地矗立在村头，年复一年，月复一月地唱着歌，那样的悠然自得，它们是很不在意是星星落下去了，还是太阳升起来了，它这是钟情于这活泼清冷的小溪。

这水车是很朴实的，就在潺潺而流的小溪两旁，撑起粗大的木架，中间架个大大的辘轳，四周绕个用竹子截成的筒子，一排排地绑成了圈。这样的木架竹筒都是从村子后面的山顶上砍来的，不用费心思跑远路，提把柴刀，在磨刀石上磨得锃亮，匆匆往山上赶，山上树林郁郁葱葱，竹林挺拔颀长，是做水车竹筒的好材料，但也要精心挑选，选那些陈年老竹，便经得起风吹雨打，若是选中嫩竹的，没个半年，那竹筒便散落一地，或者被磨蚀，架上七零八落。

突突地绑上竹筒的水车俨然像个巨大的摩轮，在溪水潺潺的冲击下，活泼转动，一筒一筒亮晶晶的水被舀起来，又哗哗地浇到水车边的水槽上，一股股白白的流水潺潺流出，流进了早就挖好的水沟里，奔腾在碧绿的田野上。这水沟连着村前的块块农田，犹如是丰溢甜美的乳汁，滋养着棵棵庄稼，使得村前的田野里一年四季都绿意盎然，农作物一拨接一拨地长着，温润着村里人每个甜蜜的日子，家乡的日子也就随着一天一天地缓缓地转着这圆形的水车。

村前的田野就是养育着村里人的土地，像是上天赐予村里人的一块宝玉，肥沃而平坦，犯不着像个别村的人一样爬到山涧弄里到处开荒耕作。别村的人哪，上到山顶好不容易才找到一块平地而四周却是怪石嶙峋；要么就跑到很远的坡上，斜斜的坡度，也要硬整出一块地来，种点玉米黄豆之类的。而村里人呢，脚一踏出村子，便踏上这块旷阔的田野，不用爬上山坡，泥土松软乌黑，一把似乎就可以捏出一把油来，随便撒上个什么种子，没过三五天，便呼呼地长出一大片一大片的翠绿，让人满心欢喜。又有一条清澈的小溪像晶莹的玉带一样绕着。这田里便首先要种下香喷喷的米饭的大米了，南方人细皮嫩肉的，胃也娇嫩，那些玉米红薯等粗粮，只是吃腻了精致的粮食后才好奇地去补充补充，大量地啃那些粗硬的东西，那是吃不消的。

好吃精致的稻谷也很娇气，那种沙质干裂的土，是长不了的，得时时有温婉的水湿润着。大山沟沟里，找一块平整的土地本就难，何况又要时时是湿润着的土地，那条清澈的小溪，虽然潺潺地绕着，但只能是靠在它身边的田地得到更多的温暖，至于那些远远挤在田野中间的田地就很难沾上边了，一副鞭长莫及的样子。小溪的水丰盈而充沛，哗哗地流掉真让人可惜，聪明的村里人就造起了这简陋的水车，把这可爱的小溪拦住，然后在一排一排的田亩前挖了一条条细细的水沟，涓涓地流进每一块松软田地里，滋养着每一棵庄稼。

田野就这样被殷勤的水车潺潺地浇灌着，春天来了，山上的花草树木还没醒来的时候，村前的田野那湿润的土地便涌动着种子膨胀发芽的声音，既而忍不住便探头探脑，嫩绿嫩绿的，像是给大地涂上了一层亮亮的油漆，接下来的日子更是姹紫嫣红了，在每一块被溪水浸润的土地上。大家都争先恐后地长着，把有些冷清的田野挤得热热闹闹的，绿得逼你的眼，密密匝匝的，像是从哪儿冒出的一块绿绿的豆腐，平平整整，禾苗茁壮粗大，叶子密密挨挨，仿佛一丝风也透不进去。乡亲们看着这么喜人的长势，眼睛都眯成了一条缝，又不由自主朝那一头“咿咿呀呀”哼的水车看去，眼睛里充满了无限的感激。禾苗似乎很有灵性，知道老水车日夜不停地转动着，不知疲倦，时时刻刻在自己耳边哼着绵绵柔柔的歌滋润着自己，温馨自己，自己便拼命地吸取着土地里的养分，抓住阳光，节节地往上爬，待到阳光把自己抚摸得丰满，又羞涩地低下头，整个田野飘散着浓郁的稻香。乡亲们脸上荡着甜蜜的笑容，远远的山脚下，一动不动地站着老水车，依旧咿咿呀呀地唱着歌，缓慢而又深沉。

有了老水车的呵护，村前的那片田野便一年四季地绿意盎然着，即使是万物衰败枯零萧索的秋冬，山上早是枯黄一片，无情的秋风一片一片地把憔悴的落叶摘了，剩下翘楞楞的枝丫，很喜欢在树林吱吱喳喳的小鸟，此时已经逃得无影无踪，整个山野显得死寂和荒凉，小溪稍比春夏时消瘦些，依旧“哗哗”欢快地跑，那多情的老水车依旧一筒一筒地把它浇起。若是在别的地方，秋冬干旱，旱地用了一春夏，晒得干硬，不要说农作物，连那些生命力极强的野草野花都无法扎下根。而村前的这片田野依旧那样湿润松软，收割完稻谷的田地被辛勤的乡亲们细细地耕耘了一遍，坚硬的土旮旯被敲得细碎，又被涓涓而来的溪水泡得松软。乡亲们不让这些田地闲着，把它们平整成一块块或长或正的畦垄，撒些白菜或萝卜的种子。冬日的阳光暖暖地照着，这片原先空荡荡的散着稻草的田野里，又青脆欲滴地长满了大蔸大蔸的白菜，那白里透红的萝卜，挤开松散的泥土，露出大大的半个头，藏在青青的叶子下面，像是跟人捉迷藏似的。谁也没有想到老水车把山里的春天全浇到了这里。春节一过，天气稍暖，那种着油菜花的田地里更是热闹非凡，橙黄橙黄的一片，像是哪个浪漫的画家在那里挥笔泼墨地涂着色彩浓艳的油画呢，那蛰伏了一冬的蜂呀蝶呀情不自禁地从四面八方赶来，像是赴一场盛大而隆重的春天的约会，拈花惹草，嘤嘤嗡嗡到处翻飞，尽情地享受。可谁也没有注意远方的老水车，那咿咿呀呀的嘶哑的歌声，是它用勤劳的双手捧来清澈的泉水，湿润那干硬的土地，浇灌那绿油油的蔬菜，浇开一朵朵艳丽的花。与那黄艳艳的花儿比，那老水车更是朴实无华，仍是那灰不溜秋的身子，仍是干裂的木筒，慢慢地转着日子。吸引着乡亲们更多的目光的时候应该是夏天。那时夜幕刚刚降下，劳累了一天的人们，拖着沾满泥巴、草根、树叶的身子，疲惫不堪地来到水车旁，架起较高的一个竹水槽，溪水在半空被截住了，“哗哗”地流到人们放置好的竹水槽中，水沿着竹筒往下冲，乡亲们站到出水口下，让清凉的泉水从头上直喷而下，凉透身子，酣畅淋漓，把一天的劳累和暑气全冲走了。此时朦胧的夜色中，不时传来乡亲们阵阵欢声笑语、冲洗声、搓衣声，连成一片。洗完了的乡亲们坐在水车旁吸纳着水车扬起水而带来的阵阵凉意，恢复着一天的精力，以便明天精力更充沛地去劳动。

而我们小孩则是最喜欢亮堂堂的白天，大人们都往田间地头去了，剩下那架水车慢慢地转着，扬起一阵阵白花花的溪水，煞是好看，人们难得一见的彩虹，在水车旁却能时时看到，只要有明晃晃的太阳照着，那扬起的一筒筒水溅起一些雾状的水沫，常常画出一道道五彩斑斓的虹，我们尽情地躲在彩虹里，学着大人用一根竹筒将水接住，哗哗直冲到我们身上，那猛而有力的水柱一冲，让我们倒吸了一口气，冲得我们娇小的身子摇摇晃晃的，淋够了，便拿个竹筒舀起水，泼向对方，热热闹闹地玩起打仗。于是孤寂的水车旁增添了些许调皮的喧闹，玩累了，便静静地坐在溪边，看自己在水里的倒影，不时吐着舌头扮着鬼脸，自个儿在那里傻笑。有时看见几尾小鱼慌慌张张地游来，临近水车时，水流被卷而加快，这几尾小鱼打住不及，被那竹筒一捞，灌到了水槽里乖乖地跟溪水涓涓地流到了田里，那真是有趣。

老水车依旧咿咿呀呀地唱着歌，唱着那些不老的岁月。

相亲相爱的狗

村里的狗大概都是一家的吧，时常是成群结队的，互相追逐，只是见到主人，才依依不舍地分手。我看见阿旺家的狗曾把他邻居家的那条母狗占为媳妇，没过两天，阿旺家的狗媳妇又和阿丁家的那条凶巴巴的狗，卿卿我我了，后来没过多久，温柔的母狗便拖着一窝可爱的小狗仔噗噗地跑着。我无法辨认这窝小狗的父亲是阿旺家的抑或是阿丁家的，也有可能两者都不是，村里的公狗见了这群狗仔，都过去慈爱地舔来舔去。看它们一脸的满足就好像它们是亲生父亲似的。到底谁是父亲，连狗的妈妈自己也不清楚。大家就这么一家人似的过着，村里的狗因此都是很亲密的，和和睦睦，谁也不敢轻易去招谁惹谁，生怕自己伤害的是父母兄弟姐妹。狗的感情要比村里高贵的人要纯洁得多，村里人可能因为房前屋后的一点地基问题而争吵不已；或者因为田里的水源争抢，甚至大打出手，两家人也再老死不相往来，即使抬头不见低头见，只是低着头匆匆而过；或者怒目一视。这争吵的两家人尽管是朝夕相邻的，彼此打个喷嚏都能听得见的，甚至还是表亲或堂族之类的，但两家人形同路人，只有两家的狗肆无忌惮地亲热，它们照常来往。左家的狗经常来跟右家的狗约会，或者左家的食盆里有些什么好吃的东西，右家的狗也不时跑过来舔两下。右家办喜事，丢着一大堆骨头，左家的狗也会闻香而动，叼着几根骨头跟右家的狗并伏在一起。津津有味地共享着。它们全然不顾两家人的恩恩怨怨。有事没事的它们簇拥在一起，嬉戏打闹，互舔着对方的皮毛，亲密无间。若有外乡的陌生狗不慎闯入村里，发现者则狂吠不已，吓唬着对方，也呼唤着自己的同伴，不一会工夫，从草丛中从大树下从房间里，狗们纷纷冲出来，边奔边叫，气势汹汹。众志成城，大伙一围上去，拼命地撕咬，直把对方咬得遍体鳞伤，落荒而逃。大家便用脖子互蹭一下，以示敬意，又各自散去。村里的狗就是这样一群相亲相爱的动物。

俗话说“打狗看主人”，可在我们村里，找主人你得看狗的脸色。院门虚掩，你左顾右盼，轻轻推开院门，叫唤着主人的名字，谁知却唤来一条凶巴巴的狗，尾巴竖起，皮毛也跟着竖起，伸着脖子“汪汪”吠个不停，边吠边冲过来。此时你不要撒腿就跑，狗有狼的习性，看着你跑，会猜到你的心虚，便对你穷追不舍，你只可站在原地不动，或者抄起一根木棒，或者抓起一块石头，作出恐吓它的样子。它也只好停住脚步，直愣愣地望着你，与你对峙。此时听到狗叫声，主人急忙冲出，大声呵斥，那狗便灰溜溜地躲开，匍匐在主人的脚下，摇着尾巴，一副温顺的样子。你悬着的心这才放下来，像是一块石头落地，有些后怕地对主人说：“狗比人还凶呀！”如此严肃的看家狗，客人们不敢轻易去找主人了。而那些常摇着尾巴吐着长长舌头的狗的家里常常充满了欢声笑语，客人来来往往，主人送客，狗也追在后面，热情跟着送。狗和主人的好客都让客人产生再去一次的感觉。若是跟主人吵架了，那狗也跟着助威。你气愤不过，冲到他家门口大骂，对方也不屈不挠，冲出来，破口大骂；他家的狗也跟冲出来，对着你“汪汪”地骂。如果是母狗，身后还跟着一群黑棉花团一样的小狗，也“呜呜”地叫着，表示对你不满。对方的势力强大，如果你没有自家的狗，会招架不住，不战自败，知趣地退了回来；如果再进一步对骂，那狗可要发火了，就要冲过来了，对你不客气了。三十六计，走为上计，原先软弱的主人使你也不敢小视了。

狗在家中的地位也不低，喂饱吃好，待在家里，像是一个很认真的人，狗的忠诚是绝对超过一个人的。有狗陪伴你在家，你心安理得，没有什么顾虑。它伏在你的脚边，用嘴蹭着你的脚，一有什么动静，它就毫不犹豫地冲锋在前，置生死于不顾。那些惹是生非的人见势不妙，赶紧逃走，你只需静静地坐在后面，看着一条狗的凯旋，神气十足。狗的忠诚让人感觉狡猾的可怕。村里人养狗除了看家，就是看中它那肥嫩香甜的肉。鸡太小，不足以呼朋引伴，大吃大喝一顿；猪牛太大，杀了可惜，那是养家糊口用的。不大不小的狗就自然而然成为逢年过节或想喝酒时的绝佳下酒菜。想吃的时候，只凭主人的几声呼唤，无论身在何处的狗都会急冲冲地赶回来，绕在主人的脚边，摇着尾巴，想跟主人亲热。可怜的它没读懂主人眼睛里滑过的一丝狡猾。主人蹲下来，用手貌似亲热不停地抚着狗；另一只手突然从身后抄起斧头朝狗的头部抡去，狗多半是一命呜呼。它们还没来得及意识到什么，更没有想到抡起斧头劈自己的竟是自己朝夕守护的主人。有些时候一斧不中，只砍对半边脸，狗疼痛不已，“汪汪”几声，迅速挣脱着跑开，然后远远地站住，望着主人，百思不得其解，不明白主人为什么这样对待自己，浑身发抖，但随着主人又是几声温馨的呼唤，它又情不自禁地跑回主人的身边，很委屈的样子。主人也是用手不停抚摸它，仿佛在安慰一个受伤的孩子，突然，斧头又是一抡，狗最终丧命在自己的忠诚里。人有时是多么残忍呀，忠诚是被欺骗的手段。

狗，它们有事没事，相约在一起追逐打闹，其乐融融，也像村里一些人，闲着没事，三五成堆，在村头聊天吹牛；累了，躺在石凳上呼呼大睡，还喜欢三五成堆的。

村里的树

村里的树和人一样多。村子是傍依在山脚的小山村，幽僻安静。百来户人家，人影在村里稀稀拉拉地晃动着；树则是村前村后茂茂密密地长着，连村中人口密集的地方也不放过，房前屋后，寸步不让，挤挤挨挨地长着，似乎要跟人争个高低，方才罢休。

其实，村里的树就像是人类的计划生育一样，被村里的人有计划有目的地种着。大伙儿都觉得树能养人，是个好东西，打心底就喜欢它。人们知道不长树的地方，那地的风水也养不下人，这是村里祖祖辈辈传下来的宝贵经验。他们都觉得一个村子被郁郁葱葱的树儿所簇拥着，是件赏心悦目的事。如果一座座瓦房灰头土脸的，孤零零地站在那儿，是有些寂寞。整个村子远远望过去，整个黄灰一片，那会让人感到一种枯索的低沉。于是村里人要起房子时，看好风水，选好地。选好了便在地基旁种下一两棵树。看着树一天一天地长大，枝干粗了，叶儿密了，一副生机勃勃的样子，村里人自个儿心里踏实了许多。很多时候，房子还没建起，树倒长出了不少。远远望去，翠绿一片，像是一座花园，那白墙灰瓦从茂密的树林中探出头来，若隐若现。若是黄昏时分，灿烂霞光下，缕缕炊烟袅袅而起，鸡鸣狗吠隐约而逸出，人们才发觉这是一个人气十足的村庄。

村里的人常常以树为自豪，走在村里，时不时碰到一棵很精神的树。空气特别清新，呼入呼出，心里舒爽多了；有些好客的树还把成群成群的鸟招来，春夏秋冬，一天到晚，窗前啾啾不已，给寂寞的山村增添了无穷的乐趣。村里有人出到城里，看到城里人用庞大的车子不断把村里到处见的树整树整树地往平坦的大道、住宅小区搬，然后精心地种着，一排跟着一排，密密麻麻。城里人还建什么高级的花园别墅，而且越是高级的地方，花草树木就越多。不知道城里人是那么喜欢这在山里到处见的东西。这么算起来这小山村压根就是个高级的别墅，人间仙境呀！大伙儿都过得特舒服特高兴。

有了人的宠爱，村里的树长得是越来越放肆了，竟然想跟人们争地盘了。它们仗势欺人，风一吹，那些果呀核呀到处乱飞。村里的土地又肥沃滋润。这些果呀核呀落在哪块空地上，就在那儿悄悄地猛长，独霸着那一块地，等人们发现，它已经长得跟人差不多高了，把它砍了，多可惜，留着可以遮遮阴。善良的人们便放任它自由自在地长了，不过最低的要求是不要妨着地里的庄稼和蔬菜，更不能目中无人地站到人家的屋前，把阳光给夺走了。如果太霸道了，毫无顾忌，村里人便毫不留情挥舞着亮闪闪的刀，三下五除二地砍成几节，送到炉灶里去，噼噼啪啪地烧火做饭。不过有一种可以不看人们脸色而乱长的树，人们有时还要忍让几分。比如说有小孩吃了枇杷果或者杨梅，连颗带粒一股脑儿往下吞，又到处拉，结果是“吃了黄豆拉黄豆”，把那籽拉到土里。这些果树的种子有着丰富的营养的喂养，便呼呼地长着。如果是碍了人家的，也不是一下子把它除掉，而是把它小心翼翼地移到园里，让它过完几年后，便一树黄灿灿的或红澄澄地结上的果树，让乡亲们饱饱口福。但村里人终究是主人，始终是不会让树们疯狂地长着，因为树有很多用得着的地方：弄几张桌子，把那些乱七八糟的东西摆上去；做几个衣柜，大大小小的衣服一股脑往里面塞，既整洁了房子，又保护了衣物，这些都得让树作出牺牲。于是，树和村里人便相安无事地生活着。

村里的树跟人一样有贵贱之分。夏秋能结出一串串一嘟噜的果的树们便备受村里人的珍爱。它们才刚刚拱出土壤，头上还顶着一两撮新鲜湿湿的土壤，便有小孩急急忙忙跑回家，发现新大陆般汇报给大人。大人们便放下手中的活，抄来铁铲，提上满满的一箩筐肥料。小孩则活蹦乱跳地跟在后面，提着一桶四处溅着的水，又是松土，又是加肥，然后浇水，忙得不亦乐乎。末了，心里还放不下，怕其他虫呀啃咬或牛羊践踏什么的，便找来带刺的荆条，围了小栏，团团地把小果树抱住，似乎给它筑了一个安乐的窝。这样还不算，隔三岔五都跑过来，瞧一瞧，像是照料自己家里那宝贝儿女一样，直到它累累的果实挂满枝头，更是日夜派人守着，生怕这一树的好果被那些贪嘴的鸟虫频频偷吃。这果树也很懂得感恩，满满当当地往树上挂了一大片的果，红扑扑的黄澄澄的，飘散着阵阵诱人的香气，使人们的口水不争气地直在嘴里打转。好不容易等主人忙不迭地把满树的果落了，但这些果不是拿到街上去卖，而是一家一捧两捧，一家一户地送。全村漾着欢乐的笑声。这果树愈加受到村里人的尊重，剪枝打虫时谁都去帮一把。落了果的树还不能安静下来，那些嘴馋的小孩猴一样地在树上蹿来蹿去，时不时能从绿油油的树叶寻出一两个果子来，乐滋滋地骑在树上吃着，像是个儿童们的乐园。

几家欢乐几家愁，有些树就惨了，且不说那些随风飘荡的种子，飘到村里的某个角落，自个儿在那里寂寞地长着。即使是长在热闹的地方，人们也很少去关照去注意，更没人松土，没人浇水。只要不对人们碍手碍眼的，人们便让它自生自灭，就像村里那些孤僻又有些懒散的单身汉，整天逛来逛去，无所事事，村里人看不惯，不去招惹，也不去关注。连村里的长舌妇也很少去问问他们到底娶了没有。这树就是这样备受冷落。待长有手臂那么粗时，大伙儿才发觉这儿有棵树，寻思着它的用处：带着刚从田地里耕作回来的牲口，想给它作一时半会儿的休息，又懒得关进栏里，便随手将绳子往树上一拴，牲口算是拴在这里了。树的身子被拴牲口的绳子勒出一圈一圈的。牲口们路过这里时，也不由自主地往它身上磨一磨，挠痒痒，磨掉那些寄生虫。那树儿常被磨得折枝断丫的，身子被磨掉一大块皮，像一块大大的伤疤亮亮的。这树儿也不自暴自弃，努力地长着。

最尊贵的要数村头的那棵大树了。它身姿婆娑，像是一把巨大的伞，矗立在村头，像是一位年老的长者，慈祥地注视着每一个过往的人。没人知道它的年纪，三人合抱不过来的身躯，巍然地挺着，斑斑驳驳的树皮，被岁月雕刻出道道深深的皱纹，粗糙开裂，仿佛深藏着无数的沧桑。这老树是村子的保护神，在乡下在山里，一棵大树就是一个村庄的象征，它风雨无阻地庇护着村里人。村里人日出而作，日落而息。出入村子的人都要从长长的手臂下经过，都不由自主往上看，向它投去敬仰的目光，在心里默默祈祷，让它保佑自己每天平安如意。这棵老树没人敢去攀爬，那要遭大人的责骂，更不敢去砍枝叶，连枯了的枝丫也不敢轻易用刀去伤，那要遭天打雷劈的。村里人都敬畏十分。远行的人背上重重的行囊，经过老树时，都情不自禁地伸开双臂，紧紧抱住树，像是抱自己的亲人朋友。走了，还一步三回头，泪光闪闪地望着大树，从老树身边一过，算是出村子了。那些去世的人也从这里送出去，不过是从背后绕过，抬棺过时烧上一把火，腾起烟火警告去世的灵魂不再回来骚扰村民，老老实实，安安心心起去吧。若再回来，老树会用它那庞大的身躯镇住。于是很多悲悲喜喜的故事便从婆娑的老树下发生了。送别的人在树下停住了脚步，泪水纷纷。树身也烟痕累累，老树承受了太多的悲欢离合了。靠着巨人一般的老树，村里人的日子过得舒舒服服，踏踏实实。

有些树是长着爱情的。静悄悄的村尾默默地长有几棵翠绿的桂树。那树蓬蓬勃勃，展示无限的魅力。白天，倒是有些人影幢幢，多是到山里砍柴回来的乡亲歇歇脚，擦擦汗。晚上，去的人就少了，特别是小伢们，更是远远地望望，就知趣地走开。那幽幽的树下常常传来那低低的喁喁声，那么地柔和，那么地悦耳。听着听着，怎么感觉这有些像邻居的阿里和阿香的声音？平时看到他们在村里是不敢手牵手，可现在却躲在这里卿卿我我。桂树下一对模糊的影子在那里相依相偎，喁喁的说话声就是不断从那里传来。有月光的时候，成双成对的年轻人更加多，有说有笑。月光似乎是一剂润滑剂，把这些活泼多情的年轻人融成了一片，分不清你我。桂花开了，四周飘逸着迷人的香气，把一颗颗萌动的心熏得跃跃欲试，树下的笑声更是灿烂爽朗，桂花花瓣纷纷飘落，撒在年轻人身上，像是一份份温馨的祝福。待桂花飘后，村里的鞭炮声渐渐响起，年轻人从桂树下纷纷走出，走到了一个家里，过起甜甜蜜蜜的日子。桂树依旧年复一年地开着，花香依旧馥郁。

村里的树像村里的人一样，发生着许许多多不同的故事。人需要树，树也需要人。他们在相依相偎，不管什么样的风风雨雨，树和人一样的坚韧，朴实，默默地奉献着。如果一定要将树和人分开，人的无能和卑微就显山露水，活不下去。但树可以不需要人，它可以远远地躲开人群，快快乐乐地生长。

河流的方向

不是所有的河流都是朝着大海跑去的。

大海是很多河流的母亲。她那样的浩瀚无边，那样的波涛汹涌，是很多河流的理想怀抱，每一条小河投入了这样一个宽广温暖的母亲的怀抱，都会无忧无虑。

然而对于山里的小河来说，那只是一个美好的传说，是一个遥不可及的梦幻，就像母亲在童话故事里常常提到的白雪公主，圣洁、漂亮、善良，却是可望不可即。但不管知不知道大海，河流整天都是那样乐呵呵地跑着，不知疲倦地跑着，它们也许会有自己另外的心事，一个在成长中慢慢成熟的心事。

很多河流像个四处流浪的孤儿，散在大地的各个角落，行色匆匆，碰到了一起才知道自己是个被母亲遗弃的孤儿。同是天涯沦落人，大伙儿便汇合在了一起，又急急忙忙往前跑，奔向遥远的母亲。

山里的小河很调皮，只是逗在山间坡旁欢快地跑着，弯弯曲曲地绕着山坡，像是在跟谁捉迷藏，并没有直直地冲出山间，急切切地找到自己传说中的母亲。山里每个偏僻的地方它都要到那里去转一转，看看那里的哪一棵树孤独了，自己便绕过它的身旁，叮叮咚咚地唱一首动听的歌来安慰它；或者是哪朵花伤心了，便拍打着岸边，溅起的水花朵朵染湿了那种神情黯然的花，把它的忧郁冲走，让它展示娇艳的面容。就这样小河流便整天躲在山里尽情地玩耍着，绕了深山一圈又一圈。有人说这条小河流迷路了，找不到方向了，找不到回家的路了；也有人说河流太幼稚了，没个奋斗理想的方向，只会跟些无名的花草树木玩耍没出息。

家乡就有这么一条小河，是千山万弄积的雨水汇成。它也许不知道大海的宽阔雄壮，它可能没有找到大海的雄心壮志。它只知道山里坡上的花草树木离不开它。

山里土壤干燥，吸水少，十天半月不下雨，那地就干燥龟裂。若是根扎得深，叶盖得厚的，可以从大地深处吸来一口口水，解解难忍的干渴。但有些小草小树刚刚长出，枝疏叶稀，受不了这酷热的天气，慢慢地枯黄了。

河流的潺潺歌声袅袅而来，从自己身边涓涓而过。那浅浅小小的根便迫不及待地拥抱河流，猛吸一顿，精神就抖擞了，望望那当空的烈日，不再觉得酷热，倒反像是给自己送来丝丝暖意，更没有了先前那种炫目。它们不禁舞蹈起来，向着救命恩人表示最崇高的敬意，河边的花草们也情不自禁地舞起来，那是一场歌颂小河流的盛大舞会。

小河并没有留恋陶醉在这场欢乐的舞会中，它又马不停蹄地往前跑着。它知道前方还有许许多多双像这里渴盼的眼睛。它们需要自己的湿润抚慰，小河也许也很向往大海，但跟这里的草木感情太深了，无法舍弃。如果自己一味地去追求自己的理想，那时山里的草木怎么办？也许有很多别的河流在跟这些草草木木缠缠绵绵的时候，已经找到大河，已经涌入大海的怀抱了，但它太喜欢这里郁郁葱葱的小树，沁着馨香的花朵，还有那清脆的鸟语。这些朋友一天也在为自己创造欢乐，自己怎么忍心弃他们而去呢！

河流所过之处，两岸草木葱茏，生机勃勃。春天来时，百花盛开，灿灿烂烂地红了整个山坡，把那可爱的河流也染得浑身粉红，把河流装扮成像要出嫁的新娘。鸟儿吱吱喳喳地跑来祝贺，连蜂儿蝶儿也过来凑热闹。河流是没有寂寞的时候，醉心于这些低微的花草树木这种最朴素的问候。渐渐地，河边升起了缕缕炊烟，清澈的河流边出现了汲水的叮咚声，还有那噼啪噼啪的捣衣声，是河流带来了生机，带来了希望。

河流经过的地方，大都会有人家，都会有村庄。自己的家乡就坐落这么一条可爱的小河。东方熹微，轻轻的几声鸡鸣，谁家勤快的媳妇便挑着几只桶“咣咣”地从茂密的树林深处钻出，互相嬉笑着，打破这里一片宁静，将一只只空桶“嘭嘭”地投进宁静的河流，“哗”的一声提起来，荡起圈圈波纹。接着，颤巍巍的老太太、调皮的小孩都纷纷地来了，河流变得热闹了。夕阳夕照，河流波光粼粼，歌声笑语融成一片。在田间地头干活的人们晚归了：洗脚的，洗脸的，弄得河流哗哗作响；还有小孩戏水戏得浪花四溅。河流哗哗地笑了，它很满足这一番宁静和朴素。

很多人类都跟着河流跑，村里的那些年近古稀的老人常常到河边的石头上，用一双沧桑的手轻轻地抚摸着河流，久久地在那里静默。什么时候这条河便绕着村庄哗哗而过，他们也记不清楚。他们久远的记忆里只是记得河流缠缠绵绵地牵来了上祖上辈的祖先，村庄便在河流的怀抱里生生不息了。有年大旱，很多地方的人都跑来这里汲水，河流是村庄涌动的大动脉，源源不断地输送着生机。村里的人一代一代地老去，河流依旧年轻，充满活力。

这些养人养物的河流跑着跑着，有的最后把自己跑没了。家乡的小河就是这样，那也是从深山老林里跑出来的一条河流。突破了山石的重重阻挡而跑到平矿的原野上，我想它会高高兴兴的，因为它长大了，在原野上，可以和其他河流细细地融合在一起，再去寻找那位伟大的大海母亲了。

小河欢快地跑着，无意中看到前面有一条深深的沟，便毫不犹豫地跑了过去。那是家乡人挖开的引水渠。小河一路奔跑，呼呼地跑进一块农田。那干裂的泥块，像是张开了一张张血盆大口，初长的禾苗被太阳晒得蔫蔫的。河流咕咚咕咚地流进这些被撕裂的口子，干裂的土块吸着河水滋滋有声。渐渐灌满了田地，水波荡漾，禾苗恢复了精神。

村庄的前面有一片宽阔的田野，肥沃而平坦，像是上天赐予村里人的一块宝玉，用不着艰难爬到山涧弄里到处开荒耕作。不像别村的人哪，爬到山顶好不容易才找到一块平地而四周却是怪石嶙峋；要么就跑到很远的坡上，斜斜的土坡，也要硬整出一块地来，种点玉米黄豆什么的；而我们村里人呢，脚一踏出村子，便踏上这块旷阔的田野，不用爬上山坡，眼前就是松软乌黑平整的泥土，一把似乎就可以捏出油来，随便撒上个什么种子，没过三五天，便呼呼地长出一大片一大片的翠绿，让人满心欢喜。

只可惜没有引来小河之前，这片田野大多数缺水，只能种些玉米和红薯等耐旱作物。那条清澈的小河，虽然能潺潺地绕着，但只能给靠在它身边的田地得到更多的滋润，至于那些远远挤在田野中间的田地就很难沾上边了，一副鞭长莫及的样子。小河的水丰盈而充沛，哗哗地流掉真让人可惜。聪明的村里人就造起了这简陋的水车，把这可爱的小河拦住，然后在一排一排的田亩前挖了一条条细细的水沟，让溪水涓涓地流进每一块松软田地里，滋养着每一个庄稼。

小河就这样被殷勤的水沟引导着。春天来了，山上的花草树木还没醒来的时候，村前的田野那湿润的土地便涌动着种子膨胀发芽的声音。那些芽儿既而忍不住便探头探脑，嫩绿嫩绿的，像是给大地涂上了一层亮亮的油漆，接下来的日子更是姹紫嫣红了。在每一块被溪水浸润的土地上，大家都争先恐后地长着，把有些冷清的田野挤得热热闹闹的，绿得逼你的眼，密密匝匝的，像是从哪儿冒出的一块绿绿的豆腐，平平整整。禾苗茁壮粗大，叶子密密挨挨，仿佛一丝风也透不进去。乡亲们看着这么喜人的长势，眼睛都眯成了一条缝，又不由自主朝那一头"咿咿呀呀"唱着的水车看去，又看看乖乖的小河，眼睛里充满了无限的感激。禾苗似乎很有灵性，知道老水车日夜不停地转动着，不知疲倦，时时刻刻在自己耳边哼着绵绵柔柔的歌滋润着自己温馨自己，便拼命地吸取着土地里的养分，抓住阳光，节节地往上爬，待到阳光把自己抚摸得丰满，又羞涩地低下头，整个田野飘散着浓郁的稻香，乡亲们脸上荡着甜蜜的笑容。

有了小河的灌溉，村前的那片田野便一年四季地绿意盎然着，即使是万物衰败枯零萧索的秋冬。山上早是枯黄一片，无情的秋风一片一片地把憔悴的落叶摘了，剩下翘楞楞的枝丫。很喜欢在树林吱吱喳喳的小鸟，此时已经逃得无影无踪。整个山野显得死寂和荒凉，小河稍比春夏时消瘦些，依旧"哗哗"欢快地跑。

剩下的一部分河流继续跑着，又被乡亲们引着。前面又是一条沟，有一部分的河流又轻快地跑了进去。小河跑着跑着，跑进那一片茂盛的果园。红红的橘子还挂在树上，那白雪的李树和粉红的桃树已经在那争奇斗艳了；还有到处攀爬的葡萄也透出点点嫩芽。又有一部分小河被引进了一条条小沟。河流涓涓地淌着，淌到橘子树下，淌到桃李树下，尽情地拥抱或粗或细的根，滋养着它们。花开得更艳，果挂得更密。

河流就这样跑着跑着，仿佛是互相追逐着什么：跑进了农田，跑进了果园，跑进了鱼塘。河流跑越跑慢，最后跑进一片绿油油的菜地时，河流边彻底地消失在了那片青翠欲滴的青菜地里，再也没有了踪影。

我为这么一条活泼可爱的河流就这么无声无息地消失而感到有些伤感了，也许大海母亲就在不远处亲切地召唤着它，也许它很热切地期盼母亲那种温暖的怀抱，它的雄心壮志也许不亚于其他河流。只是……它再也听不到母亲那温馨的呼唤，还有花朵的芬芳鸟儿的歌声。

有人说河流是被那片盛开的桃花所迷惑的。红粉粉的桃花，温暖了整个春天，还有那在桃花深处悠悠传来一两声柔绵的鸟鸣，还有那浓郁的稻香，夏夜时时飞过的闪烁的小虫。河流那幼稚单调的心，无法忍受诱惑，叮咚叮咚地跑进那粉红的陷阱。河流就迷路了，找不到回家的路了。

其实流向何方，河流是很清楚的，它爱怜桃花那盈盈的笑，心疼大地被撕裂的伤口。它知道那一道道崭新的沟痕，那不是回家的路，是撕心裂肺的召唤，看不惯旱魔这种淫威，以及那直逼人心的气焰。

站在田野中央，我无限伤感地怀念着那条河流。微风阵阵，稻浪翻滚，果树哗哗地响起来，枝条轻轻舞动，频频向我示意，像是老朋友似的。那左右摇摆的姿态，让我想起了山里那花草树木对河流的敬意。我想现在这棵树的挥手，会不会是河流向我打招呼呢。我经常混在小河里，小河也一定会记得我这对它牵牵挂挂的老朋友。看到我孤独寂寞了，它便想跟我说说话。真的没错，那是河流在挥手！河流毫不后悔地潺潺跑进了农田跑进了果园，湿润了禾苗果树的根部，流进了禾苗果树的身体，变成了禾苗果树的血液。那棵棵挥手的果树不就是河流那富有深情的手吗？河流也不仅仅是安安静静躺在地上，它也可以高高地站起来，向人们表明自己的另外的一种方向，也在向远远的母亲表达一种歉意。没有抵达母亲怀抱的河流并不是没有方向的河流。

河流没有消失，那大片的果树就是河流，还有那滚滚的稻浪，还有袅袅的炊烟……河流心中总有自己最坚定的方向，它会无怨无悔地跑向自己的目的地。

小河找不到自己的母亲，却成了大地的母亲。

篱落疏疏

乡下人的地多，村前村后一律是高高低低的山坡，远远近近，绵绵延延，虽有仄仄坎坎，也多是平平整整，尤其是靠村庄的那几段。村里的房屋，稀稀疏疏地散落着，四周尽是空闲的地，像豆腐块一样，一块连着一块。

乡下的地肥，空着的时候，胡乱地疯长一些植物，知名的不知名的：狗尾草、桑葚、书带草、天竹、三角梅……呼啦啦地长满一大片，一副盛气凌人的样子，又像是在炫耀着自己的肥沃，惹得村里人心里痒痒的，看不过去，一把火呼啦啦地烧，那黑黝黝的地便迫不及待地露出。湿润的土壤，把那灰烬溶解，仿佛谁给涂上一层黑油似的，让辛勤的乡下人不由得想到：即使是种下一颗坚硬的石头，它也会在那儿生根、发芽、开花。

当然乡下人的手脚是勤快的，若是像城里人整天背着手四处游逛，就会感到浑身的不自在；或者插在裤兜里，左看右看，这也很难受。他们觉得自己的这双手天生就是捏泥土的，有土一样的深黄，有像刚韧的草那样一节一节的青筋暴跳。一看到空着的地，这双手就无所适从，浑身的骚动，就像是有蚊虫不断地叮咬。非得在这块地上埋个南瓜的种子，或是随意丢下一两把菜种，心里才感觉好些。待看到这原先荒芜的地上长着绿油油的一片，自己仿佛是看见了自己的孩子，满心欢喜，即便是刚从田地里侍弄了稻子玉米等庄稼，回到家路过这片地，自己仍无法控制自己，竟忘了从田间地头带回的那身疲惫，那双不听指挥的手又不停地给它们锄草、松土，哪怕是提上一桶水“哗哗”地给它们灌上一气。待那些瓜蔓薯条精神抖擞地趴在棚架上时，他们才发觉自己累得腰酸腿疼，捏一处疼一处，散了架似的；要不就是肚子“咕咕”地叫，快不行了，才想起自己从地里回来饭还没吃呢。很多时候，乡下人偷偷骂自己手贱，无法忍受一块空着的地，都想去弄一弄。

乡下人手勤，这瓜果蔬菜也长得勤。昨天才撒下一把菜种子，一场绵绵的雨过后，竟是齐刷刷地长出一大片，比先前那荒草野荆还要茂盛。若是春天的瓜豆，那更是蹿得快，一阵暖湿的春风拂过，前两天才羞怯怯地在土里探头探脑的芽，眨眼间便满地横爬，缠缠绵绵地抱成一片，害得主人饭茶不及思地又是搭架又是支棚。抓住了棚架的瓜豆见到救星般的，便呼啦啦往上蹿。没两天工夫，空荡荡的棚架竟绿幽幽地爬满了瓜豆。还有些小花也竟然悄然开放：淡黄的、浓紫的，蜜蜂飞来了，蝴蝶飞来了，嘤嘤嗡嗡的很是热闹，蝶儿上下翻飞，像是一朵翻飞的花朵，不知它们在哪卿卿我我，都在干些什么。等到一个个圆嘟嘟的瓜一把把长长的豆从浓密的架棚下露脸的时候，大伙才恍然大悟地想到它们都在干些什么，打心底感激这些多情的蜂蝶。

瓜是黄黄地挂着，豆是绿绿地串着，整个园子充满着诱惑，鸟儿也“吱吱喳喳”地飞来，啄上甜美的几口。乡下的野果野花多，鸟儿只是来凑凑热闹，损不了多少，就怕村里的鸡鸭牛羊。这没遮没拦的园子消不了它们的折腾，那鸡喜欢叮那刚长出来的鲜花嫩瓜，有力的一啄，又死命地一扯，便让那原先生机蓬勃的瓜豆七零八落；牛羊猪一旦闯进，粗手粗脚，毫不留情，嘴啃那青青的叶子，边啃边扯，脚踏那长长的藤蔓，未饱满的瓜豆都被踩得稀巴烂，剩下几张孤零零的叶子在风中瑟瑟颤抖。瓜落架散，一地狼藉，可怜兮兮。此情此景，让心疼庄稼的村里人像是心头被剜了一刀，百般难受，真想抓来一根长长的棍子用力一棒，弄得鸡飞鸭跑。可乡下人家的鸡鸭牛羊，是生活的命根子，自然比那些瓜豆的命贵得多，抓几个鸡蛋鸭蛋，换几斤油盐，牛羊是耕田种地的，更是打不得，而且在村里，家家户户都养那么几只鸡鸭换点油盐，但田地里活忙，没空去喂，都是放着养，任它们满村刨地捉虫，叮草啄果。天放黑了，主人才从田地里赶活回来，只需唤上几声，撒上几把米，鸡鸭们全“咕咕”“嘎嘎”地回来了，很是省事。全村都这么养着，自然也怪不得人家，只好在自家的菜园上琢磨琢磨，寻思些办法来，既能够保护自家菜园，又不伤了邻里和气。

于是，心灵手巧的乡下人从附近的山坡上砍来竹子断成节，截成两片在菜园的四周一一栽下，又用削细的竹篾一一串起，围成疏疏的篱笆。这篱落一米多高，将那些心怀叵测的鸡鸭牛羊拒之门外，断了它们贪欲的邪念。鸡鸭牛羊路过菜园的时候，望着园里花花绿绿的诱惑，想钻又钻不进，想把头伸进去又觉得困难，用力踩踏更不可能，又怕身后主人坚硬的鞭子，它们只好老老实实，干瞪着眼，酸溜溜地从菜园里走过，最多瞟上几眼，算是过过眼瘾。

乡下人是不愿意像城里人那样筑起高墙深院。筑那些厚实高大的墙，像是隔起另外一个世界，将浓浓的乡里乡情隔得严严实实，反正也不是什么重要的东西，不就是几兜白菜，几个黄瓜茄子，何必费那么大的苦心，花那么大的力气？而且垒起这么一堵墙，左邻右居会有什么生分的想法，伤了邻里的感情，何苦呢？

乡下人的篱笆就这样一圈一圈地围起来的，说是隔开。其实不过是乡下人家随手用竹片扎起来的笆，稀稀松松的，几乎没隔的一样。竹片与竹片隔着就有一个拳头的大小，就防着些鸡鸭这些小动物进去糟蹋菜园里的东西。这么薄薄松松的篱落让人一望过去，园里的东西一览无余，就连一棵刚刚探出头的豆芽都会看得清楚。要伸手出去抓个什么瓜呀叶呀，也很容易。有的篱落松松垮垮，歪歪斜斜的，仿佛用力一推，整个篱落就会“哗啦哗啦”地瘫了。但贪嘴的鸡鸭们只能在篱外“咕咕”地叫，无奈地转来转去。园子里的菜便能安安心心地长了。春夏秋冬，园里红黄蓝绿，瓜果豆茄，青菜萝卜，一个接一个地长，乡下人家的日子过得有滋有味。

乡下的篱落是不防人的。每家每户的房前屋后都围着这么一个或大或小的园子，种着各种各样的瓜豆。松垮的篱落可以一脚跨过或是从狭缝里伸出手去，可以轻轻松松地抓到一大把青菜或者长长的豆荚。院里的菜也没什么遮隐的，辣椒的、红红的，站在那里，豆荚紫紫的，站在那里。若是大些的园子，主人会种上棵枇杷或李树等几棵果树。春夏之际，红红黄黄地挂满一树，清甜的香气飘满整个村子。园子就这么诱惑着左邻右居，谁想吃了，但去拿无妨。篱落是可以跳过去的，即便园子挡个柴扉门，顶多也是拿几根竹子，胡乱地扎的，就挡在那儿，而且永远都是虚掩，一碰“吱”的一声自然打开。村里哪家园子不长豆的，想吃豆了，路过篱笆旁边，往里一瞄，看见架上直直垂下很多豆，就可尽情地摘一把，只是小心些，别弄伤了豆蔓。若是主人这时候也来摘菜，碰上了，嘿嘿几声，问了声“今年没种豆啊”，便埋下头，各自忙去了，松土锄草，捡些瓜、西红柿之类。末了，有烟的，还递上一支烟，吧嗒吧嗒地抽起来，聊着些家常，仿佛这菜园是自家的一样。其实，乡下人家都清楚，今天是别人想吃他的豆，赶哪天他想吃甜甜的香瓜，也会上别人的园子里去的。这村里大大小小的园子，只不过是被疏疏的篱落虚虚地围起来的大园子，进谁家的园子都一样。若是碰到小孩子进到园子爬到树上拿果的时候，主人看见了，也是远远地站着，生怕惊动了孩子们，不小心会从树上摔下来，那事情可就大了。只是过后再反复叮嘱他们不要踩伤了瓜菜，说话时，一脸的和气，怕吓坏孩子们。孩子们也都小心翼翼地摘了些吃，也知道主人家的果要去换钱，不敢糟蹋太多。

乡下篱落可有可无地围着，空荡荡的，有些落寞。岁月在寂寞的篱落边撒了些多情的种子，竟长些无名植物无名的小花来。土地肥沃，初初长出，主人有些在意，将它们扯了过去，但这些小花小草很顽强，一拨接一拨地长，争先恐后地，主人忙于农活了，它们便趁机爬满篱落，绿油油的叶子将单调的篱落精心装扮，变成了一道绿绿的墙，有些密不透风，长够了叶子，红的、白的、黄的小花们竞相开放，星星点点，煞是好看，仿佛是天下撒下闪烁的星星，还尽情地弥漫些幽香，招蜂引蝶的，这稀松乏味在夏春变得生动起来，爬得最多的是牵牛花。清晨，空气中弥散着成熟的玉米与豆花的清芬，丝丝凉意被风携着一阵阵拂来。一堵缤纷的花墙摇曳着，原来是篱上的牵牛花，密密匝匝竞相绽放了，嫣红、蓝白，探头探脑，挨挨挤挤。可不，就是一堵花与叶组成的花墙。

原先扎篱落的！粗细纵横、老朽枯干的枝丫，了无生气，因了这柔蔓翠藤，因了这摇曳多姿的花儿的点缀，竟似花树重生一般。那花儿，是朵朵吹响的小喇叭，单薄精致，清新古雅，如心灵手巧的村姑的剪纸。红的炽热，酡颜欲醉；蓝的宁馨，静若处子。雪白的细筒，如霜的花蕊，宛如善睐的明眸，或低眉凝思，或痴痴伫望。有大胆顾盼的，有侧目偷窥的，还有蓦然回首、嫣然一笑的，真令人浮想联翩。审视良久，心驰神往，仿佛一条清澈的山溪，汩汩潺潺，流入胸臆。

乡下人家，疏疏篱落，一道美丽的风景。

登上幸福的梯子（外三篇）

——毛南族风景

高耸的山坡也许会阻挡了人们的视线，阻挡人们的脚步，让人望而生畏。欲望和幸福都被这些虎视眈眈的大山大坡无情击碎，纷纷坠地。

在驯乐，在苗寨，这些高大的山坡却是通向天堂的路，是通向幸福的阶梯。幸福的日子就在上坡之巅，摇手召唤。

多少年的地壳运动，竟把这里的山坡堆得如此高耸，延绵数公里的山坡，一座连着一座，只在夹缝中留下一块块巴掌大的平地，升起袅袅的炊烟，山里人家便在崇山峻岭间生生不息，繁茂着一片奇异的风景。

勤劳的人们不甘心蜗居于低矮的坡谷，一双能干的双手随着骚动的心不断往上爬着，狭促的谷底隐藏着多少危险的玄机。一场大雨倾盆而下，股股洪流席卷而下，冲刷了田地，漂走了家什，一切荡然无存。于是，聪明的人们把目光投向了高高的山坡，也许幸福就在不远处。

除掉肆意疯长的野草荆棘，拾捡混杂其中的乱石断砾，堆砌在坡的边缘；然后依坡形而锄，平整出一块块弯弯的田地。山间溪水潺潺，挖沟引入，顿时梯田便水波粼粼了。那种荒芜杂乱的景象消失得无影无踪，坡上呈现生机勃勃的画面。有的人家跟着梯田也一步一步地上坡，成为坡顶人家。

沿着坡脚，弯弯曲曲的梯田就这么一垄一垄地堆上去，缠缠绕绕，重重叠叠，像是一条条柔软的腰带，紧紧缠住山坡。

秋风一吹，这一条条飘逸的腰带渐渐被染黄，更是漂亮迷人。金风吹拂，金黄的稻穗低垂含羞，情不自禁随风舞动。远远望去，一块长长梯田里的稻穗在舞动，满坡的黄带在飘动。最后是整个山坡似乎都舞动起来，欢呼这丰收季节的到来，也向终年劳作的山里人家致以亲切的问候。

若是从坡脚自下而上，仰望着层层金黄的梯田，突然感觉眼前高耸的山坡不知什么时候消失了，摆在眼前的是一座座堆得高高的粮堆。一块金黄梯田架在一块梯田上，仿佛是垒上去的。田块与田块之间的界线被那黄甸甸的稻穗遮住了，不见一些痕迹，但稻穗和稻秆截然有别：低垂的稻穗，稻秆的挺直，层次分明，像是割得稻穗整整齐齐地堆放，等待人们一把把地脱粒。

金黄的稻香吸引了辛勤的山里人家。他们迫不及待挑着空空的箩筐，提着明晃晃的镰刀，沿着山间弯弯的羊肠小道，说说笑笑，兴高采烈地往这充满的梯田走来，收获他们一年最幸福的时光。

飘带一样的梯田用不上那大型的收割机，更多的是踩得呼呼响的打谷机，摆在田头，镰刀在阳光下舞蹈。一把把沉甸甸的稻谷被割下来，送到转得正欢的打谷机口，“呼啦啦”，谷粒四飞，在金色的阳光里格外醒目。踩着打谷机的小伙子手脚并用，脚在下面舞动，手在上面挥舞；粒粒汗珠沁额而出，在阳光下闪闪发光，用衣袖一抹。累了，坐到田头，吹声口哨。山间岚风徐徐而来，像是天然的电风扇，把人们吹个彻身凉透。那种爽劲让人们情不自禁扯开嗓子，朝着对面的山坡喊了几声响亮的山歌。不消多时，对面总是回个深深纯纯的歌声。也许是哪个姑娘或者小伙子的应答，即使没有人应答，那多情的山坡也会应声而唱。

收获的梯田绝不会没有歌声，辛勤的山里人家在顺着梯田一步一步走上幸福的日子。

满满的箩筐，一只一只地被挑下了山坡。满盈盈的梯田空荡荡的，只剩下那些被扎得个矮人的稻草，整整齐齐地在梯田里，像是一名名忠实的士兵，守候着来年不变的承诺。

田坎的野草神气地站了出来，绿绿地看着，被沉甸甸的稻草压抑得太久了，终于熬出来吐一口气了；收割过了的梯田肥沃的土地也露出来；那没有收割的梯田依然金灿灿的。这高耸的山坡被割成一条条的五彩缤纷，层层叠叠，像一级级梯子，供美丽的秋姑娘前来观赏。

若是你在春天的时候到来，也不必为错过美丽的秋天而叹息。山间的小溪已随着春雨的潇潇而哗哗欢笑了，轻盈盈的身子欢快地钻进那张着嘴巴的梯田。一冬一秋，干渴许久的梯田可以开怀畅饮了，此时此刻怎能错过这甘甜的春天的乳汁呢?

注满了水的梯田，水波荡漾。远远望去，这梯田就像一面面发着光的镜子。不知情的人们初来乍到，会惊讶不已：谁拿了那么多的镜子堆放在这里，而且是一面一面地往上摆，高低错落，错落有致。这高耸的山坡又变成了一座高大的镜子架。也许是春姑娘太爱美了，一面几面镜子都照不出她那美丽的容颜了，便将大大小小数千面镜子堆放到了这里，照亮这里碧绿春天空，照出幸福的影子。

不时有云雾从坡脚升腾而起，四处弥漫，一面面闪亮的镜子便隐隐约约躲到了云雾里，若隐若现，仿佛飘飘忽忽的仙境。绿木隐去了，镜子隐去了，剩下白茫茫的一片，剩下一片片静谧的梯田。

"哗哗，哗哗"云雾深处飘来数声犁铧与土石相碰。飘动的云雾里晃动着几个模糊的人影。一面面平整的镜子被打碎了，四处散开。

“嘞嘞”吆喝牛的声音异常清脆。农人头顶毡笠，手扬竹鞭。牛儿使劲往前冲，犁铧飞扬，溅起一片片水花，远远望去，像是在耕耘天上的田园。

云雾渐渐退去。黛青的山坡，平整的梯田，隐约的房舍，一一现出，构成一幅幅精美的画面。早春的浅绿悄悄给这些线条柔美的镜子圈上飘逸的一笔。

来环江吧，踏上这块美丽神奇的毛南山乡，进入驯乐苗寨，登上这幸福的阶梯，也许会寻找到属于自己的幸福。

大山深处的“世界宝地”

一群操着外地口音的人有说有笑钻进了毛南山乡大山深处，寻寻觅觅。

一群蓝眼睛黄头发说着英语的外国专家也兴高采烈地赶往毛南山乡。他们脖子上挂着精美的照相机，肩上扛着精良的摄影机，不停地拍照，不停地摄影，似乎要想把这青山绿水装进他们这些小小的仪器，向同行们炫耀。

于是，寂静的大山热闹起来了。一个“藏在深闺人未识”的宝地，就要揭开她神秘的面纱，在全世界人民前露出她秀美神奇的一面了。环江木论国家自然保护区申请世界自然遗产了，这是令毛南人民乃至八桂人民热血沸腾的一件大事。

这块风水宝地与早已成世界自然遗产——茂兰喀斯特森林自然保护区紧紧相连，融为一体。它是古北极与古热带两大植物区系交接过渡的中心地带，没有受到第四世纪冰川侵袭，是幸存的连片面最大、完好性保存最佳、原始性最强的喀斯特森林，堪称世界上同纬度石灰岩地区独一无二的特种资源的重要基因库。

那么多的“最”字，那么多的赞誉，怎能不令人怦然心动，心驰神往！

单是山就把你吸引住了。群峰林海，姿态万千，形似古塔的塔形山，顶端尖峭的锥形山，山峰间地步降缓，四周群峰林立，形如盆地的洼地，锥峰围成的深陷如漏斗的峰丛漏。山峰绝无雷同，相偎相依。如此巍然耸立而紧密相连的山峰令每个游客大开眼界，赞赏不已。

脚踏崎岖的羊肠石道。石生墨绿的苔藓，潮湿光滑，一股幽幽之气渐渐弥漫开来。头顶是遮天蔽日的森林，脚下是纵横交错的石沟、石缝、石芽、嶙峋的岩石。仅仅靠着在石头缝里一点点贫瘠的土壤，神话般地生长着茂密的石山森林，创造了人间奇迹。这里的树木根系特别发达，有着强大的穿透能力，树根穿破岩石的现象随处可见。在这里，人们感受到的是一种大自然的力和美。穿梭在奇木怪石之间，犹如林中天桥。国家珍稀濒危植物单性木兰、伞花木、掌叶木、香木莲等都在这里安家落户，其他的富贵植物还有红豆杉、穗花杉和短叶黄杉等。

保护区内少见人迹。有的是古木参天，荆棘丛生，藤萝相交，不见刃斧伤口。树干苔藓斑斑驳驳，折断枯枝，有被大风从树干上直接撕裂的痕迹。那些枯干烂枝倒在地上，纵横交错，腐枯蚀烂，滋长着大大小小的菌朵。一切都自生自灭，听凭自然的生生死死的规律。

吸人眼球的是那青青的翠柏，一年四季充满激情，短叶黄杉亭亭玉立，婀娜峭拔。各种树木高矮粗细，将大山封得密密沉沉的，若是看到从密林挺出一株笔直的树，你可得睁大眼睛仔细看看了：叶子疏疏朗朗，树皮青滑，不时长着些白苔，像是一块块象征着长寿意味的老年斑，这便是传说中的单性木兰树，数百年的风吹雨打，依然挺拔俊秀。它绰约的身影在这个满目疮痍的地球上已是凤毛麟角了。这个珍贵的物种濒临灭绝，是弥足珍贵的活化石。它躲在这密林深处，难以想象山外许许多多的同类经受刀斧之痛。它暗暗庆幸自己能在荒无人烟的深山老林里自得其乐。是呀，这繁茂的大山里，植物种类超过九百种，是为数不多的原始净地之一。

“噗噗，噗噗”一只大鸟忽然从身边的草丛里扑腾而起，站到高高的树上，警觉地东张西望。那些可爱的小松鼠更是上蹿下跳吱吱喳喳地叫，尽情享受树梢那些坚果，毫不理会这些陌生的客人。那么茂密的植被能够给它们啃咬的东西很多。少有人类的干扰，这里真是它们享乐的天堂。那莽莽林海里，不知何处深藏着粗大的蟒蛇。它正匍匐在阴凉的树下或洞内，虎视眈眈，等待送上口的猎物，听乡亲们说猴子经常成群结队在树上嬉戏玩耍，有的甚至下山跑到地里挖红薯，抓玉米，国家的保护人类的宽容，让它们获得了生存的自由，不必整日担惊受怕，可以繁衍生息。这里国家一二级保护动物非常多，什么豹啦，灵猫啦等，只是不容易发现它们灵动的身影。座座山峰，不时有巨石横逸斜出，石下张一黑漆漆大口，有树木掩映，若隐若现：这便是喀斯特地貌特有的溶洞。洞洞相连，颇为壮观。钻进洞内，凉气袭人。洞内洞外仿佛是不同的世界、不同的季节。石钟乳、石柱到处都是，林林总总，让人目不暇接。石钟乳自洞顶直直吊下，洁白无瑕，像是一根长长的玉柱。洞壁潮湿，有渗水沿着石钟乳慢慢滴下，滴答有声。水珠落到地面，形成一个小水洼，清凉透人。石柱石笋林立，仰头看，疏密有致，千姿百态，让人玩赏不已。洞里幽深，神秘莫测，诱惑着人们不停地往前探索。

越是往里，光线越来越暗淡。路越来越坑洼不平，直立的石钟乳像是恭恭敬敬的卫兵，在夹道热烈欢迎。幽幽深处有泉水叮咚作响，那是喀斯特地貌常有的地下河，借着电筒的光，可以看到一股清澈的溪水涓涓而流，里面有说不出名字的鱼儿在游弋，若是继续往去，说不定一条深幽幽的大河就会展现在面前。

无限风光在险处，像赏玩这块世界级的风水宝地，你得静下心来，细细品味。

因为这里珍藏了太多的珍禽异兽，还有珍贵的植物。它正像一座珍藏着无数宝物的仓库，等待人们不断地挖掘发现，让这里的一草一木一豹一猫成为科学探究的标本。

古道悠悠

走过一条古道，便能从时间深处悠悠地走来。

这便是崎岖地爬在广西环江毛南族自治县木论国家自然保护区内的黎明关古道。它深藏在云贵高原的南麓，蜿蜒悠长。犹如绿海中盘旋的斑驳银带，虽说是缠绕在崇山峻岭之间，古道却显得平整大气，绝无山道的狭小。沿途的每块石头，每根青草都散发着幽幽的古思。

石头是汉代的，道上铺的，垣上垒的，凳子般大小，如今被磨得洁青发亮，只可惜年久失修，石头被践踏得坑坑洼洼，泛着青光，更被青苔无情地侵浸，斑斑驳驳。山道两旁杂草丛生，这里是它们自由生长的极乐世界，没有什么可以阻挡它们对阳光空气的渴求。

时间在流淌，疯长的青草在无情地吞蚀着这些斑驳的历史，爬上青石，埋住路面，只留着偶尔走过的脚印。那些脚印似乎是古道仍很清醒的眼睛，盛满无数的寂寞。路边开着些娇艳的野花，没人能准确地说出它们的名字，招来一两只嗡嗡作响的蜜蜂，给这寂寞的古道增添些温馨。扒开茂密的草丛，也许会发现一些散落着的残陶破瓷。这些瓦砾苔迹斑斑，引发起无数的遐想：也许那时正是夜幕降临，四周漆黑，商旅们遥望着这前不着村，后不着店的古道，支起帐篷，派好放哨，收好货物，便燃起熊熊的篝火。这些瓷陶就是用来煮饭烧水，觥筹交错，饭饱酒足之后，便美美地睡上一觉，赶明早上路，看点点瓷片，你心里荡漾着历史沧桑的感慨。

沿途残垣断壁，旧关古隘，伤痕累累的石块，断裂无数，坑坑洼洼，叙说着一个个惊心动魄的故事。古道山高路险，一夫当关，万夫莫开，有古时西南咽喉之称。1944 年 11 月，中国军队于古道口与日军进行五昼夜的残酷战斗，重创日军，守住西南一口，为保卫大后方作出了贡献。如今，垣壁石头被轰炸得四处散落，青草围在它们的四周，似乎是向这些勇士的顽强精神致敬，草丛中星星点点的小花，那是勇士们不灭的灵魂。

站在黎明关口，遥望两头莽莽苍苍的林海，心潮澎湃：如此美好的花草树木，山山水水，远远地躲在西南一隅，竟也逃脱不了侵略者的践踏。关口矗立着两墙一米高的石垒，有着后人写就的对联，颜色深红，仿佛是用当年坚守故土的勇士的鲜血沾写的，让人依稀看到战火纷飞，血肉模糊的场面，依然惊心动魄。字迹遒劲有力，经受着数十年来风风雨雨，依然清晰醒目。一股愤慨之气自心胸喷薄，气贯长虹，穿透肺腑，让人无法释怀。旁边立着一块记录当年战斗经过的石碑，碑文语言典雅，婉气，不乏坚定，有着对烈士的哀悼之情，更有对他们保家卫国的英勇精神的颂扬，发人深思：假如每个中国人都如此坚毅勇猛，那中华民族的浩然正气谁人能挡？

马铃声、枪炮声都一一远去了，空旷的山谷只剩下清脆的鸟鸣声，各种奇花异草散发着另外一种青春的气息。古道两旁的高山里古木参天，遮天蔽日，原始森林里活跃着无数的珍禽异兽，极有研究价值，如广西唯存的单性木兰，因此此风水宝地被国家定为国家一级原始森林自然保护区。徜徉在古道上沉浸于历史幽思之中，你不妨抬头望望两边的高山，各种鸟声长短粗细，此起彼伏，相互应和，泠然入耳，让人情不自禁地凝神倾听，不知不觉被陶醉。再往前走，走着，突然地，一枝花从茂密的草丛探出头来，集五颜六色于一身，可你无法叫出它的名字，它只在袅娜地诱惑你，笑你的浅陋。如果你是一位植物爱好者，肯定是流连于这些野花野草中，不停地采集这样或那样漂亮的标本，成为你研究最好的资料。走完古道，植物的标本塞满你所有的口袋。

偶尔也会碰着潺潺而流的小溪，那溪自山涧飞泻而下，飞金溅玉，亮晶晶的，似一条项链。平缓之出，清澈见底。大伙情不自禁地丢掉手中的矿泉水，纷纷跑过去，坐到溪边，掬一口，细细地品尝，清甜可口，凉透心底。要离开了，你忍不住又猛灌几口，甚至干脆把瓶里的水都通通倒掉，换上这清洌的泉水。还不过瘾，可以将双脚尽情地浸入溪中，让清凉之气自脚底而上，盈满全身。若是暑气逼人的夏天，你只感觉这是清爽宜人的秋天，古道两旁的树木参天蔽日，将热情的阳光无情地拒绝在树冠之外，空气清新湿润，道里道外迥然两个天地。

这古道一共有九道关。每每数里便设一道，道口均垒有石墙，牢固坚挺。先前匪乱不断，民不聊生。人们为保护家乡而筑立一道道的关隘，阻挡着穷凶极恶的匪帮。如今国泰民安，这一道道关隘就成了我们怀古幽思的遗迹。走完一级一级而上的九道关，尽管有些身心疲惫，你还是情不自禁地回望着刚刚走过的来路，只见那郁郁葱葱的树木盖住了路面，一片深幽幽的。此时古道走完，阳光灿烂，土地开阔，真有黎明来临之感。胸中的豪情万丈，你不禁想高歌一曲，把古道给你的种种感觉一吐为快。你有一种在深邃的时间隧道里穿过了的感觉，感觉古道的精深厚重，感觉古道的青春生机。

渐渐地，古道浇铸了你心中历史的沧桑和现实的活力相融洽的难解情结。

清洗灵魂的地方

夏天来了，一切似乎也渐渐变得异常燥热起来。汽车声、吵闹声，不断冲击着耳膜，把一颗心搅得骚动不安，灵魂无处可逃。

鸟鸣山更幽。远离刺耳的喧嚣，远离飞扬的尘土，寻一方清净的山水，清洗一颗蒙着尘土的灵魂，让灵魂如泉水般清澈，安详沉稳。

牛角寨，一个让人一看到心便慢慢静下来的名字。这是深藏崇山峻岭里的瀑布群，可以让你灵魂诗意而栖息，让灵魂得到一次畅快地清洗。

踏进牛角寨，一股清幽的气息扑面而来。先前尾随在头顶的太阳逃得无影无踪，换上的是绿幽幽的树荫。密密匝匝的树叶透不进一缕缕明亮的阳光。阳光只能无可奈何在树荫外跳跃，扑闪。

路，只是一条曲曲折折的小道，砌上坚固的水泥石阶，却没有人工刻意开凿改造的痕迹。小径依着山势左弯右拐，嶙峋的石头依然高低不平，只是用水泥把这些石块随意地连接起来。两旁是仿木的栏杆，古铜色，纹路依稀可见；水泥制的树皮开裂脱落，逼真混眼，仿佛是随意搭折的枯枝。

空气的青味越来越浓了。深深地吸上一口，直透肺腑；身体犹如注入了一针兴奋剂，精神更加抖擞，让人感觉异常的清新。不由得举目四望，两边满是丛丛翠绿的竹子，野生乱长，密密匝匝：有旁逸斜出的，有直直挺立的，有相拥相抱的，一切都那么肆意随姿。有的枯老折断了，倒横丛中，无人捡拾；丛下是厚厚的叶子，有野菇繁长，虫蛙跳腾，目中无人的样子。也许在这里它们感觉自己是真正的主人，便用好奇的目光打量着我们这些不速之客。

竹叶细细碎碎，更见风致。微风过处，竹林摇曳生姿。叶子沙沙作响，飘散出一阵阵清新的香气。竹枝多情地摇在头上，像是情人一双温柔的手。青色的枝节光洁滑亮，目光触及，便有丝丝凉意透入的感觉。穿在竹林里的风带着竹子的气息，更加清凉宜人。竹子带着我们一步一步往下走，走向更幽深的地方。

这是一条幽深的峡谷，竹林之外是参天的古木，或挺立在悬崖峭壁上，或是生长在谷中的河床边，脚下是砾石块块，那是长年累月被涧水冲刷的结果。树儿根筋暴跳，紧紧抓住那岩石。树身愈见坚硬，节眼斑斑，昭示着岁月的磨炼。藤萝缠绕，牵牵连连，原生原态。不时有鸟声逸出，散落在密密的林间，飘在空旷的山谷里，像是一支支优美的乐曲。

凝神屏息时候，幽深的密林深处，一阵阵冲耳的水声扑面而来，却不能辨别方向。明明是水声，却不见流水，这真把游人那原先有些平静的心情撩拨得火急火燎，恨不能把那白花花的溪水抓住，喷洒到自己的身上。

脚步加快，林尽溪现。一面巨大的水帘从天而降，“哗哗”地铺在眼前，挂在悬崖上。水铺到石面，被那些小小坑洼溅起，形成一个个细小水花，像一块块细碎的鳞片；整个瀑身又像是一个漂亮的龙身。水珠粒粒跳跃，在阳光下闪闪发光。帘脚处，水花片片，腾起如烟如雾的水汽。一道道彩虹翩翩飞舞，五彩缤纷，如梦如幻。这么宽这么长的水帘，除了鼎鼎有名的黄果树瀑布，恐怕就是这躲在毛南山乡的牛角寨瀑布群了。

一座简朴的木桥跨过溪水，搭在嶙峋的石头上。桥下潺潺流水，那水绿得像一块晶莹剔透的碧玉。水波荡漾，漫过石块，使石头若隐若现，像是浮在水中一样。凝神紧盯，看着一尾尾鱼儿畅快游弋。你不由想起庄子和惠子在游于濠梁之上谈鱼之乐的故事。烦躁的心情便一点一点随着鱼儿慢慢消散。

伴随着美妙的水声，穿过古朴的木桥，沿着溪流移步前行，突然眼前展现出一汪绿绿的潭水。一股泉水像是从自己头顶倒下来，不时有水珠飞溅到你身上，清凉无比。溪水将崖底的石头冲出一个大坑，绿幽幽的。冲到坑里的水慢慢往外溢，铺到前面平整的大石板上。溪水悠悠，清澈见底，又稍微下凹，形成一个天然的大水池。碧波荡漾，也把人的心荡漾起来，情不自禁将手探进那透亮的水中，想把山中那份清幽和灵气捧在手里，更有胆大些的，光着膀子，扑通跳进水坑里，想变成水中的一条鱼，尽情地游来游去，还不时扑打水面。水花四溅，赢得阵阵笑声。不必担心，潭水深一米左右，旁边都有醒目的警示牌。看好时间，看好地点尽情享受，这是一个可以游泳的瀑布。穿过水坑，躲到水帘的后面，过着《西游记》里美猴王逍遥的日子；或者躺到水儿慢慢流淌的地方，让潺潺的流水冲刷自己的身子，仿佛有谁的一双温柔的手在不停地按摩着，妙不可言。

走一步，看一级瀑布。这样一级一级的瀑布，牛角寨一共有八级，每级瀑布都有每级瀑布的奇特之处：有的悠长，有的短促；有的轰天通鸣，有的哗哗轻唱，沿着这条大峡谷，一一摆开，让游人目不暇接，兴致勃勃。这里的瀑布，绝不像别的瀑布一样一眼就看够，而是延绵一两公里，又是形状各异，这里的瀑布让你看个够，过一次瀑布瘾。

累了，谷底有一处平滩，乱石堆堆，可坐可站。树木参天，遮天蔽日。摊一两个小吃，灌上几口甘甜的泉水；依靠大树，眯着眼睛；小憩片刻，轻风拂来，凉意沁人。时有小鸟扑闪而来，啾啾有声，你那紧张烦躁的心被捣空了，有一种飘飘欲仙的感觉。你真真切切地感受到了“超凡脱俗”的真正滋味。

走进牛角寨，清洗自己的灵魂。

鸟语如歌

乡下的日子都是鸟叫醒的。

鞭炮的硝烟还没有散尽，家家户户的碰杯喝酒行码声还没有消散，家乡还沉浸在春节的欢乐气氛中，那蒙蒙的细雨笼罩着一切，让人恍若梦中，飘飘忽忽，一天到晚醉醺醺的。

父亲却早早下了挂在屋檐下已有数月的犁铧，坐在门口，抓来一块破布，使劲地擦拭着。那尘封许久的犁铧有些锈迹斑斑，黯淡了往日的光彩，一经父亲这双辛勤的手，又变得锃亮依旧，神采奕奕的，如同父亲那兴奋的心情。父亲像一位阅兵的首长，一一把锄头镰刀等农具作了清点，看到都整整齐齐地搁在那儿了，才满意地点点头。若是发现短柄缺把的，便急急忙忙地修补，即使忙上大半天，把那些农具抚摸如酒杯般温热，像是拥抱多日不见的儿女们，那满是皱纹的脸皮稍稍松弛了些。

田野依然那样的寂静，寒风丝丝入骨，万物都畏畏缩缩的，田里的水冰冷刺骨，父亲早早喂饱了牛，披上件厚厚的大衣，却撩起半腿的裤脚，把擦得锃亮的犁耙往肩上一搁，兴冲冲地往田里赶去。

太早了吧，家人都百思不得其解。父亲是一个留恋酒杯的人，春节的味还在氤氲着，此时的他应该暖暖地坐在火炉旁，醉眼迷离地哼着些无名的小曲。他看着我们一脸的迷惑，一言不发，用嘴角向屋檐努了努。

哦，是一窝燕子，吱吱喳喳地说着话。大概是去年的燕子，它们绕着屋檐，像是在勘察它们去年的燕窝。看到只是风不小心碰落了一些，它们便扑闪扑闪地飞来飞去，不知从何处啄来春泥，高高兴兴地补这补那。那新鲜的泥土亮亮地粘在那暗淡的旧窝上，增添了无数的光彩。

这销声匿迹了许久的燕子，翩翩回来了。它们穿越了寒冷的冬天，披着一身旖旎的春光。那潇潇的春雨，那迷人的绿色，一切都孕育在这燕子轻盈的飞翔之中，这亲切的呢喃之中。这温温的呢喃声唤醒了仍沉醉在春节慵懒中。不用迟疑，朗朗的春光已洒满田野，尽管此时冷风依然狂扫着原野，严寒的气氛依然笼罩着，离索的草木依旧光秃秃，显不出一点活气，但四处翻飞的燕子那切切的呼唤，让乡亲卷起裤脚，纷纷下到冰冷的水田里，把起犁耙“哗哗”地耕田种地了。挑着肥料的，抬着种子的，在田坎上来回穿梭，牛儿在清波粼粼的水田里撒欢，溅起阵阵水花。这生机勃勃的一切打破了冬天那种沉闷的死寂，燕子翻飞在欢闹的水田上空，忽儿高忽儿低，互相追逐打闹，时而俯冲，将剪刀似的翅膀轻快地在水面上划一下，又高声欢呼着冲向天空。春天就这样被吵醒了，大地欣欣然地张开了眼，红红绿绿，悄悄地绽放，像是羞红了脸的小姑娘。

水波渐渐泛绿，原先僵硬的春田被乡亲辛勤的双手刮成一片片平平整整的田洼。随着手一扬，种子便纷纷扬扬地撒到这松软肥沃的土地上。乡亲们把一年的希望，随着燕子一声声呼唤播进了大地母亲，那里便是绿意点点，如莺歌燕舞般。

温润的春天在燕子柔和的喃呢中绵绵地走着。春天勃发的绿意，陶醉了乡亲们。他们在日渐盎然的稻田里甜蜜地构想着那秋天稻浪翻滚的美丽情景。田里的活忙完了，他们便很惬意地将牛赶到山坡上，让劳累了一春的牛儿悠闲地啃着那青油油的草，自己却舒舒服服地躺在软绵绵的草地上，恹恹欲睡；或者满山满坡地摘采可口的野菜，燕子的呢喃声渐行渐远。

村庄的日子就这样被闲适的情调熏着。突然，某个空寂的清晨，村后那茂密的大青山传来清悠的布谷鸟的歌声：阿公阿婆，割麦插禾。歌声清脆响亮，穿破了这宁谧的村庄，使人们突然记起那滋滋长着的禾苗。是该拔秧插田的时候了，大伙总是觉得春还是早早的，似乎日子总是在悠悠的春里过的。

"阿公阿婆，割麦插禾"，灵敏的布谷鸟早早闻到了夏天的气息，受不了夏天那激情似火的诱惑，亮开嗓子，在静谧空旷的山村里尽情地歌唱。歌声一阵紧似一阵，催促着还陶醉在春天的乡亲。家乡处在水汽升腾的南方，自然没有那黄黄的麦子要割，但那在春天播下的秧苗如今长得一茬又一茬，茂盛喜人，等待乡亲们一双双灵巧的手，把自己移栽到像一面光亮镜子的田里，可以尽情地舒展身体，快快乐乐地生长着。

乡亲们把嫩绿嫩绿的秧苗，轻轻地扯着，拢成一把一把正适于手握的秧把，搬运到早已耕好的水田，呼啦呼啦地扔着秧把；哗哗，又是水花四溅。抛了秧，心灵手巧的乡亲们便挽起高高的裤脚，弯着腰，低着头。一心一意地插着，身子不断往后倒退。一列列整齐的秧苗自身前一一插出。那样的整齐，像是用笔直的绳子拉扯成的。有时候，年轻人挤在一块，各占一头，一字排开，比赛着插秧，看谁插得又快又直，看着兴奋的小伙子们排好队，一声哨响大伙便哗哗哗地争先恐后地插着，动作是那样的敏捷。只见手起秧落，各自一排排青青的秧苗直直地插着。田埂上的人使劲地叫喊着，鼓掌声哗哗一片。田里人更加激动，速度更快，你追我赶的。若是田埂上站着活泼清秀的小姑娘，小伙子的心情更是紧张，一刻也不敢懈怠，唯恐被多情的姑娘嘲笑，或者会输掉一段美好甜蜜的爱情。

“咕咕”地催促着乡亲的布谷鸟此时也没有歇息下来，在田野里使劲地唤着，唤得田野里人头攒动，热火朝天。它便悄悄地飞回山里，躲在绿油油的树丛里一刻不停地唤着。都说杜鹃啼血，听听这典故，这字眼便让人在心底涌起一股绵绵延延的忧伤感慨，天下竟有这般痴情的鸟儿！

家乡的山谷里是幽深而空旷的。连绵的群山四处聚拢，形成一个个怀抱式的山谷，若是秋冬之时，落叶纷飞，丛丛灌木光枝秃干，翘棱棱的，让人感觉有些疏疏朗朗，倒有几分开阔。但若是春夏之际，四面的山上油油密密地长满叶子，乍看，像是一个深幽幽的锅底。微风过处，叶子沙沙作响，只见树影绰绰，却望不出一个温暖的人影来，心中的寂寞竟在心底悄悄地弥漫开来。偏偏这时，声声布谷鸟却从油墨般的树丛中翩然逸出，迷绕在幽静的山谷里，丝丝入耳，让人不禁四处张望，非要寻出一人不可，要不满腔的孤独寂寞如何消遣。可惜此时，乡亲们的笑声全在田野里，幽静的山谷里只有三三两两摘着猪菜牛菜的娃仔们。在这悠悠的歌声中小伙伴们便惆怅地想起温情的父母。

等到麻雀“吱吱喳喳”吵架的时候，山野的墨绿已经悄悄淡了，稻田里的禾苗不再是直直地疯长了，享受着太阳轻柔的抚摸，它们羞答答地弯了腰，仿佛是在对养育自己的母亲致以崇高的敬意。它们成熟了，不再年少轻狂了。它们微弱的变化，如沁馨的香气却被机敏的麻雀觉察到了。它们狂欢着这一年盛大的宴会的到来，也许它们并不是很在意那挂在稻蔸上粒粒饱满的稻穗，而是在意金黄的稻田里四处逃走的蚂蚱、蚱蜢等虫儿。那些虫儿才是它们丰盛的晚餐。粒粒稻谷可能是一份份小点心，调调口味，让生活更加有滋有味，若有可能把那些遗落在田野的粒粒谷子拾掇起来，搬回窝，让一家老小美美地过上一冬，要不然也会被那些可恶的老鼠霸占去了。

既然有心计的麻雀已经在为秋天的丰硕果实而吵吵嚷嚷了，乡亲们不能袖手等着，辛辛苦苦了一年的丰收在望了，怎能错过这大好时机呢。再说南方常常是秋雨绵绵，缠得你心烦意乱，乡亲们停下手中的一切活儿，把镰刀磨得锃亮，修补好箩筐，三五个人，抬上冷落了半年的打谷机，兴冲冲地往田野里赶，把一年的喜悦和幸福收割。

精明的麻雀一见到脚步匆匆的收割人来了，“扑哧扑哧”一声，一大群赶紧从翻滚的稻浪里飞起，并不走远，停在田边的丛林里，好奇地看着这些满脸喜色的人们的举动。听到滚动的打谷机轰轰地转，把稻谷塞进去，谷粒飞扬，如雨粒纷纷坠落；有些谷粒都被弹得远远的，仿佛是离群的一只鸟，孤零零地躺着，没有人注意。匆忙的收谷人只是自顾自地把稻谷装进箩筐里，装进袋子里。没多大工夫，原先被塞得满满的稻田被收割得空荡荡的，稻浪没了影子，剩下堆堆凌乱的稻草和一茬茬挺着的稻根。麻雀仍不停地吵着，也许在议论乡亲们那幸福的心情，也许在议论哪些米粒被扬飞到哪里。正在瞅准机会，等那满脸幸福的收谷人哼着甜蜜的曲儿离开稻田，麻雀便迫不及待地冲下来，扑到那一堆堆高耸的稻草堆上，上下跳动，寻找那被遗忘的米粒。那高耸的稻草堆成了麻雀们欢度秋天的盛大餐桌，熙熙攘攘，热闹非凡。

鸟语是大自然的声音呼唤，大自然翻了身，粗气微喘，都化作阵阵鸟语。

乡亲们的日子就这样被精明的鸟儿们不断地议论着歌唱着，甚至是吵吵嚷嚷着。如果没有鸟儿这细致入微的议论，乡亲们觉得每天都是日出而作日落而归，每天都是那样亮堂堂的或是阴沉沉的，感觉不到微妙的变化。春夏秋冬悄悄地轮回反复，乡亲们可能会恍然大悟地错过一段时间，但聪明的鸟儿是乡亲们的一只耳朵，聆听着每个季节的脚步，乡亲们很少挂什么日历：立春、谷雨……也只是懂得文字的人数着手指头数的，大多数人不会去费心想着这类深奥的东西。只要留心村后山林的鸟语，他们便知道该做什么了。

青青的石板路

江南，多雨，多山；乡下多泥，泥又多带黏性，雨季一来，若是泥路，路面便被绵绵的雨给搅得像一锅黏粥，稀巴烂的，满路淌。脚一踩下去，泥巴死死地抓住你的脚，让你寸步难行。但南方多山，四周满是高耸的山岭，只需从路边的山上打下几块石板，琢成四四方方的，然后平平地铺到这烂泥里，一代一代地填，一条平稳光洁的路便在脚下铺开，坚实适脚。

于是，青青的石板路，在南方，在乡下，随处可见，仄仄的台阶，弯弯曲曲地向前拐着，不知道它从哪里来，来自在一条清清的小河边抑或一块桃红柳绿的树林旁；也不知道它要到哪里，远远的，它就消失在一座连绵大山脚抑或一片绿绿的稻田中。但不管这青青的石板路从哪里来，到哪里去，它都要悄悄穿过一个古朴的村落或一条安详的老街，在那里，它小心翼翼地过，拾掇那些被岁月遗落在石缝中的故事，穿成一串清淡而悠久的记忆。

这些村寨或老街，让青青的石板路在仄仄地爬着，一块挨着一块，不离不弃，雨水和岁月将它们洗刷得干干净净，无情的岁月也把原先平整光亮的它们雕琢得坑坑洼洼，仿佛是昨天残留的梦痕。深深浅浅的印子，记录着祖祖辈辈的脚步。石板已经被磨得没有棱角，有些圆滑，像是经历了风雨沧桑而有城府的人，很是世故，总是阴沉沉的。石板是青色的，又有些苔藓缠缠绵绵地爬着，裹住了石板的身子，让它有些窒息。苔藓别有用心地想爬上板面，都被来来往往的脚印给吓退了，只好偷偷躲在石缝里，不敢吭声。偶尔从墨绿色的苔藓中偷偷地透出一张青蛙的尖尖的脸，探头探脑，一见人影，“扑”的一声，蹿入了另外一个石缝。蟋蟀也悠闲地跳来跳去，或者静静地在阴暗潮湿的苔藓上，尽情地享受清凉的露水和鲜嫩的青苔。蚂蚱也肆无忌惮地闲逛，张牙舞爪，在这里滥砍乱伐着，蚂蚁在急急忙忙地搬家，穿梭在密密麻麻的苔藓和蚂蚱的肚皮上，骚扰着它，使它不时跳两下。青青的石板路，昆虫们在尽情地嬉戏。

路的两旁，多是些陈年的老房，青绿色的墙壁也多是青石砌成的，灰暗的木楼已被风雨浸泡得黯然无光，一两声悠长的二胡声从那雕刻精致的幽暗的窗格里偶尔飘出，二胡声在那里颤颤地摇曳，像是从久远的时空隧道里幽幽溢出，弥漫在这潮湿的空气中，让你感到青青石板路上的空寂，以及它长年累月积淀下来的安详。屋檐下长长短短地挂着往年的瓜豆，个儿又圆又大的，是南瓜，挂在那里，像是一个个逢年过节时高高挂起的红灯笼，给这些幽暗的老房子增添一些暖色。一把把的豆类，被晾干了发白，还有被风干的枯黄的红薯藤，这些仿佛在无声地诉说着往日的丰收。石墙围起的院子，一扇竹子编的柴门漫不经心地竖在院门口。透过稀稀疏疏的柴门，院子的东西都让人一览无余，一只年迈的老母鸡“咯咯”地带着一群小鸡在刨土寻食，几只大公鸡顶着红红的冠，昂着头“哦哦”地吟唱着。院中央的一棵梨树，开满了一树白，不小心，有一枝竟斜斜地横出青青的石墙来，静静地打量着来来往往的行人。偶尔有几个白发苍苍的老人踽踽在这幽静的院子门口，手里牵着蹒跚学步的小孩，满脸皱纹的脸和石板路一样的老气横秋，定定地看着在石板路踽踽独行的人，仿佛从他们身上可以拾回当年豪情浪气的岁月。

青青的石板路行人总是三三两两的，只在晨光熹微的时候，路上有些热闹：赶着牛的，背着篓的，行色匆匆。“踢踏”的脚步声不断，吆喝牛声声，沿着这条青青的石板路，一一地消失在朝雾迷蒙的尽头，只留下串串清脆的脚步声，回响在空荡荡的村寨，慢慢地，热闹归于沉寂，路上只剩下偶尔走过的行人，大家都默不作声，打个照面，头一点，脸露出一个微笑，便擦肩而过。石板路只有孤独的青草默默地等待。夕阳西沉，日照到青青的石板路上，光被反射回来，路像一条白花花的带子，让人炫目。在夕阳灿烂的霞光中，一头老牛慢慢地出现了，摆着尾巴，紧接着一个扛着犁耙的老农出现了，静静的，直直的，定格在霞光里，仿佛是一张精美的剪纸，接着“嘚嘚”的脚步声近了，你抬头一望，是种田晚归的农人。青青的石板路犹如村村寨寨的一道道音阶，勤劳古朴的山民们，每天用坚实的脚步在踏响日出而作日落而息的旋律，代代相传，长盛不衰。

此时青石板路两旁的房子都袅袅地飘起一缕缕炊烟。原先徜徉在路上的老母鸡不见了，这丝丝青烟飘荡在青青的石板路上，到处弥漫着青青的迷蒙。虽然清静，也不乏温馨。若是农闲时节，散谈的人便三三两两地摇晃在这青青的石板路上。这路旁这屋前，到处摆有青青的石凳石椅，他们坐到这儿，“吧嗒吧嗒”地抽着大袋烟，任凭一圈圈的烟在眼前缠来绕去，或者捧着一大碗茶“咕咚咕咚”地喝着，绝没有文人墨客很雅致地轻抿一口的雅样，他们只求得痛快淋漓。还有的在路旁的院子里，在瓜豆棚下，摆弄棋盘，闲敲棋子，不紧不慢，双方凝神屏息，显得那样的雍容睿智，不见人语，只听棋子“啪啪”的落声。若是下雨天，淅淅沥沥的雨默默地冲洗着这残留在上面的污泥，若是豆大的雨点砸在青青的石板路上，开出一朵朵莲花般的雨花，很是迷人。由下而望或者自上而视，雨花一朵接着一朵，这条青青石板路仿佛就是一条高高低低弯弯曲曲的绸带，沿着石板路而下的雨，在路旁的小沟里形成一条“叮咚”的小溪，急急忙忙地跑在路的两旁，想用自己的欢快驱赶石板路的寂寞。大雨洗过的石板路，光着小脚丫漫步在上面，来回几里，干干净净，竟沾不上一丁点泥巴。一切都显得那样清静安详。

青青的石板路，悄悄地路过村寨，带着村里人的朴素而纯净，消失在绿绿的田野之中。

秋 思

一 雁阵惊寒

黄昏时分，橘红色的天空传来“嘎——嘎——”的清脆声音，情不自禁抬头看着，只见一群排成“人”字形的大雁低低飞过夜空，远处也不时传来“嘎——嘎——”的声音，看来是雁群在遥相呼应。

接着一阵阵凉风迎面吹来，和着声声雁鸣，扑到身上，让人不由得打起寒战，赶紧抱紧双臂，长叹一声，秋天来了。

南方的气候总是很混沌的。秋天来了，树叶依旧绿油油，好像秋风萧瑟的日子离得那么遥远。朗朗晴空，总是阳光暖暖，偶有秋雨，也是缠缠绵绵一阵子，秋味依然淡淡，飘起人们无限的遐想。

此时，天空里大雁声声“嘎嘎”落下，飘荡在空旷的原野，格外苍凉。虽然说我们也是南方，可是很多大雁飞来飞往，有时候只是暂时停留，盘旋在巍峨的高山上，远远地望着忙忙碌碌的人们。也许是现在人类有些贪婪，它们只能敬而远之。

大雁对秋是最敏感的。它们行色匆匆，展翅翱翔，渐渐飞离它们生活了一春夏的北方。在食物富饶的北方土地上，它们养儿育女，繁衍后代。秋天一来，万物萧条，冰天雪地，难以寻觅食物。孩子们也羽翼丰满，赶紧飞到南方，寻找温暖的阳光，待来年春天来临之时，又从南方匆匆飞到北方，过着富足温馨的生活。

飞行的雁阵十分严整，常常有次序地排成“人”字或“一”字队形，很少有凌乱分散的情况。它们紧紧相连，不离不弃。听说，领头的大雁即头雁拍打几下翅膀，会产生一股上升气流，后面的雁紧紧跟着，可以利用这股气流，飞得更快、更省力。一只跟着一只，紧跟着飞翔。如果是孤单单的一只，很难拍起那么大的气流，肯定飞不了多远。

有劲的大雁在扑翅而飞的时候，翅膀扇起一阵旋风，从下面往上面送，就把小雁轻轻地抬起来，它们一边飞着，一边不断发出“嘎——嘎——”的叫声，彼此问候，互相照顾，呼唤该起飞，或者该停歇了，提醒谁都不准掉队。

多么温暖的雁阵呀！若是孤身一人，在冷冷的天空下，一颗浮动的心也似乎变得多愁善感，像雁群那样融融相随，相濡以沫，该是多好呀。可此时的自己却偏偏远离家人，在外独自奋斗，心里是多么孤单落寞呀！

恰好，一片树叶黄了，飘落下来，心中更是涂上一层淡淡的哀愁，这片树叶也许在夏天热烈而辉煌地生活过，曾经是某一朵红艳艳的花儿的美丽伴娘，或者曾是树上某一颗香气四溢的果儿的守护者，如今却被岁月无情地打落，多可怜呀！可转念一想：落叶不是无情物，化作春泥更护花，也许落叶的飘零是为了报答大地母亲的存爱，为了哺育明年更美的花朵更甜的果子，多令人敬佩呀！

想着想着，心情又不知不觉地轻松起来。还有那长空雁声掠起，还有那银盘的圆月……无不让人对家人充满无限的思念：家里的棉被是否已经洗好，准备迎接寒冷的冬天？那年老的母亲是否已经有了御寒的棉衣？去年的那一件已经有些破了。年老的她总是手脚冰冷，得给她买个暖水袋，呵暖她抚育我们的辛勤双手。大雁那样相依相偎，由北飞到南，克服旅途中的种种困难，最终到达目的地。整个雁群又能快快乐乐一起生活。这不是一家人和睦相处的表现吗？

长空里的雁阵，携着一声声鸣叫，渐渐远去。寒意纷纷涌起，心里也涌起对亲人的思念，就托着雁儿带去温暖的问候。

二　白露为霜

“白露”姗姗而来，把炎热的天气彻底浇凉了，秋老虎跑得无影无踪。

缓缓走到人行道上，只见那路边的树叶子悄然变黄，蒙着一层薄薄的雾水，那也许就是最初的霜吧。在冬秋季节不很明显的南方，那白白的霜只是到初冬时节才很明显，但那浓重的露水也已经把叶子打得低沉沉的，飘逸不起来。

仰望树叶，不时有露水滴下，打在树叶上噼啪有声，在清幽的早晨显得格外响亮；偶尔滴到身上，凉气透骨，真真切切让人感受到秋意逼人。

该添件衣服了，身子有些寒寒战战。遥想乡下，母亲此时应该把藏在柜子的厚衣服厚棉被拿出来晒了。劳作了一辈子的她总是最先感觉到秋天的到来。在去地里忙之前，赶紧把秋冬衣物晒好，生怕突然变凉了，孩子们没衣物御寒。

于是，窄窄的小院子里便飘飘忽忽地挂满了被子衣物。瘦小的母亲在里面穿梭不停，这里拍拍，那里甩甩，忙得不亦乐乎；看到准备出门上学的我们，又三步并作两步赶过来，让我们把身上的短衣脱下，换上衣袖长一些的，说这种气候暖凉不定，多注意，怕惹上感冒。

可有时候，我们早早醒来时，看到母亲浑身湿漉漉的，肩上还担着一篓青翠的草，感到很奇怪。因为天又没有下雨，是什么东西把母亲淋湿了？母亲笑笑说，是露水打的，要是再靠后些，身上就被霜淋湿。

原来白露过后，露水都凝聚到树叶草叶上。早早时候，太阳没有出来，露水很重，像是下了一场瓢泼大雨。人钻在草丛里肯定被打湿了。可是这个时候青草是最鲜嫩的，又带着露水，清甜可口，牛最爱吃。母亲就赶早来割草了。

我们问母亲那露水打湿你，你不怕感冒？母亲又笑笑说自己老了，皮肤又老又硬，感冒钻不进。你们皮肤嫩，容易受感染。说着又赶紧喂牛去了。

母亲对白露的敏感，让我们能快快乐乐成长。现在又是白露时节，乡下的母亲可否安好？该晒的衣物是否都晒好了？

露水变白了，人的心情也似乎变得很敏感。深深呼上一口气，秋天的阴气加重，心肺凉沁沁的。气温下降，霜意弥漫，眼前落叶纷飞。没有了春夏那种热热闹闹，一切归于沉寂，更走向肃杀。生命一年一轮回，在此时此刻就要短暂地停歇了。它要保持一份淡定。走过盛夏的我，也已经没有了充沛的精力和激情，就只静静面对。三杯两盏淡酒也不必，只是一杯清茶，只是随顺泰然。

三杯两盏淡酒，细细品味，一股暖流缓缓流遍全身。是呀，秋天来了，阳气慢慢减弱，而阴气越来越重，增加些温度是很必要的。吃些东西温补吧，煮一锅羊肉汤，尽情喝上一两碗。滋阴壮阳，会使你的身体越来越强壮，时时精力充沛。这吃百草的动物集中了那么好的营养给我们。我们如何感激它，感激大自然给予人类那么好的滋养。

白露为霜，大地渐渐发白。黄的叶子纷纷飘落，剩下光秃秃白生生的枝干。那些磨磨叽叽的昆虫小鸟也渐渐销声匿迹，到处寻找过冬的温暖去处。只有那些还没有贮备够过冬食物的动物，仍旧忙忙碌碌，四处寻找，慢慢捡拾着一切能够过冬的东西。一根树枝，一粒干果，它们都没有放过。

霜真正结了，奔跑在大地上的影子更加少了，剩下那些硬脆的霜在那里散发着冷冷的幽光。

三　杏叶漫天

秋风起，哗哗作响。金黄的落叶纷飞，随着风儿在空中飘荡，犹如一只只翩然的蝴蝶，在自由自在飞舞。

小城里种有许多茂密的银杏树。一棵棵挺拔的银杏站在人行道旁边，像是忠实的士兵，老老实实地守候着这一方安宁。夏天时候，细细的叶子密密匝匝，遮住了火辣辣的阳光，留下一片清凉的树荫。

树下特别热闹。早上锻炼的人形形色色：有慢跑的，转着几棵树慢悠悠跑；有摆开马步的，双臂缓缓展开，口中不断吐纳着气的。谁都想利用这片阴凉。

银杏，一种最古老的树，是植物的活化石，见证了许许多多动植物的生生死死。寒来暑往，岁月沧桑，它依然生机勃勃地挺立着，昭示着生命力的顽强。

银杏是对季节最为敏感的。秋天一来，原先茂盛翠绿的叶子纷纷飘落，立即让人感觉到秋天的肃杀，生命的凋零。胸中渐渐腾起一种无以言说的凄美。这样的扇叶，它们精致、细腻，沾满浓浓秋味，诠释着秋天另一种金黄的美。

弯下腰，拾起一片刚刚飘落的银杏叶，细细看着，不禁思绪万千：沾满阳光的叶子黄得清透，并没有焦灼的枯黄；叶面硬实，没有一丝腐烂的痕迹，怪不得有活化石的美称，连枯萎的样子都显得那么有骨气。

坠落的黄叶将硬化的路面铺得很严严实实的。脚踩上去，悄然无声，感觉软软的一片，像是踩个红地毯，舒服极了。但有些于心不忍，那么漂亮的叶子竟然被踩在脚下，遭到无情的蹂躏，以至于和着泥土，融入大地，消失得无影无踪。

傍晚时分，树下走来走去的人更多。老老少少，趁着晚饭后出来溜达散心。大人牵着小孩的手，慢慢走着，有时候调皮的小孩挣脱了大人的手，尽情跑在这片柔软的叶子上，银铃般的笑声洒满了银杏树下，震得银杏树叶不时有一两片飘落。

一对步履蹒跚的老夫妇，满头银发，精神矍铄，手挽着手，互相搀扶，慢慢走着。嘴里喃喃对着话，不时相视而笑。走累了，便坐到银杏树下摆着的石凳，紧紧相依。微风拂来，不时有几片银杏叶飘落到老头肩上。那老妻见状，立即伸出手，轻轻弹掉。

正是夕阳斜照时候，一道道金色的霞光铺过来，洒在两位老人身上，将老人染成金雕，一动不动，闪着道道光芒，和头上的银杏树融为一体，分不出彼此了。

听说银杏树是分雌雄的。雄性的树高大挺拔，枝枝叶叶直直向上，疏密有致。雌性的树就婆娑摇曳，枝枝叶叶比较繁茂。它们若即若离，隔着一小段距离，互相问候。树当中，只有它们称得上夫妻树。如果附近没有异性的树，单株的银杏树也不会活得太久。它们每天默默相望，彼此关心着。年年岁岁，岁岁年年，银杏树演绎着最美好的爱情。

在片片金黄色的叶子中间，有些白色的果实微微露出，那是它们爱情的结晶。那种白果，在银杏间摇晃，低垂，一如今年城区这些银杏树一般，满满的秋味，满满的果实。

那树下的老夫妻不就是活着的银杏树吗？结婚数十年，不离不弃，相濡以沫，在情欲泛滥的今天，又该给那些朝三暮四的人怎样的启示！

霞光渐渐褪去，夜色渐渐加浓，喧闹的欢笑声也渐渐消失。散够了心的人们都纷纷回家了，留下株株紧紧相连的银杏树，四周恢复了寂静。“沙沙”“沙沙”一阵单调的声音渐渐响起，一个孤零零的影子在挥着一把大大的扫把，扫着地面厚厚的银杏树叶。

那叶子漫天飞舞起来，几乎淹没了清扫的人，但很快就被堆到垃圾车里。地面干干净净的，看不到脏乱的痕迹。

明天，人们依然看到漫天飞舞的银杏叶。叶子依然那样金黄透明，依然那么漂亮。叶子会记得树下发生的美好的一切。

三月桃花伤

三月，桃花夭夭地开了一坡，粉红的，像是雪里洒了红。看上去，有一种暖暖的感觉，像一位素雅姣好的女子，不是很光彩夺目，不显得妖艳，那样羞羞答答，但那暖暖的粉色多情地缠住你的目光，暖着你的眼，吸着你的心，拖着你的脚步，让人有一种想亲近的冲动，于是你便情不自禁地投入桃林这暖暖的怀抱。

桃树是很少孤零零地长着，至少两棵相依相偎。大伙儿亲亲密密地挨在一起，一副很热闹的样子，而每棵桃树也绝不是各自地长着几朵稀稀疏疏的几枝杈，而是一层加一层繁茂地长着，大大方方地展露着多情的怀抱。即使两三棵的桃林，开起花来，很是灿烂的一片，很有气势。钻进林子里，幽幽的，很让你有一种桃树就是你的天空的感觉。长着桃树的地面，小草呀藤呀等小植物是不敢莽撞地闯过来的，树下一向是平整光滑。繁密的花盖过了稀疏的叶。早春时节花开比长叶殷勤，这时你感觉自己如同坐在温馨的洞房里，尽情地伸开双臂，似乎在等待一位浪漫的花仙子新娘的出现。花色迷住了你的眼，让你有一种迷离的感觉；那香气更是不放过你，那浓郁的香气像是一股股浓郁的气流，“呼呼”地扑到你的脸上，让你鼻子防不胜防，满满地灌了你的鼻子，然后迅速散开，弥漫整个桃林里，你只有一种被动地陶醉而不可捉摸的感觉。

这么甜美的花色和花香，难怪人们习惯于把女子比作桃花，圆润而灿烂。传说中多情的诗人在烟花灿烂的三月无意中见到了野人家里的姑娘。姑娘素朴而迷人，让诗人的情怀弥漫着淡淡而一年也挥之不去的牵挂。好不容易盼到第二年的春天，诗人急急忙忙去寻找，但人去屋空，只有一簇簇灿烂的桃花在那里痴痴地等，诗人满怀惆怅地留下了“桃花依旧笑春风”的千古名句。寻人不遇，倒反落得个空落落的情怀，诗人的落寞惆怅，此时此地，能说有多少呢？善感的他怎么就没有想到这夭夭的桃花就不是那美丽的姑娘呢？或者是那迷人的姑娘，不就是这痴痴等待的桃花仙子呢？花亦人，人亦花，一腔空落落的他怎么也无法摘掉他心中最艳的这朵桃花。桃花是多情的，一脸的灿烂竟让这么一个高雅的书生失魂落魄，满怀的伤感，天下事难圆！桃花并不富贵，比不上牡丹雍容华贵的贵妇样，素雅素雅的，让人感觉到一种质朴，一种油然而生敬意的素朴，跟平时野人家的女子般配相符。散出的香气也是淡淡，但正是这种淡雅一旦潜入你的心底，你便无法将它排遣，绵绵地在你心底游动。它平日也长在幽谷僻岭之中，静静地燃烧那片山坡，并没有有意去招蜂引蝶。花开花落，悄无声息，掩映在山岭之中，稍不注意，你可能认为那是天下飘落下来的几片彩云，悠悠地飘着，只待那缕春风将这丝丝温暖的香气送入你的鼻子中，你才发觉那是桃花林。

徜徉在桃花林中，你定然被一股股的香气包绕着，挥之不去，似是一位多情姑娘的等待的情愫。那密密匝匝的花让风无法很狂妄地穿进桃花林里，所以你感觉不到被风吹的感觉，但心存妒忌的风是拼命地摇晃着树枝。柔弱的桃花轻不起风的肆虐，落寞缤纷，洒了你一身的粉红，头上肩上落满瓣瓣桃花。若是穿林而出，你便是活脱脱的桃花新娘，光彩照人。然而看到这纷纷扬扬的桃花雨，你心不禁隐隐作痛，无端地恨起这无情的春风，虽说“落红不是无情物，化作春泥更护花”，但原先满树的灿烂竟一下子变得稀疏空落。你的伤感竟渐渐浓郁起来，原先赏春蓬勃起来的美好心情却黯然失色，变得闷闷不乐。一片片粉红的花瓣，似柳絮般飘落，洋洋洒落，恰似泪雨磅礴，何等壮观！何等凄美！灿烂之极，却以最快速度凋零，纷纷扬扬，委地无声，在细雨缠绵里如烟花。然而这洁净的粉红桃花飘到污浊的烂泥里，慢慢地失色，融为烂泥的一部分，你目睹着这一瓣瓣美丽，转眼消失的情景，使你无法释怀。桃花在燃尽了所有的灿烂和妩媚后，以这么哀伤的凄美伤了三月，伤了看花人，站在落英缤纷的桃花树下，无言以对，叹息声一声长过一声。

其实桃花开得让人极度的喜悦，又让人怀揣一种迷离的伤感，隐藏着红颜薄命，人都有一种怜香惜玉的情结。即便是淡泊名利远离世俗的五柳先生，仍以桃花缤纷的美好景象构造了一个仙境般的世外桃源，勾起千古多少个文人雅客的魂牵梦绕，成为他们心驰神往的美好地方。这般美好的景象也竟是空中楼阁、水中月、镜中花，是那样的缥缈虚无。一想到污浊不堪的现实生活，那洁净悠远的桃花源又是多么的让人伤感，一种可望不可即的自我陶醉，一种纯粹的虚无主义。这桃花源也不就是一个充满伤感的地方吗？想必也是五柳先生对现实的失望感伤到极点，才费尽心机塑造这么一个充满了伤感的凄美的地方，到底还是桃花让人有一种梦幻般的感觉。

桃花是多情的，却令很多人眼花缭乱，坚守不了那一份情愫。常常说那些风流倜傥的少年往往命带桃花，那必然闹很多风流韵事。桃花的朴素和文静，恰似野人家羞羞答答的姑娘，拖着一条乌黑的长辫子，没有任何的粉饰，没有任何的做作。这种质朴都是少年们梦寐以求的。他们桃花运不断，常常有像桃花一样妩媚女孩缠绕在身边，情感河流四处横溢，淹没了这些迷人的花朵，恰如桃树受不了水的浸泡，若是水的几天热情的拥抱，桃树备受折磨，痛苦枯去。

这些泛滥的情感伤及灿烂迷人的花朵，可爱的花朵便如流星般瞬间凋零，那样忧愁，又是那样无奈。也许命里带桃花运的少年依然沉溺于花朵的簇拥之中，感觉不到某一朵花的黯然失色。这些桃花，在萧瑟的细雨中憔悴，枯萎成忧伤的红，沉睡在冷漠的泥土里。一旦这些妩媚的花就这样一一地绚烂，又一一地败落，然后一片片地飘零，这位多情的少年蓦地醒悟，但花色已褪，花香已散，原先温温软软的情怀已落空成一腔的孤寂伤感，桃花绚烂如此罢，何不及时采上一朵，怜香惜玉呢？桃花运，一种让人迷离的运气，常常是伤害了一颗颗美丽的心，又空有一腔腔温柔的情怀。感情是来不得肆意挥霍的。

岁岁年年，年年岁岁，花开花落，是生命的轮回，但花落无声，人却有情，看见枝头依旧是春意盎然，生机蓬勃，唯独桃花零落成雨，如古往今来人间无数凄艳的爱情在世俗的缤纷中枯萎。我们渴望拥抱美好的爱情到老，但上天只安排你一时拥有，恋恋风尘的尽头，你还要交还命运，还给泥土。花自飘零水自流，只想苦苦挽留那一地的残香，让它弥漫在烟花三月的伤感里，成为心底无法解开的情郁。

山只是一个隐喻

山是凸出的坳，坳是凹下的山，山山坳坳，重重叠叠，绵延一片。

山里人就像一只只小蚂蚁，充满敬畏地看着大山，嗷嗷待哺。许多欲望疯涨，爬满每一块坚硬的石头。

庞大的山躯犹如凶神恶煞，狠狠地挡住了山民的去路，把村庄团团地拢在狭小的山谷里，狭长的山坳却善解人意地让开了一个宽敞的口子，让山外的风徐徐地吹进来，使寂寞的山村有了一丝丝生机。

山里的坳是山里人家的脐带，连着山外，连着大山，牵着山里人的目光。

一

群山巍峨。放牧、打柴都先登上那山坳，再一步一步地爬上山。站在坳上，回头望着幽深的山谷，只见那低矮的房子紧紧地贴在谷底，走动的人影就像一只慢慢移动着的蚂蚁。山坳让人内心油然荡起一股豪气；再望望四周的山，哪里是树木森林，哪里是杂草葱茏，哪里土地平整，一目了然。何去何从，站在坳上细细思考后，才渐渐地散到深山里去了。

太阳架到山顶的时候，山坳渐渐热闹起来，从深山里钻出来的人们满载而归：砍柴的，扎起了两捆粗大的柴火；种地的，篓里装了胖嘟嘟的瓜儿玉米，噔噔地爬上坳来。大伙都气喘吁吁的，大汗淋漓的。谁都想把这沉重的担子快快搁下，好好地歇上一脚，换口气，待力气恢复了，再沿着那羊肠山路一步一步地踩回家。

山坳上往往长着一棵绿荫如盖的大榕树或大樟树，把坳口掩得阴凉凉的，远远望去，像是山坳向人们举着一只热情的手。若是烈日当空的盛夏，这里也如秋天般清幽凉爽。树下摆着几方平整的石块，不知经历了多少的风风雨雨，石块已被人们坐得清亮滑洁。路过或收工回来的人都忍不住往这清凉的石凳搁一下屁股。来来往往的山间的岚气被大山拦住了，只是一个劲地往山坳里挤。清风便呼呼地吹着，像是巨大的天然电风扇，把爬山升起的一团团燥热慢慢吹凉爽了，舒服极了。走过坳口，谁都不想错过这难得的享受。

有了树的阴凉，有了岚的清爽，山坳常常是充满欢声笑语的，时不时飘来一阵阵动听的山歌，回荡在山谷里，啦啦作响。更意料不到的是不知哪一座山头竟跟着这山歌和了起来，一唱一和，山坳俨然是一座天然的歌台。风在伴奏，鸟在和鸣，直到把那太阳唱下山去，把月亮星星唱出来，才过瘾，歌声才徐徐消失。还有的便在平整的石块上铺开棋盘，“当当当”地敲着棋子，你杀我搏，助喊声、指点声彼此交织。有的太累了，什么都不感兴趣，便自个儿倚在那坚实的大榕树下，眯着眼睛打着盹，酣然入梦。光刺眼了，找一顶草帽盖上。唱够了，睡醒了，人们的困意被赶走了，大伙又把那沉甸甸的担子往肩上一搁，精神抖擞地走下山坳，回到了幽幽的山谷中去，寻找一窝温馨。

山坳是一个容易发生故事的地方。唱着山歌的，一唱一和，一远一近，一高一低，不知不觉地那歌声越来越近，最后是歌声没了，只见两个身影相依相偎在一起，歌声已经变成了窃窃私语。那紧贴的身影也越遁越远，消失在人们的视野里了。第二天村里便传来消息说，村里很会唱歌的小妮已经跟山外那个小伙子跑了。原来那小伙子来山里玩，坐在山坳上歇息时，被在山上采猪菜的小妮子的山歌迷住了。那小妮子嗓子清亮婉转，唱起山歌，像是山里那百灵鸟在唱歌，上山劳动常常坐在大榕树下，亮起她那甜甜的嗓子，一句一句地唱着，竟然迷倒了这山外的小伙子。这小伙子便有事没事跑到山里来，就坐在山坳上搭腔跟小妮子聊，把小妮子聊出了山外。于是，在这幽静的山坳静静地坐着的，除了一些是劳动回来歇脚的人们，还有是一些多情的小伙子在傻乎乎地坐着。他们像清爽的山岚，时不时吹走了村里的一些姑娘，使她们走出了山坳，很少再返回到这深深的山村里了，也许是不想再爬上高高的坳了。

其实，故事也不只是发生在山外的小伙子身上，山里的故事也有。同村的年轻人热热闹闹相约上山砍柴，当爬了一座座山回到这坳时，大伙都筋疲力尽了，便坐到石板上歇口气，坐下来歇着聊。大伙便聊着刚才砍柴的事情，又聊着谁的力气大，谁的力气小；还聊着家里人谁勤谁懒，谁一辈子都没上过这坳砍柴放过牧。大伙你一言我一语地聊着。渐渐有人把话题越聊越小，聊到谁家的媳妇对公婆不好，谁家的丈夫又经常出去拈花惹草，谁又是三十好几还没讨到媳妇。聊来聊去，竟把自己的脸聊红了，也把对方的脸聊红了，手也牵到一起。村里是不方便说悄悄话的，众目睽睽，弄不好被人说三道四。初初谈时，只能在远离村庄的山坳上，趁着打柴，趁着捡猪菜，两个人无话不谈，一来二去，竟打得热火朝天。突然有一天某某家门口响起了噼啪噼啪的鞭炮，大家才知道谁家的人成亲，恍然大悟般，而这只有经常上坳的年轻人才隐隐约约想起坳上的点点滴滴。

二

山坳就这样令人神往，特别是年轻小伙子，但还是有很多人不愿意爬上那坳的。那山坳陡峭绵长，直直地伸进巍巍群山里。上了山坳就等于爬上了半山腰，一条由石块砌成的石阶遥遥地连着谷底的村庄，在谷底望就让人望而生畏。爬上去，便让你气喘吁吁，腰酸背疼，而山谷里村庄四周是一片平畴。想打点柴，在山脚打打也可以；捡猪菜，也可以在附近摘摘，犯不着爬上那么高的山坳。村里很多人在谷底过惯了日出而作日落而息的生活，像是躺在大山温暖怀抱的婴儿，舒舒服服地过着日子，谁又会费尽脑汁去想想那山坳那边会是什么样子。高大的山和山坳切断了山里人的目光，让他们的目光不再犀利，而是那样的柔软、脆弱。他们望着那高高的山，陡峭的坳，只是摇摇头，叹叹气，转身走入那低矮的石瓦房。

其实山里人很是崇拜山坳的，那山坳很雄壮地勃起，很容易让人想到男人的阳刚之气。山里的男人在年轻时谁都有过征服那山坳的豪情壮志，谁家女孩子要嫁人，也偷偷观察自己的意中人爬上了多少次山坳。山谷却是深深凹下去的，是女人的阴柔之气，人长时间窝在里面，便觉得柔弱，没有了什么野心。年轻时，大伙就喜欢比着那种阳刚之气，常常是一群活泼乱跳的小伙子，把裤脚扎好，吃饱饭，喝足水，稍稍作了休息，便背上柴刀或背篓，便齐刷刷地往坳上冲，一脚踩着一石阶，汗津津的。但一爬到半坳，感觉两腿像是灌了铅似的沉重，有些难以抬起。但一想到身后女孩子那柔柔的目光，还有山坳上那猎猎的西风，那大树在哗哗招呼，又咬紧牙关，打着精神，继续爬着，终于到达山坳了。往后一望，伙伴们也在努力地爬着，便欢呼雀跃，拼着命呼喊着，表明自己的力量和勇气，说不定返回去的时候会获得哪个女孩一两方馨香的手帕，至少是大人们会翘起大拇指连连称赞说是个地地道道的男子汉。那没冲上过一次坳的小伙子，自然有些灰心丧气，但还是会偷偷地去爬上几次，增强增强自己的底气，至少对自己有些信心，证明自己至少还是个男子汉。

三

冲上了山坳，目光便开阔起来。经常上坳的人就会发现，山坳的一头牵着谷底幽幽的故乡，另一头让仄仄的石阶慢慢地牵入那重重的群山中，充满着无限的诱惑。于是有人便沿着这条弯弯曲曲穿梭在草丛中的石路，隐隐约约地走向那边的山坳，忍不住内心的好奇，一直走着走着，发现山外竟然是广阔的平原，那里是楼房林立，流光溢彩，歌声飞扬。这是大人们从山外回来给自己描绘的一幅图景，常常是小孩子梦里的场景，醒来却是房前屋后遍地石头，低矮简陋的石瓦房，还有那些长年低着头弯着腰穿梭在山地里的乡亲。自己便经常眺望那高耸的山坳，总幻想着有一天自己能跃过那山坳去，寻找大人们故事里的精彩世界。而这种幼稚的想法，又常常被大人们嘲笑，说山坳那么高那么陡，你能爬上去？即使你爬上去，还有另外的一重坳，你又能翻过去吗？山山坳坳，无穷无尽，翻不完的！重重的语气说得小孩子睁大眼睛，流露出害怕的神情，赶紧逃回去，牵着家里的牛，乖乖放牧去了。

再高的山坳总有人冲过去。山里人还是有些人冲过了山坳，那是山外来了几个年轻的老师。他们带来了朗朗笑声，他们在简陋的石房里咿咿呀呀地教起了书，许多好奇的孩子都跑过去，饶有兴趣地学起来。寂静的山里渐渐了琅琅的书声，大伙只是好奇地问过坳到外面世界很远吗？那老师很轻松地说不远，并绘声绘色地跟孩子们讲山外许许多多故事，让孩子们睁大了眼睛。他们常常耸耸肩，很潇洒的样子。看他们一年寒暑易节地穿梭在山里山外，小孩子相信山坳没有大人们说的那样令人生畏。真是初生牛犊不怕虎，慢慢地小孩子不但爬过了坳，还偷偷往前跑跑跳跳上了更远的坳，差点迷了路。但站在很多坳上，让风尽情地吹拂，吹出小孩子很多豪情：把很多很多的山坳踩在了脚下，看似可怕的大山原来也不过如此。后来小孩子的心收不住了，在山里上了小学，便跟着老师爬过那重重山坳到山外读中学，小孩子真正踩过山坳了，踩过一座又座高耸的山坳，被小孩子踏在脚下，小孩子胜利了，小孩子不仅踩过了山坳，更重要的是踩过了自己。

冲过了山坳的小孩子就不再打柴摘猪菜了，小孩子背着沉沉的书包，背着沉沉的希望，脚步比先前迈得更加坚实有力，留下身后一串串羡慕的目光。大人们啧啧称赞这些小孩子是真正的男子汉，小孩子到城市里上了学，有些人便在城市里留了下来，远远地离开了那个山坳，只是每逢过年过节的时候，才翻坳越岭去看望山里的亲人。站在坳上，尽情地享受着故乡吹来的风，看着山里的小孩和年轻人在坳上唱歌嬉笑，以及放在旁边的捆捆柴草，背篓猪菜，还有灰头土脸的样子，小孩子想起了他们小时候的情景，有时不禁跟村里的小孩对对歌，下下棋，寻找那逝去的童真。

山里人一个接一个渐渐地踏过山坳，理直气壮地走出了山坳。山坳远远地被抛在身后了。

四

住入山里，走山路，喝山泉，是父老乡亲们的生活底色，大山渗透着山里人的灵气。与山“相看两不厌”便是一件乐事。

山里人看山，看大山，看老人。

山里人呱呱落山，没长几个月，勤快的父母便用从山里砍来的木条，做成一辆车，把小孩往车里一放，车前着地，架了个比较大的架子，装上水或什么一些吃的东西。富一点的，便放有玩具之类的。在座位和靠背上铺上软软的棉布。这座位和货架之间只差着一个手臂，这使小孩吃用自如，可以两脚蹬地两手抓食物，累了便直靠后背不知不觉地进入梦乡。山里人不兴托小孩，山里人长期攀爬山头，身子硬朗，稍有力气便上山，在家的尽是一些老弱病残。看小孩是烦人的事，于是很多时候将小孩放在这样的托车里，自个儿往山里去了。起初小孩也是又哭又闹，但天长日久，也竟然习惯成自然了，等妈妈的背影消失在村前的黑越的山里时，他们便坐在托车里摇摇晃晃在家门口，开始过着看山的生活。

山妈妈们是在太阳没有爬出山头就出门的。出门前在托车放好吃喝的东西，抱抱小孩，亲亲他们粉嫩的脸庞，便带上镰刀锄头，爬上村前的山峰。那时霞光万道，将绿幽幽的山映得金光闪闪的，妈妈们的身影与霞光映在一起，孩子们常常是在这灿烂的景色中黯然神伤，妈妈上山干活，不知什么时候才回来。于是妈妈的背影一消失，他们也似乎什么也都不感兴趣的，只是一个劲痴痴地看着村前的大山，或许，过不了些时候，妈妈的清瘦的背影从树荫下或草丛中露出来，急急忙忙地跑回来，亲亲热热地抱上一回；更加快乐的是有时带给自己酸甜的野果。毕竟妈妈在劳动中还是很叨念着自己的孩子，但是这种快乐的机会是少的，因为妈妈要到深山耕作，回来一趟不容易呀！孩子便自个儿也不失希望地看看山，看不出妈妈的背影，便在心里掂一掂这山有多高，数一数这绿葱葱的大树，那树叶儿黄红绿相间。春天的时候是最美丽的，既不像冬天那样树叶落了，显得有些空旷，非常无聊；也不像夏天那样，叶子长足长密了，把山封得严严实实的，妈妈的背影很快就被树荫淹没了，那春天的叶儿嫩绿嫩绿的。山上的花也是一朵一朵地盛开，很是热闹。鸟儿的叫声也特别可人，微风一吹，那花香，那青草味儿弥散开来，溢满了整个山谷，熏得托车里热切等待妈妈的孩子，不知不觉地进入了梦乡。更有趣的是，山上的小鸟也竟不怕小孩，看着大人走了，它们便扑棱扑棱地飞落下来，在托车前跳来跳去。小孩们看着山上的小鸟来逗了，便伸手抓了一些饭撒在车上，小鸟叫得更欢了，小孩脸上失望的神色也有些消退了，人鸟相欢。突然，扑棱一声，小鸟四处惊飞。妈妈的身影像天上掉下来似的，对自已笑眯眯，连声叫妈妈；也有小孩也对这些美丽的景色视而不见，心中晃不去的只是妈妈的影子。他们极有耐心地把万丈霞光看成通红的太阳，又把通红的太阳看成北斗星，山也由红变成绿，再变成为黑，最后妈妈的身影也跟那颗星星出现了。

大了，读书了，也喜欢看山，没有托车的束缚，看山的角度也就缤纷多彩了：花一开，叶一绿，便猜想着是山上的什么野菜可以摘了，山上树叶还是嫩黄的时候，野菜的味是鲜嫩清甜的，爬上树，摘下满满的一篮，够家里享受数天，父母连声赞扬，自己心里可美。待那野菜变老了，苦涩难耐，喂猪猪都不吃的，但绿过之后，慢慢便黄了，整座大山红黄绿相间，像是清洗过般舒服透亮。掩藏无数的诱惑，孩子们这时候谁也不会对大山这充满诱惑的表情熟视无睹。大家纷纷地涌入大山的怀抱，多美，那可是满眼金黄。山上的野果飘香，令人垂涎三尺，那野果熟透了，轻轻地摇，噗噗地落下几颗，咬上口甜甜可口的，余味无穷。大伙们便呼啦地爬上树，橙黄的野果像一只只红红的灯笼，用竹竿一打，便像下冰雹似的，哗啦啦，落下来，树下的人躲避不及，头上硬起了个大包包的，但脸上还是荡着幸福的样子。大家吃饱了，玩累了，便把这果子拿到山外的镇上卖，山外人很喜欢，说有真正的果味，赚了几张钞票，买几支铅笔或作文本，心里美美的。叶子绿的时候，炎热的太阳使大地像一个蒸笼，小伙伴们心里痒痒的，那山里清脆的泉水的叮咚声，像一声甜蜜蜜的呼唤，相约几个人循声跑去，一股白花花的水流，自山涧倾泻而出，形成一条清澈见底的小溪，掬一口含在嘴里，冰凉到心底。伙伴们再也忍不住了，脱掉褂子赤溜溜，扑通扑通地跳进溪里，用水互相泼洒着，嬉戏着，把整个酷暑洗到溪里。

老了，看山的时间更多了，也不像年轻人那样对山察言观色，有所意图了。他们只静静地围坐在家门口，看看大山，梳理着一生与他们息息相关的大山的事，也许以前为生计劳碌奔波，穿山而入，穿山而出，极少有时间去想想这生自己养自己的大山。这山里的每一片树叶，每一朵花，每一滴山泉，都蕴藏一个个美丽动人的故事。这时他们都一股脑儿把心事搬出来翻晒：靠近山顶的那棵大树下，是看见孩子他奶（她爷）的第一眼。那时，树长得很茂盛很茂盛，他奶打柴回来，坐在树下歇息，正好路过，口渴难耐，厚着脸皮，向她讨一口水喝，心情可紧张啦，心咚咚地捶。她热情地将水递来，她的脸也染成了大苹果，打那时起，我们便常一起打柴种地，说故事的老人一脸的幸福。另一老人也兴致勃勃起来：还有那口山泉清冽，大热天，我们偷着去洗凉，竟被父母发现，拿走衣服，我们只好光着身子回家。算起来已经过去六十多年了，说到这些趣事，老人笑声不断：你瞧山中间的那棵浓绿的金刚木大树，是解放前土匪残兵躲进山里来时，山民们不屈地反抗，保护自己的财产，跟土匪们作顽强的搏斗，最终被杀害于这棵树下，那是树魂山魂啊！是我们山里人勤劳、勇敢不屈的灵魂，这话题是多么沉重啊！

山，看大了山里人，也看老了山里人。

山只是一个隐喻，隐藏着许多山外人所不知道的秘密。这些秘密，没有人能够随便猜透，能盛开五彩缤纷的故事，像山上一朵朵绚丽的花朵。

蛇之恋

一

家乡坐落于云贵高原南麓，高山峻岭，层峦叠嶂，草木茂盛。一片苍苍莽莽。春夏时节，温暖湿润，草长莺飞，飞禽走兽，自然繁多，散步山野，说不定会碰上一两条拖着长长的身子而过的蛇，悠然而自得，倒是让你大呼小叫地慌乱起来。既而惊醒这本是闲适的蛇，它也轻快胡乱地钻进了茂密的草丛中，剩下你在那儿深深地倒吸一口气，惊魂未定，呆呆地站着。

家乡的蛇很多：地上爬的，水里游的，树上挂的，随处可见。但它也不会随意乱跑，蛇喜阴，总是躲在一些阴凉之处：或是残垣断壁里，或是草堆乱石下，盘着身子，探着头，吐着红红的舌头，探寻着外面的猎物。其实，蛇也是很胆小的，不发现自己可口的猎物，绝不轻易地在外面游游荡荡。除非是天气寒冷或是朝晨凉爽，需要阳光取暖，补充能量，它才懒洋洋地爬出来，在那明晃晃的阳光下舒展着身子，尽情地享受着阳光的抚摸，而那尖尖的头却不停地四处摇晃，吐着蛇信子，警惕地观察四周，以防被袭击。

少见到蛇的北方朋友，没了解到蛇的这种习性，对它惊恐万分。

每每看到电视里播放《动物世界》等有关蛇的节目，或者听到我们南方朋友津津有味地谈论蛇时，他们总是好奇而惊恐地睁大了眼睛，很多有名的电影恐怖片都逃脱不了与蛇的干系。蛇是最能制造恐怖的工具，那著名的《狂蟒之灾》不知令多少读者谈蛇色变，闻蛇丧胆。的确，蛇的丑陋的外表，让人感到厌恶，加之它那凶残冷酷的举动，更让人触目惊心。我不知道在人的记忆里为什么要给那些不跟人类接触的动物打上主观的恶意的烙印，让蛇在一直冤枉背着如此丑陋的罪名。

二

其实蛇也是很美的：线条流畅优美，让人仰叹不已；滑溜溜的身子，轻轻滑动，犹如一段缓缓而流的水；迅猛飞快，又像是一支离弦的箭。蛇身黑黑的质地，滑在草地，吱吱有声；滑在树上，青得发亮的身子就像是一根透满生机的枝条，跟绿葱葱的树融为一体。蜷缩时，很自然地一圈一圈地绕着，像是有人精心盘起。还有些黑白花纹的，层次分明，很纯洁，像是用心雕刻出来的图案，鳞片闪闪发亮，极少有纤尘沾染其中，甚至是不小心带上一两根枯草败叶，蛇都无法容忍随时都把它甩掉，浑身发亮得让人感觉滑腻，没有一条蛇让人看上去很肮脏邋遢。它那颀长的身姿，婉转的曲线，灵动地游走，敏捷轻盈。它皮上的条纹与斑点的图案，纺织得精美多样，几可与蝴蝶媲美。水蛇的腰身，则是水线的模拟，在阳光下闪烁明灭，宛若青白相间的波涛起伏；青蛇在竹林中缠附于竹梢，有着竹的清凉和湿漉感。穿行在草间的有乌梢蛇，有花蛇，带动草叶子顺风斜卧的风韵。

也许是蛇的这种别具一格的美感，人们会常常把美女跟蛇联系在一起，蛇的纤细柔滑跟美女的曲线柔美，一脉相通，很容易使人想起婀娜多姿或缠绵悱恻一类的饱含艳美的粗语。家乡人津津乐道的《白蛇传》故事，更是勾起了许多年轻人的种种幻想。美女和蛇更是联系在了一起，看到一些摇着婀娜多姿的身材在走路的女孩子，常常把这些漂亮的女孩子称为美女蛇，以过过眼福和嘴瘾，也可能表达一种吃不到葡萄说葡萄酸的嫉妒心理吧，抑或有时候女人心毒如蛇吧？

家乡人喜欢说传了几千年的《白蛇传》，让人对蛇充满一种敬意，如此痴情善良的蛇妖，集中了多少人对中国式女人的幻想。蛇虽属妖魔，但其灵魂之高尚要比那满身道术的法师更令人敬佩。村里常常有些讲古的老人家在村头的大树下给后生们讲述那些动人的爱情故事，也许爱情的话题向来是人们津津乐道的。老人们把《梁山伯与祝英台》《牛郎织女》等故事不厌其烦地传给一代又一代，特别是人蛇相恋的又被拍成电视剧的《白蛇传》，更是村里人最耳熟能详的。

于是，三五之夜，月光皎洁。村前村尾塘边树下，影影绰绰地围着些一簇一簇的人，娓娓而谈，竖耳恭听，其乐融融。总是一样的故事一样的人，没有人会对这样的故事感到乏腻。故事在人们深深的灵魂深处生根开花，竟萌发了那些年少轻狂的悸动的心。有多少年少之人独自在月光下徘徊希望能看到如此妖媚的蛇，既而能相拥相抱地回家，但碰到的仅仅是一些一穿而过的小蛇或在那节节蠕动的银环蛇，满怀的空落落仍使他们那样眷恋不已。以至于后来改编成的电视剧，更是村里村外地播放。一到播放时间，村里老少便扔下手中的一切活儿，团团地围到屏幕前，即使是在吃饭，也会不顾一切地扔下碗，或者捧着满满的一碗饭，冲到电视机前，生怕银屏里的那两条漂亮的蛇转眼消失，落下个不眠之夜。霎时间那电视剧的歌声响亮地飘荡在村庄的上空，绵绵不已，只是窝藏在草丛乱石间的蛇无法知道人间正在激情上演它那迷人的故事。

三

家乡人就这样迷恋着蛇。蛇也是家乡人的保护神。蛇常常躲在乱石堆里，一看到有老鼠经过，便滑着长长的身子，循着老鼠那充满诱惑的气味，一路爬来。两边的小草微微颤动，在蛇身的挤压下各自分开，一切那样悄无声息。饥饿的老鼠此时正聚精会神地钻在家乡的玉米地里，找着长在秆上硕大的玉米棒。此时夏秋之交，玉米正是成熟时候。一个个玉米棒胖乎乎地长着。那紧身的苞衣无法承受，裂开了，露出一排排黄澄澄或白刷刷的牙齿，像是歌唱秋天的美好，歌唱农民辛勤的汗水，忘记了一只老鼠那贪婪的目光。老鼠碰到这片丰收在望的庄稼地，欣喜若狂，便迫不及待爬上，亮出尖利的牙齿，"嚓嚓"地咬断玉米棒，"噗噗"地落到了地里。老鼠便安安然然地享受着。谁知"螳螂捕蝉，黄雀在后"，尾追而来的蛇一蹿杀上去，张开大嘴一口咬住了老鼠。老鼠苦苦挣扎。蛇并不急于吃掉，只是张嘴松开。那老鼠惊魂未定，挣脱了赶紧逃跑。那蛇却不慌不忙跟在后面，它知道被注入了毒液的老鼠跑不了多远，只待老鼠瘫倒了，便拖到隐蔽之处一口一口地把它吞下。若是有些什么声响特别有人声传来，它们也会惊慌地扔下猎物，独自保命跑了。极少有像电影里那样很凶猛地昂起头来，吐着长长的舌头，呼呼地吐气，似乎要跟人类拼个你死我活。蛇一向是胆怯，隐忍的。

有蛇的忠诚卫护，家乡的庄稼少受老鼠的践踏，长得欣欣向荣的。父老乡亲很是感激蛇的，一般情况下是不允许打蛇的。对它，人们也是敬而远之。尽管人们常说：见蛇不打三分罪。家乡人对蛇还是比较宽容的，只是后来科学发达了，田里地里的老鼠害虫可以用农药把它们消灭。蛇没吃的了，也常蹿到人家偷鸡吃，有人便对蛇偷偷动了歪念。比如说，抓上一条眼镜蛇，两斤左右的，送到从外面来收山货的人，三四百元是少不了的。于是一条蛇便解决了一家人不少的油盐问题，就比风里来雨里去挣几个月强得多。山里也常常来一些手提着破烂的麻袋或编织袋的生意人，东家串串西家瞄瞄，说城里现在吃什么东西都腻了，想找到山野的东西尝尝鲜，而且出的价不低。那肉味鲜嫩的蛇自然逃不了人们的魔爪，有一段时间村里掀起抓蛇的高潮，顿时全村上下男女老少，提着根棍子，往深山老林，往墙角屋缝，敲敲打打，截截探探，盼星星盼月亮真捉到一条一斤两斤的蛇，便欢天喜地地换回一张面值或大或小的钞票。

村里也曾经出了个捕蛇能手，号称蛇王。对于蛇，家乡人是不怕的，但捉蛇就不是每个人都能做了。弄不好被反咬一口，那滋味也够你受的，甚至连小命都要丢的。可这蛇王，可是很少失手。看到一条呼呼乱窜的蛇，他一个箭步，徒手闪电般地抓住蛇尾，没待蛇掉过头来便呼呼将蛇摔了几圈，摔得蛇晕头转向。蛇被轻轻地放到地上，晕乎乎的，一动不动，此时他便随意地摆弄蛇，将它轻轻地放进袋子里，还没等人们清醒过来，便得意洋洋地走了。而一般人呢，只是抓一些不大凶猛的蛇，或者用树枝压住，或者凭借什么其他工具。笨手笨脚的，还就把那个蛇弄死了；胆小的也只能将蛇打死了，那样就值不了几个钱。于是，碰到大而猛的蛇，人们纷纷跑回去叫来蛇王，让他在人们羡慕的眼光中展现那完美的动作。抓好蛇，心情好时，他会分你一两个辛苦钱；心情不好时，装好袋子，拍拍屁股，一溜烟走人，你连个信息费都捞不到。

后来，那蛇王也不王了，他不慎被一条凶猛的眼镜蛇狠狠地咬了一口。深深的牙印，让人生怕。没过一会儿，手臂红肿，肿得吓人。那情景我亲眼看到，手臂肿有小脚那般粗细，有些乌紫。村里人赶紧送往县里医院，医生说再晚一点就没救了，吓得他一身冷汗，不敢称蛇王了。人们不再贪几个钱而迷恋蛇了，老人们说可能是大肆捕蛇，触犯了龙王爷，怪罪下来。村里春节舞的五彩斑斓龙本身就是一条大蛇，听说村后还有个深不见底的山洞，常常在黄昏之时或三更半夜传来呜呜的声音。人们说那是一条快要成仙的蛇想东西吃的嚎叫声；也有人上山采摘野菜时亲眼见过是碰上那条蛇：七八米长的身子，浑身花斑。人吓了个半死，赶紧逃了回来。愈加神秘，人们对蛇的敬意愈加深重了。

四

现在蛇被家乡人请进了家里，朝夕相处，与蛇共舞。日子被蛇滋润得津津有味。它不再只是传说中的美好，真的是实实在在的大蛋糕。

村头有座废弃的庭院，杂草丛生，那是生产队时期的养猪场。田地分到家了，养猪不怎么赚钱，年轻小伙子都跑到外面世界打工去了，留下几亩薄田给家人侍弄，打下粮食够吃就行了。那废弃的养猪场自然没有人去打理，野草爬上了屋顶，瓦片被雨水打得七零八落，泥墙也被岁月侵蚀得脱落了一层又一层。远远望去，猪舍像是风烛残年的老人，在昏黄的夕阳光中默默伫立。

突然有一天，废弃的猪舍里传来了热热闹闹的声音，是村里几个在外打工的年轻人回来了。他们要承包村里的那废弃猪舍，施展自己在外学习到的养蛇技术，让家乡人对蛇那份眷恋又害怕的复杂心理更加得以张扬。

那院子背风向阳，空气干燥。旁边有一条小溪，潺潺流过。四周筑起高高的围墙，内壁涂了坚硬光滑的水泥，蛇无法攀爬和打洞。院子里垒起很多石块水泥砖，弄成很多洞，蛇便在洞里穿来爬去。中间还有一个窄窄的小池塘，放养一些小青蛙泥鳅，蛇便跑到池里洗澡，吃东西。两边拉起细密的网隔开，以防蛇跑出来伤人。池塘的周围生长着稀疏翠绿的小草，蛇们可以自由地匍匐穿梭其中，那真是蛇的乐园。蛇们四处都是的：爬的、挂的、伏的，真让人有些毛骨悚然，可乡亲们看到一条条又黑又亮的大蛇，心里自然欢喜极了。

太阳一出来，暖暖的阳光洒了一地。那些蛇们纷纷爬出洞，伏在水泥块上懒洋洋的，一动不动。晒暖了身子，便缓缓挪动，四处寻找食物，吐着蛇信子。那些凶猛的眼镜蛇一看到生人，便竖着高高的身子呼呼地吐气，仿佛在警告人们：不要轻易招我惹我。好在有着隔离网，人们可以尽情地欣赏。

要去取蛇毒了，工作人员穿着防护服，蹑手蹑脚来到蛇窝前，轻轻抚摸着蛇的身子。那蛇并没有摆出凶猛的样子，倒是很温驯地低下头，让人握住它的脖子。也许是熟悉了饲养员的气味，蛇没有挣扎，没有反抗，工作人员用手轻捏住蛇的脖子，一手托着蛇的身子，放到一只摆好的杯子，挤挤蛇的嘴巴。蛇的嘴巴便自动张开，露出那尖利可怕的牙齿。工作人员顺势将蛇的上腭压到杯子的边缘上，轻微搓搓。那蛇便喷出黄黄的毒液，滴落到杯子里。不一会儿，那浓稠的黄色液体就集满了杯底。慢慢地挤，蛇毒慢慢地增多，然后小心翼翼地集中到一个瓶子里，密封好，准备送到医药部门，准备制作一些珍贵的药物，比如蛇毒清等。想到一些被毒蛇咬伤而奄奄一息的伤员，这些蛇毒清是珍贵，多么难得呀，让人敬佩不已。以毒攻毒，这是聪明的人类想出的巧妙办法。蛇制成的药还有各种各样的用途，医治了许多疑难杂症，难怪人们称蛇为“药王之王”，想到这些，你情不自禁为这些外表有些丑陋甚至令人恐惧的动物感到敬仰。如果说恐惧来源于人类心灵的脆弱，更是来源于人类本身的贪婪。蛇咬人只是出于自身防御的本能防卫。如果人们不去伤害，它没有危机感，也不会主动攻击人类。

正在为这些小动物感慨万千时，蛇园的主人已经准备了蛇的美味佳肴。蛇肉是上等的山珍海味。那些粗大结实的眼镜蛇、南蛇味道鲜美无比。高明的厨师可以做全蛇宴：蛇皮剥下来，用油炸成干条，咬在嘴里甜脆可口；剔出的蛇肉，可以配着黄豆文火焖成干锅，绵柔清甜；剩下的蛇骨头，可以煮成一锅鲜美的蛇汤，喝完一碗又想另一碗。一桌蛇宴让你品尝了人间美味。这时主人端着一杯或黄或暗红的酒过来。酒香醉人，人们品尝一口，感觉甘甜醇香，味道非同寻常，急急忙忙问主人是何方美酒佳酿。主人笑吟吟地告诉你，黄的是蛇胆泡的，暗红的是蛇血泡的，都有祛风湿、清肝明目的效果，是其他药酒难以比拟的。听着主人滔滔不绝的介绍，你忍不住，急忙啜了一口啧啧称赞，越发对蛇这小动物充满好感。

正是蛇这种美味养身的肉，有着神奇功效的价值。先前家乡人总是喜欢上山捕蛇。捉到活的，便拿出去卖几个钱；不小心弄死的，便招来亲朋好友，大快朵颐一番，从来没有想有些蛇类是属于国家保护动物。后来乡亲们慢慢了解到了，不再上山打了，便自办了蛇的养殖场，可以偶尔满足一下乡亲们的口福。其实一条蛇几百元，生活还很拮据的乡亲们也舍不得吃，除非弄来一点蛇胆泡泡酒养养身，那便是最大的奢望了，而那些常常喝蛇酒的人都是那样红光满面，很健康。

村口热热闹闹地来了一些外地老板。他们打听到村里养的蛇品质极好，便纷纷从各地赶来抢购。人们的生活好了，吃的东西就不仅仅那几块普普通通的肉了，要享受美味营养的东西。清淡的营养的蛇正一点一点地爬进了人们的日常生活，滋养着人们美好的日子。

蛇就这样在现实和意识的交替之中，游走在美和情感之间，串起乡亲们对它们的深深迷恋。

石头深处是故乡

再硬的石头也硬不过一个民族的灵魂。

这是坐落在一个深深山谷里的毛南山寨，三面是高耸入云的石山，只留出一条狭长的谷道，弯弯曲曲地盘旋在山间，艰难地伸向山外，像是给山里补给的脐带。那幽幽的山道铺着大大小小凹凸不平的石块，过往的脚步被这些坚硬的石头磨得光滑清亮。

徜徉在毛南村落里，再浮躁的心也会沉下来。一条条青亮石板路逶逦而行，串起在一个个散发着古朴气息的干栏楼。几只悠闲的母鸡拖着一群吱吱喳喳的小鸡在四处觅食，栏里的黄牛不时伸出半个头，朝着行人友好地“哞哞”几声，也许是把他们当作喂食的人了。一种古朴幽静缠绕在你的四周，仿佛你穿梭在时光的倒流里。

我们的家就安安静静地卧在山脚下，四周也零零落落地散着些低矮的瓦房。爷爷常常地站门前不停地抚摸着那尊棱角分明的石头，搭上一两袋细细的烟丝，“吧嗒吧嗒”使劲地抽着，浑浊的眼睛定定地望着前方，表情凝重。那吐出的圈圈烟雾，像是把他的思路牵得远远的。黄昏时分，如血的残阳把他微驼的背影衬得更加苍老。细细看来，远远近近的屋前，都稀稀落落地站着些老人。他们在久久地凝望着前面并不开阔的田野。

这里的石头是强悍的。这片狭长的田野，还散落着硕大的石块。

听爷爷说，先前这里是乱石林立，杂草丛生，虫蛇出没。毛南族的祖祖辈辈已经走遍了千山万弄，在莽莽群山之中，这算是比较平坦宽阔的地块了。他们别无选择，放下家什，搭起草屋，扛起铁锹，“叮叮当当”地干起来。

家乡人管这样的事情叫做赶石头。这喀斯特地貌的石头特别坚硬，一坨连着一坨。当时没什么炸药，只能一块一块地敲碎，搬到山脚下，不让这些石头占据着这点土地。石头搬走了，露出一点点黄土，小心翼翼地堆积起来，再从山外挖来些泥土，填填整整，终于弄出一块块正方有形的田地，又从山脚引来汩汩泉水。日子一长，这里竟成了绿油油的稻田，子孙后代一代接一代，生生不息。

石头也很顽固，稳稳地扎在田地里。先辈们双手磨出了血，有人在搬运石头时被砸伤了，压断了腿和脚。听说，村头那块巨大的石头，就是被先辈们从那边山脚推过来的。快推到村头的时候，它突然往回滚了两下，把几个青壮的年轻人压在了下面。至今，每每狂风暴雨，那大块石头总发出呜呜的声音，就是那几个不屈的灵魂在呐喊。这片天地就是毛南人用血汗浇出来的。

这是流传每个上了年纪的老人的嘴里的故事，并且在一代一代地传下去。每个生活在这偏僻的山谷里的人都知道，万分珍惜这口口从石头下夺出来的粮食，也知道他们跟石头的微妙关系。

爷爷是地地道道的毛南汉子，六十多岁了，还那么干练，动作总是风风火火，干脆利落。百来斤的担子一撂到肩上，脚便呼呼跑起来。年轻时候，便憋不住那股蛮劲，冲出这山沟沟到外面闯闯，结果闯到了国民党军队，弄枪弄炮，打打杀杀。后来，实实在在地跟日本鬼子干了几仗，实在是过瘾。爷爷经常跟我们唠叨这些令他骄傲的往事。

那是日本某个小分队蹿入桂西北，爷爷所在的部队得到消息，急忙折回包抄，将鬼子围在一个小山头上。几十个鬼子狗急跳墙，嗷嗷乱叫，拼着命往下冲。鬼子的枪法很准，双方伤亡很大，但我们人多势众，又熟悉本地地形，在乱石丛林间跟敌人周旋。忽而山上，忽而山下，左一枪右一枪，打得敌人晕头转向。爷爷躲到一块大石头后，当时已经没有子弹，恰好有个鬼子慌慌张张地跑过来，爷爷突然跳出，抡起一根长长的木头朝鬼子小腿一扫。那鬼子应声倒地，爷爷抄起一块又尖又利的石头，朝那鬼子的脸猛击几下。

爷爷就是这样依靠一块石头一样的顽强精神打败了鬼子。鬼子被赶跑后，在一个月黑风高的晚上，部队要开拔远方了。由于心里挂念着妻儿，爷爷偷偷跑回来，一路又躲又藏，总是穿梭在那山路上，喝山泉，吃野果，跌打滚爬，浑身是泥，站在家门口时，把家人吓着了，因为那年代，出去当兵的几乎是有去无回。

爷爷说，他就像一块坚硬的石头，撑过了那么多的磨难。兵荒马乱的年代，躲在密林深处的毛南族人民也逃脱不了战火的硝烟，村里很多强壮年男子都跑出去了，但他们没有被打倒，甚至比石头还要坚硬。石头还有被打碎的时候，而毛南人咬紧牙关挺过来了，像爷爷一样，赶走了日本鬼子，又悄悄地回到大山过着日出而作日落而息的生活。谈到这些往事，爷爷老泪纵横，哽咽着说，差点就看不到你们这些孙子们了。

其实，比石头还坚硬的还有奶奶，爷爷跑出去的时候，扔下了奶奶和三个嗷嗷待哺的小孩。奶奶，一个柔弱的毛南女子，平时纺线织布，围着热气腾腾的锅炉洗衣做饭，外出也只是捡捡猪菜，打点草；现在却扛起锄头，风里来雨里去。我想象不出奶奶是如何用她那瘦弱的肩膀背起那沉重的谷筐，还有那高高的谷垛。但她那双纤弱却布满刮痕的手证明了她的坚韧，那三个孩子健健康康地长大了，而且还有一个很骄傲地跑到山外吃起了皇粮。在那年代，在村里，这样的家庭是随处可见的。

最喜欢奶奶家房前屋后栽满果树。春天，桃红李白，姹紫嫣红，蜂蝶乱飞，很是热闹；夏天郁郁葱葱，躲到树下，阴凉一片。才过五月，这些果树就迫不及待地结果了，黑红的杨梅李子缀满枝头，像是一颗颗温润的玛瑙，摘下尽情地吃。果一直结到冬天，都是寒风凛冽了，光秃秃的枝头上还红红地点着颗颗柿子。这也是奶奶赶石头赶来的。奶奶的那双手很少歇息过，总是不停做这做那。房前屋后本是山石嶙峋，杂草丛生，奶奶有事没事，把这些没用的石头一一捡走，搬来些泥土，栽下果树。还有什么南瓜黄瓜，一年到头，这地从来没歇息过，花花绿绿，瓜果飘香，非常热闹。

奶奶这习惯一直没变，背已经弯得像一把弓一样了，没力气去那远些的田地，便整日转着这附近的地方，碰到石头的，随手捡起，扔得远远的。大一点的石头，就叫我们赶来帮忙，我们很不理解她对石头这样耿耿于怀，她就会喋喋不休地嘟囔，没把石头赶走，你们父母会长得这样大？

是呀，毛南人的生活就是跟石头抢来的。毛南寨子里的男人几乎都有一两门摆弄石头的手艺。任何一块坚硬的石头到他们的手里都会服服帖帖，以此显示出男人的勇猛和阳刚。秋收过后，寨子里就响起“叮叮当当”凿石头的声音，此起彼伏。毛南人便从山上精选石质硬实的石头，“叮叮当当”地凿成椭圆形，底部是平的，然后沿着画好的线将中间一一凿空。勤劳的石匠们锤起锤落，不需多少时日，一个漂亮结实的石舂便活脱脱地摆出来，装上铁套的木槌，便可以自由自在地舂出白花花的米了，全村里有这么两三个，大家轮着用。石舂被磨得光滑洁亮，也还默默地为着这些勤劳的山民们劳作，舂出他们每一个清亮的日子。

你看，大伯也在自家的屋前摆开了架势。一块硕大的石头乖乖地待着，前面堆满圆圆的锤子，还有尖尖的凿子。大伯围着石头敲敲，看看，不时琢磨着什么，又在不断地比画着。大伯就着石头搭起一顶四处通风的帐篷。说是帐篷，其实就是几根结实的木头架起一片乌黑的油毛毡，算是顶住毒辣的太阳和无常的风雨。大伯的手不停地挥舞，锤子凿子轮着用。只见碎石乱飞，白粉蒙蒙。大伯戴着口罩，头发眉毛都被染白了，像是城里圣诞节时的圣诞老人。一凿就是一个下午，最初，身上还披着一两件衣服。不知不觉，衣服全扔掉了，露出结实而又光溜溜的膀子。在“叮叮当当”的声音中，一个圆滑的石臼活脱脱地出来了：深深的凹坑，四周还雕上条条纹线，很精致美观。

山里多是石头，树木也多。但对万物有感念的毛南人不愿去伤害树，破坏那山那水。那些木制的家具也经不起风吹日晒，腐朽烂蚀，不耐用。而石制品呢，风吹不蚀雨打不烂，几代人可以安安心心地用。每家每户都有石舂，舂米舂豆，样样用得着。白天大伙都往田间地头赶活；晚上回来，趁着休息时候，舂好米，准备第二天的人畜食用，天亮时才放心干活。

除了石舂，还有圆圆的石磨，磨出人人爱吃的汤圆豆腐，磨出毛南人的快乐。台阶基本都是石头砌成的，那些被心灵手巧的毛南人打雕成四四方方的石砖，平平整整地铺在家门口，走起路没粘上泥，也没滑。房子的地基都是这些方块石砌的，足有人腰那么高。山里多雨，有时雨水浸泡上来，若是泥土夯的墙，可能会被水泡化了，房子就塌了；现在用上石头，就安安稳稳了。

走在村寨里，看到被石板路串起来的座座干栏楼，也是用块块方正的石头垒成，情不自禁地被民族祖先的坚韧折服。干栏楼的底层，下半截支着稳稳的石柱，任由地气湿水浸漫，坚挺依旧，支撑着毛南人温暖的日子。房基一律是整齐的石块，层层叠叠，坚实地稳固着楼房，任风吹雨打。方形的石块是一块接一块地垒上去，竟不知不觉地垒成了高耸的山墙；再用从山上砍下来的晾干了的树干一架，一座座坚实的干栏楼便耸立在眼前。石头们老老实实地躺在各自的位置，忠实地为毛南人遮风挡雨。身处大石山区的毛南人用自己的顽强毅力和聪明智慧征服了这坚硬的石头。

这是一个石头世界。石头筑成的村落，温顺地躺在巍巍的大山脚下。硕大坚硬的石块原是立在高高的山头，硬是被这些坚忍的村民从山上开凿搬运下来。一块一块被心灵手巧的毛南人凿割成方条，铺到凹凸不平的地上，那就是石路。人踏过牛羊踩过，毛南人的每个日子都从这些青亮的石块溜过。太阳升起，一个个赶着牛“嘚嘚”踏石而去，到田野里播种幸福的生活；晚霞夕照，踩着橙黄的阳光，石板路上又响起清脆的声音，那是毛南人晚归的脚步。他们劳动了一天，满载而归：手提着青瓜白果，肩挑着黄谷红薯，一路洒着欢声笑语。

抚摸着条条青色的方石，你不禁想起“海枯石烂”这类没有时间意味的词语。时间是最无情的，也是最能摧残一切的。任何事物在时间面前都似乎那样无可奈何，那样不堪一击。可石头似乎是个例外，石头也许会被风雨侵腐化，最终变成一堆碎粉或烂泥，但谁也没见过块块青石被时间溶化掉。眼前这些青幽幽的石头干栏楼，你无法细数藏在青苔里的时光。石板路的石块被磨得凹下了一圈，仍那样稳固地躺着。在已经遗忘了时间的村落里，你费尽脑汁去想象这些顽强勤劳的先民们是怎样筑起这坚固耐用的房子，给子孙后代们安然享用，抵御这潮湿满地的瘴疠之气？

沿着石头，我继续探寻着故乡。

放眼家乡四周，这一带都是典型的喀斯特地貌，多是花岗岩，坚硬牢固。毛南人从山上采下石头，砌成了石房，凿了石舂，还随心所欲地把它们雕刻成各种各样的物什，比如石狮子，威武雄壮；刻成石碑，上面有各种各样的图案：花草虫鱼，龙蛇凤鸟，五花八门，各有特色。外面的人很喜欢这种石碑，既充满思念又寄托着祝福，招来外面很多慕名而来的客商。

走到村后，会惊喜地发现那里簇拥着自治区级的有名文物——毛南古墓群，那是征服了这片大石的先民们的安息之地。那精美的石碑雕刻再一次向世人展示了聪明能干的毛南人又如何随心所欲地征服石头的独具魅力的石雕艺术。他们把一块块僵硬冰冷的石头雕成温情脉脉，能娓娓向人们诉说那久远历史的传说和历史的，让你在惊叹于眼前那些流畅优美的线条，沉浸在历史的悠远回味之中，你情不自禁地摩挲着那些被岁月侵蚀得斑驳而粗糙的石碑，想触摸出那毛南先人那种充满灵气的顽强的精神。

夕阳西下，一道道金色的光芒洒满山间。座座古墓层层叠叠，从山脚到山顶，一排排的古墓一座挨着一座，像是站立的一位位苍老的历史老人，那样肃穆神秘。那凌飞而起的墓檐在如幻如梦的夕阳中，真如展翅欲飞的凤凰，从久远的传说中翩翩飞来。身后是高耸的风腾山，坚实地守护着这些为这片富饶的土地奋斗富过的灵魂，年复一年。巍巍青山，浩气长存。这些长眠在这片热土上的先民们，曾经把大块大块的石头从山上开凿下来，铺就自己的每个日子，当生命离开这个真实的世界时，还念念不忘用这些忠实的石头守护自己。

毛南人民是充满憧憬，热爱生活的，在守护他们灵魂的坚石上，刻进了许许多多他们理想世界中的美好事物。石碑应是布满纪念这些先人的文字，可这些先前还没有文字的民族把自己种种美好的祝愿送给了逝去的亲人，也让先人在另一个世界保佑自己过着理想的生活。这些坚硬的石柱擎着重檐石楼阁，精雕细琢众多栩栩如生的图案，诸如浮雕的蛟龙盘绕，伴有花卉动物装饰。那巨大的碑面，雕刻有威武的飞驰武士扬鞭催马，也有悠然自得的姜太公钓鱼，更有充满儒气的儒生窗前著书；墓顶有石雕的太阳云水等充满生活气息的图景。细细欣赏这些画面，你完全感觉不到这是凄凉的坟墓，只是一个幸福快乐的现实世界。想想先人享受着这些美好的东西，谁又会贪恋人世？死是佛教中的生命奔向的另一个世界，何悲之有？这些古墓高达四五米，俨然是给活人建的宅第，细腻的线条，精美的图案。那些硬邦邦棱角不一的石头如此乖巧，变成了一幅幅生动的生活场景，倾诉着毛南人对另一个世界的理解，还有对先人真挚的祝福。

生命只不过是如此的来往轮回，谁又能像一块坚硬的石头那样让时间无奈？而坚韧的毛南人让坚硬的石头感到佩服温顺，记录着自己的生活。

在石头深处，我找到了故乡。

树之泪

没想到树会那么脆弱。

在我眼里，树向来是高大挺拔，威严不可侵犯的。

也许是忙于养家糊口的生计，很少有闲情逸致招惹那些花草树木，但树们一直是挺拔在我幽幽的心灵深处，茂密在我的心田。村后的大山里有数棵上百岁的老树，纵横歪曲的身躯，几个人都会抱不过来，巍峨在半山腰，给陡峭的山增添了不少的气势，每每进山采摘猪菜野果，都情不自禁地在树下待上一时半会儿，静静地仰望着这绿荫如盖的树。

这大树可以把这辽阔的天空全遮盖住了，连一缕阳光都难得漏下来，时间仿佛被大树抓住了，留在这里停滞不前，时间不断挣扎，在庞大的树身划出一道道斑驳的印痕，有些伤口被虫或被其他动物啃成了空洞。但长出地面的根紧紧抓住这四周扎满石头的土地，竟然把几块巨石捏碎，根深深扎入碎裂的石缝中，似乎要把石头的精髓吸干，天不怕地不怕的凛然模样。

有时候想欺负一两棵孱弱的小树，在菜园，勤劳的母亲栽下来了一棵拇指大小的李树，交代我时不时给它浇点水或上点肥。那小树真可怜，孤孤单单地站在菜园很不起眼的一角，瘦瘦的枝条，似乎轻轻地折，便断个四五截，几片小小的叶子在枝头晃着，有时故意一连几天也不给浇上一两口水，但它很生气地透出几点嫩芽，毫不理我似的。后来到外地读书，假期回来，忽然惦记起那棵小李树，让我不禁吃了一惊，原先没到膝盖的它竟然蹿到了腰部，郁郁葱葱的，很神奇。在后来，高过了我，高过了房子，还满树满树地开花，满树满树地缀满黑玛瑙一样的李子，成了心灵仰慕的对象。

生活在大山里，便时时和树们厮磨在一起，树在无私地养育着我们，且不说砍下树们盖房子架桥，让我们有个遮风避雨的温暖舒适的窝，行个方便路，单是几棵房前屋后的果树就让我们感到生活的乐趣。山里满树嫩绿的树叶，有时放进沸腾的锅里，加上点油盐，便呼呼地下饭了。但更多的是摘下一大把一大把装上满满的一篓，回来剁细和米浆混着煮，便是猪牛羊的鲜美菜肴。那躺在猪圈里胖嘟嘟的猪哼哼地叫着，让我们听见了做新衣服的声音以及上学校交学费时数钱时的沙沙声。

于是，上山在树上捡猪菜，便成了我们山里小孩的重要任务。假期中，村里的小孩背上父母特地编的小背篓，约上三五个小伙伴，兴致勃勃地往山里赶来了，这连绵的群山可像是一座巨大的宝藏，春天会是满山的嫩绿，野菜遍地长着，盛夏树那宽大肥美的叶子，让牛们大快朵颐。金秋，又换了一幅果儿满树缀的画面……有了山就有树，有了树就有生活的滋味，靠山吃山嘛。一进到山里，或高或低的树早早缀满嫩绿的芽，这春天雨水饱和的季节，这叶子长得特别的娇嫩，肥大营养充足。捋上几把，回到家一剁，和着米浆米粉煮，黏糊糊的，像是好米熬出来的粥，飘散着一股股青涩的野菜香，那可是猪牛最喜欢吃的，也容易长膘长肉。

近山识野菜，进了山小伙伴们像是鱼儿一样游进了山里。大伙都认准自己各自的野菜，小一些的便找着些低矮的树丛穿梭其中，一双灵巧的小手蜻蜓点水一样地采着；大个的便像猴子一样紧抱树干，哧溜地爬上去，便可尽情地采摘着那向阳的一簇簇。山谷里欢声笑语，那鲜灵灵的一把把野菜迅速地被塞到了套在背后的小背篓，像是装上了一个个快乐的日子。突然，有人惊讶地叫了一声："树流泪了。"正在兴高采烈之中，大伙赶紧住了手，树上的人纷纷下来，地上的人也马上围了过去，都想看个究竟，一向很坚强的树怎么会流泪，到底发生了什么。

朝着那个小伙伴指的枝头细细地看着，我们都被深深地震动了。那被摘了芽的枝头正一点一滴渗出那白色的液体，聚在一起，像个小小的珍珠，越聚越大，滴了下来。摔到树下的小石头上四处飞溅。这白色的珍珠像是滴到我们的心坎上，大伙都有些茫然，不知所措，你看着我我看着你，可能是大伙采摘的时候，太过粗暴，伤到树的心吧。大伙又猛然想到什么似的，纷纷跑到自己刚才采摘的地方，声音高低不一地喊了起来："我的这儿也流泪了。"惊叫声此起彼伏，山谷里一片喧腾，大伙的心情都很沉重，脸上是充满自责的神情，大伙只是想到自己伤心的那副模样，痛哭流泪，任何人的劝阻都没有一点作用，那可能是被父母一顿狗血喷头地臭骂，也可能是父母一顿劈头盖脸地痛打，或者是把什么心爱的东西弄丢了，反正眼泪簌簌地流是有着重要的原因的。

特别是那些倔强的男孩子。俗话说："男儿有泪不轻弹。"男孩子是很少用眼泪来说话的，用刚硬的拳头用挺直的脊梁，哪有泪流出，可是不得了的事情。树算是山中顶天立地的男子汉了，这样泪盈枝头，伤心欲绝的样子，是很让小伙伴们过意不去的。大伙纷纷责怪自己采摘野菜时动作太粗暴了，摘嫩叶时把那个芽也折下来了，怕是弄疼了树，疼入肌里，难以忍受，化作颗颗泪珠溢出，博得人们的同情。

于是小伙伴们采摘野菜时，轻手轻脚，小心翼翼地摘下那些嫩叶，像是在呵护一个什么心爱的宝贝。也不知道我们这群山里的孩子那时是如此地敏感和容易动感情，也许是树给我们太多的恩惠，像是自己的衣食父母一样，精心侍奉着，采野菜时不再胡乱折枝断条了。也不是一把一把地摘，只是往长得茂盛的地方摘一把，稀疏的就留它自个儿长了。改变了那种扫荡的方式，虽然捡野菜的速度慢了，但摘过的树看上去没有光秃秃或者是残枝败叶的狼藉，大伙的心安下来，理得过来，恢复了乐呵呵的样子。

其实，细心的人还是发现树依旧是流泪不止，那可不是疼痛的问题了。都说人非草木，孰能无情，其实那树哪，比人更脆弱更伤感。想想一棵庞然的大树枝枝叶叶紧紧聚拢，任凭风吹雨打，依然巍立不动，那枝枝叶叶就是大树亲爱的儿女们，亲人们日夜厮守，风雨相顾，谁也离不开谁，而我们却为了家中的一头猪或一头牛的胃，竟然无情地夺走他们心爱的儿女，又强行拆散人家。若是人类的亲人被抢走那可定要千呼万唤追出来，抢天呼地，拼命扯抢。树不能动，只能待在原地默默地流泪，祭奠那一份朝夕相处的亲情，谁敢说草木无情呢，树被夺走的亲人越多，流的泪也越多。若是一两张树叶被摘了，可能慢慢溢出清莹的一两颗，若是粗大的枝条被拦腰截断，那断的伤口处定然是密密层层地沾满了眼泪，让人不忍目睹。摘一朵硕大的花，也是这样，花托处漫出清涩的泪，包住了那因花被摘而留下的伤口。

采摘野菜的日子渐行渐远，我跟树的距离越来越远，躲在水泥林里，树们只是躲躲闪闪地站在高楼大厦之间，或者寂寞地站在烟尘弥漫的街道旁。关于树流泪的事是很少碰到了。只是在都市里树的家——公园里看到很多很熟悉的花草树木，它们曾经陪伴自己多少个欢乐忧伤的童年，滋养着自己善感的灵魂，此情此景，常常是自己感慨万千，热泪盈眶。在都市里长大的女儿碰到草木不多，也许是骨子里的遗传，跟这些花草树木前世相识一般，一进公园，直奔这些五颜六色的花，拥抱抚摸那挺拔的大树，有时忍不住摘一两朵，或一两枝回家作纪念。于是，我又看到树的眼泪了，用不着公园管理员苦口婆心地讲道理，用不着到处立着赫然醒目板着面孔喊“不许摘花折枝”的牌子，我只悄悄地把女儿拉到刚才她采摘的花枝前，指着伤口处滴滴晶莹的泪，跟她讲述有关树眼泪的故事，幼小善良的她睁大眼睛，星星一样的明亮的眼睛竟然滚下几颗大大的泪珠，拿着刚才摘的娇艳的花，伤心连连，完全没有先前拿到花的那种欢蹦乱跳的欢乐。后来，她就再未摘花折枝，看到美丽的花草树木，便静静地看着，树的眼泪教会她善待万物，善待生命。也许在她那洁白的心灵中，树的伤心比人的伤心更为凄凉。

但我压根就没想到有人会去榨取树的眼泪。先前工作的一所农村小学旁矗立着一座荒乎乎的土坡，长满了黑压压的松树，松树皱裂丑陋，是很少有人去欣赏，只是站在坡前，望着它一年四季绿葱葱的样子，很寂寞的。可是有一天，这黑压压的松树林里竟传来些幽幽的说笑声。好奇的我循着他们在荒草乱石中劈出的一条路钻入密林中，才发现松树的样子也是挺俊秀的：直直地往上长着，极少有旁枝。站在这些高大的松林间，我再一次感到自己的渺小。仰慕之时发现了一棵棵挺拔的树腰上竟然挂着一个个小小的塑料袋，像是今天街上走着的老板们挂的腰包，胀鼓鼓的。怎么回事，我探头探脑地凑到袋子前，也惊呆了。原先袋子等的是松树的眼泪。割松人狠狠地在松树的腰上深深地划上一刀，把那皱巴巴的外皮全削掉，像是削光人的衣物，接着使用锋利的刀狠狠地截着挖着，直挖到那白森森的骨骼露出，那松树忍受不了这么巨大的苦痛，很快，眼泪一滴接一滴地流出。我从来没有看到过的伤心样，简直是人的号啕大哭，泪水纵横。那割松人赶紧抓来个白色的塑料袋，套在那出泪的伤口下方，让那滴滴而下的泪水流进去。看到那不断流出的眼泪，割松人只是兴奋地举着大拇指，说一斤能换多少个钱，唾沫横飞的。当时我只是茫然，眼泪能换几个钱，后来才知道那叫割松脂，用来制成各种各样的蜡制品和燃料。于是每每点起蜡烛和松香，我心里总在隐隐作痛，我是在燃烧别人的眼泪。

还有更令人触目惊心的，那不是采树的眼泪，那简直是放树的血。走进橡胶园，那橡树更是俊美，真像舒婷诗中所描写的美男子，皮肤光滑细腻，让你忍不住冲上去热烈拥抱一番，树上不时传来鸟儿清脆的歌声。这和美的画面竟让你看见了一个手持利器的工人凶巴巴地朝一棵伟岸的橡树走去，利索地把那工具打开，套在颀长的树身上，用力地绕了几圈，几道深深的伤口迅速渗出白色的眼泪，不像是人洁白的手臂被狠狠地砍了一刀，捅出的血，汇成一条乳白的血线，流进那早已等到已久的小桶。我看着不断流出的乳胶汁，望着这棵挺拔的树，想象着一个被捅了一刀的人，鲜血直流，最后轰然倒下。树会不会被吸干血一样也轰然倒下，但树忍着痛苦，默不作声，依旧顽强地站着。我想我是过于多愁善感了。

树的悲壮愈加占满我的灵魂，我的心越来越沉重，也许是过于沉重的表情让采胶工人看出了，他会心地笑笑说：他先前刚刚学会割胶，进场工作时，每每举刀向树，总是非常紧张，心揪得紧紧的呢。慢慢地有些习惯，特别是坐着车奔驰在大路上，舒适愉悦。他打心里边非常感激树。于是，割完胶他也会很细心地处理好伤口，表示对书的爱护和尊重。

树呀，伤心便有泪水，还用泪水去滋养别人。

树之记忆

家乡的山野，到处长有郁郁葱葱的树木，让人感受到无比的惬意。走进深林里，只见古木参天，藤条缠绕，散发着原始森林浓郁的气息。有的树已经生长数百年，树身庞大，几个人都合抱不过来。有的树木虽然靠近村庄，毛南族人民多是以烧柴草为主，日常生活都离不开树叶树枝，但完好的森林却是让人感到有些不解。

毛南人相信树是有灵性的，我常常有这种神秘的感觉。

回到老家，路过一棵树的时候，繁密的枝条将一片的阴凉包裹了我。一切都静悄悄的。突然间，叶枝摇晃“哗哗”作响，整个树都情不自禁地舞动起来，像是一个见到了久违的母亲的小孩那样激动不已。我抬头望望那激动的树，只见一阵轻风匆匆而过，并没有发现什么很特别的东西，我想大概这棵树长时间地矗立在这里，一动不动，有些枯燥乏味了，终于等到了一场多情的风，便激动起来，欢呼雀跃着，这可以理解。我当时也很兴奋，那感觉就像是一眼从冬眠中醒来的泉水，看到春天来了，便潺潺地流着，盈盈地浸润着两边欣欣向荣的草木。

这棵树是站在老屋的东边的一块荒地上，有一条弯弯的小路悄悄地斜过去，那是通向山后的大片青山，伐薪，放牧，村里人的日子就是从这里出发的。每天，踏着蒙蒙的晨雾，赶着“咩咩”“哞哞”叫的牛羊群，匆匆往山里去；又踩着斜斜的暮晖中，拖着一条长长的影子，背着沉沉的柴捆或牵着数头肚皮胀鼓鼓的牛儿，缓缓归来。勤劳的乡亲们路过这棵高高大大的树时，总感觉到凉风阵阵，非常惬意，加上树下又摆有一两块光洁的石头，都会情不自禁地坐下来歇歇脚。若是碰上个熟人老朋友的，那话儿就像没了闸门的水喷涌而出，酣畅淋漓，悠闲自得。即使是烈日当空，树下依旧是清凉无比，那辣辣的阳光受了密密树叶的筛选，竟漏不下一两点灼热的光。

这条进山出山的路不属于我，因为常年在外读书，砍柴放牧只是偶尔的事情，回家时倒是常常被树下那阵阵的欢声笑语所吸引，会情不自禁地往树下望望；或者也会趁着空闲时跑到树下转转，想拾起刚才人们遗落的温热的话语。

这是一棵长年绿油油的桂花树，是桂西北最常见的一种树。一眼望去，细碎的叶子满满地缀了一树，像是一把撑开的大伞。在村里，能随和地跟人们朝夕相处的树一般都是不简单的，都是能讨村里人喜欢的，比如说那桃红李白之类的果树，夏秋之季，累累硕果，让人大饱口福；还有绿荫如盖能遮阳挡雨之类的榕树，能让人们在大热天避避暑。这桂树也能亮出迷人的一面，且不说丛丛绿荫，单是秋天来临之际，那一树浅黄色的小花呼出的馨香，就让乡亲们陶醉过多少日子。

今儿又是一年桂花开，看着那一树醒目绿黄斑驳，待在远远老屋，便能闻到这溢满四周淡淡的清香，这是桂花树甜蜜的呼唤。平时工作忙，很难得回老家一次，更是很难看得上如此恣意地开着花的桂花树。兴奋的我像小孩扑进母亲那温暖的怀抱一样，不顾一切地冲到那浓荫如盖的树下，尽情地享受这萦绕着的片片芬芳。

树下静悄悄的，正是秋收时节，乡亲们都往田地里干活去了：

收谷摘豆，耕种秋菜，这是一年收尾的时候了，家家户户正在忙着备足过冬所需要的东西。因此树下空空荡荡的，满树的浓香让我情不自禁地猛猛吸上几大口。那香气直透入肺腑，阵阵清凉。层层的落英，金灿灿地铺了一地，使人不忍用脚踏踩；只好用手轻轻一抚，软软香香的，竟沾起花瓣无数。辛勤的蜜蜂仍在嘤嘤地劳作着，上下飞舞。那细嫩的翅膀振动的声音清晰入耳，静谧极了，只剩下几缕暖暖的秋阳在跟忙碌的蜜蜂捉迷藏，在树间闪闪烁烁。我陶醉在这一片迷人的芬芳中，闭上双眼，让激动的心灵随着飘飞的花香四处飞翔。

突然间，耳边滑过一种微微的声音，惊醒了我迷醉的心。睁眼一看，落英缤纷，像是在纷纷扬扬地下着一场金黄色的雨，落到头上落在肩上。我想此时的我也快染成了一个金黄色的人儿了。是谁惊动了这棵一直默默站着的桂树？想想自己从老屋出来时，桂树一直静静地站着，没有一丝的张扬。我也是轻轻地来，唯恐惊醒了沉浸在暖暖秋阳里的树和一心一意采花的蜜蜂，哪会有谁这么毛手毛脚的？惊讶之时，抬头四下寻找，没能找出什么可疑之处，只见一棵树的枝条被谁抓了一下，摇晃不停，可能是风跑到那边去了。我心里有些惶惑不安：难道树是有灵性的？想起上次路过之时，树也是如此凑巧发出哗哗的欢呼声，还跳起那热情狂放的舞蹈。我更是莫名其妙地进入一种沉思：难道树和我有什么缘分，或者一种感应？树一眼就认出了我？！可是我拼命地想想到底是自己跟树有些什么纠缠不清的事情，可结果仍是一片空白，心中仍然是无法释怀。

回到家，很随意地跟母亲聊起这种奇异的感觉。母亲竟哧哧地笑了：那树肯定是认识你，要不怎么会有那么多次的种种巧合。其实，树是有记忆的，是有感情的！母亲的话更是让我愕然了。

母亲说这树是小时候父亲带着我种下的，当时我们家的房子四周是光秃秃的一片。老屋又靠近村口，乡亲从这里进进出出：劳动的、探亲的，跟老屋身边擦肩而过。大伙累了，困了，都会坐到那片软绵绵的荒地上，歇足了气，再回家。父亲是个善良的人，看着坐在荒地上的乡亲们受着太阳的晒，心里很是过意不去，便常常走过去，盛情地邀请别人进屋喝茶聊天。别人又怕麻烦父亲，又推推让让不肯进。父亲也是喜欢树的人，想到能方便别人就可以了，便想找棵树，栽到那空地上，摆上几块平整的石块，好让过往的人歇着。

那时我还小还没读书，整天颠着小屁股跟着父亲。父亲去找树了，我也乐滋滋地跟着去了。那树不好找，村子是人住的，乱栽个什么乱七八糟的树不合适：发出臭气的长着荆棘的都是伤人的，不能种的。父亲便满山满坡地找，好不容易在山谷里找到一棵桂花树，父亲便带着铁铲锄头，小心翼翼地挖了出来，用薄膜紧紧地包住根部。父子俩如获至宝，回到山村。听母亲说那一天从山沟沟里出来，我们父子俩都被荆棘草叶划破了手脸，伤痕累累。衣裤就更不用说了，被扯烂了，但我们连饭都顾不上吃，便跑到那空地上忙得不亦乐乎。父亲满头大汗地挖坑，我抱着树，乐呵呵地看着，不时舀来清水浇着。

竟有这样有趣难忘的事，可惜那时太小，我的记忆竟是茫然一片，只是依稀记得在村里种了几棵。好在这棵树竟然没有忘记我，时不时让我感到惊喜，令我沸腾起自己身上流淌的民族血液。

其实，我们毛南族人受道教巫教的影响，相信祖先有神灵，万物有灵，非常敬畏自然。家乡藏在大山深处，世世代代与山石树木相依为命，深深感受到大自然对我们生存的重要性，自己在源源不断向大自然索取的同时，更要好好地保护大自然，让它不受到伤害。

每个村庄村前村后都会长着一片黑压压的森林，那些护村树是绝对不能碰的，这是我们毛南族人眼里的风水。谁破坏了风水，村里就会发生各种各样的天灾人祸，比如说生病、车祸、牲畜死亡，等等。谁要是砍了，村里的人就会自动上门找麻烦，责令送回山里，或者集中全村人进行批判，并且出资请师公祈祷。这实际是毛南族人民对自然敬畏的具体表现。实际上，他们是非常清楚村里的地理环境。毛南人的村寨大多依山而建。大山是最坚实的依靠。山上的大片森林就是起到固定石头托稳泥土的作用。如果是哪块石头松动了，甚至将要滚落下来，那硕大的树身就会把石头死死地卡住，不让它滚落下来。保护了山下百姓的生命财产安全。这一点乡亲们心中是非常有数的，非常感谢这大山和大树，感谢这些保佑神。

于是，每个村寨的村头，都会栽有一棵茂盛的参天大树。那大树婆娑的身躯，盖住了整个村头，像是巨大的保护神，狠狠地挡住外来的一切邪恶。乡亲们相信村头的大树的神性，任何人是不能去弄伤它，就连爬上它也是触犯神灵的。

每每逢年过节，都有人跑到大树烧炷香，祈求神灵的保佑。特别是外出做生意，或者有什么重要的事情，拜了树神，心里特别安稳踏实。有的甚至在旁边搭建一座小庙，专门祭祀，以表示虔诚的敬意。树在我们毛南族人们的眼里已经到神圣不可侵犯的神。

家乡是紧偎着一座巍巍大山的小村庄，前面是被山上水冲下的泥土。先前贫瘠的村庄里黄土黑瓦一片，少见树木。大概是沙土难养树，而村里地窄拥挤的缘故吧。每每风沙刮来，尘土飞扬，黄蒙蒙的很让人难受。乡亲们多多少少都相信什么风水的，常常自个儿叨念：没养什么树能藏什么风水，更能养活什么人了？！于是那些在田间地头忙完活的大人，常常拎着一把小铲子，在村头村尾晃悠；看到空荒之地，便随手挖坑，把从田野带回的小树苗给栽下，栽下后又是拎着小桶忙不迭地浇水，施肥。于是村里常常晃动着乡亲们那忙碌的身影，直到把那些小树照顾得绿油油地长大了，大伙才觉得心满意足。我们小孩子们呢，则帮帮浇水，或拿树苗施肥什么的，忙得不亦乐乎。这样一栽一浇，原先空荡荡单调的小村庄也竟然葱茏起来，勃勃地充满生机。日渐长高的小树下常常笑语连连。下棋的、聊天的各得其乐。有些是果树，夏秋之季，竟能满枝满枝地挂果，是孩子们流连往返的乐园。树使村庄更像村庄了。老父亲也就是这样一个把树看成孩子的人，种下了一棵又一棵的树。

种下了树，我却背起行囊，朝着自己的理想前进，离开了故乡，渐行渐远。故乡渐渐成了自己心底最柔软的部分。读书在远离故乡的外面，工作了也分配在外面：先是在镇里，再是到县里，现在是在市里。由于工作忙，回故乡的次数也就越来越少。家里有几个亲人，还有那白发苍苍的老母亲，逢年过节也得赶回去几趟。那些树已经长得很高了，走在阴凉的树荫里凉风习习，很是舒爽。由于长年在外，长辈和同辈的面孔尚能认出几个，至于那些刚刚嫁过来的媳妇和十几岁以下的后生们，大多都是面生生的，叫不出几个名字。每每回家，都有如在异乡的感觉，备感寂寞和孤独，也有些尴尬。但村里的男女老少见我回来都是满脸笑容，亲热地跟我交谈，消除了我的陌生感；有时拖在大人身后的那些小孩，怯生生地看着我，被大人们拍拍后背，便站出来，低低地唤着我的小名，后面缀上个叔叔的称呼。声音虽微弱，有时几乎听不到，但像一股强烈的电流击遍了我的全身，让我震颤：连这么三四岁的小孩也能认识我，原来是我自己把故乡给隔离了。每每遇到小孩跟我打招呼，我都兴奋不已，迫不及待地跟母亲谈这些难忘的细节，让母亲分享我的快乐，让她感到惊讶：三岁的小孩都认识一个长年在外工作的人！

那是树认识你！谁知母亲微微一笑，竟没有一丝诧异的表情，似乎那是很自然的事，淡淡地说，你看看这晴天大热的，谁不跑到树下纳凉聊天？跑到下面的人都会抚着树干念念不忘地谈着种树的人，乡亲们都会给这些小孩讲树的故事，让他们记住给家乡带来美好的人，一代一代相传。说着说着，母亲的眼睛有些潮潮的。

是呀，是树记住了我，认识了我。多多栽上几棵树吧，栽上几棵有记忆的树。

田间小路

田间小路其实不是路，只是用来隔田的埂。

田间本没有路，人走多了便成了路。乡间的田地是一块连着一块，在仄仄的陡坡上埂坷地爬着，像是一级一级的楼梯，若是不垒上一两壁田埂，水根本是保不住的，“哗哗”往下冲，流走了。围上了田埂，水便乖乖地淌在田里，荡漾地笑开了脸。那在坡间平地的田地，原先是阔大的，但分田到户，分到了各家各户，这田地也自然地被横横竖竖的田埂切成了一块一块或长或方的小田，让各家各户自由自在地耕耘着。

这田埂就成了忠诚的卫士，坚实地守护着那一方田地。

农家人要施肥，要浇水，要锄草。要不，那田地会饿得枯黄，总不能在田地里踩来踏去吧。踩实了土，踩死了禾苗，那还施肥浇水干什么呢？于是，坚实的田埂便成了施肥浇水的通道。原先田埂上长着茂密的草，都被来来去去的脚步踩死了，原先埂上的土坷垃也被踩踏得粉碎。田埂上亮出一道隐隐约约的路，这就成了田间小路。

田间小路是不怎么喜欢那些锃亮的皮鞋的。路面多是带黏性的土壤，黏糊糊的，尤其是烟花三月，春雨绵绵，多情的雨水融化了路面坚硬的土石，雨水泥土如胶似漆，缠缠绵绵地搅在一起，像是一锅黏稠的稀饭。多情的雨水还惹开了田埂上零星的小花，一路艳艳地开着，还招来热情的蜂蝶，还吸引了城里那些寂寞的男女，他们三五成群来这田间小路踏春，穿红着绿，跟娇艳春天前呼后拥地来了，脚上踩上各式各样精致的鞋，热火朝天地跟田间小路拥抱了，似乎要把这儿整个春天抱回城里。

可田间小路不肯了，死死地咬住那精致的皮鞋，一脚“扑啪”地一声踏进。黏稠如粥般的泥浆紧紧围过来，吞掉了半只鞋子，正想拔脚退出，另外一只也被咬得动弹不得。原先乌黑锃亮的鞋面，除了被吞噬的那一面，都被田间小路一拔一拔地粘上黄泥，黑黄相间，成了大花脸。人更是狼狈不堪，两只脚陷进泥里，直挺挺地站在那里，进也不是退也不是，头上脸上直流汗，顾不上两边在春风中荡漾的小花，借助旁人一手，狠狠地抽着鞋，“扑”一声，脚仅抽出鞋面的那块皮，鞋底被紧乎乎的泥水淹住了，不小心脚下一滑，整个人仰马翻，粘上一身泥，年轻的踏春者们纷纷落荒而逃。

那些赤着大脚是田间小路最喜欢的青睐。下田进地，大大咧咧的农家人是不喜欢穿鞋子的，最喜欢让那双赤着的大脚跟泥巴亲密接触。他们觉得自己天生的一双手一双脚就是用来糊弄泥巴的。赤着一双铁板大脚，“扑扑”地踏进泥里，那黏液“呼呼”地从脚缝间冒出，一会儿把整个脚掌抱住，那双大脚扑进泥土里是非常有力的，稳稳地扎住，肩上还有一担担沉沉的肥料种子压着，脚一扎便扎到泥巴的心脏最坚实的部分，就这样一双大脚一步一个脚印地往前走。泥巴也觉得被踩得好过瘾的，看着一担担的肥料从自己的身上跨过，又一把一把地撒向田里。那庄稼是绿油油地长着，春风拂面，禾苗使劲地向小路示意。似乎在柔柔地表达一种感激之情。

其实，田间小路也有展露自己柔美的一面时候，那是朗朗晴空之时，路上只剩下几只干裂的脚印，农家人散落在路上的肥料把大路上的小草肥肥地养大。小草们呼呼地长着，密密地占了整个小路，更多的是一些不知名的小花，都是些被鸟衔来的远方种子，还有农家人路过落下的种子，都拼命地吸着肥料，茁壮地长着。五颜六色的小花和翠绿的小草融合在一起，像是一条花花绿绿的彩带。蜂蝶是少不了的，嘤嘤嗡嗡地闹上一大阵，似乎它们很不愿错过这大好春光，想好好消受一番。

若是这个时候踏上乡间小路，你才真正领会到什么是春光无限了，鲜花和小草簇拥着你的脚，让你饱受寒冻之苦的脚慢慢温暖，翩翩而飞的彩蝶也紧紧绕着你的脚，向你献上一段优美的舞蹈；那些精美的小花真让你看花了眼，红的黄的紫的白的，星星点点，即使你是一位博学的植物学家，你还蹲下身子细细地辨认其中最耀眼的某一朵，名字还没能完完全全认出，一朵小花又冒冒失失地撞进你的眼帘，你不得不感叹自己的浅陋。

小草小花是拼命地惹你的眼，不小心，“唧唧唧唧”那轻吟声幽幽传来，抢了你的耳朵，你不禁竖耳倾听，这若有若无的歌声弥漫在草丛中，让你情不自禁地弓下身子细细地寻着，一丛一丛地扒。突然，“唧”的一声，弹起一只小虫，划过你的眼前。定睛一看，原来是一只刚从冬眠中醒来的小蟋蟀，看到这大好春光，情不自禁歌唱起来，想不到却被人破坏了这雅兴。除了这些蟋蟀，还有的是灵敏的蜻蜓，匆匆忙忙的蚂蚁，大伙都不想错过这融融的春光，努力地做着事。若是运气不好的话，你翻着翻着，突然看到一条泥黄泥黄的蛇正懒洋洋地躺在草丛中，半眯着眼，一动不动地晒着太阳。这是刚从冬眠中醒来的蛇，不过它还懒得去惹人，反而见有动静，便慢吞吞地拖着长长的身子走了，丢下一个惊慌失措的你，心在“怦怦”地跳着，神半天都还没回过来。

春天走了不久，你某天突然想起田间小路，，想去看看，但发觉它跑得无影无踪了，很奇怪，它到底藏到哪儿去了？到处都是绿油油的一片，远远望去，田与田之间的分隔线看不见了，连成了一片，像一个阔大的绿的海洋。原先那田间小路是五彩缤纷的，像根飘舞的彩带，现在飘到哪儿去了。走近一看，那两块田之间的田埂早被长得很茂盛的庄稼盖了，压根儿露不出头。再过一阵，这浓浓绿绿的海洋就变成了浊浪翻滚的大江大河了。沉甸甸的稻穗，一个挨着一个，密密匝匝的，透不过风来。那小路更是一丁点面都没有露出，剩下的是满眼的稻浪，这时田间小路又开始热闹了。

开镰的日子到了，一大早，一家人带足开水饭菜，身强力壮的人抬着打谷机，其余的带着锃亮的镰刀，背着空荡荡的箩筐，兴冲冲地赶往田间小路了。一路上大家欢歌笑语，兴奋地谈论着今年的好收成，把小路那些松软的泥土踩得吱吱响。小路两旁早是热火朝天的人家，太阳才刚刚露出半张脸，田野早已机声隆隆，雇雇蕉蕉的庄稼被割下，运送到打谷机旁，“唰唰”几声，黄澄澄的谷子铺在了仓箱里，一个人又把谷子装进筐里，装得箩筐都冒上来，又急匆匆把它运到田间小路。田野里到处是晃动的人影。田间小路上，一字排开，摆了一长列装着满满谷子的箩筐，摆着农家人一年的喜悦。累了的人也坐到田间小路上，扯着草帽，当作扇子“呼呼”地甩着，似乎要把那一脸的汗水甩走。还有的从口袋里抽出一两支烟，“吧嗒吧嗒”地抽起来，顿时田间小路上热闹不已，云雾缭绕，谈天论地。还有的喝水“咕咚咕咚”作响。还有人在那里用手指一一地点数着自己家的米袋子：一、二、三……自豪而幸福的声音在田间小路上空回荡着。

傍晚时分，一块块原先密密匝匝的田被割得差不多了，田间小路慢慢地露出了原来的笑脸。堆垒的米袋子箩筐也越来越多，积得像个小山似的。接着是“嘟嘟”的拖拉机来了，靠在田间小路边，大伙都“呼啦呼啦”冲上来，一个人帮着放到肩上，一个人背起就跑，赶紧放到拖拉机上，一袋袋地搬走了。田里的稻谷没了，田间的小路空了，一座一座小山似的稻谷被运走了，也运走了大伙这热火朝天的笑声，剩下这空荡荡的小路，等待着来年的热闹。田间小路把幸福和快乐运回了村里，任凭沉沉的暮霭把自己淹没。

暮霭中的田间小路也是令人向往的。多少个日子，热切的目光就洒在这小路上，农家的父母常常是风里来雨里去的，天刚蒙蒙亮，把一天的饭菜弄好，小孩们还在熟睡，父母们是不愿惊扰他们的。孩子是长身体的时候，让他们多睡会儿。于是，轻手轻脚地弄好饭菜，交代大一点的孩子，说饭菜在哪儿，一餐吃多少，要分配好，爸爸妈妈到晚上才回来。农家的孩子早懂事，知道父母一天总在为这个家操劳，只点点头，没出声。父母便放心地扛起锄头，拿起镰刀，兴冲冲地出了家门，消失在这天色还蒙蒙的田间小路上。

这田间小路便牵扯住了孩子们的目光，白天他们找村里的同伴尽情地玩耍，但太阳快要落山时，孩子们都各自回自己的家了，家里还是空荡荡的，有些黑漆漆的，心里不免感到有些害怕，心里便切切地念起了父母。早上他们也是偷偷从门口望着自己的父母在田间小路上消失的。现在太阳渐渐地落了，夕阳晒下一道道金光，点染在那条弯弯曲曲的小路上，小路上开始有些影子在晃动了，还隐隐约约传来牛儿“哞哞”的叫声，在田间劳动着的大人，陆陆续续地从这小路回来了。夕阳把晚归的人和牛染成了黄澄澄的一幅剪影。

这幅多彩的剪影把疯玩的小孩们的心迷住了，便坐在自家的门口，望着村前的田间小路，努力地辨认着这些夜归的人们，希望快一点在这晃动的人影中发现自己熟悉的身影。一个一个地点着数着，几个小孩伸长脖子，用手指着，又像在点头，又像在争论。突然两个身影在他们面前停住了，原来是爸爸妈妈，他们惊喜不已，纷纷扑过去，牵着手，甚至帮父母扛锄头，倾诉着一天的思念。更惊喜的是父母从口袋里变法戏地掏出一两样东西。这些或是自家地里种的香香瓜，或是从山下摘下的野果。孩子们乐不可支，捧在手，左摸摸右抚抚，还舍不得吃，还想享受父母的体温。这条田间小路牵着他们多少喜怒哀乐呀。

田间小路，连着乡下人家多少欢乐和温馨。

乡间碑坊

走在乡间小道，你绕不过的是那些大大小小高高低低的碑坊。它默默地站在那儿，任凭岁月把自己涂得青黑，任凭苔藓肆无忌惮地爬满，静静地等待着，像是一位睿智的老人，饱经风霜，注释着每一个过往的行人。这种静默，让每一个行色匆匆的人不禁驻足仰望，表情庄严肃穆，沉下一颗心来，细细地咀嚼着这些青黑的碑坊里蕴涵的深刻意味。

站着的碑

有时候比活着的人还要高大。比如烈士陵园里的碑，高大庄严，震撼着一些卑琐的灵魂。碑里安眠着多少颗抛头颅洒热血的魂魄，它们凝聚着一股冲天的神气，如这崇高的碑一样，直冲云霄。几年几十年，他们巍峨依旧。碑座是青石的方块石垒成，沉稳坚毅。是他们这种英勇无畏的气概视死如归的精神，摧毁了一股股腐烂的旧恶势力，是他们用热血迎来了光明，把阳光温暖播撒到每个贫苦人的心灵。他们用生命换来的壮丽河山，正在生生不息地繁育着勤劳勇敢的人民。生活在甜蜜和幸福之中的人们是绝不会忘记这大无畏的魂魄，不只是在细雨纷纷的清明节，一逢有意义的日子，人们都不约而同地来瞻仰这庄严肃穆的碑，从中吸取更多的精神动力，不断地拼搏，不断地奋斗。换来的辉煌成绩又给这碑带来无限的荣光。

这种碑带给人的是震撼，它是人民无法遗忘的角落，如两旁四季常青的松柏一样，纪念之情是绵绵不断的。陵园里瞻仰的人陆陆续续：戴着红领巾的，别着团徽的，穿着军服的。碑的台阶永远那样干干净净，一束束的鲜花灿烂地开着，映衬着英雄们一颗颗不屈的灵魂。

清明来了，雨也潇潇来了，似乎要把人们思念的心情浇得沉沉的。也许连老天都感动得掉下眼泪，这样的思念才过瘾，于是清明时候，选一个烟雨蒙蒙的日子，让丝丝细雨化作纷飞的思念，弥散在空旷的原野。原野上，山沟旁，到处是人影幢幢，人们默默地走着，默念着一年一度的思念。烈士墓里的两棵挺拔青松精神抖擞地站着，蒙蒙的细雨把它们洗得更加秀气了。看到了青松，我自然而然地想到那些像青松一样永远散发着活力的人。在这里，人们一般是很少种青松的，也许是从木材的实际价值考虑吧。既然种了，肯定有很特别的东西吧。

穿过迷蒙的雨帘，朝着那两棵苍劲的青松走去。那是躺在小山包低洼处的小的烈士陵园，那两棵翠绿的青松忠实地守候着，繁密的枝条把细细碎碎的叶子团在一起，像是给那土墓遮风挡雨。墓前零零散散地摆放着些鲜花，还有烧得断断续续的香火，地上也散落些鞭炮的纸屑。看来前两天是有人来祭奠过了，也许是哪个单位或者哪个学校来的。高高的石碑赫然刻着“革命烈士永垂不朽”几个大字，虽然风雨侵蚀，却依然巍然肃穆。

听朋友说，这是在上世纪五十年代剿匪时牺牲的一些解放军战士，当时牺牲者人多杂乱，都埋葬在这里。家乡人清明扫墓时，总是忘不了给他点上一支香烧上一点纸；尽管五十年代剿匪的事情越来越遥远，家乡人也越来越模糊，但是他们唯一忘不了的就是这座墓。这清明时节，没有人来上香烧纸，那肯定是很孤单，更何况这些烈士都是在遥远的北方，也许他们的亲人还不知在何处。我们就是他们的亲人，生活在幸福之中的人们都是他们的亲人。

我想想，我们这山高水深的南方，当时土匪横行，民不聊生，全国都解放很久了，我们仍然在匪乱之中。是这些不远千里来到我们这南蛮之地的年轻战士，听说当时的战斗非常激烈，土匪都是在当地混了很久的人，利用他们的优势顽固抵抗。从北方来的战士伤亡很大，很多年轻战士都回不了北方，长眠在这块土地上，用他们的鲜血换来了我们的幸福！我不想挖掘很多很深奥的大道理，常常看着历史书，听着那一段漫长的历史，我们的心更沉重了，对烈士们的敬佩更深了。烈士们为了不让祖国这一片青山碧水、大好山河被帝国主义的侵略者所蹂躏、侵略。英雄们为了驱逐侵略者，为了祖国，为了以后千代万代的炎黄子孙，他们的选择是可赞的……

雨还在淅淅沥沥地下着，朋友拿来了几支香火一沓纸。我们弯下身子，把墓前的那些杂乱的东西整理干净，插上数根香火，点上。香火便袅袅而升，细密的雨点淋过来，我们便扯了几张烂树叶挡在上面。接着，我们旺旺地烧纸钱，向烈士们致以崇高的敬意。香火袅袅上升，而是如同别人家一样烟火旺旺，弥漫在墓地上空。青松在雨的迷蒙和烟火的缭绕中，显得更加如梦如幻，摇摇欲舞，也许是太激动了。它们在为自己的主人而感到骄傲，算是对我们表达一种感激吧。

雨中的青松更加挺拔，更加伟岸了，把那光秃秃的小土包衬得有些生气了。

如此辉煌而荣耀的碑，毕竟是寥寥无几，而更多的是散落在乡间野岭中的碑碑坊坊，它们犹如一段段被遗忘的历史，被丢弃在茂密的草丛中，被丢弃在乱石中，也许很少有人把它们记起，只是在某个特定的时候，在人们的心灵中偶尔闪烁，便得到一种尊敬。更多的时候陪伴它们的是落寞，是孤寂，让人见了，更是生发起无尽的绵绵幽思。

一段藏在荒山野岭小路边的碑，荒草已经把它的身子掩埋了一大半，它只是微微地从草丛中艰难地探出头来，身子已经被无情的风雨侵蚀成青黑。这种沉重的青黑色使你忍不住扒开那疯狂的野草，碑上的字依稀可辨，深深凹陷的阴文无声地诉说着它的主人人生的点点滴滴，简约有力。

一个模糊的字就是主人的一段生命历史。落寞的文字旁，有的绕着几条腾云驾雾的飞龙，仿佛是主人无法安宁的灵魂。他可能很留恋自己一生一世的无尽风光，如今一切都烟消云散了。沉睡的躯体都交付给了这竖立在风雨中的墓碑，昭示着后人的努力和拼搏，但斯人已去，空留荒草一堆，谁又能想象出当年主人是如何如何风光和辉煌，也都像那些躲在低矮的草丛里的碑一样，被遗忘到了这荒山野岭之中。也许这低矮的碑，还不时有他生生不息的子孙后代，香火不断地，一年一度地割去荒草，以示一颗绵绵之中的灵魂的存在。

想到这身前身后的事，不管是那些荣华富贵的还是那些衣衫褴褛的，全都湮灭在这青青的荒草之中了。碑前零零碎碎地残留存些东西，未烧尽的香呀，没有被溶解但被晒得已发白的一切，还有烧香烧纸时给碑坊染上的烟痕，让碑坊感到有些温暖，到底他们还没有被彻底地遗弃，他们不敢奢望太多，只望后人在一年一度的清明节派个人到这荒山野岭认认自己就满足了，活着的人也不容易呀，劳碌奔波，风里来雨里去。望着这些大小不一的碑，雕着各色各样图案的碑，你陷入了碑的深处，企图找寻着这字这图在诠释的一些人生密码。

每每清明时节，这些被风吹雨打的石碑更是翘首以盼。路上行人欲断魂。记忆中，这悠绵而寂寞的清明雨总是不知疲倦地下，连续浇上几天，浇灌着每个行色匆匆的人们的心，浇得每个人都心事重重的。这几行千古传唱的诗句，总是写不完怀念的泪雨潸然；数杯淡酒，却也消不去思亲的伤痛。满目的梨花表白着遮不住层层愁云。又是一年清明雨，纷纷飘落的是一颗颗破碎的心。

每一棵树都是湿漉漉的。树叶格外清亮，即使是灰蒙蒙的天，依然闪闪，亮晶晶的，特别青翠，像是一双双含泪的眼睛，在思念那些挚爱的亲人。每张树叶低垂着头，任凭细雨不停地抚摸。是思念太沉重了？还是春天刚刚长出来的叶子太娇嫩？或许两者都有。那些刚刚谢了的花儿还残留着几瓣沾在枝头上，被雨淋了，松垮垮地趴着，一点精神都没有。

地上的小草也是湿淋淋的，叶尖都顶着晶莹剔透的水珠。脚轻轻踏上去，小草簇拥着，把双脚密密盖住，像是把你紧紧抓住。满是水珠的草地把即便是很厚的鞋子弄得湿透。走在思念亲人的路上，谁也不想把脚步弄得匆匆忙忙。一年到头，为养家糊口，劳累奔波，只能在这么一个特殊的日子里把所有逝去的亲人一一地思念一遍，谁又能马马虎虎呢！

细雨纷纷，人影幢幢。每个人的脚步放得那么缓慢，思念装满心里，任由伤感的人儿咀嚼。手里拎着苹果、肉、糯米饭等祭品，一一摆开，烧上几张纸钱，点上几炷香。香火袅袅，一缕缕思念飘向空中，天上的亲人可否知道？

空气里弥漫着忧伤的情绪。那低声细语像雨一般浇灌了那些沉静的心灵。滴答滴答，清明雨，飘到那白色的梨树上，飘到每个人的眼里，湿了每个人的眼眶。每个人再也无法安静在这张冷漠的书桌上，站起来看一树纷纷滑落的梨花，无限伤感。那片片白色的梨花，可是已故亲人们亲切的叮咛？

梨花深处，传来杜鹃声声啼叫，穿越在蒙蒙的清明雨中，呼唤每一个敏感怀念的心灵。也许只有碑听到！

站着的石碑，有的高高大大，有的低低微微，都在诉说种种思念，伟大，卑微，至少没有被遗忘。

无名之碑

有图有字的碑，即使是处在荒僻的野地里，但总不至于被人完全遗弃，在特定的时候，也还有人挂念着，总有几朵洁白的花圈在默默思念，总有几根香火在这里袅袅地燃着，让落寞的石碑有些许慰藉。

而那些无字无名的碑更是让人心生悲凉：一截凹凸不平的乱石摆在像是一堆小土堆的坟前，就是墓碑了。或长或短的方石，没有经过任何加工，只是很随意地竖立在那里，疯狂的荒草更是将它淹没，让它在茂密的草丛中若隐若现。碑领着矮矮的坟头，坟头畏畏缩缩躲在繁茂的草丛中，就像它不知名的主人，自卑而猥琐，也许是没有人来扫了，那些草木肆意地生长，将坟头当作阵地，狠狠地榨取它的肥沃，堆着的石块已经脱落，散在坟边。坟墓洞痕累累，这里已成为老鼠虫蛇的乐园，它们全然不顾墓里躺着的主人的感受。

这些无名无字的碑只是一个坟头的标志，没有多少纪念意义，没有寄托着多少哀思。也许他们已经没有纪念他们的后人。家族的延续到他们这里便戛然而止。想想那些兵荒马乱的年代，枪炮声不断，兵匪扰乱，性命不知道哪一天丢在某一个枪炮声中。或者犯罪被流放，或者饥饿逃亡，他们无法保证死在世世代代生生不息的家乡，他们生于斯但不能死于斯，他们要寻找可以避难的偏僻之处，远离那可怕的枪林弹雨，远离那残酷的惩罚，山高皇帝远，他们渐渐被世人遗忘。

于是高山密林深处，便是他们理想的逃难之所。山高路远，交通阻隔，炮火轰不到，枪儿也不想来，倒是落了个清净。荒芜偏僻，自然没有人追查，自个儿可以安居乐业，但逃难过程并非易事：寒冷饥饿，刮风下雨，虫蛇侵扰。这些先民挑着重重的担子，装着全部的家当，拖儿带女，风尘仆仆寻找可以栖息的地方。有人不堪重负，身体被拖垮了，荒野之中，倒地不起。亲朋好友草草埋藏，没有石碑，便竖起一块石头，堆好土堆，收起眼泪。他们为了生存，便要继续而行，又匆匆赶路，扔下这么一个孤魂野鬼，渐行渐远，逃到很多人不知道的地方。

这样无名无字的碑便孤零零地淹没在时间的长河里，没有亲人探望祭扫，渐渐人们淡忘了，可又有谁知道？他们也许在生前曾经苦苦挣扎，开创出家庭幸福之路，可惜他们牺牲在奋斗的路上，再没有谁记起他们怎样拼搏和努力。听爷爷说，他曾被土匪拉去当伙夫，同去的还有几个堂兄弟，因为想着家人，半路逃了出来。他们风雨兼程，根本找不到路，只是沿着铁路慢慢地走，一路乞讨一路回家。路上又不断遇到兵匪，被抓被打。堂兄弟们都走散，有的也倒下了。只有爷爷孤身一人逃到家里，家人总以为他们一去不返，没想到还能团聚，只可惜几个堂兄弟却下落不明了。提到这段往事，爷爷总是老泪纵横，人活着就不容易，生命的顽强有时候也抵不过各种各样的折磨，故事里隐藏着多少辛酸多少无奈，一阵悲凉之意不断涌起。我想爷爷的这些兄弟也许会有这么一块无名无字的碑吧！

这些无名碑里隐藏的是更多苦难的故事，每每看到这些被草木肆意欺凌的无名碑，总是产生无尽的同情和感慨，也情不自禁地替它拔去几把，以表示无限的敬意，也告慰这些孤单的灵魂，身后无限悲凉的事总不能被想起，战争已经远去，逃亡的苦难已经不再有，人们都能安居乐业，都在珍惜来之不易的日子。

这让你想到更多的遐想：那截石头是孤零零的。这石碑里的灵魂是四面八方飘来的孤魂野鬼，是饥寒交迫的年代逃荒而来的流浪人，因饥饿难忍，想坐下休息，但再也没办法站起来，草草地被好心人安息于此？抑或是当兵逃难，逃到此地，但因伤或饥饿，而再也走不出这野岭的人。他们悲惨的命运是后人无法理解和想象的，也许他们的后人也在苦苦地找寻着这落寞于他乡的灵魂，只是时空把灵魂跟灵魂隔离得太远了，灵魂无法再团聚；或者他们根本没有了后人，一家人在那个不可想象的年代灵魂都散开了，谁也无法再去找谁的灵魂了。但留给路人更多的幽思是这无字碑的主人在艰难行进中的顽强的灵魂。那种乌云沉沉的年代，谁都无法逃避这种罪恶的追杀，只是有些人更为幸运罢了，这无字碑里的不屈和苦难的灵魂更不值得人们去同情和思考吗？

猎猎西风，那些枯黄的篙草摇曳不定，萧萧作响，低沉而哀婉，让那些静默的石碑若隐若现，像是一颗颗孤寂的魂魄在游移，满目萧条。只有那些调皮的虫儿尽情地在碑坊前跳来窜去，仿佛在极力地抚慰那些无语的碑坊。偶尔有鸟儿掠过头顶，丢下几声孤零零的哀鸣，飘荡在空旷的山谷里，久久不肯散去。夕阳西下，残阳如血，把一些幽黄的光洒到这枯黄的草上，这青黑的碑坊上，让人感觉到薄暮蒙蒙的迷茫，而这静立的碑坊，或高或低，像是站着黑乎乎的人，一动不动，直直地看着你，欲言又止的样子。屹立在这昏黄的夕阳下，你静默成了一块碑坊，深深地思索着这大大小小的碑坊身后隐藏的种种传说。

高大的坊

其实乡间的碑坊也不全是与魂魄相关。路过村村寨寨的时候，小桥流水人家，桥前常常立有一块硕大的碑，碑前是光洁滑亮的石凳，小桥下溪水潺潺，碑身有人那么高，刻满了整齐的文字，一字一句地记载着小桥建造的历史。乡亲们日出而作日落而息，总是从小河身上轻轻走过。夏天河水暴涨，便不再是浪漫的小桥流水了，村民无法过河劳动，对岸的庄稼无法打理。待洪水退去，庄稼已是损毁大半。于是村里便集资建造起了小桥。村里人捐的，出外工作的人捐的，为了乡亲们的方便，大家一个个掏了自己的腰包；捐不出钱的便捞起衣袖热火朝天地干起来。这些动人的故事便一一被刻进碑里，让后人铭记这捐资建桥造福于民的人以及那些勤劳能干的工匠们，这种镌刻着故事的碑在乡间也是经常遇到的。比如说，在村前的大庙前，还有通向山外的山路旁，山坳边的凉亭，都立着高高低低的碑。一座碑就是一段悠久而绵长的故事。

在家乡桂西北一处的深深的山谷里，矗立着几门高大牌坊，像是一段段耸立的历史故事。百年的风风雨雨已经把它涂染成凝重的青灰色，幽绿的苔痕斑斑驳驳，只有皇帝御写的对联字依然苍劲有力，刻骨铭心，那是家乡人引以为豪的牌坊。牌坊高高竖立，像是一面骄傲的旗帜，扬着为后人所颂仰的故事。清朝同治年间，黔桂乱匪扫掠小山村，村民们奋起反抗，虽遭屠杀，却也昭示乡亲们可杀不可夺的志气。卢氏一门九人惨遭杀害。当时卢式慎尚幼，却也机灵，躲在石槽之下奇迹般躲过一劫。后逃往云南，读书入仕，官至云南省布库大使，掌管云南全省财政税赋。对于他家族在抵抗匪兵中所做的贡献和付出的牺牲，他始终难以忘怀。后他托人上报朝廷，获得光绪帝的恩准，建立两座牌坊。于是皇恩浩荡，御笔一挥，同意立坊，宣示乡亲们这种不屈不挠斗争的精神。

仰望这些高大的牌坊，一股浩然之气激荡胸中。整个牌坊全部用青石条、石板、石柱叠砌而成，虽然巍然耸立上百年，依然那么牢固、坚硬。青灰色的石质隐隐约约透出岁月的沧桑，那样肃穆庄严。石板上雕刻着腾云驾雾的龙凤，象征着富贵和吉祥。硕大的基座立着护门柱，雕有威严的狮子，透出一副凛然不可侵犯的气势。门顶上雕刻的各种造型形态万千，各种人物动物花草图案，栩栩如生，这是光绪皇帝批准赐建的牌坊。石刻中有圣旨全文，还有云南各级官员歌功颂德，赞美节烈忠义的诗文，字里行间洋溢着无限的敬仰。

抚摸这些斑驳的青石，我似乎听到一百年前那么惨烈的屠杀：枪刀声，哭喊声乱成一片，胸口便感到阵阵疼痛，历史的悲剧已经早早落下帷幕，永远不能再上演。小草青青，长满牌坊四周，背后是巍巍青山，更让人感到气贯长虹，感动天地。坚实的基座承载着凝重的门架，走过牌坊下面，犹如在历史的隧道中穿越。牌坊分两门，一高一矮，分别是男坊和女坊，都很有气势。悠悠岁月，见不到一丝一毫牌坊的破损。如此坚挺和牢固，寄托着人们对这种精神的敬仰。

牌坊守护的地方，是一块风水宝地，从牌坊下走出了众多的名人，有朱德总司令的同学贵州省省长卢涛将军，清监生委充云南藩库大使，清末农民起义军首领莫梦弼。清末民国期间，这里是会党起义的重要根据地，多少仁人志士，不满清朝政府的腐败，不忍心看到民不聊生，聚在这里谋划反抗。革命的火种也在这里星星点点，在这穷乡僻壤，谁也想不到闪烁着如此先进的思想火花。

乡间的碑坊，竖立着许许多多的落寞与故事，诉说着过去，也诉说着现在。

图书在版编目（CIP）数据

被风吹过的村庄 / 莫景春著．-- 北京：作家出版社，2017.9（2023.2重印）
（中国少数民族文学发展工程·出版扶持专项丛书）
ISBN 978-7-5063-9730-8

Ⅰ.①被… Ⅱ.①莫… Ⅲ.①散文集－中国－当代 Ⅳ.①I267

中国版本图书馆CIP数据核字（2017）第245651号

被风吹过的村庄

作　　者：莫景春
责任编辑：史佳丽　李亚梓
特约编辑：张绍锋　郑　函
装帧设计：孙惟静
出版发行：作家出版社
社　　址：北京农展馆南里10号　　**邮　　编：**100125
电话传真：86-10-65930756（出版发行部）
86-10-65004079（总编室）
86-10-65015116（邮购部）
E-mail:zuojia@zuojia.net.cn
http://www.haozuojia.com（作家在线）
印　　刷：固安兰星球彩色印刷有限公司
成品尺寸：170×240
字　　数：236千
印　　张：20
版　　次：2017年12月第1版
印　　次：2023年2月第3次印刷
ISBN 978-7-5063-9730-8
定　　价：38.00元